BARBARA CLEVERLY

Das Geheimnis der Kaschmir-Rose

Buch

Indien im Jahr 1922: In der Stadt Panikhat, in der Nähe von Kalkutta, herrscht das ruhige Leben unter britischer Kolonialherrschaft. Die Engländer bleiben weitgehend unter sich, pflegen ihre Lebensart in Clubs und Garnisonen und genießen ihr beschauliches Dasein inmitten der exotischen Kulisse. Trotzdem scheint ein Fluch über der Stadt zu liegen. Seit einigen Jahren kommt immer wieder im März die Frau eines britischen Offiziers unter mysteriösen Umständen zu Tode. Zwischen den einzelnen Todesfällen gibt es merkwürdige Verbindungen: Alle Frauen sterben auf die Art, die sie am meisten gefürchtet haben, und jedes Jahr liegen am Todestag rote Kaschmir-Rosen auf ihren Gräbern. Keiner weiß, wer sie dort hingelegt hat. Scotland Yard Detective Joe Sandilands, der eigentlich auf dem Weg nach England ist, soll der Sache nachgehen. Zusammen mit der indischen Polizei macht er sich auf die Suche nach dem unheimlichen Serienmörder. Doch ihm bleibt nicht viel Zeit, denn schon bald wird sich der Täter die nächste Empfängerin der Kaschmir-Rose auswählen …

Autorin

Barbara Cleverly arbeitete lange als Lehrerin in Cambridge und Suffolk. Ihr Debütroman »Das Geheimnis der Kaschmir-Rose« wurde von der New York Times auf Anhieb in die Liste der besten Krimis des Jahres aufgenommen. Mittlerweile liegt mit »Ragtime in Simla« bereits Cleverlys zweiter Krimi mit Scotland Yard Detective Joe Sandilands vor, der erneut in Indien spielt und ebenfalls bei Goldmann erscheinen wird. Ein dritter Roman ist in Vorbereitung.

Barbara Cleverly

Das Geheimnis der Kaschmir-Rose

Roman

Aus dem Englischen
von Marieke Heimburger

GOLDMANN

Die Originalausgabe erschien 2001
unter dem Titel »The Last Kashmiri Rose«
bei Constable, London

Umwelthinweis:
Alle bedruckten Materialien dieses Taschenbuches
sind chlorfrei und umweltschonend.

Deutsche Erstausgabe Juli 2003

Umschlaggestaltung: Design Team München
Umschlagfoto: Peter von Felbert
Satz: deutsch-türkischer fotosatz, Berlin
Druck: Elsnerdruck, Berlin
Titelnummer: 45357
Redaktion: Claudia Franz
MA · Herstellung: Sebastian Strohmaier
Made in Germany
ISBN 3-442-45357-7
www.goldmann-verlag.de

1 3 5 7 9 10 8 6 4 2

Kapitel 1

BENGALEN 1910

In der Nacht vor ihrem sechsten Geburtstag wachte Midge Prentice unter ihrem Moskitonetz auf und atmete die vertrauten Gerüche einer heißen indischen Nacht ein. Der Geruch der nassen *khas-khas*-Matten, die vor den Fenstern und Türen hingen, um die frühsommerliche Hitze auszusperren, war süß und muffig und verschmolz mit dem Duft des Jasmins, der den Bungalow überwucherte. Alles durchdrang den in Indien allgegenwärtigen Geruch von Abwasser und Dung. Doch heute Nacht mischte sich noch etwas anderes darunter.

Es war der scharfe, beißende Geruch nach Rauch. Midge setzte sich auf und sah sich um. An der Zimmerdecke sah sie den Widerschein züngelnder Flammen. Midge kämpfte sich unter dem Moskitonetz hervor und stellte sich barfuß neben das Bett. Sie rief nach ihrem Vater, erinnerte sich dann aber, dass er in Kalkutta war. Sie rief nach ihrer Mutter, doch es war die Ayah, die erschien.

»Kommen Sie, Missy Baby, kommen Sie mit Ayah«, drängte sie das Mädchen. »Kommen Sie, schnell. Und seien Sie leise!«

Die Ayah zog Midge an sich heran. »Legen Sie die Arme um mich und halten Sie sich gut fest. Ganz fest. Stellen Sie die Füße auf meine, dann gehen wir zusammen hinaus wie damals, als Missy noch ein Baby war, damit die bösen Männer meine liebe Missy Baby nicht sehen. Ich verstecke Sie unter meinem Sari, dann denken die bösen Männer nur, dass die Ayah wieder ein Baby erwartet.«

Sie ließ Midge unter dem seidigen Tuch ihres Gewandes verschwinden, um dann mit ihr gemeinsam in Sicherheit zu watscheln. Sie waren oft so gegangen, als Midge noch klein war. Das Spiel hieß »Elefant geht rückwärts«, und jetzt sollte dieses etwas plumpe Spiel ihr das Leben retten. Midge sah ab und zu hinunter auf die Sandalen an den Füßen der Ayah und registrierte, dass um sie herum geschäftiges Treiben herrschte. Dann waren sie draußen. Sie hatten sich aus dem Bungalow befreit. Midge hörte die schroffen Rufe einiger – indischer – Männer, Schüsse, den abrupt endenden Schrei einer Frau und schließlich das ohrenbetäubende Brausen des Feuers, als es auf das Strohdach übergriff.

Dann knirschte Kies unter den Füßen der Ayah, und sie blieb stehen. »Setzen Sie sich hier hin«, sagte sie. »Setzen Sie sich, und seien Sie leise. Nicht weggehen. Das hier ist ein gutes Versteck.« Und sie steckte Midge mitten zwischen eine Reihe von hohen irdenen Töpfen, aus denen sich üppige Bougainvilleen und Zinnien ergossen.

Im achthundert Meter entfernten Casino schlug Jonno unter dem Tisch die Beine übereinander, löste sie wieder und schenkte sich mit etwas unsicherer Hand ein Glas Portwein ein, bevor er die Karaffe weiterreichte. Er dachte – wie so oft – an Dolly Prentice, oder etwas formeller: Mrs. Major Prentice. Er war sicher, es sich nicht nur einzubilden, dass sie sich, als er ihr nach dem *gymkhana*-Tanz die Stola um die Schultern legte, nach hinten gegen ihn gelehnt hatte – nicht offensichtlich, aber spürbar. Ja, eindeutig spürbar. Und seine Hände hatten auf ihren Schultern geruht, leicht feucht, weil es eine heiße Nacht gewesen war, und er hatte ihren warmen, weiblichen Duft eingeatmet. Was hatte sie doch gleich gesagt, als er diesen Duft so kühn bewundert hatte? »Chypre.« Ja, genau. »Chypre.«

Aber das war nicht alles gewesen. Sie hatten eng miteinander getanzt. Bei einem Twostepp war das nicht besonders schwierig. Und sie hatte völlig unvermittelt gesagt: »Sie werden jetzt langsam ein richtig großer Junge.« Das hatte alles bedeuten können – oder nichts. Aber das glaubte er nicht. In seiner Erinnerung hielt er die Frau in dem roten Chiffonkleid so dicht an sich gedrückt, wie er es wagte.

Der junge Subalternoffizier zu Jonnos Linken dachte ebenfalls an Dolly Prentice. Er wusste, dass es nur ein Scherz gewesen war, aber sie hatte gesagt: »Sie können mit Ihren Problemen immer zu mir kommen, junger Mann, und ich werde sehen, was ich machen kann.« Hatte sie das ernst gemeint? Wahrscheinlich nicht. Doch sie hatte ihn dabei sehr fest und viel sagend angesehen, und nach seinem dritten Glas Portwein beschloss er dann doch, sie beim Wort zu nehmen.

Dieses verdammte Pony! Fünfzig Pfund! Er hatte keine fünfzig Pfund! Warum war er bloß darauf hereingefallen? Er wusste nur zu gut, warum. Weil Prentice ihn dazu angestachelt hatte. »Müssen Sie selbst wissen. Für fünfzig Pfund gehört das Pony Ihnen. Aber ich habe Sie gewarnt – es muss gut eingeritten werden!« Gemeint war natürlich: »Das ist 'ne Nummer zu groß für dich!« Er dachte, wenn er sich Dolly anvertraute, würde sie sich vielleicht für ihn einsetzen und den Handel rückgängig machen. Vielleicht konnte sie ihren Mann davon überzeugen, einen jungen und unerfahrenen Offizier nicht auf diese Weise auszunutzen? Es behagte ihm nicht, den unschuldigen, frechen Buben zu spielen, aber es behagte ihm noch viel weniger, sich schon wieder Geld leihen zu müssen.

Und dann dieses Pony! Herrgott! Insgeheim wusste er ganz genau, dass er ihm nicht gewachsen war. Das Pony war bösartig. Es hatte Prentice' Stallburschen fertig gemacht. Eine ganze Woche war er außer Gefecht gesetzt, wurde erzählt. »Ach, verdammt!«, dachte er. »Verdammter Major Prentice!« Und damit leerte er sein Glas in einem Zug.

Ihm gegenüber saß der Regimentsarzt und beobachtete ihn aufmerksam. Er fühlte sich in der eleganten Gesellschaft des Regimentes Bateman's Horse stets etwas fehl am Platz. Unwillkürlich verglich er immer wieder ihre schicke grau-silberne Casinobekleidung mit dem Dunkelblau seiner indischen Arztuniform. Er dachte nicht an Dolly Prentice. Er dachte an Prentice. Er erinnerte sich (würde er es je vergessen?) an die öffentliche Erniedrigung, die Prentice ihm bei ihrer ersten Zusammenkunft zugefügt hatte.

»Sagen Sie, Doktor«, hatte Prentice zu ihm gesagt, »wir brennen alle darauf, zu hören, bei welchem Karren auf der Petticoat Lane Sie Ihre Stiefel gekauft haben?«

Es stimmte, dass seine Stiefel nicht von einem modischen Stiefelmacher stammten. Sie waren von einem Sattler in Maidstone und hatten gut ausgesehen, als er sie anprobierte. Es war ihm schmerzhaft bewusst, dass ihnen im Vergleich zu denen der Offiziere des Bateman's Horse – den Bengal Greys – die hautenge Präzision eines Lobb of St. James' abging, jene hautenge Präzision, die es dem Träger solcher Stiefel nicht erlaubte, etwas Dickeres als abgeschnittene, seidene Damenstrümpfe zu tragen.

Dann dachte er an Dolly. Dolly mit ihren großen Augen und ihrem großherzigen Verständnis. Wie konnte sie nur mit so einem Teufel leben? Wie konnte sie ihn so nah bei sich ertragen? Dann sah er – nicht zum ersten Mal – Dolly in den Armen von Giles Prentice vor sich und wurde unruhig. Er stellte sich eine heiße indische Nacht vor. Er stellte sich die Enge unter einem Moskitonetz vor. Erfolglos wehrte er sich gegen das Bild von Prentice' schlanken braunen Händen, die jenen

Körper erforschten, den seine Fantasie und seine Erfahrung als Arzt nur zu leicht unter ihren Kleidern vermuteten.

Der älteste der anwesenden Offiziere, Major Harry, sah sich am Tisch um. Glasige Augen, fleckige Gesichter, hier und da eine verwaschene Äußerung – er wusste, dass die Gespräche verstummten und der Alkohol reichlich floss, wenn Prentice weg war. Und Prentice war weg. Er war zu einem Beförderungsgespräch in Kalkutta. »Aber warum Giles? Warum nicht ich?« Dieses Mal konnte nur *einer* von ihnen befördert werden, und dieser eine war Prentice. Für Major Harry wäre es der lang ersehnte Durchbruch gewesen. Niemand wusste, wann sich ihm noch einmal die Gelegenheit bieten würde.

Dieser Schritt wäre so wichtig gewesen für seine Karriere. Er brauchte das Geld. Bald würden seine Kinder nach England zur Schule geschickt werden. Und seine Frau beklagte sich jetzt schon. Er konnte es nicht mehr hören: »Nichts anzuziehen … nur ein Pferd für die Kutsche … wann können wir unsere eigenen Möbel kaufen?« Dieser Schritt wäre so unglaublich wichtig gewesen für ihn – und jetzt machte Prentice ihn. Prahlhans Prentice.

Auch Dickie Templar betrachtete die Runde. Er war einem Gurkha-Regiment angegliedert und wartete darauf, an die Grenze im Nordwesten geschickt zu werden. Er war froh, nicht dem Bateman's Horse zugeteilt worden zu sein. Zwar hatte es eine glorreiche Vergangenheit (sie waren die unbestrittenen Helden der Meuterei von 1857 gewesen), aber Templar fand, dass es sich seitdem auf seinen Lorbeeren ausruhte. Die Aufstiegsmöglichkeiten waren nicht besonders gut. Und die Offiziere hier langweilten ihn. Mehr als das – sie widerten ihn an. Als er ihre Gesellschaft nicht mehr ertragen konnte, erhob er sich und ging zum *ghulskhana*, wo er mit einigen Schwierigkeiten den Verschluss seiner engen Casinohose aufknöpfte und dann auf gut Glück in die Dunkelheit zielte.

Es roch übel in dem kleinen Verschlag, und Templar stieß mit der freien Hand das Fenster auf, durch das im gleichen Augenblick ihm nicht vertraute Geräusche drangen. Ihm nicht vertraute und immer lauter werdende Geräusche und – da! – was war das? Ein Schuss. Und noch ein Schuss. Er knöpfte die Hose zu, stellte sich auf Zehenspitzen und sah aus dem Fenster. Gelbe Flammen züngelten aus einem der etwa achthundert Meter entfernten Bungalows. Brannte es? Ja, es brannte, und jetzt roch es auch nach Rauch. Ob es an den Stellungen brannte? Wahrscheinlich nicht. Als er zurück in den Speisesaal eilte, hatte anscheinend noch keiner der anderen etwas bemerkt.

»Feuer! Es brennt!«, sagte er. »An den Stellungen brennt es!«

Seite an Seite trabten die fünf Greys-Offiziere in Richtung Tumult. Fassungslos blieben sie vor der Ruine von Prentice' Haus stehen. Sie wurden von einem Mann in einer roten Casinojacke angesprochen, dessen weißes Hemd vorn schon ganz schwarz war. Das in Silber gestickte Braganza-Lamm auf seinem Revers gab ihn als den königlichen Offizier vom Dienst zu erkennen. Vier britische Soldaten, vermutlich die königlichen Feuerwachen, kurbelten mit aller Kraft den Löschwagen an, während zwei weitere den Wasserstrahl auf die Ruine richteten. Weitere Männer, die ihre Gesichter mit Stoff umwickelt hatten, versuchten vergebens sich zu nähern. Bewaffnete Schützen hatten Stellung bezogen.

»Was ist denn hier passiert, verdammt?«, fragte Major Harry.

»Eine Katastrophe! Eine einzige Katastrophe!«, lautete die Antwort. »Wir haben unser Bestes getan, aber wir kamen zu spät. Der verdammte Löschwagen! Bringt genau so viel wie eine Wasserpistole! Wir haben eine Kette organisiert, um

Wassereimer weiterzureichen, aber wir waren nicht genug Leute und außerdem zu spät!«

»Zu spät, um den Bungalow zu retten?«

»Ach, wen schert denn der Bungalow? Zu spät, um Dolly und Midge Prentice zu retten!«

»Aber die sind doch mit Giles in Kalkutta! Er nimmt die beiden doch immer mit!«

»Dieses Mal nicht! Midge hat morgen Geburtstag, und da ist Dolly mit ihr zu Hause geblieben, um mit ihr zu feiern. Großer Gott! Meine Mädchen waren auch eingeladen!« Er wischte sich mit der rußigen, blutigen Hand übers Gesicht. »Meine Mädchen waren auch eingeladen«, wiederholte er. »Aber keine Spur von Midge oder ihrer Mutter … müssen noch da drin sein … das heißt, was noch von ihnen übrig ist … Sobald das hier einigermaßen abgekühlt ist, werden wir nach den Leichen suchen. Mein Gott! Und Prentice ist nicht hier! Ich sage ja – eine Katastrophe!«

»Aber wer zum Teufel …?«

»Dacoits … wir glauben, dass es Dacoits waren. Voll gestopft mit Drogen sicherlich. Und deswegen so mutig. Von nichts aufzuhalten in dieser Stimmung. So etwas passiert. Prentice hat sie aus einem Dorf nach dem anderen vertrieben, und jetzt wollten sie sich an ihm rächen. Wussten wohl nicht, dass er weg war … Oder vielleicht wussten sie es sehr wohl. Die Bediensteten haben sie alle weggejagt – oder sie sind geflohen. Jedenfalls sind sie spurlos verschwunden. Wahrscheinlich kommen sie morgen früh wieder, dann erfahren wir mehr.«

Dickie Templar hatte genug gehört. Er wandte sich ab und ging langsam in die Dunkelheit, um seinen Kummer zu verbergen. Dann blieb er wie angewurzelt stehen. Er hörte ein leises Wimmern.

Aus einem Haufen großer Blumentöpfe trat eine gespenstische Gestalt hervor: Midge Prentice, deren weißes Gesicht eine Maske panischer Angst war, und die ihr zerknäultes Nachthemd krampfhaft mit ihrer kleinen, heißen Hand festhielt. Dickie fiel auf die Knie und schloss das Kind schluchzend in die Arme. Er küsste ihr Gesicht, hielt sie fest an sich gedrückt und murmelte liebe, tröstende Worte. »Du bist da rausgekommen!«, sagte er schließlich. »Du bist rausgekommen!« Und dann: »Wo ist deine Mama?«

Statt zu antworten, zeigte das Mädchen stumm auf die schwelende Ruine des Hauses.

Kapitel 2

KALKUTTA 1922

Commander Joseph Sandilands von der Metropolitan Police freute sich darauf, nach Hause zurückzukehren. Er war froh, dass seine sechsmonatige Entsendung von der Metropolitan zur Bengal Police endlich vorüber war.

Er hatte genug von Indien. Er hatte genug von der Hitze. Er hatte genug von den Gerüchen.

Zwar waren ihm die elenden Zustände im East End von London durchaus vertraut – doch die Armut, die ihn hier umgab, hatte er nie auch nur annähernd akzeptieren können. Und die gesellschaftliche Förmlichkeit in Kalkutta war ihm immer noch zuwider. Ihm als einem Londoner Polizisten war in der traditionsbewussten Hauptstadt von Bengalen ein bestenfalls unbestimmter gesellschaftlicher Status zugekommen. Er hatte die Tage gezählt, bis er endlich packen, sich verabschieden und abreisen konnte, aber selbst diese Freude wurde ihm genommen. Selbstverständlich hatte der ihm zugeteilte Träger das Packen für ihn übernommen. Aber wie dem auch sei, wenigstens wurde gepackt, und morgen würde er abreisen.

Zum letzten Mal – er hoffte inständig, dass es tatsächlich das letzte Mal war – machte er sich auf den Weg zu dem Büro, das in den letzten sechs Monaten seines gewesen war. Zum letzten Mal verfluchte er den elektrischen Ventilator dafür, dass er nicht funktionierte. Zum letzten Mal war er peinlich davon berührt, dass der *punkah-wallah* geduldig den quietschenden Deckenfächer in Bewegung hielt, der mehr störte, als dass er die schwere Luft vertrieb. Auf Sandilands Schreibtisch lag ein eleganter Umschlag. Die Klappe trug den Aufdruck »Büro des Gouverneurs«.

Besorgt riss er den Umschlag auf und las:

Werter Sandilands,
ich hoffe, Sie können es einrichten, mir heute im Laufe des Vormittags einen Besuch abzustatten. Es ist etwas geschehen, das ich mit Ihnen besprechen möchte. Ich habe Ihnen eine Rikscha geschickt.
Mit besten Empfehlungen,

Es folgten die nicht zu entziffernde Unterschrift sowie die Worte »Sir George Jardine, Interimsgouverneur von Bengalen«.

Das gefiel Joe nicht. Ob er wohl so tun konnte, als hätte er diesen Brief nie erhalten, und einfach abreiste? Nein, da würden sie ihn sicher auf frischer Tat ertappen. Und es gab wohl kaum etwas Peinlicheres, als mit einer Polizeieskorte vom Hafen abgeholt zu werden! Nein, das wollte er lieber nicht riskieren. Ärgerlich sah er aus dem Fenster, und da standen in der Tat zwei livirierte Rikscha-Männer, die darauf warteten, ihn zum Gouverneur zu bringen. Joe hatte George Jardine in den letzten sechs Monaten ein- oder zweimal zu offiziellen Anlässen gesehen und einen guten Eindruck von dem alten vornehmen Prokonsul gewonnen, der seinen Ruhestand aufgegeben hatte, um die Lücke zwischen zwei Amtsinhabern auszufüllen.

Das Treffen klang ganz nach einem formellen Anlass, weshalb Joe kurz im Vestibül stehen blieb, um sein Äußeres zu überprüfen. »Mein Gott, siehst du müde aus, Sandilands!«, brummte er, als er sich im Spiegel sah. Er erwartete immer noch irgendwie, den eifrigen jungen Mann zu sehen, der seinerzeit mit den schottischen Füsilieren in den Krieg gezogen war – doch obwohl sein Haar noch schwarz und füllig war, hatten vier Jahre in Frankreich und weitere vier Jahre bei der Polizei einen wachsamen und zynischen Ausdruck in sein Gesicht gegraben. Eine alte, schlecht genähte Wunde auf der Stirn hatte das Ende seiner Augenbraue hochgezogen, sodass Joe selbst dann, wenn er völlig entspannt war, stets einen forschenden Blick hatte. Die Sonne Indiens hatte seine grauen Augen in den vergangenen sechs Monaten im gleichen Maße gebleicht, wie sie seine Haut gebräunt hatte. Aber wenigstens wurde in Indien alles, was er besaß, poliert, ohne dass er es anordnen musste. Er rückte seinen spiegelblanken schwarzen Sam-Browne-Gürtel zurecht, seine silberglänzenden Rangabzeichen und die Bänder seiner Orden, das Blau seines Polizeiordens, das von dem Rot und Blau der DSO-Tapferkeitsmedaille und seinen drei Kriegsorden fast ganz verdrängt wurde. So konnte er gehen.

Die Rikscha setzte sich in Bewegung, ohne dass ein Wort gewechselt wurde. Die Rikscha-Männer trabten gleichmäßig durch den dichten Verkehr. Die Menschen machten Platz, sobald sie das Livree des Gouverneurs sahen. »Noch sechs Monate, und ich könnte mich womöglich daran gewöhnen«, dachte Joe. »Es wird wirklich Zeit, dass ich nach Hause komme!«

»Morgen, Sandilands«, begrüßte ihn der Gouverneur, als wenn er ein alter Freund von ihm wäre. »Es ist doch hoffentlich nicht zu früh für einen Drink, oder? Whisky-Soda?«

»Doch«, dachte Joe, »es ist noch viel zu früh, aber was will man machen?«

Er beobachtete Jardine dabei, wie er großzügig zwei Gläser einschenkte.

»Ich habe Ihre Nachricht erhalten«, sagte er und hoffte, man möge ihm seine Verärgerung nicht anhören.

»Ja, nun ...«, hob der Gouverneur an. »Merkwürdige Geschichte. Ich habe Ihren Leuten in London telegrafiert, und ich hoffe, Sie nehmen mir das nicht übel, dass ich das so über Ihren Kopf hinweg getan habe. Aber Ihr Vortrag neulich, der hat mich wirklich beeindruckt ... Und nicht nur mich. Alle. Hat uns richtig die Augen geöffnet. Ich möchte unsere Leute hier ja nicht schlecht machen – die leisten wirklich gute Arbeit –, aber davon haben sie auch bis über beide Ohren genug, und es könnte sein, dass wir etwas Unterstützung brauchen. Kann natürlich sein, dass es damit überhaupt nichts auf sich hat. Wenn Frauen erst mal anfangen zu tratschen, weiß man ja nie, wohin das führt ...« Er hielt inne und trank einen Schluck. »Dennoch habe ich mir erlaubt, Ihrem Chef zu telegrafieren und ihn zu fragen, ob wir Sie noch ein bisschen länger behalten dürfen. Wir würden uns alle sehr darüber freuen. Obwohl das Problem nicht hier liegt, sondern in einem Ort namens Panikhat, etwa achtzig Kilometer südlich von hier. Liegt direkt an der Bahnstrecke. Die Reise dürfte also nicht allzu unbehaglich ausfallen, und ich bin sicher, dass man Sie fürstlich empfangen und unterbringen wird. Sind nette Menschen da. Ist eine Garnisonsstadt.«

Joe Sandilands hörte gar nicht mehr richtig zu. »Ich könnte jetzt schon auf einem Boot den Hooghly River herunterschippern! Warum bin ich bloß nicht gestern Abend schon gefahren, verdammt noch mal?«

»Das ist wahrscheinlich nicht gerade das, was Sie sich in diesem Moment gewünscht haben«, fuhr der Gouverneur fort, »aber ich glaube, wenn Sie sich dieser Sache annehmen, könnte das Ihrer Laufbahn durchaus förderlich sein. Wie ich bereits sagte, es sind nette Menschen da – Bateman's Horse. Wir nennen sie die Bengal Greys – graue Pferde –, das indische Gegenstück zu den Scots Greys, wissen Sie ... Aber ich will nicht noch mehr Zeit durch Geplauder verlieren.«

Er hielt einen Brief hoch. »Hier steht alles drin, aber zunächst gibt es da jemanden, den ich Ihnen gern vorstellen möchte.« Er zögerte einen Moment, dann kam er schließlich doch zur Sache. »Es handelt sich um meine Nichte. Sie ist zurzeit hier zu Besuch. Sie ist mit dem obersten Verwaltungsbeamten des Bezirkes Panikhat, Collector Drummond, verheiratet und lebt dort mit ihm. Mal ganz unter uns: Er ist ein ziemlich friedlicher Zeitgenosse ... liebt das ruhige Leben. Ist nicht viel los mit ihm. Vielleicht beschäftigt sich Nancy nur deswegen mit dieser Sache, weil sie sich langweilt. Aber ich weiß nicht – die beiden machen einen glücklichen Eindruck zusammen. Wie dem auch sei, Nancy ist ein ausgesprochen kluges Köpfchen und – ah! Nancy, meine Liebe, da bist du ja! Das ist Commander Sandilands. Sandilands, meine Nichte, Nancy Drummond.«

Zum ersten Mal, seit ihm die schreckliche Nachricht mitgeteilt wurde, dachte Joe, dass er vielleicht für diese unwillkommene Störung in seinem Leben entschädigt werden würde. Er hatte sich unter der Frau des Collectors sofort eine respektable und äußerst strenge anglo-indische Matrone vorgestellt, aber die Gestalt, die sich ihm nun zeigte, überraschte ihn.

Erstens war sie mindestens zwanzig Jahre jünger, als er erwartet hatte, und zweitens war sie geschmackvoll – nachgerade modisch – gekleidet. Sie trug eine weiße Seidenbluse und gut geschnittene Reithosen, hatte einen breitkrempigen Hut in der einen, einen Fliegenwedel in der anderen Hand und sah Joe forschend bis misstrauisch an. Er versuchte, sie nicht allzu offensichtlich zu taxieren, war sich aber bewusst, dass sie ihn sehr wohl ganz offen taxierte. Das konnte ja lustig werden.

»Also, Nancy«, sagte der Gouverneur, »dann setz dich mal hin und erzähl Sandilands, was du mir erzählt hast. Ich habe ihn bereits gewarnt, dass möglicherweise nichts dahinter steckt, aber du hast mein Interesse geweckt, und jetzt werden wir unser Bestes tun, um auch sein Interesse zu wecken.«

Nancy setzte sich Joe gegenüber auf einen Stuhl und sah ihn eine ganze Weile ziemlich ernst an, bevor sie anfing zu reden. Jetzt, da er sie aus der Nähe sah, fiel Joe auf, dass ihr hübsches Gesicht blass und angespannt war. Sie unternahm keinen Versuch zu lächeln und stürzte sich direkt in ihre Geschichte. Sie sprach leise und deutlich und klang sehr eindringlich. Sie hatte sich offenbar gründlich vorbereitet.

»Vor einer Woche ist in Panikhat etwas ganz Schreckliches passiert. Peggy Somersham, die Frau von Captain William Somersham, dem Hauptmann der Greys, wurde mit aufgeschlitzten Handgelenken tot in der Badewanne gefunden. Alle sprachen von Selbstmord, aber dazu hatte sie absolut keinen Grund. Die beiden waren noch nicht sehr lange verheiratet. Er ist bedeutend älter als sie, aber das ist nichts Ungewöhnliches in Indien – man wartet mit dem Heiraten, bis die Laufbahn einigermaßen gesichert ist, und ein Offizier darf in der Regel ohnehin nicht heiraten, bevor er dreißig ist. Natürlich kann man es nie genau wissen, aber die beiden wirkten nicht nur glücklich, sondern sehr glücklich miteinander. Ihre Ehe galt als Musterehe.

Ich weiß, in Indien geschehen merkwürdige Dinge, aber allein die vorliegenden Tatsachen lassen meiner Meinung nach Zweifel aufkommen, und Kommissar Bulstrode war auch nicht in der Lage, den Vorfall plausibel zu erklären. Eine Zeit lang glaubten wir, er würde es sich leicht machen und einfach den armen Billy Somersham festnehmen …«

»Bitte, Nancy«, sagte der Gouverneur, »bleib bei den Tatsachen.«

»Tut mir Leid, Onkel! Sehen Sie mal hier ...« Sie holte einen Umschlag vom Schreibtisch ihres Onkels, zog zwei Fotografien heraus und reichte sie Joe.

Angewidert verzog er den Mund.

»Wer hat die gemacht?«

»Ich.«

»Meine Nichte hat drei Jahre lang als Krankenschwester in Frankreich gedient«, erklärte der Gouverneur und lehnte sich zurück.

»Mr. Sandilands, so traurig es ist, aber ich habe schon viel mehr Blut gesehen als nur eine Badewanne voll. Und ich habe viele, viele Wunden gesehen. Sogar aufgeschlitzte Handgelenke ...« Sie hielt inne, als würde sie sich an Schreckliches erinnern. »Sie sind sicher schockiert, dass ich im Stande bin, angesichts eines solch entsetzlichen Anblicks Fotografien zu machen?«

Da Joe den Erzählfluss nicht mehr als nötig unterbrechen wollte, nickte er lediglich. Es schockierte ihn in der Tat, aber er wusste, dass diese entschlossene Frau eine verneinende Floskel sofort durchschauen würde. Seine berufliche Neugier verlangte nach Informationen darüber, wie sie es geschafft hatte, unter solch schwierigen Umständen so klare Bilder zu machen, aber er schwieg und sah sie mit einer, wie er hoffte, geeigneten Mischung aus Sympathie und Ermunterung an.

»Ich war selbst schockiert. Sie war nämlich meine Freundin, Mr. Sandilands, und da fällt so etwas noch viel schwerer. Aber es ist eine heiße Jahreszeit. Mir blieb nichts anderes übrig, um den Ort des Geschehens genau so festzuhalten, wie er war. Bulstrode hatte bereits angeordnet, die Leiche zu entfernen und sofort zu bestatten, außerdem hatte er dem *khitmugar* aufgetragen, dafür zu sorgen, dass das Badezimmer gereinigt wird. Da habe ich dann leider eingreifen müssen, indem ich darauf bestand, dass Andrew – das ist mein Mann, der Collector – Bulstrode zurückpfiff. Selbstverständlich musste Peggy nach einer schnellen, vom Truppenarzt durchgeführten Autopsie begraben werden, aber wir haben die Bediensteten davon überzeugen können, das Badezimmer ansonsten unberührt zu lassen. Ich möchte mich natürlich nicht einmischen …« (Der Gouverneur lächelte mokant.) »… aber es wäre sicher hilfreich, mit dem Arzt zu sprechen. Er heißt Halloran. Ich kenne ihn nicht besonders gut. Ire. Viele Militärärzte sind Iren. Er macht einen netten Eindruck.«

»Sie haben also den Tatort – wenn es sich denn um einen solchen handelt – konserviert, Mrs. Drummond, und das offenbar mit der Routine eines erfahrenen Kollegen der Metropolitan Police. Ich frage mich, was hat Sie dazu veranlasst, diese Maßnahme zu ergreifen …?«

»Mein Onkel hat mir von Ihnen und Ihrer Arbeit in Kalkutta erzählt, als ich vor einigen Wochen das letzte Mal hier war. Ich habe einen Ihrer Vorträge gehört und war beeindruckt. Ich habe seinerzeit an Ort und Stelle versucht, ein Treffen mit Ihnen zu vereinbaren, aber Sie waren umlagert von einer Phalanx junger, ernster Beamter der Bengali Police Force, und da gab es kein Durchkommen. Aber als dann das mit Peggy passierte, rief ich sofort meinen Onkel an, der einige Telefonate führte und ein bisschen zauberte – und jetzt sitzen wir hier.«

Sie lächelte zum ersten Mal, und ihr Gesicht hellte sich verschmitzt auf. »Und ich vermute, das freut Sie überhaupt nicht!«

Joe erwiderte ihr Lächeln. Er hatte das Gefühl, dass er vor der Frau des Collectors nicht viel würde verbergen können.

»Es ist etwas schwer zu erkennen, aber wenn Sie sich das zweite Bild etwas genauer ansehen …«, sagte sie und lenkte damit seine Aufmerksamkeit wieder auf das Bild des Grauens, das er in der Hand hielt.

Joe konzentrierte sich auf die Nahaufnahme der Handgelenke der Toten und erkannte sofort, worauf Nancy hinauswollte. Er ließ sie gewähren.

»Sie sehen es auch, stimmt's? Das hätte sie niemals selbst tun können, meinen Sie nicht auch?«

Joe nickte, und sie fuhr fort: »Aber das ist noch nicht alles, und wahrscheinlich noch nicht einmal das Schlimmste, Commander. Nachdem Peggy tot war, wurde viel geredet. Ich bin erst seit drei Jahren in Panikhat und kannte die Geschichten nicht ... wie dem auch sei, die Leute scheinen zu glauben, dass es sich wiederholt hat ... wie ein Albtraum. Der Albtraum ist vorbei, und man lässt sich von dem Glauben einlullen, dass er nie wiederkehrt. Aber er kommt wieder. Und zwar schlimmer als vorher. Die, die schon vor dem Krieg in Panikhat waren, überschlugen sich förmlich, mir die Geschichten zu erzählen.« Sie lehnte sich nach vorn, um ihrer nächsten Äußerung mehr Gewicht zu verleihen. »Mr. Sandilands, in jedem einzelnen Jahr von 1910 bis zum Krieg ist die Frau eines Greys-Offiziers ums Leben gekommen. Und jedes Mal im März.

Die Erste war Mrs. Major Prentice – Dorothy. Sie kam bei einem Brand ums Leben. Das war selbstverständlich tragisch, aber man kümmerte sich nicht allzu sehr darum, weil die Schuldigen ganz eindeutig die Dacoits waren, eine Gruppe von Banditen. Vor dem Krieg wimmelte es im Wald und in manchen Dörfern nur so vor Banditen. Jetzt gibt es sie immer noch, aber sie stellen längst nicht mehr die gleiche Bedrohung dar wie damals – dank Prentice und einigen anderen Männern. Im Jahr danach, im März 1911, wurde Joan Carmichael, die Frau von Colonel Carmichael, tödlich von einer Schlange gebissen. Jetzt sagen Sie sicher, da ist doch nichts Ungewöhnliches dran, in Indien von einer Schlange gebissen zu werden – in diesem Fall war es aber ungewöhnlich ... Im

März darauf stürzte Sheila Forbes bei einem Ausritt einen Abhang hinunter, und 1913 ertrank Alicia Simms-Warburton.«

»Und dann kam der Krieg.«

»Genau. Es wurde unruhig. Die Serie brach ab, und in den nächsten Jahren gab es weiß Gott genug Tote zu beklagen ... Die Sache geriet in Vergessenheit. Aber dieser fünfte Tod hat die Erinnerungen aufgefrischt. Auf einmal hieß es, einen Offizier der Greys zu heiraten sei mit größtem Risiko verbunden! Klatsch und Spekulationen sind wie Essen und Trinken für die Frauen der Offiziere, und ihr Zirkel ist sehr begrenzt. Jede Kleinigkeit wird in größter Panik untereinander besprochen – Sie können sich sicher vorstellen, welche Auswirkungen das auf ihre Nerven hat! Eine der Frauen denkt ernsthaft darüber nach, nach England zurückzukehren. Und einige der jüngeren Frauen schließen Wetten darüber ab, wer von ihnen das nächste Opfer sein wird! Ziemlich makaber, aber ich schätze, das zeigt, dass die Anspannung langsam unerträglich wird. Commander, Sie müssen nach Panikhat kommen und der Sache auf den Grund gehen! Wir brauchen Sie! Wir untersuchen die Angelegenheit, und entweder zeigt sich, dass all die wilden Theorien jeder Grundlage entbehren, und wir können die Damen beruhigen, oder ...« Sie hielt einen Moment inne und blickte finster. »... oder wir finden dieses ... dieses ... *Schwein* – tut mir Leid, Onkel! –, das meine Freundin umgebracht hat, und sorgen dafür, dass er nie wieder eine solche Tat begehen kann!«

Kapitel 3

Anglo-Indien geht früh zu Bett. Um zehn Uhr war das Hufgeklapper verstummt. Süß und schwermütig verklangen die letzten Töne der Last Post, gespielt von den Hornisten der Shropshire Light Infantry, die sich den Stützpunkt mit den Bengal Greys teilten. Joe Sandilands war froh über die einkehrende Ruhe und begann, sich Notizen zu diesem Tag zu machen.

Es war ein langer Tag gewesen! Ein Tag, der um zehn Uhr vormittags im Büro des Gouverneurs begonnen hatte und auf eine Bahnfahrt nach Panikhat in Gesellschaft von Nancy Drummond hinauslief.

Die Flut von Informationen und Spekulationen, Tratsch und Gerüchten, mit der Nancy ihn überschüttet hatte, beanspruchte ihn ebenso sehr wie Nancy selbst. Er dachte daran, wie sie es sich im Zug bequem gemacht und die Füße hochgelegt hatte, während sie erzählte und ihren Erzählfluss nur ab und zu unterbrach, um ihrem Träger in beneidenswert fließendem Hindustani Anordnungen zur Organisation der Reise zu erteilen und dafür zu sorgen, dass der Eisblock, der auf einem Blechtablett auf dem Boden ihres Erste-Klasse-Abteils vor sich hin schmolz, stets ausgewechselt wurde, wenn sie an einem Bahnhof hielten. Er dachte an das staccato-ähnliche Heulen des Sauglüfters und daran, wie er aus dem Fenster gesehen und sich die üppige, graugrüne Landschaft vor ihm ausgebreitet hatte.

Und er erinnerte sich an die Überraschung, mit der er, als sie ihr Handgepäck nach etwas durchsuchte, eine Pistole darin sah. Nancy war sein aufmerksamer Blick nicht entgangen. »Andrew will, dass ich sie bei mir habe. Es ist nur eine 22er Smith and Wesson Übungspistole, und ich bräuchte Stunden, um sie aus der Tasche zu holen, sie zu entsichern, zu laden, dann damit zu zielen und abzufeuern. Aber es beruhigt Andrew, dass ich sie dabei habe. Ich bin übrigens gar keine schlechte Schützin.«

Das glaubte Joe ihr sofort.

»Es tut gut, mal für eine Stunde allen neugierigen Blicken zu entfliehen«, sagte sie und fand schließlich ihr Zigarettenetui. »Selbst 1922 darf die Frau eines Collectors noch nicht in der Öffentlichkeit rauchen! Sie haben mich überrascht, Commander«, fügte sie hinzu.

»Überrascht? Wie das?«

»Als Onkel George mir seinerzeit vorschlug, dass ich mir Ihren Vortrag anhören sollte, habe ich Sie mir als einen typischen Londoner Bobby vorgestellt. Oder vielleicht wie Inspector Lestrade.«

»Nun, Sie haben mich auch überrascht! Ich stellte mir die personifizierte Rechtschaffenheit vor, eine mausgraue, matronenhafte Dampfwalze, wenn Sie so wollen. Und dann …«

Sie lachte. »Und dann – was?«

»Wie soll ich darauf bloß antworten?«, dachte er. »Was denkt sie von mir, wenn ich das sage, was mir durch den Kopf ging: jung, schön, klug, energisch, begabt?«

Er atmete tief ein. Ach, zur Hölle damit!

»Und dann entpuppten Sie sich als jung, schön, klug, energisch und begabt«, sagte er.

»Gütiger Himmel! Genau das Gleiche wollte ich auch über Sie sagen! Commander, ich weiß, dass mein Onkel George diese Sache sehr ernst nimmt – aber was ist mit Ihnen?«

»Ich nehme sie ebenfalls sehr ernst. Ich finde, es bleibt uns keine andere Wahl. Wir sprechen von fünf Todesfällen. ›Einmal ist keinmal, zweimal ist Zufall, dreimal hat System‹, wie man in Amerika sagt. Und was ist dann fünfmal? Also, jetzt noch mal ganz von vorne, ich möchte alles noch mal hören.«

»Also gut, ganz von vorne ... Obwohl, nein, wenn ich es mir recht überlege, fange ich doch lieber hinten an, weil das der Teil ist, der mir am vertrautesten ist. Die schlimme Geschichte, die letzte Woche passiert ist. Wir haben uns die Fotografien angesehen. Auf Bulstrodes Betreiben hin heißt es jetzt also, es handle sich um Selbstmord, aber ich habe die Schnitte gesehen, Sie haben die Schnitte gesehen, und Onkel George hat die Schnitte ebenfalls gesehen – und ich glaube, wir sind uns alle einig, dass Peggy sich diese Wunden nicht selbst zugefügt haben kann. Ich verstehe gar nicht, wie wir hier sitzen und so leidenschaftslos darüber reden können. Aber für Sie ist das alles wahrscheinlich gar nichts Besonderes?«

»Nun, man eignet sich natürlich mit der Zeit ein gewisses Quantum an innerer Distanz an, aber wenn ich drüber nachdenke, muss ich sagen, ich habe noch nie den Tod eines Menschen untersuchen müssen, den ich kannte. Und schon gar nicht den Tod eines Menschen, den ich mochte. Vielleicht wäre das mit der Distanz ganz schnell hinfällig, wenn ich mal in die Situation geriete.«

»Ich kannte Peggy Somersham sehr gut. Wir kannten uns zwar noch nicht sehr lange, aber ich glaube, ich kann sagen, dass sie meine beste Freundin war.« Sie hielt inne und grübelte einen Moment. Dann sagte sie: »Hier in Indien ist alles ein bisschen anders. Es wird sehr schnell Freundschaft geschlossen. Peggy und ich hatten den gleichen Hintergrund, wir kannten die gleichen Witze, wir haben beide auf englischen Schulen gelitten – man fasst schnell Zutrauen zueinander, wenn man so viel gemeinsam hat. Und außerdem war sie eine kluge und unterhaltsame Frau.«

Ihr Blick war fern und leer, als sie Joe ansah. »Ich war erschüttert. Ich habe drei Jahre lang in Frankreich als Krankenschwester gedient, und damals war eine Leiche mehr oder weniger nicht einmal eine Zeitungszeile wert. Aber ich weiß, was Sie meinen – wenn es jemanden trifft, den man kennt …

Als uns dämmerte, dass die Dinge sich möglicherweise nicht ganz so verhielten, wie es auf den ersten Blick aussah, habe ich eher zufällig erfahren, was vor dem Krieg passiert war. Ich glaube, es war Ronny Bennett, der sagte: ›Die armen alten Bengal Greys! Haben nicht viel Glück mit ihren Memsahibs!‹ Ich fragte ihn, was er damit meinte, und er sagte: ›Ja, war da nicht schon so ein ähnlicher Skandal vor dem Krieg? Oder sogar zwei? Plötzliche Todesfälle?‹

Und dann fing ich an, Nachforschungen anzustellen, und fand heraus, dass Alicia, die Frau von Captain Simms-Warburton, ertrank, als sie mit der Fähre den Fluss überquerte. Alle benutzten die Fähre seinerzeit, und alle benutzen sie heute. Nach dem Unfall damals ist das Ochsenhaut-Floß allerdings durch ein weniger angsteinflößendes und solideres Boot ersetzt worden.«

»Ochsenhaut?«

»Hmm. Geniale Erfindung und anscheinend äußerst effektiv, ich habe nämlich von keinem anderen Unfall mit so einem Gerät gehört, aber wie ich schon andeutete, es sah grauenhaft aus. Bestand aus vier aufgeblasenen Ochsenhäuten (noch mit Beinen dran, die hoch in die Luft abstanden, stellen Sie sich das mal vor!) und einer Plattform, die auf den mittleren beiden Ochsenballons auflag. Da saß der Passagier. Zwei indische Fährmänner hängten sich wie Ausleger an die jeweilige Seite des Floßes und trieben es mit den Füßen an. An jenem Tag war es allerdings nur ein Fährmann.«

»Und das Ding ist gekentert?«

»Genau. Zwei der Ochsenhäute platzten gleichzeitig, sodass die Fähre umkippte und Alicia ins Wasser fiel.«

»Irgendwelche merkwürdigen Begleitumstände? Andere Passagiere? Augenzeugen? Wurde das Floß hinterher untersucht?«

»Jede Menge Augenzeugen. Auf beiden Seiten des Flusses. Keine weiteren Passagiere – diese Flöße können nur höchstens zwei Passagiere transportieren, und Peggy war an dem Tag allein unterwegs. Aber der Fährmann hat eine sehr gute Schilderung des Hergangs geliefert.«

»Der Fährmann?«

»Ja. Der wurde hinterher natürlich befragt. Ich habe sämtliche Protokolle, Sie können sie gerne in Augenschein nehmen. Er war sehr mutig. Der Coroner lobte ihn sogar für seinen Mut. Er hätte ja einfach ans Ufer schwimmen können, aber er sah, dass Alicia Hilfe brauchte – ihre Kleider zogen sie vermutlich herunter, und man sagt, sie habe gar nicht schwimmen können –, also tauchte er noch einmal ab und versuchte, sie zu retten. Er hätte es fast geschafft. Man hat beobachtet, wie sie beide im Wasser zappelten und sich abmühten, aber bis ein oder zwei Passanten endlich ins Wasser gesprungen und hinausgeschwommen waren, um zu helfen, war es bereits zu spät.

Aber das ist lange her – 1913. Ziemlich schwierig, da jetzt noch an neues Beweismaterial zu kommen.« Sie unterbrach sich selbst, rief dem Träger in seinem kleinen Abteil laut *»koi-hai!«*, zu und erteilte ihm einen Auftrag. Dann nahm sie den Faden wieder auf mit den Worten: »Ich dachte mir, eine Tasse Kaffee würde uns gut tun – es sei denn, Sie hätten lieber etwas Stärkeres? Ich habe auch irgendwo Whisky.«

»Nein, danke, keinen Whisky für mich. Die Anglo-Inder fangen damit für meinen Geschmack ein bisschen zu früh am

Tag an. Sie haben wohl schon vergessen, dass ich mich heute Vormittag vehement gegen die Gastfreundlichkeit Ihres Onkels wehren musste!«

»Also, weiter im Text der Erinnerungen. 1912, Sheila Forbes. In Panikhat gibt es einen sehr beliebten Reitweg, der im Grunde von allen benutzt wird. Man durchkreuzt den Fluss an einer Furt, und dann reitet man einen sehr schmalen Pfad am Berghang hinauf.«

»Berghang?«, fragte Joe und blickte durch das Fenster auf die endlosen Weiten der flachen Reisfelder.

»Warten Sie's ab, steuerbord voraus sehen Sie bald die ersten Hügel. Aber natürlich meine ich nicht einen richtigen Berg, es handelt sich eher um eine Anhöhe aus roten Felsen. Und der Pfad ist eigentlich nicht sonderlich gefährlich, aber man muss schon ein bisschen aufpassen. Sheilas Pferd hat anscheinend vor irgendetwas gescheut und sie abgeworfen. Sheila ritt im Damensattel, und wenn man im Damensattel reitet, muss man ziemlich gut das Gleichgewicht halten können, man sitzt nämlich einigermaßen instabil. Damals sind die Frauen alle im Damensattel geritten, und selbst jetzt gibt es noch ältere Herren, die wegsehen, wenn die Frau des Collectors im Herrensitz reitet. Männer! Ach, nein, das ist nicht fair – die Frauen sind genau so schlimm!«

»Gut, so weit also schon mal die Geschichte an sich. Gab es Zeugen?«

»Nein. Keine richtigen. Die Gesellschaft, mit der sie ausgeritten war, war ihr voraus und schon um die nächste Ecke. Ein Bettler befand sich auf dem Pfad, der hat gesehen, wie es passiert ist. Seine Aussage bestätigte genau das, was man erwartet hatte: Sheilas Pferd hatte gescheut, und die arme alte Sheila ist den Abhang hinuntergestürzt. Es geht an der Stelle ziemlich tief runter, und Sheila hatte keinerlei Chance. Das Pferd hat übrigens überlebt. Frechheit, was? Das einzig Ungewöhnliche an diesem Fall war, dass Peggy nicht mit einem der Offiziere verheiratet war. Ihr Mann diente in der Sanitätstruppe der indischen Armee, dem IAMC. Trotzdem betrachtete jeder den Vorfall als weiteren Tod auf dem Stützpunkt.«

Der Träger kam in das Abteil und stellte ein Kupfertablett mit einer Kaffeekanne und winzigen Porzellantassen neben Nancy ab. Dann fuhr Nancy fort:

»Jetzt kommen wir zu Joan Carmichael, die Frau von Colonel Carmichael. Er ist verbittert. Hat sich im Krieg nicht ganz so gut gehalten, wie er gehofft hatte, und wurde nur Oberstleutnant. Ich kenne ihn noch aus meiner Kindheit. Er war so ziemlich das Schlechteste, was die indische Armee zu bieten hatte: ganz Großmaul mit Schnurrbart, nicht nett zu den jungen Offizieren und darum bei den Männern nicht sonderlich beliebt. Ich glaube nicht, dass Joan und er viel gemeinsam hatten.«

Joe nippte an seinem Kaffee. Die Erzählerin lenkte ihn mehr von der Erzählung ab, als ihm lieb war. Dann war sie also anscheinend in Indien geboren und aufgewachsen. Das hatte er angesichts ihrer guten Sprachkenntnis und der Leichtigkeit ihres Umgangs mit den Menschen hier bereits vermutet.

»Erzählen Sie mir, was mit Joan passiert ist.«

»Brr, da gefriert mir fast das Blut in den Adern! Joan wurde von einer Kobra gebissen. Auch das nichts furchtbar Ungewöhnliches, obschon es hier lange nicht so viele Kobras gibt, wie zu Hause gemeinhin angenommen wird. Muss daran liegen, dass dort alle *Das Dschungelbuch* gelesen haben! Die glauben ja alle, wenn hier jemand badet, kommt gleich eine Kobra durch den Abfluss geschlängelt!«

»Ich habe immer einen Mungo bei mir, wenn ich reise«, sagte er ernst.

Sie lachte und erzählte weiter: »Schade, dass Joan ihren an

dem Tag nicht dabei hatte. Sie ist immer jeden Morgen ausgeritten – das tun die meisten von uns –, und sie ist immer die gleiche Strecke geritten.«

»Und weiß man, was genau passiert ist?«

»Nun, in diesem Fall scheint die Polizei ausnahmsweise einmal gut gearbeitet zu haben. Auch hier habe ich die Untersuchungsberichte gelesen. Es fanden sich Hinweise darauf, dass Joan – ähm …« Sie wirkte auf einmal verlegen und sprach sehr schnell weiter: »… dass sie abgestiegen war, um sich zu erleichtern. Können Sie sich etwas Schrecklicheres vorstellen, als bei heruntergelassener Hose von einer Kobra gebissen zu werden? Ich will mich wirklich nicht darüber lustig machen, aber wir Menschen sind doch nun mal so … wir lachen über so etwas, bis uns bewusst wird, wie schrecklich es eigentlich gewesen sein muss.«

»Das ist eine ganz normale Reaktion«, erwiderte Joe ernst. »Das muss Ihnen bei Ihrer Arbeit als Krankenschwester doch häufig begegnet sein. In den Schützengräben haben wir es jedenfalls getan. Lachen war zeitweise das Einzige, das uns davor bewahrte, den Verstand zu verlieren. Am Anfang zumindest. Auf die Weise konnten wir mit dem Unaussprechlichen wenigstens einigermaßen umgehen.«

Sie schwiegen einen Moment und dachten an den Tod und jenen letzten, in Unwürde empfangenen Schmerz der Frau des Oberst Carmichael.

»Aber woher wusste man denn, dass es eine Kobra war?«, fragte Joe. »Ich war vorher noch nie in Indien – vielleicht gibt es Dinge, die für einen alten *koi-hai* völlig offenkundig sind, mir aber ein Rätsel …«

Sie lehnte sich nach vorn und war plötzlich sehr ernst.

»Man wusste, dass es eine Kobra war, weil sie noch da war! Am Ort des Geschehens. Das klingt höchst außergewöhnlich, und vielleicht gibt es eine ganz einfache Erklärung dafür, aber – mir schaudert, wenn ich davon rede – aber irgendjemand hatte die Kobra getötet – ihr den Kopf abgehackt – und sie neben Joan liegen lassen.«

»Aber das heißt ja …?«

»Genau, das irgendjemand vorbeigekommen sein muss und Joan tot dort liegen sah. Und zwar ziemlich kurz nach dem Biss. Womöglich hat dieser Jemand das Schauspiel sogar beobachtet? Jedenfalls war dieser Jemand früh genug da, um die Kobra einzufangen und zu töten. Aber warum? Aus Rache? Weil die Schlange Joan getötet hatte? Ganz schön makaber, wenn Sie mich fragen. Und Sie, Herr Wachtmeister, was machen Sie sich für einen Reim darauf?«

»Zu welchen Ergebnissen ist die Polizei seinerzeit gekommen?«

»Die Nachforschungen haben ergeben, dass es vermutlich keine Augenzeugen gegeben hat, nicht einmal einen Bettler. Man dachte, wie ich bereits andeutete, dass möglicherweise ein Waldarbeiter – ein Köhler vielleicht – versucht hat, Joan zu retten, die Schlange tötete, dann feststellte, dass keine Hoffnung mehr bestand, und sich aus dem Staub machte, um nicht mit der Sache in Verbindung gebracht zu werden.«

Joe schwieg eine Weile und trauerte um Joan Carmichael. Eine einsame anglo-indische Frau, unglücklich mit einem lieblosen Mann verheiratet, sucht der Langeweile zu entfliehen, indem sie morgens früh ausreitet, wird dabei von einer schwachen Blase geplagt – eine wirklich trostlose und Mitleid erregende Geschichte.

Dann wandte er sich wieder an Nancy: »Hatte sie Freunde?«

»Das weiß ich nicht. Danach habe ich mich nicht erkundigt. Bekannte hatte sie natürlich. An einem solchen Ort kann man gar nicht ohne Bekannte leben. Aber ob sie gute, enge Freunde hatte – das weiß ich nicht. Ist das wichtig?«

»Nein, ich glaube nicht. Ich hatte nur plötzlich so ein trauriges Bild von ihr, und da hätte mir die Vorstellung gefallen, dass sie einen netten Menschen kannte, bei dem sie auf dem Rückweg von ihrem Ausritt vorbeigeschaut hätte.«

Sie zog die Augenbrauen hoch. »Ein sentimentaler Polizist? Aber ich weiß, was Sie meinen … Wir können uns ja umhören. Es sind noch einige Offiziere und ihre Frauen in Panikhat, die auch schon vor dem Krieg da waren. Natürlich waren sie nicht die ganze Zeit hier. Sie sind oft umgezogen. In Indien ziehen alle ständig um. Sie können zwischendurch an diversen anderen Standorten stationiert gewesen sein, aber sie werden sich garantiert erinnern. Wenn sie hier waren, werden sie sich erinnern. Darauf können Sie sich verlassen.«

»Und Sie sagten, der erste Todesfall war 1910?«

»Dolly Prentice. Das ist jetzt zwölf Jahre her – und das ist in Indien eine sehr lange Zeit –, aber die Leute erinnern sich immer noch an Dolly! Das halbe Regiment war in sie verliebt, habe ich gehört. Selbst die Memsahibs mochten sie, und das ist ungewöhnlich, weil Dolly nämlich jung und sehr hübsch war. Ich habe Fotografien gesehen. Das Feuer hat fast nichts übrig gelassen, aber es gab da eine Blechkiste mit Familienstücken, die nicht allzu stark beschädigt war, und darin lagen unter anderem zwei Fotoalben. Dolly war eine richtige englische Rose – blonde Haare und große blaue Augen. Genau das, wonach Männer sich umdrehen: weich und weiblich … und so süß wie ein zwölf Wochen altes Kätzchen …«

Joe lächelte. Er sah sich das eher scharf geschnittene Profil seines Gegenübers an – spitzes Kinn, gerade, energische Nase, das wissende, verschmitzte Lächeln – und dachte, dass Nancy Drummond wahrscheinlich nicht viel mit Dolly Prentice gemeinsam gehabt hätte.

»Und sie war verheiratet mit …?«

»Dem damaligen Major Prentice. Giles Prentice. Jetzt ist

er Oberst und hat das Kommando über die Bengal Greys in Panikhat. Sie werden ihn selbstverständlich kennen lernen.«

»War die Ehe glücklich?«

»Das kann ich nicht mit Bestimmtheit sagen. Ich habe unterschiedliche Geschichten gehört. Die einen sagen, er habe Dolly vergöttert, und wenn man bedenkt, wie ihr Tod ihn aus dem Gleichgewicht gebracht hat, kann man das gut glauben. Andere sagen, sie sei ihm gleichgültig gewesen. Er ist ziemlich ... ach, das werden Sie ja selbst sehen ... aber ich finde ihn ziemlich merkwürdig. Schwer zu durchschauen und nicht leicht zu mögen. Aber ganz gleich, was für ein Mensch er ist, er kann in keinem Fall für Dollys Tod verantwortlich gewesen sein.«

»Sind Sie sich da so sicher?«

»Ja. Ohne Zweifel. Er war in Kalkutta und saß im Bengal Club beim Abendessen, als der Bungalow brannte. Er war erschüttert, als er wiederkam und man ihm erzählte, was passiert war. Die Offiziere hatten die Leichen da liegen lassen, wo sie sie gefunden hatten, und ...«

»Leichen? Sagten Sie gerade Leich*en*?«

»Ja, Leichen. Zwei. Im Schlafzimmer. Dollys Leiche lag noch auf dem Bett und die andere ...«

Ihre Stimme erstarb, und Nancy sah aus, als wenn ihr nicht ganz wohl in ihrer Haut wäre. Sie wusste nicht, wie sie es sagen sollte.

»Die andere?«, fragte er nach.

»Die andere hielt Dolly in den Armen. Das war Chedi Khan. Prentice' pathanischer Träger.«

Kapitel 4

Anglo-Indien geht früh zu Bett. Anglo-Indien wacht auch früh wieder auf. Joe Sandilands wurde um sechs Uhr vom penetranten Lärm eines Horns geweckt. Die Reveille. Schlaftrunken erinnerte sich Joe an den Text, den die britischen Soldaten zu dieser fröhlichen Melodie gesungen hatten

»Wake up Charlie,
Wake up and wash yourself.
Wake up Charlie,
Get up and pee!«

und wähnte sich zurück in Frankreich. Beim Militär. Im Krieg. Es dauerte einen Moment, bis ihm klar wurde, dass das Horn durch den heißen Morgen eines indischen Sommertages klang und nicht über die flachen, schlammigen Felder Flanderns. Er kämpfte sich unter dem Moskitonetz hervor und ließ die Füße auf die herrlich kühlen Bodenfliesen gleiten.

Er hatte sehr schlecht geschlafen. Ihm hatte der Kopf geschwirrt vor lauter unverdauten, zusammenhangslosen Informationen. Sein Versuch vom Vorabend, sich Notizen zu machen, war halbwegs gescheitert. Die schweißnassen Handgelenke hatten Flecken auf dem Papier hinterlassen. Die Tinte war auf dem weichen Kanzleipapier, das Nancy ihm gegeben hatte, zerlaufen. Papier mit dem Aufdruck »Büro des Collectors von Panikhat«.

Joe zog das Rollo hoch, öffnete das Fenster und lehnte sich hinaus. Es sah ganz nach einem weiteren heißen Tag aus, und als er an die lange Liste von Personen dachte, mit denen er Nancys Ansicht nach sprechen sollte, wurde ihm bewusst, dass diese frühen Morgenstunden womöglich die einzige Zeit des Tages waren, die er für sich haben würde. Er beschloss, eine Erkundungstour zu unternehmen, bevor es zu heiß wurde. Er rüstete sich mit einem kleinen Notizbuch aus, das die Aufschrift »The Metropolitan Police. New Scotland Yard W1. Telephone, Whitehall 1212« trug.

Die Hitze legte sich bereits drückend auf ihn, als er von seiner Veranda zur Ecke des Exerzierplatzes ging, und erinnerte ihn daran, dass er besser einen Hut tragen sollte. Rechts von sich sah er eine von Bäumen gesäumte Straße, die Joe, dankbar für den Schatten, einschlug. Diese Straße hieß offenbar Victoria Road (wie auch sonst?), und ein kurzer Blick in sein Notizbuch bestätigte ihm, dass William und Peggy Somersham hier in der Nummer 9 gelebt hatten (in dem Haus, das John und Alicia Simms-Warburton vor dem Krieg bewohnt hatten) und Sheila und Philip Forbes, der Arzt, in der Nummer 30.

Die Bungalows waren zwar alle zu unterschiedlichen Zeiten errichtet worden, entsprachen aber dennoch alle dem gleichen Muster. Sie alle verfügten über einen tadellos gepflegten Garten auf dem staubigen Grundstück, über Strohdächer, Ziegeldächer, sogar Wellblechdächer, breite Dachvorsprünge und eine das ganze Haus umgebende, breite Veranda. Wenn Joe im Vorbeigehen in die Fenster spähte, sah er Menschen, die den Tag begannen. Männer in Pyjamas, Frauen in Negligés, hier und da Kinder, die angezogen wurden oder mit aufmerksamen Dienern in der Sonne spielten. In den meisten Gärten war ein Wasserträger dabei, die zahlreichen Topfpflanzen zu versorgen, die jede Einfahrt säumten. Ein weiterer Blick in sein Notizbuch verriet Joe, dass Dolly und Giles Prentice in der Curzon Street Nummer 5 gewohnt hatten.

Die nächste Abzweigung nach rechts entpuppte sich als die Curzon Street. 1910 hatte auf Grundstück Nummer 5 ein großes Haus gestanden – jetzt war dort nichts. Das Grundstück lag etwas abseits von den Nachbarhäusern am Ende einer Sackgasse. Dahinter befanden sich landwirtschaftlich genutzte Felder und dahinter, vermutete Joe, der Fluss. Leichtes Spiel für die Dacoits, dachte Joe. Er wollte das verlassene Grundstück betreten, wurde daran jedoch von dem dichten Gestrüpp und Unkraut gehindert, das den Ort, an dem Dorothy Prentice und Chedi Khan Arm in Arm im Feuer umgekommen waren, überwucherte. Joe blieb stehen und ging die Geschichte jener Katastrophennacht noch einmal durch. Es überraschte ihn nicht, dass Prentice das Haus nicht wieder hatte aufbauen lassen. Dann sah er erneut in seinen Notizen nach und stellte fest, dass Prentice nicht weit weggezogen war. Ihm gehörte jetzt das Nachbargrundstück, auf dem ein großer Bungalow stand, dessen Garten direkt an den Ort des Schreckens angrenzte.

Doch der Schrecken befand sich überall. Als Joe weiterging, betrachtete er sich die kleinen Tafeln an den Einfahrten zu einigen der älteren Bungalows etwas näher – und ihn fröstelte trotz der indischen Wärme, als er begriff, was dort stand.

»In diesem Bungalow wurden am Sonntag, den 17. Mai 1857, Mrs. Major Minter und ihre drei Kinder von Meuterern erstochen und ihre Leichen in den Brunnen geworfen«, stand auf der Tafel zur Hausnummer 1 in der Clive Street. In der Nummer 9 fand Captain Hallett, der Hauptmann des Bateman's-Horse-Regimentes, den Tod, als er »seine Frau und seinen Sohn bei einem Angriff durch meuternde Sepoys tapfer zu verteidigen suchte. Alle drei wurden erschlagen.«

Wer hatte Indien doch gleich »das Land des Bedauerns« genannt? Joe ging weiter, und nachdem er ein weiteres Mal abgebogen war, erreichte er wieder den gnadenlos der Sonne ausgesetzten Exerzierplatz. Joe beschloss, in sein Quartier zurückzukehren. Zwei junge Offiziere schlenderten vorbei und sahen ihn neugierig an, bis der eine unvermittelt spöttisch ausrief: »Die Polizei, dein Freund und Helfer!«

Joe hatte keine Lust, sich herablassend behandeln zu lassen und bedachte die beiden mit einem repressiven Polizistenblick, einem Blick, den er zur Perfektion gebracht hatte, als er im Krieg mit aufsässigen Füsilieren zu tun hatte und später mit Londoner Kriminellen und sogar respektlosen Polizeiwachtmeistern. Es freute ihn, dass dieser Blick nichts von seiner Eindringlichkeit eingebüßt hatte, da die beiden sich anscheinend schämten.

Joe beschloss, sich nie wieder ohne Hut unter die indische Sonne zu wagen und machte sich auf den Weg zurück zu seiner Herberge. Als er sie erreichte, war das militärische Leben in Panikhat bereits in vollem Gange. Das Geräusch stramm marschierender Stiefel bildete einen harten Kontrast zu den etwas sanfteren Geräuschen der Stadt, und die Joe nur allzu bekannten Marschbefehle hallten fast ohne Unterlass zu ihm herüber.

»In Viererreihe antreten! Rechtsum!«

Und von etwas weiter weg: »Das Ganze Halt! Rechtsum! Zugweise antreten!«

»Das gute alte Militär«, dachte Joe. »Aber was einem diese Übungen nutzen sollen, wenn man als Infanterist an der Grenze im Nordwesten eingesetzt wird – und das steht diesen Männer ja sicher bevor –, ist mir schleierhaft. Seinerzeit in Spanien womöglich nützlich für Wellingtons Armee gegen Napoleon – aber das ist doch nun wirklich schon eine Weile her. Und die machen immer noch das Gleiche. Ich bin seit vier Jahren nicht mehr beim Militär, aber ich könnte jederzeit wieder mitmachen und in Viererreihe antreten!«

Joe kehrte zu dem Träger zurück, der ihm zugeteilt worden war. Der Träger hatte beschlossen, dass Joe bei seinem ersten öffentlichen Auftritt in Panikhat Uniform tragen sollte. Sein kakifarbener Drillichanzug lag gebügelt und ordentlich gefaltet auf dem Bett. Im *ghulskhana* wartete eine volle Badewanne auf ihn, und das Handtuch hing auf einem Handtuchständer.

Der Träger begrüßte ihn mit aneinander gepressten Handflächen. »Eier und Schinken, Sahib. Kaffee. *Jildi*.«

Joe dankte ihm auf Englisch und sah ein, dass es ungehobelt wäre, die für ihn bereitgelegte Uniform nicht zu tragen. Dankbar stieg er ins Badewasser, das weder heiß noch kalt war, und wusch den Schweiß der Nacht und insbesondere den Schweiß von seinem Spaziergang ab. Das Frühstück wurde ungeheuer schnell serviert, und da Joe annahm, dass irgendjemand dafür zuständig war, sein Zimmer aufzuräumen und die Badewanne zu leeren sowie den zylinderförmigen Behälter in der Ecke, der als Klosett diente, beschloss er, dass es Zeit wurde, die Runde der Pflichtbesuche zu beginnen.

Er wollte zuerst mit dem Kommissar sprechen, Superintendent Bulstrode, dann mit dem Arzt, dann mit dem Collector und nicht zu vergessen mit dem befehlshabenden Offizier der Bengal Greys, der Joe einer kleinen Notiz auf seinem Tisch zufolge zum Ehrenmitglied ihres Casinos ernannt hatte. Eine weitere Nachricht vom Panikhat Club ließ ihn wissen, dass er »für die Dauer Ihres Aufenthaltes« zum Clubmitglied ernannt worden war. Hinter beiden Ernennungen vermutete er den Einfluss von Nancy Drummond.

Mit einem gängigen britischen Tropenhelm, den eine aufmerksame Seele in seinem Bungalow hinterlassen hatte, gegen die Hitze gerüstet, machte er sich zu Fuß auf den Weg zum Büro von Superintendent Bulstrode.

Der Kommissar war kalt, der Kommissar war verärgert und freute sich nicht im Geringsten über Joes Besuch. Worüber er sich allerdings freute, war, dass nicht er es war, der sich mit diesem – wie er es nannte – von den Frauen in die Welt gesetzten Windei befassen musste. Und nach einem kurzen Blick auf Joes ordengeschmückte Brust war er erleichtert, es mit jemandem zu tun zu haben, der einmal Soldat gewesen war.

Er sah Joe mit scharfen blauen Augen kalt und misstrauisch an. »Keine Ahnung, was Sie daraus machen werden, Sandilands! Und bitte glauben Sie nicht, dass es meine Idee war, Ihre Zeit damit zu verschwenden!«, kam er ohne Umschweife zur Sache. »Ich möchte Ihren möglichen Untersuchungsergebnissen ja nicht vorgreifen, aber meiner Meinung nach ist das alles ganz großer Quatsch, und die Spur ist kalt. Sehr kalt sogar. Wenn ich Ihnen irgendwie behilflich sein kann – obwohl ich nicht wüsste wie –, lassen Sie es mich wissen. Wir sind hier chronisch unterbesetzt. Der Gouverneur hat vage vorgeschlagen, ich möge Ihnen einen Offizier als Unterstützung zur Verfügung stellen. Der hat leicht reden! Ich habe Ihnen einen *havildar*, einen indischen Sergeanten, zugeteilt. Naurung Singh. Er spricht ziemlich gut Englisch, wenn man ihn nicht unter Druck setzt. Er hat ein Jahr lang als Übersetzer bei einer britischen Einheit gedient und – nun ja – «, er lächelte kalt, » – wir haben keinen anderen. Er ist sehr ehrgeizig, und ich möchte Ihnen empfehlen, nicht alles zu glauben, was er Ihnen erzählt. Er ist immer sehr bemüht, einen guten Eindruck zu machen, wenn Sie verstehen, was ich meine. Ich rufe ihn gleich herein. Aber zunächst würde mich interessieren, wo Sie anfangen wollen?«

Ohne Joe die Gelegenheit zu geben zu antworten, fuhr er fort: »Ich vermute ja, Sie wollen mit dem Bungalow der Somershams anfangen.« Er warf einen Schlüssel auf den Tisch zwischen ihnen. »Nehmen Sie Naurung mit – er kann Sie herumführen. Nicht, dass es viel zu sehen gäbe. Bis ich hinkam, war schon ziemlich viel zertrampelt. Ich selbst war zum Zeitpunkt des Zwischenfalls in der Altstadt ...« Er räusperte sich und rutschte nervös auf seinem Stuhl herum.

Joe schwieg und wartete darauf, dass Bulstrode weitersprach.

»Mehrere Kleindiebstähle auf dem Basar. Bis ich von dem unglücklichen Ereignis Nachricht erhielt, waren schon Gott und die Welt und sein Träger da gewesen. Mindestens drei Leute hatten das Rasiermesser berührt ... Somersham war selbst über und über mit Blut befleckt, der gesamte Haushalt lief wie wild durcheinander und schrie, und mittendrin war Mrs. Drummond und machte ganz kühl Fotos!«

»Wie gründlich wurde hinterher sauber gemacht?«, fragte Joe.

»Ziemlich heiß in Indien«, sagte Bulstrode, »aber das brauche ich Ihnen wohl nicht zu sagen. Wir haben keine Kühlvorrichtungen, in denen wir ... äh ... Leichen unterbringen könnten. Und Blut kann man auch nicht ewig rumliegen lassen. Um es kurz zu machen – ich musste anordnen, sämtliches Blut zu entfernen. Aber abgesehen davon ist alles noch genau so, wie ich es vorgefunden habe.«

Joe sank der Mut. Die Spur war nicht nur kalt, sondern auch noch aufgewischt. Vielleicht aus gutem Grund? Nancys Argwohn begann an seiner Objektivität zu nagen.

»Ich würde vorschlagen, dass Sie sich das hier alles mal durchlesen«, sagte Bulstrode und legte einen Stapel Papier auf den Tisch. »Ich habe keine Zeit gehabt, Kopien anfertigen zu lassen – wir haben leider nicht so viel Büropersonal, wie Sie es vielleicht von Scotland Yard gewöhnt sind – also passen Sie bitte gut drauf auf. Das sind Unterlagen zu den anderen Todesfällen, über die die Frauen sich jetzt so aufregen.

Ich habe sämtliche Protokolle der Verhöre zur Seite gelegt. Ein ziemlich umfangreicher Vorgang, wie Sie sehen. Und damit wird Naurung Ihnen leider nicht helfen können – er kann nicht besonders gut Englisch lesen. (Daran wird er arbeiten müssen, wenn er dahin kommt, wo er hin will.) Ansonsten können Sie ihn alles fragen – wo Sie am besten hingehen sollten, mit wem Sie sprechen sollten, wen Sie förmlich grüßen müssen und wen nicht und so weiter. Aber ich bin überzeugt, wenn Sie die Unterlagen erst gelesen haben, werden Sie die Ladys hier beruhigen können. Dann hat das Gackern im *moorghi-khana* ein Ende …«

»Im was?«

»Im Hühnerstall. So nennen wir die Räume der Damen im Club. Hm. Wenn sie die schließen würden, hätten wir nur noch halb so viele Probleme. Würde uns das Leben ausgesprochen erleichtern. Wie dem auch sei, Sandilands, auf mich hören die Damen nicht, aber vielleicht hören sie ja auf jemanden, der zwar keine Ahnung von der Geschichte hat, dafür aber aus London kommt. Behängen Sie sich mit Ihren Orden, zeigen Sie sich von Ihrer besten Seite, und sagen Sie den Damen, dass sie sich nicht ihre hübschen Köpfe zerbrechen sollen – mehr brauchen Sie gar nicht zu tun.«

Bulstrode merkte, dass sein Ton bitter geworden war, und fügte schnell hinzu: »Ich habe Ihnen ein Büro herrichten lassen, für den Fall, dass Ihnen nichts Besseres zur Verfügung steht. Ist leider ziemlich klein. War mal der Lagerraum. Ich habe ihn für Sie geräumt. Da haben Sie einen Schreibtisch, zwei Stühle und ein Fenster. Kein Telefon, aber Sie können jederzeit meines benutzen. Kann ich Ihnen jetzt einen Drink anbieten?«

Joe hatte den Entschluss gefasst, vor Mittag nichts zu trinken, aber plötzlich und hinterhältig lockte ihn die Vorstellung von einem Whisky-Soda, und er nahm das Angebot an.

Der Kommissar schenkte zwei Whiskys ein und reichte Joe ein Glas. Er klingelte mit einer kleinen Glocke, die Tür öffnete sich, und Naurung Singh trat ein. Naurung war groß und gebieterisch. Trotz seines üppigen Schnurrbarts schätzte Joe ihn auf höchstens knapp über fünfundzwanzig. Zur Polizeiuniform trug Naurung einen blauen Turban. Er verneigte sich wenig unterwürfig und lächelte diskret, aber freundlich.

Superintendent Bulstrode erhob sich, sprach sehr schnell auf Hindustani und sagte dann: »Ich überlasse Sie jetzt sich selbst, Sandilands. Damit Sie sich durch den Papierberg lesen können. Naurung lasse ich Ihnen hier, Sie können ihn also alles fragen, was Sie wollen. Ach, übrigens werden Sie von den Greys zum Mittagessen erwartet. Um ein Uhr. Naurung wird Sie hinbringen.«

Joe zog einen Stapel Papier zu sich heran und bedeutete Naurung, sich zu setzen. Der Sikh zögerte. Einen Moment lang ließ er sich auf der äußersten Stuhlkante nieder, dann erhob er sich, um völlig überflüssigerweise das Rollo weiter herunterzuziehen, und setzte sich nicht wieder hin.

»Ich muss lernen, wen ich förmlich grüßen muss und wen nicht«, dachte Joe. »Aber ich muss wohl auch lernen, wem ich einen Stuhl anbieten darf und wem nicht. So, wie es aussieht, dürfen Sikh-Polizisten sich nicht setzen. In London gibt es einige Offiziere, die nicht zulassen würden, dass ein Wachtmeister in ihrer Gegenwart sitzt ... Ist wohl überall das Gleiche.«

Er machte sich daran, den Papierstapel durchzugehen. Es befanden sich Schriftstücke aller Größen und Arten darin, manche auf Bögen mit privaten Briefköpfen, andere auf liniertem Kanzleipapier mit dem Wasserzeichen der Regierung. Manche waren in exquisiter englischer Handschrift von jemandem abgefasst, der an das griechische Alphabet gewöhnt war, andere in der flüssigen und kunstvollen lateinischen Schrift indischer Büroangestellter.

»Naurung«, sagte er. »Haben Sie diese Unterlagen gelesen?«

»Ich habe es versucht, Sahib, aber Englisch lesen fällt mir nicht leicht.«

»Kennen Sie die Geschichten?«

»Ich habe sie gehört.«

»Sie sind doch ein erfahrener Polizist. Der Superintendent meint, dass an diesen Todesfällen nichts Verdächtiges ist, und dass es sich lediglich um eine Serie von ...« – er wollte eigentlich »Zufällen« sagen, überlegte es sich aber anders – »eine Serie von Vorfällen handelt. Eine Serie von Vorfällen, die zufällig immer zur gleichen Zeit passiert sind. Was meinen Sie?«

»Ich glaube nicht, dass das zufällig ist, Sahib.«

Sie sahen sich einen Moment in die Augen.

»Der Mann ist mir sympathisch«, dachte Joe.

»Sagen Sie mal«, wandte er sich dann wieder an Naurung. »Wir haben es mit fünf – möglicherweise mehr – rätselhaften Todesfällen zu tun, die über einen langen Zeitraum verteilt eingetreten sind. Obwohl an den Todesfällen an sich nichts besonders Rätselhaftes ist – das einzig Rätselhafte ist, dass sie alle im gleichen Monat passiert sind. Ich kann nicht glauben, dass Mrs. Drummond die Einzige sein soll, der das aufgefallen ist. Es müssen sich doch auch andere dazu geäußert haben. Also, sagen Sie, Naurung, was wird geredet?«

Naurung sammelte sich und antwortete dann langsam: »Man glaubt nicht, dass das Zufall ist.«

»Und wenn wir die Möglichkeit des Zufalls ausschließen, welche Möglichkeiten bleiben uns dann noch?«

»Das, was man ein Verbrechen nennt.«

»Es wird also offen von einem Verbrechen geredet?«

»Sahib, Sie fragen mich, was die Leute reden, und ich sage Ihnen, was die Leute reden. Aber es gibt noch eine dritte

Möglichkeit, über die die Leute nur flüstern. Ich möchte nicht, dass Sie mich für einen dummen schwarzen Mann halten – ›Eingeborene sind ja so abergläubisch‹ – das sagt man doch von uns, oder?«

»Ja, ich bezweifle nicht, dass es Menschen gibt, die das sagen. Aber Sie vergessen, dass ich ein dummer Londoner Polizist bin – vor mir können Sie frei sprechen.«

Naurung war das sichtlich peinlich, und es dauerte eine Weile, bis er schließlich sagte: »Sahib, wissen Sie, was eine *churel* ist? Nein? Eine *churel* ist der Geist einer Frau, die bei der Geburt ihres Kindes gestorben ist. Sie spukt an Flüssen und Furten. Ihre Füße sind verkehrt herum, damit sie die Männer ins Verderben führen kann. Ich erzähle Ihnen das, aber ich glaube nicht daran. *Churels* sind Rachegeister. Die Leute sagen vielleicht, dass eine *churel* sich an den Frauen der Bengal Greys rächen will für etwas, das – vielleicht vor langer Zeit – passiert ist. Für einen Groll, den sie mit ins Grab nahm. Ein Groll, der nie besänftigt wurde. Ich erzähle Ihnen das, weil Sie fragen. Ich persönlich halte das für dummes Gerede. Wenn man immer auf alles hören würde, was geredet wird, würde man nie zu einem Schluss kommen.«

»Hören Sie«, sagte Joe, »ich sage Ihnen gleich, dass ich nicht an Ihre *churel* glaube.«

»Wie ich sagte, Sahib, ich auch nicht. Trotzdem ist ein Hinweis auf die *churel* das Wasser.«

»Das Wasser?«

»Darf ich Sie daran erinnern, Sahib, dass Mrs. Somersham in der Badewanne starb, Mrs. Simms-Warburton im Fluss ertrank und Mrs. Forbes einen Abhang hinunterstürzte und am Flussufer starb. Das ist zwar nicht viel, aber es ist eine – und zwar die einzige – Gemeinsamkeit, die darauf schließen lassen könnte, dass zwischen den Todesfällen ein Zusammenhang besteht.«

Joe durchblätterte die vergilbten Papiere auf dem Tisch.

»Eine Gemeinsamkeit. Genau, Naurung. Eine Gemeinsamkeit ist genau das, was wir finden müssen. Wenn es eine Art roten Faden gibt, irgendetwas, das diese fünf Todesfälle gemeinsam haben und was sie daher verbindet, dann können wir vielleicht bereits ahnen, warum die Memsahibs starben. Wir wissen, *wie* sie starben – obwohl wir nichts darüber wissen, wie genau sie in die tödlichen Situationen gerieten – aber wir wissen nicht, warum. Ich habe gelernt, dass man, wenn man das ›Wie‹ und das ›Warum‹ kennt, auch vom ›Wer‹ nicht mehr weit entfernt ist.«

»Ja«, sagt Naurung, »das hat mein Vater auch immer gesagt.«

Joe dachte einen Moment nach, dann sagte er: »Wir müssen die Untersuchungsberichte durchgehen und herausfinden, was diese Ladys gemeinsam hatten. Wie intensiv haben Sie sich bisher mit diesen Fällen befasst?«

»Ich hatte bisher nur mit dem Tod von Mrs. Somersham letzte Woche zu tun. Ich war hier und habe Polizeichef Bulstrode bei den Ermittlungen geholfen. Den Ort des Geschehens durfte ich mir nicht ansehen … Später …« Naurung stockte.

»Ich verstehe. Reden Sie weiter.«

Joe wusste, was Naurung sagen wollte, und ersparte ihm die peinliche Erklärung. Der Anblick einer nackten Engländerin in einer blutigen Badewanne wurde Indern nicht gestattet.

»Haben Sie die Fotografien gesehen? Und Schlussfolgerungen gezogen?«, fragte Joe.

»Ich habe sie für Mrs. Drummond entwickeln lassen. Ich kenne einen Feldwebel bei den Fernmeldern, der so etwas macht. Ja, ich habe die Bilder gesehen, Sahib«, murmelte Naurung und blickte betreten zur Seite.

»Ich hätte Sie Ihnen ohnehin gezeigt«, sagte Joe. »Hier, sehen Sie noch einmal drauf. Sagen Sie mir, was Ihnen auffällt.«

Naurung näherte sich dem Tisch und blickte zaghaft auf die schwarz-weißen Fotografien. Joe studierte die Bilder intensiv und entdeckte jetzt mehr, als er beim ersten flüchtigen und eher höflichen Blick im Büro des Gouverneurs gesehen hatte.

»Ich sehe vieles, das mich traurig macht, Sahib. Möchten Sie mir nicht lieber erzählen, was ein erfahrener Londoner Polizist erkennt?«

Joe verdrängte Ekel und Mitleid für diese Frau, die tot und mit aufgetriebenen weißen Brüsten in dem blutig dunklen Wasser ihrer Badewanne lag, und konzentrierte sich auf die noch beunruhigenderen Entdeckungen auf den entsetzlichen Bildern.

»Bevor wir eine Ortsbegehung machen, möchte ich Sie bitten, mir noch ein paar Details zu erläutern, Naurung. Erzählen Sie mir doch bitte, wer die Tote gefunden hat, um wie viel Uhr genau und so weiter.«

»Somersham Sahib hat sie gefunden. Der arme Mann – er war außer sich. Seine Schreie haben die Bediensteten alarmiert. Um sieben Uhr abends. Sie waren dabei, sich fertig zu machen für ein Abendessen bei Freunden, und danach wollten sie ins Theater gehen. Sie war um sechs Uhr ins Bad gegangen. Die *bheesties*, die das Wasser herbeigetragen hatten, und Mrs. Somershams Ayah, die die Wanne damit gefüllt hatte, bestätigen das. Somersham Sahib saß in seinem Arbeitszimmer am Schreibtisch und wartete, dass sie fertig würde, und irgendwann wunderte er sich, dass sie so lange brauchte, ging ins Badezimmer und fand sie. Tot.«

»Was hat er unternommen, um ihr zu helfen?«

»Ach, Sir, er hat überall Diener hingeschickt. Zum Collector, zu Bulstrode Sahib und natürlich zu Dr. Halloran. Aber Memsahib Drummond war die Erste, die da war.«

»Hat außer der Ayah sonst noch jemand bestätigen können, wann Mrs. Drummond ins Bad ging?«

»Memsahib Drummond hat die Wassertemperatur gemessen – und natürlich notiert, wie Sie sehen werden – und ist der Meinung, das Wasser müsste etwa eine Stunde, bevor die Leiche gefunden wurde, in die Wanne gegossen worden sein. Der Arzt, der um kurz vor acht zur Stelle war, bestätigte, dass Memsahib Somersham weniger als zwei Stunden tot gewesen war.«

»Und die Schnittwunden? Was halten Sie von den Schnittwunden?«

»Nun, darüber habe ich mir erlaubt mit meinem Onkel zu sprechen, Sahib …«

»Mit Ihrem Onkel?«

»Mein Onkel ist Schlachter, Sahib, und ich dachte, es könnte uns weiterhelfen, seine Meinung zu hören.«

»Ja, das glaube ich allerdings auch. Weiter?«

»Wie Memsahib Drummond bereits sagte – und sie verfügt, wenn ich es richtig verstanden habe, über Erfahrung als Krankenschwester – kann Mrs. Somersham sich diese Wunden nicht selbst zugefügt haben.«

Er zeigte auf die aufgeschlitzten Handgelenke auf dem Foto und führte dann die Bewegungen aus, die für das Aufschlitzen beider Handgelenke nötig wären. »So muss es vor sich gegangen sein. Das konnte sie nicht selbst getan haben. Und wenn sie sich diese Wunden nicht selbst zugefügt hat, gibt es nur eine andere Erklärung dafür.«

»Was ist mit der Waffe? Ich nehme an, die wurde am Tatort gefunden?«

»Ein Rasiermesser. Es wurde am Boden der Badewanne gefunden. Am Rasiermesser war nichts Ungewöhnliches – eine ganz normale, neun Zentimeter lange, hohl geschliffene Klinge, wie sie alle Sahibs benutzen. Mit Knochengriff.«

»Konnte es identifiziert werden?«

»Ja. Es gehörte Somersham Sahib. War Teil seines Rasiersets. Er bewahrte seine Rasiermesser in einer Mahagonikiste auf seinem Rasierständer im Badezimmer auf.«

»Hätte Somersham selbst die Tat begehen können?«

»Natürlich. Abgesehen vom Personal war er der Einzige zu Hause. Aber ich habe mit allen Dienern gesprochen, Sahib, und sie schwören, dass er die ganze Zeit in seinem Arbeitszimmer war. Sein Träger wurde mehrfach von ihm hereingerufen, um ihm erst Tee und dann einen Pink Gin zu bringen, später, um das Zimmer aufzuräumen. Der Träger sagt, der Sahib hat an seinem Schreibtisch gesessen und das Zimmer nicht verlassen. Damit war die Ayah die Letzte, die Mrs. Somersham lebend sah, als diese sie um sechs Uhr entließ.«

»Um sechs Uhr? Woher weiß sie das so genau?«

»Das Horn der Infanterie spielte ›Cookhouse‹. Damit werden jeden Abend um sechs die Männer herbeigerufen.«

»Ist der Ayah an ihrer Herrin irgendetwas Besonderes aufgefallen? War sie anders gestimmt als sonst? Benahm sie sich anders?

»Sie sagt, die Memsahib war fröhlich, sie plauderte viel und freute sich auf den Abend.«

»Ich glaube, es wird Zeit, dass wir uns den Ort des Geschehens ansehen, Naurung.«

Joe nahm den Schlüssel, die Fotografien und den Ordner mit den Unterlagen an sich und verließ das Büro. Naurung folgte ihm und hielt sich mal drei Schritte hinter ihm, mal eilte er Joe voraus, um ihm den Weg zu weisen.

Als sie am Bungalow der Somershams ankamen, steckte Joe den Schlüssel ins Schloss und trat einen Schritt zurück. Quer vor der Tür hing ein dreisprachiges Band: »Hier hat sich ein Verbrechen ereignet. Zutritt verboten.« Naurung schnalzte abschätzig mit der Zunge. »Das ist nicht korrekt. Noch ist nicht erwiesen, dass es sich um ein Verbrechen handelt.«

»Das ist schon in Ordnung«, sagte Joe. »Selbstmord ist schließlich auch ein Verbrechen.«

Die Tür war an zwei Stellen mit Wachs plombiert, und als Joe sich den Bungalow weiter von außen betrachtete, bemerkte er, dass auch die Fenster entsprechend plombiert waren. »Gut«, sagte Joe. »Sehr gut. Haben Sie das veranlasst?«

»Vielen Dank, Sahib, ja, das habe ich veranlasst. Ich glaube, Bulstrode Sahib fand das übertrieben.«

»Überhaupt nicht«, sagte Joe. »Völlig korrekte Vorgehensweise.«

Die beiden Männer lächelten sich kurz an und betraten dann den Bungalow. Im Inneren herrschte eine muffige Atmosphäre. Die Luft war verbraucht, es war lange nicht gelüftet worden, und es roch intensiv nach Desinfektionsmitteln. Joe stand im Korridor und sah sich um. Dann ging er von einem Zimmer zum nächsten. Überall war zu spüren und zu sehen, dass die Alltagsgeschäfte plötzlich liegen geblieben waren. Im Schlafzimmer lag die Ausgehkleidung für beide Somershams bereit. Am Spiegel der Frisierkommode klemmte ein Zettel:

Samstag vor dem Mittagessen J. B. anrufen.
Merricks Rechnung bezahlen.
Munition für Schrotflinte bestellen.

Darunter stand in einer anderen Handschrift:

Vor Freitag an deine Mutter schreiben!

Überall war sichtbar, dass das Leben hier hätte fortdauern sollen, und es fanden sich keinerlei Anzeichen dafür, dass es mit Bedacht ausgelöscht werden würde.

Joe schlenderte von Zimmer zu Zimmer und hielt Ausschau nach etwas, das ihm merkwürdig vorkam. Er seufzte, als er den Salon betrat und merkte, dass ihm fast alles an und in diesem Bungalow fremd war. Die seltsame Mischung aus leichten Rattanmöbeln und schweren viktorianischen Schränken irritierte ihn, und selbst die Nutzung dieser Räume war ihm unbekannt.

Wenigstens das Arbeitszimmer ganz vorne im Bungalow war die Joe vertraute Mischung aus Bibliothek und Büro, und Joe betrachtete den Mahagonischreibtisch, an dem Somersham gearbeitet hatte, während seine Frau badete. Die Oberfläche war aufgeräumt, weshalb Joe annahm, dass Somersham seine Unterlagen mitgenommen hatte. Er ging die Schubladen durch und sah sich in seiner Annahme bestätigt.

»Hat Captain Somersham seine Habseligkeiten aus dem Bungalow entfernt?«

»Ja, Sahib. Er ist jetzt in einem der Gästezimmer im Club untergebracht, bis Bulstrode oder Sie ihm gestatten, hierher zurückzukehren. Ich glaube nicht, dass er an diesem tragischen Ort sein möchte.«

Joe stellte sich den niedergeschlagenen William Somersham allein in einem anonymen Gästezimmer im Club vor – gequält von seinen Erinnerungen und dem, was er gesehen hatte, und sich sehr wohl im Klaren darüber, dass er nicht frei von Verdacht war. Joe schüttelte sich und widmete sich wieder der Suche nach Anhaltspunkten.

Er kam zu dem Ergebnis, dass das Leben hier in erster Linie auf der Veranda stattgefunden hatte. Sie war jetzt durch heruntergelassene Rattanrollos verdunkelt und voller Fliegen, aber wenn die Türen offen standen und Durchzug gestatteten, war dieses Plätzchen auf der Schattenseite des Hauses sicher ein sehr angenehmer Aufenthaltsort. Joe legte seinen schweren Ordner auf einem kleinen Tisch ab und setzte sich daneben auf einen Stuhl, um nach Bulstrodes Untersuchungsbericht zu suchen. Er verzog das Gesicht, als er beim Hinsetzen einen harten Gegenstand unter dem Kissen spürte, das das Sitzen auf dem Rattanstuhl etwas komfortabler machen sollte. Joe griff unter das Kissen und zog eine lederne Schreibmappe hervor, an der ein Füllfederhalter klemmte. Die goldenen Initialen MES verrieten Joe, was Margaret Elizabeth Somersham getan hatte, bevor sie ins Bad ging. Sie hatte die Mappe mit der schnellen, automatischen Bewegung versteckt, die man sich angewöhnt, wenn man in einem Haushalt mit vielen Bediensteten lebt, die ständig ein und aus gehen. Insbesondere, wenn man etwas zu verbergen hat.

Ohne zu zögern, nahm Joe die Mappe zur Hand, öffnete sie und zog den halb fertigen Brief hervor, der darin lag. Peggy hatte an ihre Eltern geschrieben. Er las die Schilderung ihrer Unternehmungen der letzten Woche. Ein ganz normaler, geradezu routinemäßiger Alltag, aber die Lebensfreude der jungen Schreiberin schien deutlich durch. Sie tat ihr Bestes, um ihre Eltern mit übertriebenen Beschreibungen der Garnisonsangehörigen zu unterhalten, und die lebhafte Darstellung eines Polospiels, das Panikhat gegen eine Gastmannschaft verloren hatte, hätte auch Joe zum Lächeln gebracht, wenn sich nicht diese bedrückende Traurigkeit auf ihn gelegt hätte. Er registrierte, mit welchem Stolz und welcher Zuneigung sie das Können ihres Mannes auf dem Spielfeld beschrieb. Aber die eigentlichen Neuigkeiten hatte Peggy sich für das Ende des Briefes aufgehoben.

Joe ließ die Schultern hängen. Er wandte sich unvermittelt von Naurung ab, fuhr sich unsanft mit dem Taschentuch über die Augen und putzte sich geräuschvoll die Nase. Dann drehte er sich wieder zu dem jungen Polizisten um und sagte: »Naurung, Sie müssen mein Gedächtnis auffrischen. Diese *churel*, von der Sie sprachen – das ist ein Geist, sagten Sie? Wessen Geist?«

»Sie ist der Geist – der Rachegeist – einer Frau, die bei der Geburt eines Kindes gestorben ist, Sahib.«

Kapitel 5

Joe wedelte mit dem Brief vor Naurung herum, der geduldig, aber verwirrt abwartete. »Diesen Brief werden wir als Beweis für Peggy Somershams Gemütszustand an uns nehmen. Er hätte schon viel früher entdeckt werden müssen.«

»Memsahib Somershams Gemütszustand, Sahib?«

»Ja. Dieser Brief ist an ihre Eltern in England gerichtet. Es ist sehr deutlich herauszulesen, dass Peggy Somersham glücklich war, dass sie ihren Mann liebte, und dass sie sich auf die Zukunft freute. Sie erwartete im Herbst ein Kind.«

Naurung fehlten die Worte. Er antwortete mit einem Zischen, das Überraschung und noch etwas anderes verriet – Genugtuung?

»Kommen Sie, Naurung, wir sehen uns das Badezimmer an. Ich glaube, ansonsten habe ich genug gesehen.«

Das Holz der Badezimmertür war am Schloss zersplittert – vermutlich eine Folge des verzweifelten, gewaltsamen Eindringens von Somersham. Das Badezimmer sah genauso aus, wie es Joe beschrieben worden war, und genauso, wie er es erwartet hatte. Die Wanne war gereinigt und gespült worden, aber unter dem Rand fand er dennoch Spuren getrockneten Blutes. An der einen Wand hing ein kleiner Spiegel direkt über dem Rasierständer, auf dem sich die weit geöffnete Mahagonikiste und ein Streichriemen befanden. Neben der Badewanne war ein großer Wandspiegel, vor dem ein mit Toilettenartikeln beladener wackeliger Bambustisch stand.

Joe besah sich die vielen Flaschen und Tiegel. »Meine Güte! Damit könnte man ja einen Laden aufmachen! Sehen Sie mal hier, Naurung! *Luffa*, Körperpuder, Eau de Cologne, Maniküreset, edle Seife …«

»Es ist so traurig! Memsahib Somersham hat offensichtlich alles dafür getan, eine schöne Lady zu werden«, murmelte Naurung.

Joe fiel nicht zum ersten Mal auf, dass Bulstrode Naurung – vielleicht absichtlich – unterschätzte.

»Genau! Und sehen Sie mal hier – das ist wirklich interessant.« Joe zeigte auf einige elegant geformte Flakons. »Das ist ein Parfum von Guerlain in Paris – Mitsouko. Das ist zurzeit *die* Sache für so hübsche junge Dinger, und kostet ein Vermögen. Habe selbst vor Jahren mal ein, zwei Flaschen davon gekauft«, fügte er als Antwort auf Naurungs leicht fragenden Blick hinzu. »Das sagt doch wohl einiges über Peggy Somersham aus, oder was meinen Sie?«

»Das meine ich auch, Sahib. Sie bereitete sich jedenfalls nicht darauf vor zu sterben. Sie wollte mit ihrem Mann ausgehen und den Abend genießen. Meine Frau stellt ebenfalls alles, was sie für das Bad braucht, heraus, wenn sie badet. Und ihr Lieblingsparfum schließt sie ein, damit die Bediensteten nicht dran können, und sie nimmt es mit ins Bad, wenn sie sich für einen besonderen Anlass zurechtmacht. Ein so kostbares Parfum ist wohl kaum vom Hausmädchen dort hingestellt worden.«

Dann lenkte Joe seine Aufmerksamkeit auf den offenen Kasten auf dem Rasierständer. »Somershams Rasiermesser. Ist das normal, die Rasiermesser im Badezimmer aufzubewahren? Ging Somersham nicht zu einem Barbier? Wissen Sie etwas darüber, Naurung?«

»Ja, ein wenig, Sahib. Ich habe mit seinem Träger gesprochen. Somersham hat seine Rasiermesser immer in diesem

Kasten aufbewahrt. Er hat sich immer selbst rasiert und ist nie zum Barbier gegangen. Er ging sehr sorgsam mit seinen Rasiermessern um. Zog sie immer gut ab und legte sie stets wieder an ihren Platz in der Kiste.«

Joe warf einen Blick in die Kiste. Sie war mit Samt ausgeschlagen, und in ihr war Platz für sieben Messer, eins für jeden Tag. Das dritte Messer von rechts fehlte. Joe nahm das Rasiermesser ganz links heraus und betrachtete es näher. Es war in London hergestellt und sehr teuer. Er bewunderte den schönen Knochengriff und überprüfte mit dem Daumen die Schärfe der Klinge. Auf der Metallklinge war das Wort »Montag« eingraviert. Joe zählte die Messer bis zur Lücke ab. Freitag.

»Naurung«, sagte er langsam, »Sie müssen noch einmal mein Gedächtnis auffrischen. Wann genau wurde Memsahib Somersham umgebracht?«

»Kurz nach sechs am dritten März, Sahib. Das war der Freitag letzter Woche.«

»Wenn Sie in dieses Haus eingedrungen wären, um Mrs. Somersham umzubringen, und Sie wenig Zeit hätten – welches Rasiermesser würden Sie dann aus dieser Kiste nehmen?«

»Dieses hier, Sahib«, sagte Naurung und zeigte auf das Messer, das ihm am nächsten war. »Das für Sonntag.«

»Ich auch. Was ist mit dem Freitagsmesser passiert?«

»Bulstrode Sahib hat es mitgenommen. Wir haben keine Möglichkeit, auf Fingerabdrücke zu untersuchen, und es hieß, dass schon so viele Leute das Messer in der Hand gehabt hatten, dass es ohnehin nicht mehr als Beweismittel tauge. Es lag am Boden der Badewanne, wo es von der Ayah gefunden wurde, als sie dabei half, die Leiche herauszuheben. Sie schrie und gab es Somersham Sahib, der es einem anderen Diener gab, der es wiederum Bulstrode brachte. Ich glaube, es liegt jetzt in einer verschlossenen Schublade in seinem Büro. Möchten Sie es untersuchen?«

»Jetzt nicht, Naurung. Viel zu spät.«

Joe seufzte. Wenn er doch nur als Erster am Tatort gewesen wäre! Dann sähe die Sache jetzt ganz anders aus. Aber er sagte nichts. Es half ja nichts, das Vorgehen der hiesigen Polizei zu kritisieren. Es würde auch nichts helfen, Bulstrode gegen sich aufzubringen – obschon ein Wort gegenüber dem Collector vielleicht doch ganz angebracht wäre. Er spürte, dass Naurung die Unzulänglichkeiten in den bisherigen Ermittlungen sehr wohl sah, und dass er, obwohl er in keiner Weise für sie verantwortlich war, sich schämte, einen Verfahrensfehler nach dem anderen einräumen zu müssen. Joe begriff, warum Bulstrode seinen indischen Sergeanten in die Schusslinie geschickt hatte.

»Wenigstens liegen uns mit Mrs. Drummonds Fotografien einige unmittelbare und unvoreingenommene Zeugnisse vor. Sehen wir sie uns doch noch einmal an, während wir hier sind.«

Joe holte die Bilder heraus, die Nancy gemacht hatte, hielt sie hoch und verglich sie mit dem, was er vor sich hatte. Mit einem Hauch von Pathos, wie immer in solchen Momenten, zog er sein Vergrößerungsglas hervor und studierte die Bilder. Naurung witzelte und spottete nicht – er registrierte die Lupe mit Anerkennung.

Dann trat er etwas unruhig von einem Fuß auf den anderen und sagte vorsichtig: »Wenn Sie schon dieses Gerät in der Hand haben, Sahib, fänden Sie es möglicherweise auch lohnenswert, sich die Male auf den Schultern der Lady genauer zu besehen. Mir hat leider ein solches Glas nicht zur Verfügung gestanden, aber ich bin mir ziemlich sicher, irgendwelche Spuren erkannt zu haben.«

Joe hielt die Lupe über die weißen Schultern. »Ja, Sie haben Recht. Und ich vermute, Sie haben bereits erraten, was für Male das sind? Wir können es natürlich nicht mit Bestimmtheit sagen, und wir werden Bulstrode befragen müssen, wenn davon nichts in seinem Untersuchungsbericht steht – und da Sie mich so vorsichtig darauf hinweisen, vermute ich, dass nichts darin steht?«

Naurung nickte. Er sah immer noch so aus, als sei ihm das sehr unangenehm.

Joe gewann den Eindruck, dass Bulstrode Sahibs Vorgehensweise bei den Ermittlungen noch häufiger Anlass zu Kritik bieten würde – und dass Naurung ihm eben dies auf subtile Weise signalisierte. Joe gab durch eine kleine Pause zu verstehen, dass er Naurungs unausgesprochene Botschaft verstanden hatte und fuhr fort: »Gut, vielleicht sollten wir warten, bis ich mit dem Arzt gesprochen habe, aber ich glaube, wir beide sind uns einig, dass diese Male von Fingern stammen. Irgendjemand hat Peggy Somersham gewaltsam ins Wasser gedrückt, bis sie verblutet war. Und das Wasser war warm – das Blut floss also schnell.«

Naurung nickte wieder und fragte dann: »Aber dann hätte sie doch geschrien, Sahib, oder nicht? Somersham hat gesagt, dass er sie singen hörte. Dann hätte er es doch sicher gehört, wenn sie geschrien hätte?«

»Selbstverständlich. Es hat aber niemand ausgesagt, ungewöhnliche Geräusche gehört zu haben, geschweige denn einen Schrei. Er muss sie vollkommen überrascht und ihr den Mund zugehalten haben – dann wäre es allerdings ziemlich schwierig gewesen, sie unter Wasser zu drücken und ihr gleichzeitig die Pulsadern aufzuschlitzen ... Ich glaube, er ist ins Badezimmer eingedrungen, bevor sie hereinkam, und hat sich irgendwo versteckt. Dann kam er hervor, überraschte sie und knebelte sie mit etwas – mit dem Schwamm da? Einem Waschlappen? Ich glaube kaum. Ich glaube, unser Freund ist viel zu gut organisiert, als dass er solche Dinge dem Zufall überlassen würde – ich glaube, er hatte einen Knebel bei sich und nahm ihn hinterher auch wieder mit. Nach diesem Muster hätte er auch seine eigene Waffe mitbringen und das Rasiermesser nur aus einer Laune heraus benutzen können. Aber warum? Um jemanden zu verhöhnen? Als grausiger Witz?

Also, was haben wir? Eine glückliche junge Frau, die um sechs Uhr in die Badewanne steigt. Um sieben ist sie tot. Ihr Mann hält sich nicht in der Nähe des Badezimmers auf. Wie ist der Mörder also hereingekommen?«

Er sah sich um. In der einen Ecke des Raumes stand ein hoher, abgeschlossener Schrank – der Schlüssel steckte noch. Ziemlich weit oben in der Außenwand war ein kleines Klappfenster. Die Fensterflügel waren zu, aber nicht gesichert. Unter diesem kleinen Fenster stand ein Hocker.

»Halten Sie doch mal bitte den Stuhl fest, Naurung, ich möchte mir das Fenster ansehen.«

Als Joe auf dem Hocker stand, war die Fensterbank auf gleicher Höhe mit seiner Brust. Er sah durch das Fenster in eine schmale Gasse.

»Wo führt diese Gasse hin?«

»Zu den Stellungen der Infanterie, und von dort weiter ins Dorf.«

»Dorf?«

»Oder Stadt. Die Altstadt. Da, wo ich wohne.«

Joe nahm das Fensterbrett gründlich unter die Lupe. Er entdeckte eindeutig kleine Blutspuren, die dem Putzlappen nicht zum Opfer gefallen waren, weil sie sich über Augenhöhe befanden. Joe stützte sich auf Naurungs Schulter ab und sprang vom Hocker. »Gucken Sie selbst«, forderte er Naurung auf und reichte ihm das Vergrößerungsglas. »Was sehen Sie? Farbe? Chilisoße? Lippenstift?«

»Nein, Sahib, das ist Blut.«

»Dann wollen wir mal einen Blick in den Schrank da werfen.«

Der Schrank war offensichtlich als Abstellraum benutzt worden. Es befanden sich zwei Koffer, mehrere Ordner mit Briefen, ein Kricketschlagholz, ein Hockeyschläger und ein Jagdhelm aus hellbraunem Segeltuch darin. Auf den ersten Blick sah der Schrank staubig aus, und der Staub wirkte, als läge er schon lange unberührt da. Bei genauerem Hinsehen jedoch wurde klar, dass das nicht stimmte. Joe nahm seine Taschenlampe zur Hand und untersuchte den Schrankboden. Hier war der Staub eindeutig vor nicht allzu langer Zeit aufgewirbelt worden, allerdings waren keine Fußspuren zu erkennen. Er richtete den Lichtstrahl auf die Schrankwände und betrachtete jeden Quadratzentimeter des Holzes. Nichts. Joe wollte gerade aufgeben, als ihm einfiel, dass er auch die Rückseite der Schranktür untersuchen sollte, und als er den Lichtkegel darauf richtete, blitzte nur dreißig Zentimeter über der Unterkante etwas auf. Als Joe sich bückte, stellte er fest, dass sich ein winziger weißer Stofffetzen in einem Splitter des rohen Holzes verfangen hatte. Er nahm ihn vorsichtig ab und hielt ihn Naurung zur Untersuchung hin.

»Indische Baumwolle, Sahib. Grobe Baumwolle. Kein Stoff für Damenkleider. Und wenn er sich so weit unten an der Tür festgehakt hat, muss er von einer Männerhose stammen – einer indischen Männerhose.«

Joe holte eine kleine Papiertüte für Beweisstücke aus der Tasche, steckte den Stofffetzen hinein, versiegelte die Tüte und schrieb Datum, Zeit und seine Initialen darauf. Er reichte Naurung seinen Stift und bat ihn, ebenfalls zu unterschreiben.

»Wäre es irgendjemandem aufgefallen, wenn jemand aus einem so hohen Fenster klettert? Jemand, der womöglich blutverschmiert ist?«

»Jemand, der blutverschmiert ist, wäre ganz sicher aufgefallen. Aber wenn das Verbrechen doch in einem Badezimmer passierte … dann ist es nicht schwierig, sich das Blut abzuwaschen. Und es wurde ein blutverschmiertes Handtuch bei der Badewanne gefunden. Das hätte er benutzen können, um seine Kleider zu schützen – oder er hat sich hinterher selbst damit abgewaschen. Und was das Auffallen angeht – wenn ein Sahib aus einem Bungalow klettern und diese Gasse benutzen würde, wäre das ganz sicher aufgefallen, ganz gleich ob blutverschmiert oder nicht. Wenn aber ein Inder durch die Gasse geht, würde man das nicht unbedingt extra erwähnen. Die meisten Bediensteten nehmen regelmäßig diesen Weg in die Stadt.«

»War irgendjemand in der Nähe?«

»Das lässt sich in Indien gar nicht vermeiden – es ist immer irgendjemand in der Nähe. Die Dienstboten sind auf dem Gelände, und ständig kommen und gehen irgendwelche Fremden.«

»Hat sich jemand von selbst gemeldet, weil er etwas zu Protokoll geben wollte?«

»Hier möchte niemand in Schwierigkeiten geraten, Sahib.«

»Und jetzt ist diese beliebte Gasse auf einmal wie leer gefegt?«

»Fast leer gefegt. Sie können in Bulstrode Sahibs Notizen nachlesen, dass sich ein Zeuge gemeldet hat. Ein Kaufmann. Ein Vertreter von Vallijee Raja. Eine Gewürzhandlung in Kalkutta. Er war auf dem Weg zur Küche des Clubs, um dem Koch dort Gewürze zu verkaufen, und hat vom Dorf her diese Abkürzung genommen. Auf dem Basar wurde davon geredet, dass man einen solchen Mann dabei gesehen hatte, wie er die Gasse verließ, und dann meldete er sich von selbst und machte eine Aussage. Er sagte, dass er den Club erreichte, kurz nachdem ›Cookhouse‹ gespielt worden war, und dass er etwa zehn Minuten vorher in der Gasse gewesen sein musste. Er hatte nichts Verdächtiges gesehen oder gehört.«

»Verdammt noch mal!«, rief Joe verzweifelt. »Was gäbe ich dafür, mich mit diesem Mann zu unterhalten!«

»Das wird schwierig werden. Bulstrode Sahib hat ihn nicht festgehalten. Der Superintendent hatte nicht den Eindruck, dass der Mann log. Wenn er etwas zu verbergen gehabt hätte, hätte er sicher gelogen, was den Zeitpunkt seines Gangs durch die Gasse anging. Die Angaben zu seiner Ankunft in der Clubküche sind ebenfalls richtig, und der Koch bestätigt, dass er bei dem Vertreter Gewürze bestellt hat. Der Mann könnte jetzt überall in Indien sein. Diese Handlungsreisenden legen in einer Woche viele Kilometer zurück. Manchmal per Zug.« Er zuckte mit den Schultern.

Joe verspürte eine leichte Hilflosigkeit. Nicht, dass es an Beweismaterial fehlte. Im Gegenteil, er fand schon fast, dass es zu viel Beweismaterial und zu viele Zeugen gab. Er musste sich jetzt einmal eine halbe Stunde in Ruhe hinsetzen und Bulstrodes Aufzeichnungen durchgehen, ganz gleich, wie unvollständig sie waren. Er musste die wirklich wichtigen Informationen herausfiltern.

Zusammen mit Naurung ging er zurück in Somershams Arbeitszimmer und entfernte sich damit unbewusst so weit wie möglich von dem Zimmer, in dem der Mord geschehen war. Joe wandte sich an seinen Assistenten. »Wir haben es mit fünf Todesfällen im Laufe von zwölf Jahren zu tun. Sind im gleichen Zeitraum noch andere Engländerinnen zu Tode gekommen? Das müsste doch herauszufinden sein?«

»Ich habe bereits eine Liste angefertigt, Sahib. Das war eine meiner ersten Nachforschungen.«

Er zog eine handgeschriebene Liste aus dem dicken Papierstapel und legte sie vor Joe auf den Tisch. Sie trug die

Überschrift »Todesfälle englischer Ladys in Panikhat 1910–1922«.

Es waren dreizehn. Zwei davon waren in der heißen Jahreszeit an Cholera gestorben, zwei im Januar 1918 bei einem Verkehrsunfall in Kalkutta ums Leben gekommen, eine war bei der Geburt ihres Kindes gestorben und eine an Lungenentzündung, als sie im Urlaub einen Gipfel des Himalaya erklimmen wollte. Alle diese Frauen waren mit Offizieren der in Panikhat stationierten Infanterie-Regimente verheiratet. Eine zweite Gruppe verstorbener Frauen war mit Kavallerieoffizieren vom Batesman's Horse verheiratet. Zwei waren einem Fieber erlegen, und die restlichen fünf waren alle eines unnatürlichen Todes gestorben, und alle im März.

Joe seufzte. Nancy Drummond und die geschwätzigen Memsahibs hatten Recht, fürchtete er. Dolly, Joan, Sheila, Alicia und Peggy. Fünf Damen, die gewaltsam zu Tode kamen.

Naurung zog eine dicke Uhr aus Geschützmetall aus der Brusttasche seines Uniformrocks. »Es ist Viertel vor eins, Sahib. Man braucht etwa zehn Minuten zu Fuß zum Casino, wo man Sie zum Mittagessen erwartet. Ich glaube, wir sollten uns auf den Weg machen.«

Naurung begleitete Joe, obwohl dieser erklärte, den Weg sehr wohl allein finden zu können. Naurung hielt es aber offensichtlich nicht für angemessen, Joe mit dieser Aufgabe allein zu lassen.

»Sagen Sie«, richtete Joe sich an Naurung, während sie liefen, »Bulstrode ... er hat mir gesagt – und ich glaube, ich zitiere ihn jetzt richtig – ›Ich selbst war zum Zeitpunkt des Zwischenfalls in der Altstadt.‹ Vermutlich ist es nicht von Bedeutung, aber es dauerte anscheinend eine Weile, bis er gefunden wurde. Mich würde interessieren, was er um die Tageszeit dort zu tun hatte. Wissen Sie etwas darüber? War er im Dienst?«

»Bulstrode Sahib ist immer im Dienst, glaube ich ... aber

soweit ich weiß, war er nicht dienstlich in der Altstadt. Obwohl er viel Zeit dort verbringt, wie man hört.«

Es folgte eine längere Pause, in der Naurung offenbar mit sich rang. Sollte er noch mehr sagen oder Joes Frage unbeantwortet lassen?

Joe forderte ihn weiter heraus. »Ich weiß nur sehr wenig über Bulstrode. Ich weiß nicht, wo er wohnt. Ich weiß nicht einmal, ob er verheiratet ist. Ist er verheiratet?«

»Er ist verheiratet, aber die Memsahib ist in England. Ich weiß das, weil mein Vater ebenfalls Sergeant bei der Polizei war. Es ist kein Geheimnis. Es ist passiert, als ich neun Jahre alt war und anfing, meinem Vater zu helfen. Memsahib Bulstrode kam aus England, um ihn zu heiraten. Ich glaube nicht, dass es eine glückliche Ehe war, Sahib. Sie fand heraus, dass er bereits mit einer Inderin liiert war, obschon diese den Traditionen entsprechend fortgeschickt wurde. Eines Tages nahm die Memsahib ihren kleinen Sohn, der noch ein Baby war, und kehrte nach England zurück. Sie sagte, es sei ungesund für ein Kind, in Indien aufzuwachsen, und seitdem wurden sie und ihr Sohn hier nie wieder gesehen. Bulstrode Sahib fühlte sich verraten und war sehr aufgebracht. Er tat allen sehr Leid.«

»Bulstrode ist also ganz allein?«

Naurung war wieder sichtlich verlegen. Schließlich sagte er: »Nicht ganz allein und auch nicht die ganze Zeit.«

»Das heißt, Sie könnten sich vorstellen, warum er in der Altstadt war?«

»Es gibt gewisse Damen. Damen, mit denen man eigentlich nicht zusammen sein sollte, wenn Sie verstehen, was ich meine.«

Joe dachte über diese Andeutung nach.

»Ich kann es ihm nicht verdenken«, ging es ihm durch den Kopf. »Polizisten sind bekannt dafür, dass sie vereinsamen. Aber ich muss der Sache trotzdem weiter nachgehen.«

»Das tun viele Männer«, tröstete er Naurung. »Können Sie mir etwas darüber sagen, ob dieser Umstand Bulstrodes Position schwächt? Es gibt doch sicher Leute, die Dinge über ihn wissen, von denen er lieber hätte, dass die Welt sie nicht erfährt.«

»Wenn es solche Dinge gibt, weiß ich nichts darüber, Sahib. Aber es wird geredet, dass er zusammen mit sehr kleinen Mädchen gesehen wurde ... Wir sind hier in Indien, und selbst in Panikhat kann so etwas arrangiert werden. Gegen ein gewisses Entgelt. Oder als Tauschgeschäft.«

»Als Tauschgeschäft?«

»Ich möchte nicht mehr dazu sagen, Sahib. All das ist in höchstem Maße spekulativ.«

Joe dachte, dass ein Kommissar, der sich hin und wieder mit minderjährigen Mädchen versorgen ließ, ein verletzbarer Mann war. Ein Kollege, auf den man sich nicht hundertprozentig verlassen konnte. Aber nun hatte er selbst ein ethisches Problem. War es richtig, dass er diese Dinge mit Bulstrodes Untergebenem besprach? Er beschloss, das Thema vorläufig auf sich beruhen zu lassen.

Nur wenige Meter, bevor sie das Casino erreichten, blieb Naurung stehen.

»Ich warte hier auf Sie. Nachher können wir weiterarbeiten. Aber Sie dürfen keine Zeit verlieren, Sahib. Sie können sogar beim Mittagessen weiterarbeiten.«

»Beim Mittagessen?«

»Sie werden vielleicht einem oder zwei hinterbliebenen Ehemännern begegnen. Und sie werden Ihnen, von Offizier zu Offizier, möglicherweise mehr Dinge anvertrauen als einem indischen Schutzmann, Sahib.«

Joe blieb vor dem Casino kurz stehen und musterte es ohne große Begeisterung. Nach außen war die Offizierskantine trostlos und funktionell: Die Wände waren in typischem Behördengrau gehalten, und das Wellblechdach in typischem Behördenrot. In den Kästen vor den Fenstern gediehen zwar sorgfältig gepflegte Blumen, aber der Gesamteindruck zeugte von reiner Zweckmäßigkeit. So viel zum Äußeren. Mit Betreten des Casinos wurde der Besucher in die neunziger Jahre oder noch weiter zurückversetzt. Mahagoni, Orientteppiche und Regimentssilber sorgten für ein Höchstmaß an Opulenz. Ganze Scharen von backenbärtigen Offizieren blickten aus gestellten viktorianischen Porträts und steifen viktorianischen Gruppenbildern von den Wänden herunter. Zwischen ihren missbilligenden Mienen zeigten nicht minder missbilligende und nicht minder backenbärtige Tiger, Leoparden und Wildschweine ihr Antlitz. Eine finstere schnauzbärtige und steif posierende Gestalt starrte aus einem dunklen Porträt hervor – vermutlich Bateman höchstpersönlich, der Gründervater der Bengal Greys. Die eine Wand wurde vollständig von einem sehr plastischen Ölgemälde eingenommen, das das Bateman's Horse bei der Befreiung von Lucknow unter Henry Havelock zeigte. Regierungstreue Kavalleristen mit Turban und tropfenden Lanzen führten ein Bataillon von Highlandern in Kilts an. Das Gemälde musste die Erinnerung an jene berühmte Episode wach halten, da das Regiment seit der Meuterei und dem Blutbad in Flandern kaum im Einsatz gewesen war.

Joe war sich nicht sicher, wie er von den Bengal Greys aufgenommen werden würde. Ein Londoner Polizist, der vom Vizegouverneur damit beauftragt wurde, Vorgänge zu untersuchen, die möglicherweise zur Aufdeckung eines Skandals in den geschlossenen Reihen eines angesehenen Regimentes führte, würde sicher kühl empfangen werden. Anglo-Indien war sehr kastenbewusst. Es gab eine rigide gesellschaftliche Rangordnung. Die indische Beamtenschaft war ganz oben, das britische Militär darunter und darunter wiederum das indische Militär, wobei Kavallerie-Regimenter Infanterie-Regimentern übergeordnet und zugereiste Polizisten, wie Joe vermutete, sicher allem anderen untergeordnet waren. Er witterte Herablassung und war sicher, dass er dankbar sein musste, zum Mittagessen in dieses exklusive Kavalleriecasino eingeladen zu werden.

Joe war insgesamt ein geselliger Mensch, der – und dessen war er sich sehr wohl bewusst – dazu tendierte, Fremden gegenüber zu redselig zu sein. Er beschloss, ein unzugängliches, strenges Gesicht aufzusetzen. Diese Maske überdauerte aber nicht einmal seine erste Begegnung, bei der er die Bekanntschaft eines Adjutanten machte, der ihn mit ausgestreckter Hand ausgesprochen freundlich begrüßte.

»Es freut mich sehr, Sie hier zu sehen, Sir! Die Gerüchteküche brodelt. Die eine Hälfte von uns hat Sherlock Holmes erwartet, die andere einen proletarischen Londoner Bobby!«

»Ich glaube, ich bewege mich irgendwo dazwischen«, bemerkte Joe.

»Kommen Sie, ich möchte Ihnen ein Glas Sherry anbieten und Sie vorstellen …«

Und schon machte er mit ihm die Runde. John soundso, Bonzo soundso, Harry soundso – die Namen sagten Joe alle überhaupt nichts – bis auf William Somersham. Der Mann jener Frau, deren Körper Joe gerade eben mit der Lupe untersucht hatte, war groß, hatte den krummen Rücken und das lichte Haar eines Kavalleristen und war der Einzige in dieser Offiziersrunde, der nicht lächelte, als er Joe die Hand schüttelte. Sein Händedruck war fest und sein Nicken nicht unbedingt unfreundlich, aber er musterte Joe argwöhnisch und mit verschlossenem Blick.

Der Adjutant nahm sein einladendes Geplauder wieder auf. »Wenn es irgendetwas gibt, wobei wir Ihnen behilflich sein können, sagen Sie es uns bitte. Und fühlen Sie sich hier im Casino ganz wie zu Hause. Ich weiß, dass unsere Herbergen ziemlich spartanisch ausgestattet sind – wie sieht es mit einem Pferd aus? Und einem Stallburschen? Mal mit Neddy reden, der wird schon was Passendes für Sie finden. Neddy! Wie wäre es mit Bamboo für den Commander? Das ist ein gutes Pony. Hat sehr gute Manieren. Wird sich um Sie kümmern. Kann sogar einen Zahn zulegen, wenn nötig. Haben Sie heute Nachmittag Dienst, Neddy? Nein? Na, wunderbar. Dann wäre das ja geklärt.«

Joe kam in den Genuss von klarer Suppe, Lammeintopf und Pflaumenpudding. Die Speisen erinnerten ihn an Besuche bei seinen Großeltern, vermutlich hatten sich die Gerichte im gleichen Zeitraum entwickelt.

Er lehnte ein Glas Portwein ab und ging mit dem zuvorkommenden Neddy nach draußen, wo Naurung auf dem Boden saß und auf ihn wartete. Joe war das peinlich, und er äußerte es Neddy gegenüber.

»Das habe ich auch mal gesagt«, antwortete Neddy. »Aber das hält nicht lange an. Man gewöhnt sich daran.«

Sie machten sich auf den Weg zu den Ställen, wobei Naurung sich sehr zu Joes Ärger stets respektvoll drei Schritte hinter ihnen hielt.

In Indien waren Pferde immer noch das Fortbewegungsmittel Nummer eins, obwohl man schon mal einen Ford-T in einer Abgaswolke und mit kreischender Kupplung über den Exerzierplatz rumpeln sah, oder einen Stallburschen, der die Startkurbel an der polierten Messingschnauze eines Morris Cowley betätigte. Offiziere im Polodress galoppierten langsam in Zweier- und Dreiergruppen an ihnen vorbei und winkten Neddy zu, während sie Joe neugierig ansahen. Geführt von einem hübschen Stallburschen, passierte der Zweispänner einer opulenten Inderin unter einem Fransenschirm. Eine stämmige, mächtige Engländerin mit Schleier und Tropenhelm, Joe schätzte sie auf über sechzig, kam in einem schicken Gig von den Stellungen und fuhr weiter ihres Weges.

»Mit der müssen Sie sich unbedingt unterhalten«, sagte Neddy.

»Warum? Wer ist sie?« Joe fand, sie sah geradewegs so aus, als sei sie einer von Kiplings Erzählungen entsprungen. *Plain Tales from the Hills* vielleicht.

»Das ist Kitty. Mrs. Kitson-Masters. Sie ist die Witwe des letzten Collectors und die Tochter des Collectors davor. Ich vermute, dass sie irgendwann zwischendurch mal in England zur Schule gegangen ist, aber abgesehen davon hat sie ihr ganzes Leben hier verbracht, und was sie nicht über Panikhat weiß, braucht man auch nicht zu wissen. Die Informationen, die man von ihr bekommt, sind zwar nicht immer absolut zuverlässig, aber zumindest durchaus pikant! Da erröte selbst ich hin und wieder. Sie werden sie mögen. Vielleicht wird Sie Ihnen nicht bei Ihren Ermittlungen weiterhelfen können, aber einen kleinen Drink bekommen Sie bei ihr auf jeden Fall zu jeder Tages- und Nachtzeit. Kitty geht spät ins Bett.«

Als sie die Stallungen erreichten, ließ Neddy Bamboo vorführen, damit Joe ihn sich ansehen konnte. Bamboo war ein langgliedriger Fuchs mit weißer Blesse, drei weißen Fesseln und dem alten, aber weisen Ausdruck, den Poloponys generell im Alter anzunehmen scheinen.

»Etwas Besseres hätte ich mir nicht wünschen können«, stellte Joe aufrichtig fest.

»Wenn Sie mich dann jetzt bitte entschuldigen würden«, sagte Neddy. »Ich spiele um drei Uhr Squash. Naurung wird sich um Sie kümmern.« Und weg war er.

»Und was ist mit Ihnen, Naurung?«, fragte Joe. »Können Sie ein Polizeipferd bekommen?«

»Selbstverständlich, Sahib, Polizeipferde sind immer da.«

»Dann holen Sie sich eins, und seien Sie in einer Viertelstunde wieder hier bei mir. Ich bin es leid, ständig mit Soldaten zu reden – ich möchte mich mit der Geographie vertraut machen.«

»Geographie?«

»Ich meine die Landschaft. Führen Sie mich herum. Zeigen Sie mir die Furt, in der Mrs. Simms-Warburton ertrunken ist. Zeigen Sie mir den Abhang, den Mrs. Forbes hinuntergestürzt ist, und die Stelle, an der Joan Carmichael von der Schlange gebissen wurde – ich möchte mir das alles etwas genauer ansehen.«

Naurung kehrte schon bald auf einem schwerfälligen Waler zurück – einem aus Australien importierten Pferd, das inzwischen *das* Arbeitspferd Anglo-Indiens war. Joe stieg auf, und sie setzten sich in Richtung Furt in Bewegung. Dann hörte Joe, wie sich von hinten galoppierende Hufe näherten. Er blieb stehen und blickte in das gequälte Gesicht von William Somersham.

»Sandilands«, sagte er. »Es tut mir Leid, Sie zu stören. Aber wenn Sie ein paar Minuten Zeit für mich hätten? Ich hatte gehofft, Sie hier zu erreichen. Man sagt, in Indien gibt es eine Sache, die man nicht kaufen kann, ganz gleich, wie reich man ist – und das ist Privatsphäre. Was ich Ihnen zu sagen habe, verlangt aber genau danach.«

Er sah sich nach Naurung um, der wieder einmal taktvoll zurückgeblieben war, und fuhr dann fort: »Ich vermute, Sie sind hier, um den … den Tod … meiner Frau … zu untersuchen. Ist das richtig?«

Joe zögerte mit einer Antwort, da er nicht sicher war, inwieweit er diesem ihm völlig unbekannten Mann vertrauen konnte. Schließlich sagte er: »Ich bin hier, um im Fall des Todes Ihrer Frau zu ermitteln, aber ich bin auch hier, um Nachforschungen in diversen anderen Todesfällen von Ehefrauen der

Bengal Greys anzustellen, Todesfällen, die möglicherweise miteinander in Zusammenhang stehen, und die aus der Zeit vor dem Krieg datieren.«

»Sie glauben, dass ein Zusammenhang besteht?«

»Ich weiß nicht, was ich glaube, aber ich habe einen Verdacht. Eine Mutmaßung. Überlegen Sie doch mal – sie waren alle mit Offizieren der Greys verheiratet, und sie sind alle im März gestorben.«

»Alle im März! Das war mir noch gar nicht aufgefallen!«

»Es könnte sein, dass das reiner Zufall und daher unwichtig ist – aber das glaube ich nicht. Und darum habe ich offen gestanden nicht vor, jetzt schon wieder abzureisen. Ich bin ja auch gerade erst angekommen. Aber das ist wohl allgemein bekannt.«

»Sie sind darüber im Bilde, dass von Selbstmord ausgegangen wird. Darf ich Sie fragen, ob Sie sich diesem Votum anschließen?«

Wieder zögerte Joe. »Ich will offen sein«, sagte er. »Nein, das tue ich nicht.«

»Ich auch nicht«, sagte William Somersham. »Ich weiß besser als alle anderen, dass das überhaupt nicht zu ihr gepasst hätte. Überhaupt nicht. Es war so entsetzlich und unglaublich, aber anfangs habe ich diese Theorie zusammen mit allen anderen akzeptiert. Einen Moment lang vielleicht, aber es gibt so vieles …«

»So vieles? Was wollten Sie sagen …?«

»So vieles, das nicht zusammenpasst. Am Anfang war ich völlig durcheinander. Ich konnte nicht mehr klar denken. Vielleicht wollte ich mich selbst schützen, aber … Tatsache ist doch, dass, wenn Selbstmord ausgeschlossen ist, nur noch Mord übrig bleibt. Oder würden Sie das bestreiten?«

»Nein, das würde ich nicht.«

»Und wer wäre unter diesen Umständen der Hauptverdächtige? Nein, nein, keine Sorge, das braucht Ihnen nicht unangenehm zu sein – ich weiß, wer der Hauptverdächtige ist. Ich natürlich. Als sich die Katastrophe ereignete, hatte ich zu meiner Schande nichts Wichtigeres zu tun, als den Verdacht von mir abzulenken. Der Himmel weiß, warum! Vielleicht bin ich nicht besonders couragiert. Ich war sogar darauf bedacht, dass die Selbstmordtheorie aufrechterhalten wurde, und habe erst hinterher gemerkt, wie illoyal das Peggy gegenüber war.«

»Lassen Sie uns doch mal einen Moment bei der Mordtheorie bleiben«, sagte Joe. »Und lassen Sie mich Ihnen ein paar Fragen stellen.«

William Somersham lachte kurz auf. »›Reine Routine natürlich … wir möchten Sie gerne von der Liste der Verdächtigen streichen‹ – so in etwa?«

»Ja, so ungefähr. Hatte Ihre Frau irgendwelche Feinde? Gab es irgendjemanden, der einen Groll gegen sie hegte? Begründet oder unbegründet?«

»Nein. Ganz entschieden nein. Nie. Sie war ein so sanftmütiges Wesen.« Seine Stimme wurde wackelig. »Ich weiß, dass das oft gesagt wird, nachdem jemand gestorben ist, aber in Peggys Fall ist es wirklich wahr – sie hatte keinen einzigen Feind auf der Welt. Sie war so beliebt. Ich glaube, ich kann sagen, dass alle sie geliebt haben.« Dann fügte er hinzu: »Und ich habe sie geliebt. Ich meine, dass Sie das wissen sollten.«

»Erzählen Sie mir noch einmal, was an jenem Abend passiert ist. Oder noch besser, korrigieren Sie mich, wenn ich mich irre: Sie hatten sich in Ihr Arbeitszimmer zurückgezogen und gearbeitet, und man hat Sie dort in der fraglichen Zeit sitzen sehen. Die Tür war zwar zu, aber das Fenster stand offen. Richtig? Ihre Frau hatte sich zurückgezogen, um zu baden. Die Wanne war für sie aufgefüllt worden. Sie wollten gemeinsam ausgehen. Abendessen und danach ins Theater. Richtig? Und jetzt erzählen Sie weiter.«

»Ich habe gehört, wie Peggy ihrer Ayah Anweisungen gab, welches Kleid herauszulegen sei, und dann hörte ich, wie sie singend ins Badezimmer ging. Singend, Sandilands! Ich wollte noch vor dem Wochenende meinen Quartalsbericht abschließen – das ist jedes Mal das gleiche Theater, ich warte immer bis zur letzten Minute.« Er lächelte matt. »Nach einer Weile wurde mir plötzlich bewusst, dass ich sie lange nicht mehr gehört hatte. Sehr lange sogar. Ich wurde ärgerlich. Ich musste mich noch rasieren und mich auch für den Abend fertig machen. Wenn man so lange Junggeselle gewesen ist wie ich, fällt es einem ziemlich schwer, das Badezimmer mit jemandem zu teilen – selbst wenn man ihn liebt.

Ich ging also zum Badezimmer und wollte die Tür aufmachen. Sie war abgeschlossen. Das war sehr ungewöhnlich. Wir schlossen die Badezimmertür so gut wie nie ab. Ich hämmerte gegen die Tür und sagte so etwas wie ›Komm schon, Peg, beeil dich, wir haben nicht den ganzen Abend Zeit.‹ So etwas in der Art. Aber sie antwortete nicht, und da begann ich mir Sorgen zu machen. Ich dachte, sie sei vielleicht ohnmächtig geworden. Das Badewasser wird hier oft viel zu heiß angesetzt. Und dann fiel mir ein, dass sie ja … dass sie …« Somersham konnte nicht weitersprechen.

»Hören Sie, Somersham, Sie müssen es nicht aussprechen. Ich weiß, dass sie schwanger war.«

Somersham sah ihn überrascht an, aber dann nahm er offenbar die Rede vom allwissenden Auge des Gesetzes wörtlich und fuhr mühsam fort: »Äh, ja, gut, also, ich kann nicht behaupten, dass ich besonders gut über diesen Zustand Bescheid wüsste, aber mir kam dennoch in den Sinn, dass sie vielleicht deswegen ohnmächtig geworden war, oder was Frauen dann sonst so passieren kann. Jedenfalls wurde ich sehr unruhig. Wir hatten uns dieses Baby beide so sehr gewünscht. Ich konnte den Gedanken nicht ertragen, dass möglicherweise irgendetwas schief gegangen war. Ich hämmerte noch lauter an die Tür und schrie nach Peggy, und als sie immer noch nicht antwortete, trat ich die Tür ein.

Das Erste, was ich sah, war, dass das Fenster offen stand. Das Fenster ist ziemlich hoch, ich schätze, die Unterkante ist etwa einen Meter achtzig vom Fußboden entfernt. Und der Hocker, den wir im Badezimmer benutzten ...«

Joe merkte, dass gleich Tränen fließen würden. Er strich Somersham tröstend über das Knie. »Lassen Sie sich Zeit«, sagte er.

»Entschuldigen Sie. Aber verflixt noch mal! Peggy hat sich immer auf den Hocker gesetzt, wenn sie sich abtrocknete. Und da stand der Hocker unter dem Fenster, und noch bevor ich Peggy sah, sah ich Blut auf dem Hocker und Blut an der Fensterwand. Und dann sah ich Peggy tot in der Badewanne voller Blut. Was für ein entsetzlicher Anblick! Ich werde ihn mein Lebtag nicht vergessen. Jedes Mal, wenn ich die Augen schließe, sehe ich sie da liegen ... Ihre Handgelenke bis auf die Knochen aufgeschlitzt. Es wurde gesagt, dass sie womöglich schon fast eine Stunde tot war.«

»Und Ihre Dienstboten haben nichts gesehen? Nichts gehört?«

»Nein.«

»Wenn Sie an die Zeit vor sechs Uhr an dem Abend zurückdenken, Somersham, also an die Zeit, bevor sie gestorben sein muss, gegebenenfalls sogar deutlich davor – können Sie sich erinnern, ob sich Besucher im Haus befanden? Indische oder englische?«

»Ach, du meine Güte! Ich kam erst gegen drei Uhr nachmittags nach Hause. Peggy erzählte mir, ein Kaplan habe vormittags hereingesehen. Sie war mit ein paar Freundinnen aus zum Lunch. Nachmittags war niemand da, glaube ich. Indische Besucher? Da fragen Sie wohl besser meinen *khitmutgar*.

In der Küche gehen den ganzen Tag Inder ein und aus, die etwas liefern, verkaufen, Wäsche abholen und so weiter. Die hätten Peggy und ich dann nicht unbedingt gesehen.«

»Und als Ihnen klar wurde, dass es sich um Mord handeln musste, haben Sie da niemanden von Ihrem Personal verdächtigt?«

»Nein. Wie soll ich Ihnen das erklären? Das war kein *indisches* Verbrechen. Die Menschen haben immer so ein seltsames Bild von Indien – lüsterne schwarze Männer stellen tugendhaften weißen Frauen nach und wollen ihnen Böses. Ich weiß, dass das bei der Meuterei 1857 vorgekommen ist, aber die Meuterei war purer Wahnsinn. Ein Inder hat mal zu mir gesagt ›Da wehte ein böser Wind durchs Land.‹ Der Mord an Peggy war eine ausgeklügelte Tat. Keine Impulshandlung. Jemand wollte ihr wehtun. Auf sehr persönliche Weise wehtun. Und das ist nicht typisch indisch.

Meine Dienstboten, mit denen ich seitdem allerdings kaum gesprochen habe, glauben, dass diese Tat nicht von dieser Welt war …«

»Ja, davon habe ich gehört«, sagte Joe. »Aber wir waren uns doch einig, dass es Mord sein muss, und dass dieser Mord nicht von einem Einheimischen begangen wurde – das heißt, was bleibt, ist ein europäischer Mörder. Stimmen Sie mir da zu?«

»Es bleibt mir ja nichts anderes übrig.«

»Eine Frage noch, Somersham, und bitte glauben Sie mir, wenn ich Ihnen sage, dass wir diese Dinge fragen müssen – waren Sie und Ihre Frau glücklich miteinander?«

»Glücklich? Oh, ja. Ich war fast zwanzig Jahre älter als sie, aber ich glaube, sie hat mich geliebt. Sie war völlig aus dem Häuschen darüber, dass wir ein Kind erwarteten. Das waren wir beide. Wir hatten beschlossen, die freudige Nachricht just an jenem Abend zu verkünden. Sie wollte an ihre Eltern schreiben.«

Dann rollten ihm ohne Hemmungen die Tränen übers Gesicht. »Ich übertreibe nicht, wenn ich sage, dass sie mir alles bedeutet hat. In Ihren Ohren ist das vielleicht dummes Zeug, aber ich habe ihr immer ›Annie Laurie‹ vorgesungen. *›Oh like winds of summer sighing, her voice was low and sweet. She was all the world tae me. And for bonnie Annie Laurie, I'd lay me doon and dee.‹*«

Joe ging durch den Kopf, dass dies vielleicht das erste Mal war, dass William Somersham nach dem Tod seiner Frau mit jemandem über seine Gefühle sprechen konnte, und obwohl er sich fest vorgenommen hatte, Distanz zu bewahren, verspürte er jetzt Rührung und Mitgefühl. Joe hatte schon viel Leiden und Trauer gesehen – er war ungewollt Experte in diesen Dingen – und er hätte in diesem Augenblick ein Jahresgehalt darauf gewettet, dass der Schmerz, dessen Zeuge er wurde, echt war. Joe wartete, bis sein Gegenüber sich wieder unter Kontrolle hatte, bevor er sanft weitersprach: »Somersham, ich hoffe wirklich sehr, Ihre Frau nicht zu beleidigen oder Sie gegen mich aufzubringen, aber diese Frage muss ich Ihnen leider stellen – gab es im Leben Ihrer Frau einen anderen Mann? Zum Zeitpunkt ihres Todes oder auch früher?«

»Ich habe mit dieser Frage gerechnet, und ich kann rundheraus antworten: Nein. Da können Sie jeden fragen. Ich glaube, alle würden das Gleiche sagen.«

Während sie sich unterhielten, waren die Pferde weitergetrottet, aber jetzt brachte William Somersham sein Pferd zum Stehen, wandte sich mit ernstem Blick Joe zu und sagte: »Noch etwas, Sandilands. Eine verteufelt eigenartige Sache, über die ich sonst mit noch niemandem gesprochen habe. Hätte ohnehin niemanden interessiert. Peggy konnte kein Blut sehen. Sie hatte Angst davor. Selbst die kleinste Schnittwunde am Finger oder Nasenbluten konnte sie nicht ertragen. Bei einem Kostümfest, das Peggy mitorganisierte, hatte eines der Kinder Nasenbluten – völlig normal für ein Kind –, aber Peggy ist schreiend hinausgerannt! Das war zu viel für sie. Es ist absolut undenkbar, dass sie sich auf diese Weise das Leben genommen hätte, wenn sie es hätte tun wollen. Und wenn jemand sie umgebracht hat, indem er ihr die Pulsadern aufschlitzte und sie dann fest hielt, während die Badewanne sich mit Blut füllte, dann war das der grausamste Tod, den man sich für sie hätte ausdenken können! Warum, Sandilands? Warum?«

Kapitel 6

Es schloss sich eine lange Pause an, die schließlich von Somersham beendet wurde: »Herrgott noch mal, Sandilands – tun Sie, was Sie können!« Und damit schwenkte er sein Pony um und galoppierte langsam und ohne ein weiteres Wort davon.

Naurung holte Joe ein. »Der Sahib ist sehr mitgenommen vom Tod seiner Frau. Ich glaube, wir können davon ausgehen, dass er sie nicht umgebracht hat ...« Naurung beendete den Satz nicht richtig und ließ ihn dadurch zur Frage werden.

»Mitnichten! Ich habe schon so viele weinende und völlig aufgelöste Witwer verhört, die von der Polizei Vergeltung forderten, und hinterher war das Messer oder der Knüppel über und über mit ihren Fingerabdrücken bedeckt. Und das Merkwürdige ist, Naurung, dass die Tränen und die Trauer echt sind. Nein – William Somersham muss vorläufig einer unserer Hauptverdächtigen bleiben.«

Naurung dachte kurz über das Gesagte nach, dann nickte er zustimmend, und sie ritten weiter.

Als sie in die Plassey Street einbogen, zeigte Naurung auf ein Schild an einem Torpfosten. »Terence Halloran. IAMC.« Der Arzt. »Sie werden erwartet, Sahib.«

Joe übergab einem Dienstboten, der herauskam, um ihn in Empfang zu nehmen, seine Karte und wurde sofort in das Büro des Doktors geführt, wo dieser inmitten der Überreste seines Mittagessens saß. Er begrüßte Joe auf seine irisch-herzliche Art wie einen alten Freund und ordnete im gleichen Atemzug an, dass das Geschirr abgeräumt und Kaffee serviert würde.

»Ich hatte sehr gehofft, Sie früher oder später zu sprechen«, sagte er. »Ich bin sehr daran interessiert, Ihnen bei Ihren Nachforschungen zu helfen, wo ich kann. Ich vermute, Sie sind hergekommen, um über Peggy Somersham zu reden? Da kann ich Ihnen allerdings nicht viel mehr sagen als das, was bereits in meinem Bericht steht, und den haben Sie ja sicher schon gelesen?«

»Ich habe bisher nur einen flüchtigen Blick hineingeworfen«, sagte Joe und zog das entsprechende Papier aus dem Stapel. »Wenn Sie nichts dagegen hätten, den Bericht zusammen mit mir durchzugehen, wäre mir das schon eine große Hilfe. Insbesondere, da ich mich mit dem Ort des Geschehens bereits vertraut gemacht habe.«

»Selbstverständlich. Schießen Sie los. Obwohl ich Ihnen wohl besser jetzt schon sagen sollte, dass ich kein Pathologe bin – ich bin nichts weiter als ein Militärarzt. Autopsien gehören in der Regel nicht zu meinen Tätigkeiten. Ich befasse mich normalerweise damit, die Menschen wieder zusammenzunähen – nicht, sie auseinander zu nehmen.«

»Ja, das war mir klar«, sagte Joe. »Sie schreiben in Ihrem Bericht, dass Ihr Träger Sie zum Bungalow der Somershams gebracht hat?«

»Richtig. Ich habe ein Telefon, und der Collector rief hier an, um mitzuteilen, was passiert war. Mein Träger nahm die Nachricht entgegen. Ich war draußen bei den Stellungen in der Victoria Road 12 – Verdacht auf Masern –, und er kam dorthin gerannt, um mich zu holen. Es war ungefähr Viertel vor acht, bis ich vor Ort war.«

»Was können Sie mir über den Zustand der Leiche zum Zeitpunkt Ihrer Ankunft sagen?«

»Wie gesagt, die kataleptische Leichenstarre war bereits vorbei, und das hieß, dass der Tod nicht erst direkt vor meiner Ankunft eingetreten sein konnte. Aber die Totenstarre hatte auch noch nicht eingesetzt, daher gehe ich davon aus, dass der Tod weniger als zwei Stunden vor meiner Ankunft eingetreten war.«

»Mrs. Somershams Ayah hat ausgesagt, Mrs. Somersham zuletzt um sechs Uhr lebend gesehen zu haben.«

»Ja. Ich glaube, dass sie nur kurze Zeit danach starb. Den Gerinnungszustand des Blutes konnte man leider für die Bestimmung des Todeszeitpunktes nicht gebrauchen, weil die hohe Wassertemperatur den Gerinnungsvorgang beeinflusst hatte. Das Blut war noch sehr flüssig, als ich kam.«

»Ist Ihnen an den Wunden, die zu Mrs. Somershams Tod geführt haben, etwas Besonderes aufgefallen?«

»Ja, natürlich!«, sagte Halloran. »Aber Bulstrode hat mich nun schon mehr als nur einmal darauf hingewiesen, dass meine Aufgabe einzig und allein darin bestehe, die Todesursache festzustellen, und die Todesursache war ziemlich offensichtlich – Blutverlust. Das arme Mädchen ist verblutet.«

»Aber ist Ihnen irgendetwas Ungewöhnliches an der Schnittrichtung der Wunden aufgefallen?«, insistierte Joe. »In Ihrem Bericht erwähnen Sie die Wunden selbst überhaupt nicht.«

»Selbstverständlich ist mir etwas Ungewöhnliches aufgefallen. Und Mrs. Drummond ebenfalls. Es steht nicht im Bericht, weil Bulstrode mir sagte, ich solle keine Zeit damit verschwenden, wilde Theorien aufzustellen – aber wenn Sie hören wollen, was ich zu sagen habe, dann will ich es Ihnen gerne erzählen. Mir sind drei Besonderheiten aufgefallen. Erstens gab es keinerlei Versuchswunden.«

Joe sah ihn fragend an, sodass er erklärte: »Wenn sich jemand die Pulsadern aufschlitzen möchte, dann versucht er sich in der Regel erst einmal an ein paar Probeschnitten, um auszuprobieren, wie es sich anfühlt und wie viel Kraft er wohl aufbringen muss. Und ich sage ›er‹, weil diese Art des Freitodes im Grunde nur von Männern gewählt wird. Ich habe noch von keiner Frau gehört, die sich so entleibt hätte … Zweitens war die Richtung und die Tiefe der Schnittwunden seltsam. Normalerweise ist ein Schnitt weniger tief als der andere. Peggy war Rechtshänderin. Sie hätte sich also vermutlich zunächst die Pulsadern der linken Hand aufgeschnitten, die Klinge dann in die schwächere Hand genommen und sich das rechte Handgelenk aufgeschlitzt. Der zweite Schnitt wird normalerweise sehr viel zögernder vorgenommen, weil ja bereits Blut fließt und ein Schockzustand eintritt. Außerdem war die Richtung falsch. Zeigen Sie mir mal, wie Sie schneiden würden – na los, schneiden Sie sich hiermit die Pulsadern auf«, sagte er und reichte Joe ein Papiermesser.

Joe fuhr sich damit nacheinander über die Handgelenke.

»Ganz genau. An beiden Händen von außen nach innen. Peggys Schnittwunden waren aber an der linken Hand von außen nach innen und an der rechten Hand von innen nach außen. Versuchen Sie das mal. Geht überhaupt nicht. Na, gut, geht vielleicht, ist aber reichlich unwahrscheinlich, wenn man sich selbst umbringt. So ein bisschen Kunstschnitzerei ist doch wohl das Letzte, was man im Sinn hat, wenn man sich das Leben nimmt, möchte ich meinen.«

»Und drittens?«, fragte Joe.

»Die Kraft, die angewendet wurde. Peggy war zwar ein kräftiges Mädchen, aber ich bezweifle doch stark, dass sie in der Lage gewesen wäre, so viel Kraft aufzuwenden. Ihre Handgelenke waren nicht einfach nur aufgeschnitten – ihre Hände waren fast ganz abgetrennt.«

»Vielen Dank, Halloran«, sagte Joe und schrieb etwas in sein Notizbuch. »Können Sie mir abschließend etwas über die

Male an Mrs. Somershams Hals sagen? Sie waren sogar auf den Fotografien zu sehen, die Mrs. Drummond gemacht hat.«

»Male von allen fünf Fingern. Es ist mir gelungen, einen Hinweis darauf in den Bericht aufzunehmen, wie Sie sehen werden. Als ich darauf bestand, dass es sich nicht um Suizid handeln konnte, deutete Bulstrode die Flecken als Beweis dafür, dass Somersham erst versucht hatte, seine Frau zu erwürgen, bevor er ihr die Pulsadern aufschnitt.«

»Handelt es sich Ihrer Meinung nach denn um Würgemale?«

Halloran zuckte mit den Schultern. »Kaum. Es sei denn, Somersham ist missgebildet, und seine Hände sind falsch herum angewachsen. Sehen Sie mal hier«, sagte er, stand auf und stellte sich hinter Joe. »Sie hatte prämortale Daumenabdrücke hinten auf den Schultern und Fingerabdrücke vorne am Halsansatz.« Er demonstrierte Joe, wie die Hände gelegen haben mussten. »So würde man wohl kaum versuchen, seine Frau zu erwürgen.«

»Aber so würde man eine sich wehrende Frau ins Wasser drücken, bis sie verblutet ist.«

»Ganz genau. Ich sage Ihnen noch etwas, Sandilands. Wenn Sie das Badezimmer gesehen haben, haben Sie sicher auch die Blutflecken gesehen?«

Joe nickte.

»Sie hätten das Badezimmer mal sehen sollen, bevor es sauber gemacht wurde! Blutspritzer an allen vier Wänden! Sie hat sich offensichtlich heftig zur Wehr gesetzt und in Todesangst mit den Armen gerudert. Das macht man nicht, wenn man seinem Leben selbst ein Ende bereitet. Man setzt sich still und leise hin, hängt noblen Gedanken nach und wartet, bis es vorbei ist.«

»Aber wenn man umgebracht wird, würde man doch

schreien? Wenn der Mörder beide Hände auf ihren Schultern hatte, hätte sie doch schreien können? Dann wären die Dienstboten und der Ehemann ganz schnell da gewesen.«

»Nicht, wenn der Mörder sie bereits geknebelt hatte«, sagte Halloran. »Und das ist etwas, das man auf den Fotografien nicht sehen konnte, ganz gleich, wie scharf Mrs. Drummonds Kodak-Linse auch sein mag. Mrs. Somershams Mundwinkel wiesen Abschürfungen auf. Abschürfungen, die auf die Verwendung eines Knebels hindeuten. Ein Knebel, der nach dem Mord entfernt wurde, weil er nämlich nie gefunden wurde.«

»Eine letzte Frage«, sagte Joe. »Sie haben keine komplette Obduktion durchgeführt, wie ich sehe – wussten Sie, dass Peggy Somersham schwanger war?«

Halloran sank offensichtlich überrascht auf seinen Stuhl. »Gütiger Gott, nein!«, sagte er. »Oh, nein! Verflucht! Nein, sie war noch nicht bei mir gewesen. Das ist nichts Ungewöhnliches … die meisten warten damit, bis sie absolut sicher sind. Das ist ja schrecklich, Sandilands! Bulstrode hatte es so eilig mit der Bestattung – hier haben wir keine dreißig Stunden Zeit, bis die Verwesung einsetzt, wie in London, und die Todesursache war ja offensichtlich …« Seine Stimme erstarb, und er blickte gedankenverloren und betrübt aus dem Fenster.

»Ich glaube, sie hatte es außer ihrem Mann noch niemandem erzählt«, stellte Joe sachlich fest. »Und ich glaube, es wäre das Beste, wenn wir das bis auf weiteres für uns behielten.«

»Natürlich. Selbstverständlich«, pflichtete Halloran ihm schnell bei. »Hören Sie, Sandilands – und das sage ich Ihnen jetzt auch im Vertrauen und nicht als Arzt: Das arme Wesen ist ermordet worden, das wissen wir beide. Und ich bin überglücklich, dass sich mit einer gewissen Verspätung doch noch jemand des Falls annimmt. Ich habe gerüchteweise gehört, dass wir das Nancy Drummond zu verdanken haben. Stimmt das? Ein sehr entschlossenes Mädchen! Erst hat sie den Gouverneur überzeugt, und jetzt auch Sie. Und mich sowieso!«

Joe dankte Halloran für die Unterredung, beide gaben ihrer jeweiligen Hoffnung Ausdruck, »sich bald im Club zu sehen … geht doch nichts über ein bisschen Tratsch aus London …«, und damit setzte Joe seinen Ausritt fort.

Zuerst führte Naurung ihn zu dem gefährlichen Bergpfad, auf dem Sheila Forbes' Pferd gescheut hatte. Joe stieg an der Stelle ab, an der das Unglück passiert war, legte sich auf den Boden und warf einen Blick über die Klippe den Abhang hinunter. Es ging Schwindel erregend tief hinunter, stellte er fest, und zwischen der Felskante und dem viele Meter darunter gelegenen Flussufer gab es keine Geröllhalde, die den Fall einer gut in Kleider eingepackten Memsahib vielleicht gebremst hätte. Der Fluss schlängelte sich wie eine fette braune Natter zwischen den staubigen Ufern dahin, und Joe schauderte beim Gedanken daran, wie Mrs. Forbes hier vor zehn Jahren schreiend in die Tiefe gefallen war. Er stellte sich vor, wie sie in einem dieser unpraktischen Vorkriegs-Reitkleider im Damensattel saß, plötzlich abgeworfen wurde und kopfüber in den Tod stürzte.

Die Unglücksstelle selbst strahlte etwas Unheimliches aus. Obwohl hartgesottener Polizist, gestand Joe sich ein, dass ihm der Angstschweiß ausgebrochen war. Er robbte vorsichtig zurück auf den Pfad und stand auf.

Naurung beobachtete ihn einen Moment und sagte dann: »Das hier ist ein verwunschener, böser Ort. Die Pferde mögen ihn nicht.«

»Kann auch nicht gerade behaupten, dass ich mich hier für ein Picknick niederlassen würde. Dann sehen wir uns mal ein bisschen um, ja?«

Er drehte sich um und blickte in die Richtung, aus der sie gekommen waren. »Sieht nach einem sehr beliebten, häufig benutzten Reitweg aus. Aber ungefähr fünfzig Meter vor dieser Stelle hier wird der Weg schmaler, sodass eine Gruppe von Reitern sich aufteilen und im Gänsemarsch hintereinander her reiten müsste.« Er wandte den Blick gen Norden. »Und hinter dieser Kurve, in der der Pfad zwischen dem Abgrund und dem Felsen dort vorbeiführt, sind es noch einmal ungefähr hundert Meter – sind doch ungefähr hundert, oder? – bis der Weg wieder breiter wird und man sich wieder versammeln kann. Reichen Sie mir doch mal bitte die Aufzeichnungen, Naurung. Mich interessiert, an wievielter Stelle Sheila Forbes damals ritt. Hat Bulstrode dazu etwas notiert?«

»Nein, Sahib, aber ich glaube, dass eine der Zeuginnen dazu etwas ausgesagt hat.«

Joe fand die entsprechende Stelle und setzte sich in den Schatten des Felsen, um die Unfallberichte der Freundinnen zu lesen, mit denen Sheila ausgeritten war.

»Das ist interessant, Naurung. Mrs. Major Richardson – Emma – hat gesagt: ›Sheila ritt auf ihrem eigenen Pony, Rowan – sie ritt nie ein anderes Pferd –, und blieb eigentlich von Anfang an hinter uns zurück. Sie rief uns zu, dass Rowan mit einem der Hinterbeine lahmte, und dass sie absteigen wollte, um es sich näher anzusehen. Sie gab uns zu verstehen, dass wir ohne sie weiterreiten sollten. Wahrscheinlich hatte Rowan einen Stein oder so etwas im Huf, denn sie saß schon kurz danach wieder auf und ritt weiter. Zu dem Zeitpunkt war sie schon fast fünfhundert Meter hinter uns zurückgeblieben. Wir winkten ihr zu, ritten weiter und gingen davon aus, dass sie uns einholen würde. Wir näherten uns ja ohnehin der Stelle, an der man langsamer vorankommt, weil der Weg zu einem schmalen Pfad wird und man im Gänsemarsch weiterreiten muss. Wir verloren Sheila aus den Augen, als wir die

Kurve um den Felsen hinter uns hatten. Dort, wo der Pfad wieder breiter wurde, versammelten wir uns und warteten auf Sheila. Vergebens. Das Nächste, was wir hörten, war ein entsetzlicher Schrei. Das Pferd wieherte, und da wurde uns klar, dass irgendetwas Schreckliches passiert sein musste. Wir ritten ein Stück zurück und fanden lediglich Sheilas Pony, Rowan, das neben dem Pfad stand und zitterte. Von Sheila keine Spur. Cathy Brownlow sah über die Klippe und rief: ›Da ist sie! Ich sehe sie!‹

Zwei aus unserer Gruppe ritten zurück zur Stadt, um Hilfe zu holen, die anderen drei suchten nach einem Weg hinunter zum Flussufer. Während wir uns umsahen, begegneten wir einem *saddhu* am Straßenrand …‹ Einem *saddhu*?«, fragte Joe.

»Ja. Das sind wandernde Heilige, und ich möchte sagen, dass ich sie nicht schätze. Dafür, dass sie ständig rituelle Waschungen vollziehen, sind sie schmutzige Menschen. Einige von ihnen suchen vermutlich wirklich die Erleuchtung, und viele von ihnen stehen dafür stunden- oder gar tagelang auf einem Bein. Aber ich und einige andere halten sie für schmutzige Schurken, die ahnungslosen Menschen – und meist Frauen – das Geld aus der Tasche ziehen, um es anschließend für Opium oder Bhang auszugeben. Sie beschmieren sich das Gesicht mit Holzasche und Safran. Sie sind nackt bis auf einen kleinen Lendenschurz – widerlich. Ich verjage sie immer, und mein Vater hat das Gleiche getan. Ihre Körper sind ebenfalls mit Asche und Safran eingerieben, und sie sind Frauen gegenüber ausgesprochen unhöflich. Ach, es gibt schreckliche Geschichten über sie, aber da sie heilig sind, muss es ihnen erlaubt sein, sich so zu benehmen, wie sie sich schon immer benommen haben.«

Joe las weiter. »›Er zeigte uns, wie wir runter an den Fluss kommen konnten. Er sprach kein Englisch, aber Cathy konnte zum Glück etwas Hindustani. Wir gaben ihm eine Vier-

Anna-Münze und fragten ihn, ob er etwas gesehen hatte. Er sagte, er habe die ganze Sache beobachtet. Das Pferd habe vor etwas auf dem Pfad gescheut – wahrscheinlich vor einer Schlange – und hatte Sheila abgeworfen.

Zu dem Zeitpunkt war es uns überhaupt nicht in den Sinn gekommen, dass er für diesen Unfall verantwortlich sein könnte. Er versuchte überhaupt nicht sich zu verstecken, und das wäre in dem Terrain sicher kein Problem für ihn gewesen – ich meine, es gibt da genügend Felsen, hinter denen man sich verkriechen kann – und er war so hilfsbereit. Für einen *saddhu*. Wir gaben ihm noch vier Anna, damit er mit uns in die Stadt kam und eine Aussage machte.‹

Und so weiter ... Aber wie ich sehe, existiert keine Aussage des *saddhu*! Überrascht mich nicht. Hat sich wahrscheinlich das Geld gekrallt und ist dann abgehauen.« Joe schüttelte den Kopf und lächelte über die Gutgläubigkeit der Frauen. »Aber trotzdem – Emma war eine gute Zeugin. Und so mutig. Sie ist mit ihren Freundinnen zum Fluss hinuntergeklettert, wo sie Sheila – oder besser Sheilas Leiche – gefunden haben. So, wie es aussieht, hatte Sheila sich das Genick gebrochen und war sofort tot. Ich glaube, damit wissen wir alles, was wir wissen müssen. Mit Sheilas Ehemann würde ich mich allerdings ganz gerne noch unterhalten, um die Sache abzurunden.«

»Sind Sie denn auch der Ansicht, Sahib, dass es sich hierbei um einen tragischen Unfall handelte? Jetzt, da Sie sich davon überzeugen konnten, wie gefährlich das Gelände hier ist ...«

»Nein, Naurung. Und ich glaube auch nicht, dass ein böser Geist ein Opfer gefordert hat, obwohl man an einer Stelle wie dieser versucht sein könnte, das zu glauben. Nein – Mrs. Forbes wurde ermordet. Vorsätzlich, gezielt und vor allem kaltblütig!«

Sie stiegen wieder auf und ritten noch acht Kilometer weiter auf diesem Weg, bis er eine der Hauptstraßen nach Panikhat kreuzte. Diese Straße brach am Flussufer abrupt ab und ging jenseits des Flusses nordwärts nach Kalkutta weiter.

»Das kann doch nicht die Hauptstraße nach Norden sein, oder?«, fragte Joe mit einem Blick auf das kleine Boot, das als Fähre diente, und das gerade vom gegenüberliegenden Ufer ablegte.

»Nein, nein. Fünfzehn Kilometer flussabwärts ist noch eine größere Straße, und da ist auch eine Brücke. Diese Straße wird von den Leuten benutzt, die nach Jhalpani wollen, einem Dorf drei Kilometer vom Fluss entfernt.«

Joe beobachtete das Boot dabei, wie es sich ihnen langsam näherte. Es wurde von einem Inder gerudert, der Joe und Naurung jetzt den Rücken zuwandte. Die Gesichter der beiden indischen Damen, die er beförderte, konnte Joe aber gut ausmachen. Joes Blick wurde schärfer, als das Boot die Flussmitte erreichte.

»Ist das ungefähr die Stelle, an der die Ochsenhaut-Fähre kenterte?«

»Ja, Sahib. In der Mitte. Etwa vierzig Meter von uns entfernt.«

»Überqueren die Engländerinnen vom Stützpunkt den Fluss häufig an dieser Stelle mit der Fähre?«

»Nein. Im Gegenteil, sie tun es sehr selten. Normalerweise haben die Memsahibs keinen Grund, den Fluss hier zu überqueren. Keine von ihnen hat je etwas in Jhalpani zu tun. Wenn sie ausreiten, biegen sie eigentlich immer acht Kilometer südlich von hier auf die Straße ab, die zum Stützpunkt zurückführt. Ich habe Ihnen die Stelle vorhin gezeigt, Sahib.«

»Warum um alles in der Welt hat Mrs. Captain Simms-Warburton dann auf dieser Ochsenhaut-Fähre den Hals riskiert?«

Joe seufzte. Er wurde langsam müde von der Hitze, und so viel Tod auf einmal wirkte sich zermürbend auf ihn aus. Das große Schlachten an der Westfront, das zu überleben er nie zu hoffen gewagt hätte, hatte ihn angewidert und erniedrigt wie jeden anderen Mann, der daran beteiligt war, aber dieses Ausgraben von toten Memsahibs machte ihm auf andere Weise zu schaffen. Das waren keine Soldaten, die jede Minute mit dem Tod rechneten. Hier ging es um völlig normale Damen, einige glücklich, andere dumpf. Keine von ihnen stach besonders hervor, aber alle starben auf mehr oder weniger bizarre Art und Weise. Waren sie wirklich nicht mehr als zufällige Opfer ihrer Umwelt? Die Leute erzählten Joe immer wieder, wie gefährlich Indien sei. »Nimm dich bloß in Acht, Joe ...«

Aber keiner von ihnen hatte Ochsenhaut-Fähren erwähnt.

»Unter dem Baum dort ist es sicher etwas kühler, Naurung. Dort sehen wir uns noch mal die Aufzeichnungen zu Alicia Simms-Warburton an, ja? – Hier sind sie. Aha. Todesursache: Unfalltod durch Ertrinken.

Jetzt aber erst mal der Reihe nach: Warum wollte sie überhaupt über den Fluss? Hier ist eine Aussage ihres Mannes, ein Brief, den er dem Coroner geschrieben hat. Offenbar waren die beiden miteinander bekannt, er schreibt nämlich ›Lieber Wilfred‹. Und dann berichtet er:

›Ich verfluche den Tag, an dem irgendjemand Alicia erzählte, dort drüben gebe es einen Schwarm Camberwell-Beauty-Schmetterlinge. Man nennt sie auch ›Trauermantel‹. Ironie des Schicksals, findest du nicht auch?

Wie du weißt, war Alicia passionierte Schmetterlingskundlerin. Und ich meine wirklich passioniert. Sie hatte mehrere Tausend Exemplare in ihrer Sammlung. Sie war nicht wie die meisten anderen Mems, die sich nur die Zeit damit vertreiben, irgendetwas Hübsches zu finden und in ein Album zu kleben. Nein, sie war regelrechte Expertin. Du müsstest dir mal ihre Sammlung ansehen! Jedes einzelne Exemplar ist fein säuberlich aufgespießt und etikettiert. Mein Gott, sie hat sogar ihre Eier, Puppen und Raupen gesammelt und daneben geklebt. Richtig professionell. Hätte ein Museum aufmachen können. Die Dienstboten haben ihr immer mal wieder neue Schmetterlinge und Insekten gebracht, aber am allerliebsten wollte sie sich selbst den Lebensraum dieser Tiere ansehen. Und es gab eine Art, die sie bisher noch nie gesehen hatte – diese Camberwell-Beauty-Viecher. ›Kannst du die nicht aus England bekommen?‹, fragte ich sie. Aber das konnte sie anscheinend nicht. In England sind sie nämlich noch seltener als hier in Indien. Und abgesehen davon vermute ich, dass es die Spannung auf der Jagd nach den Faltern war, die es Alicia angetan hatte.

Wie dem auch sei, sie hörte, dass auf der anderen Seite des Flusses, südlich von Jhalpani, ein Camberwell Beauty gesichtet worden war, und das war's. Schon am nächsten Tag machte sie sich auf den Weg. War zu ungeduldig, um darauf zu warten, dass ich nach Hause kam und sie begleitete. Ich war im Mofussil unterwegs und erfuhr erst eine Woche später, was passiert war. Ich habe gehört, sie habe durch Prentice von diesem Mistviech erfahren. Einer seiner Träger oder so hatte es gesehen. Da fragst du ihn am besten selbst. Ich weiß das alles überhaupt nur, weil Alicia völlig überstürzt aus dem Haus ging und einen halb fertigen Brief an ihre genauso schmetterlingsverrückte Schwester auf dem Schreibtisch hatte liegen lassen. Vielleicht solltest du einen Blick darauf werfen, aber ich hätte ihn gerne zurück, wenn du fertig bist.‹«

Der Brief war unterschrieben mit »John Simms-Warburton«.

»Und wo ist Captain Simms-Warburton jetzt? Ist er noch in Panikhat? Wissen Sie das, Naurung?«

»Er ist leider tot, Sahib. Er ist gefallen.«

»Schade. Na, dann wollen wir mal sehen, was die Lady selbst zu erzählen hatte.«

Die beiliegende Abschrift eines halb fertigen Briefes bestätigte alles, was Captain Simms-Warburton über seine Frau berichtet hatte. Joe war nicht vorbereitet auf die unschuldige Begeisterung, mit der Alicia ihrer Schwester Anne in Surrey von ihrem bevorstehenden Coup berichtete.

»›... wenn ich dir das erzähle, wirst du sicher grün vor Neid, Anne! Ich habe etwas ganz Besonderes in Aussicht – einen Camberwell Beauty!! Heute Vormittag habe ich von Colonel Prentice gehört, dass es in einem kleinen indischen Dorf ein paar Kilometer nördlich von hier am Flussufer eine Gruppe von Weiden gibt, in der diese Kostbarkeit gesichtet wurde! Habe ich nicht ein Glück? Sein *mali* – also sein Gärtner (da siehst du, wie ich immer mehr indische Wörter aufnehme!) – kam zu ihm und bat ihn, der Memsahib, die Schmetterlinge liebt, zu sagen, dass in der Nähe seines Heimatdorfes eine seltene Art zu finden sei. Er beschrieb sie, und Colonel Prentice schlug in einem seiner Bücher nach – und es ist ein Camberwell Beauty! Ich werde mich so bald wie möglich auf den Weg machen. Das einzige Problem ist, dass ich dafür den Fluss überqueren muss – und du weißt ja, was ich von Flüssen halte! Und John kann ich nicht mitnehmen, er ist mit zehn anderen gleich gesinnten *shikari* unterwegs auf Wildschweinjagd ...‹«

Hier endete der Brief.

»Gut, darum war sie also hier. Sie kam vermutlich mit dem Pferd hierher, band es da an, wo wir auch unsere angebunden haben, und kletterte an Bord der Fähre. Sehen Sie mal, da drüben sind die Weiden, von denen die Rede war! Das heißt, sie brauchte ihr Pferd auf der anderen Seite nicht, sie konnte zu Fuß gehen. Und dann haben wir hier, glaube ich, einen Augenzeugenbericht ... ja ... hier ist er. Unterzeichnet von Gopal, dem am Unfall beteiligten Fährmann. Übersetzt aus der indischen Lokalsprache von …«

»Von meinem Vater, Sahib. Er war seinerzeit auch schon Sergeant bei der Polizei«, sagte Naurung stolz.

»Er sagt: ›Ich bin der Fährmann, der am Freitag, den zwölften März 1913 hier arbeitete. Vor Mittag kam eine englische Lady auf dem Pferd und bat mich, sie über den Fluss zu bringen. Sie war allein. Auf der Fähre war nur Platz für eine Lady in englischen Röcken, sodass die drei Leute, die kurz darauf an den Fluss kamen und auch hinüber zum Dorf wollten, warten mussten, bis wir wiederkamen. Ja, Sahib, auf der anderen Flussseite warteten ebenfalls Menschen. Ich fing an zu paddeln, als plötzlich die beiden Häute auf der flussabwärts gewandten Seite des Floßes in sich zusammenfielen. Die Luft strömte rasend schnell heraus, und die Fähre kenterte. Die Lady schrie und fiel ins Wasser. Ich glaube, sie konnte nicht schwimmen. Sie ruderte mit den Armen und ging unter. Ich tauchte unter, um ihr zu helfen, aber das Wasser hier ist so dunkel, dass ich sie erst gar nicht sehen konnte. Als ich sie fand, zog ich sie nach oben, aber da war sie schon nicht mehr bei Bewusstsein. Ich versuchte, mit ihr ans Ufer zu schwimmen, aber sie war zu schwer. Zwei der Männer, die auf die Fähre gewartet hatten, sprangen ins Wasser, um mir zu helfen, und gemeinsam haben wir die Lady an Land geschafft.‹

Einer der Zuschauer hat ausgesagt: ›Die Memsahib sah aus, als wenn ihr nicht ganz wohl wäre, als sie in die Fähre stieg. Sie rief dem Fährmann eine Menge Anweisungen zu und brauchte sehr lange, bis sie sich gesetzt hatte. Als sie in der Flussmitte angekommen waren, sackte die linke Seite des Floßes unter Wasser, die Plattform, auf der die Memsahib saß, kippte, und die Memsahib rutschte ins Wasser. Sie schrie und strampelte, und dann ging sie unter. Der Fährmann schwamm zu ihr hin und tauchte, um sie zu finden. Sie waren beide sehr lange unter Wasser, und wir sahen zu und wussten nicht, was wir tun sollten. Dann tauchten sie wieder auf, und mein Bruder und ich sprangen ins Wasser und schwammen hinaus, um zu helfen. Die Memsahib war durch die mit Wasser voll gesogenen Röcke sehr schwer, darum hatten wir, obwohl wir gute Schwimmer sind, große Mühe, sie an Land zu bekommen. Der Fährmann war erschöpft, und die Lady war tot.‹

Hmmm … Weiß man irgendetwas über dieses Ochsenfloß? Wurde es untersucht?«

Joe blätterte enttäuscht durch die Unterlagen, die diesen Zwischenfall betrafen. »Darüber finde ich gar nichts.«

»Es wurde nie gefunden«, sagte Naurung und war sich seiner Sache anscheinend sehr sicher.

»Woher wissen Sie das?«, fragte Joe.

»Ich war damals zwölf und interessierte mich sehr für Polizeiarbeit. Ich war meinem Vater eine große Hilfe. Ein kleiner indischer Junge konnte sich leichter und unauffälliger unters Volk mischen als ein Mann in Uniform. Ich habe viele nützliche Dinge mitgehört, die meinem Vater bei seinen Ermittlungen sehr weiterhalfen. Er war sehr daran interessiert, das Boot zu finden. Er wollte es so gerne untersuchen. Er schickte meine kleinen Brüder und mich an den Fluss, um es zu suchen. Wir sind auf beiden Seiten des Flusses fünfzehn Kilometer flussabwärts gegangen und haben nichts gefunden. Keine Spur. Niemand hatte es gefunden, niemand hatte es gesehen. Ich sprach mit dem alten Mann, dem der Fährbetrieb gehörte, über den Unfall. Er sprach gerne darüber. Er sagte, dass er den Fährmann, der an dem Tag arbeitete, nicht kannte. Die Männer, die sonst für ihn arbeiteten, waren alle seit drei Tagen krank gewesen, und er suchte verzweifelt nach jemandem, der ihm aushelfen konnte. Normalerweise wurde das Floß von zwei Schwimmern von einer Seite zur anderen gebracht. Für einen einzelnen Mann ist das sehr schwierig und anstrengend. Sehr schwierig. Das ist keine Arbeit, um die die Männer sich reißen, Sahib, und auch keine, die jeder im Stande ist zu leisten. Aber genau im richtigen Moment ist im Dorf ein Mann aufgetaucht, der Alte dankte Shiva für sein Glück, und heuerte ihn an. Er war sehr zufrieden mit ihm. Und dann kam der Unfall. Der Mann, der versucht hatte, die Memsahib zu retten, meldete sich. Aber nach den Verhören sagte er dem alten Mann, dass er diese Arbeit nicht mehr machen wolle, und verschwand. Der Alte sagte, seinem Akzent nach zu schließen, sei der Mann aus der Gegend hier gewesen, jedoch nicht aus dem Dorf. Er hatte ihm erzählt, dass er sich in Panikhat Arbeit suchen wolle. Hilft Ihnen das, Sahib?«

»Allerdings, Naurung. Nur leider wirft das, was Sie gerade gesagt haben, genauso viele Fragen auf, wie es beantwortet hat.«

»Es hat Fragen beantwortet, Sahib?«

»Oh, ja, Naurung. Die wichtigste Frage lautete: Wurde Alicia Simms-Warburton ermordet? Und die Antwort ist: Ja, ganz eindeutig ja.«

Kapitel 7

Sie saßen auf, lenkten die Pferde vom Fluss weg und ritten zurück in Richtung Panikhat. Als der Tag sich dem Ende zuneigte, verabschiedeten sie sich voneinander und gingen jeder seines Weges – Naurung nach Hause zu seiner Frau und seiner Familie, Joe in seinen kargen Gästebungalow. Joe dachte gerade darüber nach, wie er die kommenden öden Stunden totschlagen könnte, und ob er im Club oder im Casino freundlicher aufgenommen werden würde, als ihm auf der Straße zu seinem Bungalow ein Aushang auffiel. Ein Aushang, der einen Tanzabend im Club ankündigte: »Samstag, 11. März um 19:30. Letzter Tanz der Saison.«

»Das ist ja heute Abend!« Einem Impuls folgend, beschloss er hinzugehen. Da würde er sicher Nancy Drummond sehen, schoss ihm durch den Kopf. Er war zum Ehrenclubmitglied ernannt worden – also warum nicht? Er warf noch einen Blick auf den Aushang und las »Smoking«. Irgendwo in seinem Gepäck hatte er doch eine Smokingjacke … die war inzwischen sicher völlig zerknautscht, aber »Wir sind ja schließlich in Anglo-Indien – ich muss wahrscheinlich nur einmal in die Hände klatschen und jemandem auftragen, sie für mich zu plätten.«

Als er seinen Bungalow betrat, rief er, als sei er damit aufgewachsen: *»Koi hai!«* Mit einer Geste bedeutete er seinem Träger, er möge Smokingjacke, weißes Hemd, Tab-Kragen und Kragenknöpfe herauslegen – keinen Kummerbund, er würde sich mit einer Abendweste begnügen –, aber die Mühe hätte er sich gar nicht machen müssen. Er war offenbar nicht der Erste, dem sein Träger Abendgarderobe herauslegte. Mit einer weiteren Geste wies er auf seine Badewanne.

Um sieben Uhr verließ Joe frisch gebadet, rasiert und gestärkt das Gästehaus. »Ich nehme an, das sind die richtigen Tarnfarben für diesen Anlass«, dachte er.

Das Clubhaus und die dazugehörigen Gärten lagen auf der attraktivsten Seite der Esplanade. Das Gebäude stammte aus den weltläufigen Zeiten der East India Company, und man sah ihm auch heute noch an, dass bei seinem Entwurf an nichts gespart worden war. Es wies italienische Einflüsse auf, es wies islamische Einflüsse auf, und die Gesamtarchitektur war ganz eindeutig an hinduistische Traditionen angelehnt. Insgesamt machte das Haus einen äußerst soliden Eindruck. Es war sicher die passende Sommerresidenz für seinen ersten Besitzer, einen *nabob* aus Calicut, gewesen. Der Stuck bröckelte zwar etwas, aber wuchernde Bougainvilleen und Jasmin und ein Meer von Kletterrosen verbargen weitgehend die Spuren der Zeit. Der Club beschäftigte fünf Vollzeitgärtner, die Rasenflächen wurden gesprengt und waren makellos gepflegt, und in den Beeten blühten üppige englische Blumen.

Vor dem Eingang herrschte ein ziemlicher Andrang von Buggys, Pferden, Männern in Smokingjacken und Frauen in Abendkleidern. Joe verlor sich in der Menge, stellte sich kurz dem Diener am Eingang vor und ging dann an der langen Bar vorbei hinaus auf die Veranda, um sich einen Überblick zu verschaffen.

Den »großen Ballsaal« hatte irgendein Banause in eine Squashhalle umwandeln lassen, aber der kleine Ballsaal existierte noch. Der Speisesaal bekam sein Licht durch eine ganze Reihe von verglasten Terrassentüren, die auf die riesige Veranda hinausführten, und war im wuchtigen viktorianischen

Stil mit Möbeln von Maples in der Tottenham Court Road ausgestattet. Doch das Clubleben spielte sich, wie Joe vermutete, auf der Veranda, den Tennisplätzen und dem Krocketrasen ab. An der Hinterseite des Clubhauses hatte man in jüngerer Zeit um einen eigenen Hof herum ein einstöckiges Gebäude mit Gästezimmern angebaut, für Besuch, für Junggesellen aus dem Landesinneren, für Hinterbliebene wie William Somersham, die in ihrer Trauer und Verzweiflung hier Zuflucht suchten.

Auf der Veranda befand sich eine unüberschaubare Ansammlung von luxuriösen Bambus-Sesseln mit langen Fußstützen und Glashaltern, die man aus großer Umsicht heraus in die Armlehnen eingelassen hatte. Hier spielte sich das gesellschaftliche Leben Panikhats ab, während über den Köpfen die Deckenfächer quietschten, durch die Fenster das Klicken der Krocketbälle hereindrang, eine späte Partie mit lautem Rufen und Lachen beendet wurde, oder im Schatten, unter der Obhut von Stallburschen, Pferde stampften und schnaubten.

Joe bemerkte zwei Männer, die hinter den hohen Rückenlehnen ihrer Stühle verschwanden, und die, wie er vermutete, trotz der frühen Abendstunde bereits angetrunken waren. Die beiden waren zu Indiskretionen aufgelegt.

»Ich habe gehört, dass die Greys dran schuld sind«, hörte er den einen sagen. »Ich verstehe überhaupt nicht, wieso Prentice so scharf darauf war, diesen Typen zu einem Ehrenmitglied des Casinos zu machen – und wenn er Ehrenmitglied im Casino ist, muss der Club natürlich nachziehen. Ziemlich peinlich, wenn du mich fragst!«

Sein Gesprächspartner pflichtete ihm bei. »Äußerst peinlich, finde ich auch. Wahrscheinlich sollten wir noch dankbar sein, dass wir nur Besuch von *einer* blauen Heuschrecke haben! Sonst treten die doch nur in Schwärmen auf, habe ich gehört! Der verdammte Kerl ist hier, um Nachforschungen anzustellen – man könnte auch sagen, um uns auszuspionieren. Ich kann mir nicht vorstellen, dass irgendjemand, der bisher in die Sache verwickelt war, daran interessiert ist, dass alles wieder aufgewühlt wird!«

Der andere lachte. »Bin ja mal gespannt, was uns jetzt bevorsteht! Vergrößerungsglas und Fingerabdruckset? ›Wo waren Sie am Abend des 11. März 1910?‹ Ich meine, die Spur ist doch wohl ein bisschen kalt, oder nicht? Aber egal, ich bin jedenfalls nicht sonderlich erpicht darauf, dass ein Londoner Polizist auf unserer Tanzfläche herumhüpft. Du?«

»Passt auf Eure Zehen auf, Mädels! Hier kommt ein Paar vorschriftsmäßiger Polizeistiefel!«

Joe hörte, wie die beiden miteinander anstießen und dann aufstanden. »Nancy!«, rief der eine. »Schönen guten Abend, meine Liebe! Wie geht es Ihnen? Wir haben gerade über Ihren Polizisten geredet.«

»Über Joseph Sandilands?«, vernahm Joe nun Nancys Stimme. »Haben Sie ihn bereits kennen gelernt? Ich hatte gehofft, ihn heute Abend hier zu sehen …«

Joe beschloss, dass dies der richtige Moment war, sich zu zeigen.

»Mrs. Drummond!«, sagte er. »Und ich hatte gehofft, heute Abend eine freundliche Stimme zu hören!«

Er war sehr zufrieden mit der plötzlichen Verwirrung, die sein Auftreten auslöste.

»Commander!«, sagte Nancy Drummond. »Wie ich mich freue, Sie zu sehen! Kommen Sie, ich möchte Sie meinem Mann vorstellen, wenn diese beiden Trunkenbolde uns entschuldigen.« Und zu den beiden Trunkenbolden sagte sie: »Nur zwei Minuten.«

Sie nahm Joe beim Arm und führte ihn weg.

»So«, sagte sie, »und jetzt müssen Sie mir alles erzählen!

Was haben Sie heute gemacht? Ist Ihr messerscharfer Verstand zum Kern unserer Probleme vorgedrungen? Ach, und diese beiden Kerle da beachten Sie am besten gar nicht.«

»Das hatte ich auch nicht vor«, sagte Joe. »Aber es war recht amüsant, ihnen zuzuhören.«

Gemeinsam steuerten sie durch die anwachsende Menschenmenge und zogen viele neugierige Blicke auf sich. Joe war sich sehr wohl bewusst, dass sie beide ein eindrucksvolles Paar abgaben, und es wunderte ihn gar nicht, dass Nancy so viele bewundernde Blicke erntete. Er beobachtete sie verstohlen, als sie kurz anhielt, um ein Ehepaar mittleren Alters zu begrüßen. Ihre schlanke, von gelber Seide umhüllte Gestalt strahlte Energie und Anmut aus. Das Kleid entsprach der neuesten Londoner Mode. Der Saum umspielte diskret zwei Zentimeter unter dem Knie ihre Beine, und das anschmiegsame und durchscheinende Oberteil wurde von schmalen Trägern gehalten. Die meisten Frauen trugen die langen Haare in strammen Knoten, aber Nancys glänzendes, kastanienbraunes Haar schwang in einem schönen Bob um ihren zarten Kopf. Joe war sich bewusst, dass jeder Mann, mit dem sie sich unterhielt, ihr nur zu gerne mit den Händen durchs Haar fahren würde. Und er beschloss, genau das zu tun. Wenn sich die Gelegenheit bot.

Sie führte ihn an einen Tisch mit zwei Stühlen. »Kommen Sie, setzen wir uns einen Moment. Mehr als einen Moment, in dem man sich in Ruhe unterhalten kann, bekommt man auf einer *barrampta* wie dieser ohnehin nicht! Setzen Sie sich. Laden Sie mich zu einem Drink ein.«

Sie winkte, und schon war ein Kellner zur Stelle. »Mir kommt es vor, als würden wir in letzter Zeit nichts anderes als Gimlets trinken. Gin mit Lime? Für Sie auch?« Sie hielt zwei Finger hoch. »So, dann sehen wir uns mal um. Das da drüben ist mein Mann – er winkt uns zu. Er freut sich sehr darauf, Sie kennen zu lernen, aber im Moment sieht es ganz so aus, als wenn er ziemlich beschäftigt ist. Ich werde Sie ihm gleich vorstellen. Und das da drüben ist Giles Prentice, von dem Sie sicher schon eine Menge gehört haben, wie ich vermute. Ich glaube, ihn können wir bei unseren Ermittlungen ganz außen vor lassen – Sie haben doch nichts dagegen, dass ich ›unsere Ermittlungen‹ sage, oder? –, aber er ist vermutlich der interessanteste Mann auf dem Stützpunkt. Und weit darüber hinaus. Sein Vater war britischer Resident in Gilgit in der nordwestlichen Grenzprovinz, und dort hat Giles Prentice seine Kindheit verbracht. Er ist ein Sprachgenie, und damit hat vermutlich alles angefangen. Er sprach Paschtu, bevor er Englisch konnte, und wurde quasi von Pathanen großgezogen. Er spricht Hindustani, Bengali, wenn es sein muss, Persisch, wie ich gehört habe – und darüber hinaus ein Dutzend Dialekte. Er ist nie in England zur Schule gegangen. Das haben Sie wahrscheinlich schon mitbekommen, dass die armen Kinder von Europäern im Alter von sechs Jahren alle nach Hause geschickt werden. Eine schlimme Sitte! Aber statt auf eine dieser schicken Privatschulen in England zu gehen, besuchte Prentice eine katholische Schule in Kalkutta, und danach ging er nach Sandhurst.

Als er nach Indien zurückkam, standen die indischen Regimenter Schlange, um ihn für sich zu verpflichten. Er hatte irgendwelche verwandtschaftlichen Verbindungen zu den Greys, darum ist er bei ihnen gelandet – aber er war kaum in Indien, da schloss er sich schon einem Spähtrupp an, den Gilgit Scouts, glaube ich …«

»Spähtrupp?«

»Ja, ja. Reguläre oder halbreguläre Streitkräfte an der nordwestlichen Grenze zu Afghanistan. Die härtesten Männer der Welt. Englische Offiziere, Pathanen anderer Ränge. Giles Prentice hat sich ihnen angeschlossen und fünf Jahre an der

Grenze verbracht, an der er geboren wurde. Ich glaube nicht, dass er jemals von selbst dort weggegangen wäre, aber sein Regiment hat darauf bestanden, dass er wenigstens einige seiner Pflichten im Regiment erfüllte. Ich rufe ihn zu uns herüber. Hey! Giles! Kommen Sie, ich möchte Sie der Polizei vorstellen!«

Joe sah ein dunkles Gesicht, eine beherrschende Nase, unmodisch lange Haare und einen durchdringenden Blick. Das war also Colonel Prentice. Oberst der Bengal Greys. Das war der Mann, der heimgekommen war und seinen Bungalow vernichtet, seine Frau verbrannt und seine kleine Tochter hysterisch und verstört vorgefunden hatte. Dieser Mann hatte die Bengal Greys 1914 nach Frankreich geführt, das Kommando über das Regiment in Neuve Chapelle gehabt, eine DSO-Tapferkeitsmedaille bekommen und befehligte nun, streng und unnahbar, asketisch und anscheinend hingebungsvoll, das Regiment in Friedenszeiten.

Er betrachtete Joe mit zurückhaltendem Wohlwollen. »Freut mich, dass Sie hier sind«, sagte er. »Eine fürchterliche Geheimniskrämerei! Dass die Fälle so viel gemeinsam haben – ich finde das überhaupt nicht geheimnisvoll! Es mag beunruhigend sein, ja, sogar erschreckend, aber im Grunde lässt sich doch alles erklären, und das einzig Geheimnisvolle an der Sache ist, dass alle im gleichen Monat verstorben sind. Ich vermute, dass Sie ein sehr intelligenter Mann sind – sonst wären Sie wohl kaum hier – aber ich glaube, Sie folgen einer völlig falschen Fährte, wenn …« Er zögerte einen Moment, dann fuhr er fort: »… wenn Sie sich ausschließlich auf Ihre forensischen Ermittlungsmethoden konzentrieren. Wenn Sie meine Erklärung für die Vorfälle hören wollen: Das ist Indien. Indien ist nicht London. Und noch weniger haben wir es hier mit einem Landhauskrimi zu tun – Sonntagmittag Roastbeef zum Essen, der Pfarrer kommt nach der Morgenandacht auf ein Glas Sherry vorbei, Leiche auf dem Teppich in der Bibliothek und die übliche Mördersuche innerhalb eines Kreises voraussagbarer Verdächtiger. Das ist Indien, ich sage es noch einmal, und in Indien geschehen die merkwürdigsten Dinge. Ich habe lange Jahre an der Grenze im Nordwesten gelebt, wo jeder Pathan ohne weiteres die Gegenwart böser Geister bestätigen würde. Sie existieren nämlich tatsächlich, wissen Sie.«

»Zum Beispiel eine *churel*?«, warf Joe ein. Er konnte sich nur mit Mühe an das Wort erinnern.

»Ganz genau, zum Beispiel eine *churel*«, gab Prentice überrascht zurück. »Und außer Ihrer *churel* fallen mir noch ein halbes Dutzend anderer Phänomene ein, an die die Bevölkerung hier glaubt. Dies ist das Land Kalis, der Zerstörerin, und Vishnus, des Erhalters.« Er hielt inne, und Joe spürte, dass Prentice viel mehr zu sagen hatte und mit Begeisterung mehr gesagt hätte, würde er sich nicht an die Regeln des Clubs halten wollen, die vorgaben, nicht über die Arbeit zu reden. Prentice wollte das Gespräch beenden.

»Immer schön lächeln, leichte Konversation machen, niemals öfter als drei Mal mit der gleichen Frau tanzen, und niemanden zu lange belagern. Wie ein Schmetterling von Blume zu Blume fliegen, das sind die goldenen Regeln für einen Tanzabend im Club«, rief Joe sich im Stillen in Erinnerung. Im gleichen Moment spielte das Tanzorchester der Shropshire Light Infantry zu einem Foxtrott auf. Joe lächelte, nickte, erhob sich und absolvierte so die üblichen Rituale zur Beendigung eines Gesprächs. Dann sagte er: »Ach, eine Sache noch, bevor die Tanzpflicht ruft, Sir … Eigentlich möchte ich Sie das ja gar nicht fragen, aber zwei Minuten hier und jetzt ersparen uns zu einem späteren Zeitpunkt eine Unterhaltung, die sicher unser beider Zeit verschwenden würde …«

»Nur zu, Sandilands«, sagte Prentice gleichmütig. »Es handelt sich schließlich um äußerst ungewöhnliche Umstände, und wenn ich die besorgten Frauen richtig verstehe, drängt die Zeit.«

»Dann werde ich mich nicht dafür entschuldigen, Sie zu bitten, sich an 1913 und an den Tod von Alicia Simms-Warburton zu erinnern. Im Bericht ist von einer Sache die Rede, die Mrs. Simms-Warburtons überhasteten Ausflug an den Fluss und damit ihren Tod auslöste …«

»Sie meinen den Schmetterling. Den Camberwell Beauty.« Prentice seufzte. »Ich habe immer das Gefühl gehabt, irgendwie für Alicias Tod verantwortlich zu sein. Natürlich nur indirekt, aber mir ist schon bewusst, dass sie den Fluss niemals an jenem Tag hätte überqueren wollen, wenn ich ihr nicht von diesem Schmetterling erzählt hätte. Aber wenn Sie sich die Bedeutung dieses Schmetterlings klarmachen, werden Sie mir vielleicht zustimmen, dass ich benutzt wurde. Als Instrument des Schicksals. Nicht mehr und nicht weniger.«

»Die Bedeutung des Schmetterlings?«

»Ja, die Bedeutung dieses Camberwell Beauty. Schon seltsam. In Indien ist diese Art sehr selten, aber in England ist sie so gut wie unbekannt. Kein Wunder, dass Alicia so aufgeregt war! Sie haben wahrscheinlich noch nie einen gesehen? Es ist ein großer Falter mit schwarzen, hängenden Flügeln. Sieht ziemlich finster aus, wenn Sie mich fragen. Die hier ansässigen Inder nennen ihn Kalis Herold oder so etwas Ähnliches – mit anderen Worten, Vorbote des Todes.«

Er verstummte und versuchte, Joes Reaktion einzuschätzen.

»Und der Mann, der Ihnen von dem Schmetterling erzählt hatte? Kannten Sie den?«

»Da muss ich Ihnen wohl zunächst etwas erklären. Jeder hier in der Gegend wusste von Alicias Sammelleidenschaft. Sie halten das womöglich für kurios, aber jeder, Briten wie Inder, umhätschelte sie. Brachte ihr irgendwelche Exemplare, erzählte ihr, wo er etwas Interessantes gesehen hatte und dergleichen. Und – es tut mir Leid, das sagen zu müssen – sie gab den Indern viel zu hohe Trinkgelder dafür. Simms-Warburton musste sie deswegen zur Ordnung rufen – sie verwendet die Hälfte des Haushaltsgeldes auf Krabbeltiere, beklagte er sich immer wieder. Nun, eines Tages kam ein Inder zu mir, der mit mir sprechen wollte. Ich hielt ihn für einen der Gärtner (später fand ich heraus, dass das nicht stimmte – der Kerl ist einfach verschwunden). Er konnte kein Englisch und sprach lediglich den Dialekt seines Dorfes. Er kam zu mir, weil er wusste, dass ihn sonst niemand verstehen würde. Und selbst ich hatte Schwierigkeiten. Was er mir mitteilen wollte, war, dass ich der Dame, die Schmetterlinge sammelt, erzählen sollte, dass in dem Weidenhain am jenseitigen Flussufer in der Nähe der Fähre ein sehr seltenes Exemplar geschlüpft war. Ich dachte, der Kerl sei bloß auf Alicias Geld aus, und wollte ihn schon wegschicken. Aber dann fing er an, den Falter sehr genau zu beschreiben, und sagte mir, dass er Kalis Herold genannt werde, und da, muss ich sagen, fing ich an, neugierig zu werden. Ich schlug in einem Buch nach und überprüfte noch einmal, ob seine Beschreibungen stimmten. Ich gab ihm ein Trinkgeld – ein bescheideneres, als Alicia ihm gegeben hätte – und informierte Alicia. Umgehend. Schmetterlinge warten nicht auf einen – auch nicht auf eine Memsahib. Den Kerl habe ich seitdem nie wieder gesehen.«

»Noch ein Instrument des Schicksals?«, murmelte Joe.

»Höchstwahrscheinlich. Wir sollten unser Gespräch bei anderer Gelegenheit fortsetzen. Ich glaube, Sie haben noch viel mehr Fragen. Tanzen Sie, Sandilands? Ich bin sicher, Nancy würde sich gerne von Ihnen führen lassen.« Er verneigte sich vor der wiederkehrenden Nancy, wandte sich ab und entfernte sich.

»Nun?«, fragte Nancy. »Was haben Sie für einen Eindruck?«

»Ein bemerkenswerter Mann«, sagte Joe nachdenklich. »Ich bin in meinem Leben schon einem oder zweien begegnet, aber ich glaube, er übertrifft sie noch. Was soll ich sagen? Ein treuer Freund, ein unerbittlicher Feind, ein raffinierter Ränkeschmied – liege ich richtig? Ich vermute, er bekommt für gewöhnlich, was er will.«

»Gar nicht schlecht«, sagte Nancy. »Wirklich nicht schlecht. Entspricht auch meinem Bild von Giles. Das Einzige, das Sie nicht erwähnt haben, ist, dass seine Männer ihm zu Füßen liegen. Man hört rührende und bemerkenswerte Geschichten aus Frankreich. Seine Diener auch. Sie sind sehr loyal, und es dringt nie ein Wort des Tratsches aus dem Prentice-Bungalow. Der Träger, der bei dem Feuer umkam, soll Giles nie von der Seite gewichen sein, darum hat er im Grunde bei dem Feuer einen doppelten Verlust erlitten, der Arme.«

»Aber er hatte doch Glück, nicht auch noch seine Tochter zu verlieren. Sie wurde von ihrer Ayah hinausgeschmuggelt, wenn ich das richtig verstanden habe.«

»Ja. Und ich habe gehört, dass sie wieder in Indien ist. Sie müsste jetzt achtzehn sein. Sie ist in der Schweiz zur Schule gegangen und letzte Woche unter der Aufsicht ihrer Anstandsdame Millie Bracegirdle im Hafen von Bombay gelandet. Sie verbringt einige Tage bei einer Tante, um sich von der Reise zu erholen, und kommt dann zurück zu ihrem Vater. Giles zeigt kaum Gefühle, aber er liebt seine Tochter, und wenn er in der Lage wäre, Aufregung zu zeigen, dann würde ich sagen, er ist sehr aufgeregt, wenn er daran denkt, dass seine Tochter bald wieder Teil seines Lebens sein wird. Er plant, eine Willkommensparty zu geben, also vielleicht ist er doch nicht so ein Eisklotz. So, und jetzt kommen Sie, und tanzen Sie mit mir! Unsere Klatschtanten müssen doch etwas zu tratschen haben!«

Das Orchester spielte jetzt einen langsamen Walzer, und

Joe zog Nancy an sich heran. »The Destiny Waltz«. Er musste sofort an Frankreich denken. Das war eine der wenigen Schallplatten gewesen, die sie besessen hatten, und er hatte die Melodie zum letzten Mal gehört, als sie auf einem schnaufenden Akkordeon in einem Café wenige Kilometer hinter der Front gespielt wurde. Und da war sie nun wieder. »Polizeistiefel!«, dachte Joe und blickte auf Nancys Seidenstrümpfe und ihre feinen, hochhackigen Schuhe herab. »Können Sie auch links herum?«, fragte er sie.

»Weiß ich nicht«, sagte Nancy. »Das habe ich, glaube ich, noch nie ausprobiert.«

»Na, dann mal los«, sagte Joe, der mit einem schnellen Blick zufrieden feststellte, dass der gesamte Saal sie beobachtete. »Halten Sie sich fest! Jetzt!«

»Das war gut!«, sagte Nancy. »Das machen wir noch mal!«

Da sie bei diesem komplizierten Manöver sehr dicht aneinander gedrängt wurden, streifte Joe mit seiner Wange die ihre.

»Was machen wir als Nächstes?«, fragte Nancy.

Joe zog eine Augenbraue hoch.

»Nein! Ich meinte kein heißes Stelldichein hinter den Topfpalmen im *kala juggah*! Was haben Sie denn bloß für überhitzte Geschichten über Memsahibs gehört? Ich meinte die Ermittlungen, Herrgott noch mal! Nicht vergessen: Ich bin die Gattin des Collectors! Die Nichte des Gouverneurs! Cäsars Frau!«

»Mal im Ernst«, sagte Joe, »Sie werden es vielleicht nicht für möglich halten, aber ich arbeite mich durch Ihre Liste, und als Nächstes möchte ich mit Forbes sprechen, dem Mann der Frau, die über die Klippe stürzte. Ich möchte wissen, ob er noch etwas hinzuzufügen hat. Aber noch wichtiger ist Carmichael, der Mann der Schlangenfrau. Sie sind aber beide nicht mehr in Panikhat. Weiß man, wo sie jetzt sind?«

»Mehr oder weniger, aber nicht genau. Carmichael hat kurz vor dem Krieg den Dienst quittiert. Er war nicht sonderlich glücklich mit Joan, wie ich Ihnen wohl schon gesagt hatte, aber ihr Tod hat ihn trotzdem erschüttert. Wen hätte so etwas wohl nicht erschüttert? Aber sie hat ihm eine ganze Menge Geld hinterlassen, und wie ich bereits sagte, er nahm seinen Abschied und wollte in Kalkutta Geschäfte machen. Weinimport oder so etwas in der Art. Er arbeitete mit ein paar Handlungsreisenden zusammen, Gujeratis aus Bombay, glaube ich. Sie haben sich nicht verstanden. Das überrascht mich nicht – es gab nicht viele, die sich mit Harold Carmichael verstanden. Er war so bitter. Er wurde zwei oder drei Mal bei Beförderungen übergangen, und als der Krieg anfing, schloss er sich dem Regiment nicht wieder an, darum ist er auch nicht in Frankreich gewesen. Er wurde sehr stark dafür kritisiert, man nannte ihn einen Drückeberger. Vielleicht bin ich jetzt ungerecht. Er war nicht in bester körperlicher Verfassung, und wie ich bereits sagte, warf ihn Joans Tod ziemlich aus der Bahn. Angeblich ist er dann auch noch dem Alkohol verfallen. Ich vermute, dass er immer noch in Kalkutta ist.«

»Und was ist mit Sheila Forbes' Mann?«

»Der ist Regimentsarzt, und zwar ein sehr guter. Er war mit dem Regiment in Frankreich, aber nach dem Krieg hat er eine Stellung bei der Krankenhausaufsicht bekommen, und jetzt lebt er wohl auch in Kalkutta. Ich vermute aber, dass er die meiste Zeit unterwegs ist.«

»Mit anderen Worten, wenn wir die Mühe auf uns nähmen, wieder zurück nach Kalkutta zu reisen, könnten wir diese beiden Herren eventuell sprechen? Richtig?«

Nancy nickte und sagte: »Überlassen Sie das mir. Ich werde morgen ein wenig herumtelefonieren.« Dann, in einem anderen Ton: »Was die anderen wohl glauben, worüber wir uns so ernsthaft unterhalten? Ich wette, dass keiner von denen ahnt, dass wir mitten in einer nervenaufreibenden polizeilichen Ermittlung stecken!«

»Nervenaufreibend vielleicht«, sagte Joe. »Aber polizeiliche Ermittlung? Nein. Ich sollte jetzt wohl so etwas sagen wie: ›Nancy, altes Mädchen, Sie sehen wirklich reizend aus in diesem Aufzug! Wann kann ich Sie sehen? Ich meine, richtig sehen?‹« Dann verstellte Joe seine Stimme zu einem verführerischen Raunen: »›Ich möchte mehr von Ihnen sehen!‹ So in etwa, ja?«

»Ganz bestimmt«, sagte Nancy. »Und Jane Fortescue meint das sicher auch.«

»Jane Fortescue? Wer zum Himmel ist das?«

»Sie war gerade direkt neben uns, als Sie das sagten. Und glauben Sie bloß nicht, dass das morgen an den Bridgetischen und bei den Mah-Jongg-Spielen nicht die Runde machen wird!« Dann war sie es, die die Stimme verstellte: »›Also, *sagen* Sie mal, wer war denn bloß dieser Mann, der *derart* an Nancy Drummond klebte?‹«

»Na ja, *so* sehr klebe ich ja nicht«, bemerkte Joe traurig.

Es erklang ein Trommelwirbel, dann verstummte das Orchester, und der Conférencier meldete sich zu Wort. »Ladys und Gentlemen, bitte stellen Sie sich für einen Excuse-Me auf!«

Die Shropshire Light Infantry stimmte verträumt »If You Were The Only Girl In The World« an.

Joe führte Nancy von den anderen Tänzern weg an den Rand des Saals, wo sie einen Moment stehen blieben und Joe beschützend und enger als nötig den Arm um Nancys Taille gelegt ließ. Ein lachender, gedrungener junger Mann mit einem widerspenstigen Mädchen im Schlepptau rempelte Joe an und entschuldigte sich dafür. »Andrew! Entschuldigung, altes Haus! Oh! Herrje! Noch einmal Entschuldigung … Mister … Sie sind ja gar nicht Andrew … äh, oh …«

Nancy errettete ihn aus dieser peinlichen Situation. »Harry! Ich befinde mich in den Händen der Polizei! Das ist Commander Sandilands, ich hatte Ihnen schon von ihm erzählt. Joe, das ist Harry Featherstone, der Stellvertreter meines Mannes.«

Sie gaben sich die Hand, Harry murmelte weitere Entschuldigungen und verschwand dann mit seiner Tanzpartnerin im Getümmel.

»Haben Sie etwas dagegen, wenn wir diesen Tanz auslassen?«, fragte Joe Nancy. »Ich könnte einen Drink gebrauchen.«

»Na, dann kommen Sie«, sagte Nancy. »Wird Zeit, dass ich Sie meinem Mann vorstelle. Er wird Sie mit einem Drink versorgen. Eigentlich bin ich für diesen Tanz verabredet, aber ich kann meinen Partner nirgends sehen.« Sie führte Joe in die Ecke des Saales zu einem Mann mittleren Alters, der eines seiner Beine seltsam auf einem Hocker ausgestreckt hatte und sich diese Fußstütze mit zwei hübschen Mädchen teilte. »Das ist mein Mann«, sagte sie. »Er ist zwar lahm und vielleicht sogar alt, aber wie ich immer wieder feststellen muss, ist er nie lange allein!«

Joe gefiel, was er sah. Nancy ging zu ihrem Mann und küsste ihn auf die Stirn. »Andrew«, sagte sie, »das ist Commander Sandilands.«

Drummond reichte ihm die Hand. »Entschuldigen Sie, dass ich nicht aufstehe«, sagte er. »Gibt es da nicht ein Buch von Edgar Wallace? *Sandilands vom Strom*?«

»*Sanders vom Strom*, glaube ich. »Aber zu Weihnachten ist ein neues Buch herausgekommen, das *Bulldog Drummond* heißt.«

»Und das«, fuhr Nancy unbeirrt fort, »ist mein Mann, der ehrenwerte Collector von Panikhat.«

Die beiden Männer schüttelten sich die Hand, und als die

beiden Mädchen zum Tanzen entführt wurden, setzte Joe sich neben den Collector, der mit den Fingern schnippte, als ein Kellner in der Nähe war. »Pink Gin, oder? Das trinke ich jedenfalls. Ich bin so froh, dass Sie hier sind. Ich weiß, die Gerüchteküche brodelt. Nancy, mein Engel, hat sich ganz schön ins Zeug gelegt – so, wie es aussieht, hat sie ihren Onkel, den Gouverneur, auf ihrer Seite, da muss ich mich als einfacher Collector natürlich zurückhalten. Ich bewundere meine Frau. Wenn sie sich etwas in den Kopf gesetzt hat …« Er hielt eine Weile inne und sah Joe mit Bedacht an. »Sagen Sie, Sandilands«, fuhr er dann fort, »mal ganz im Vertrauen – ist meine Frau dabei, einen Narren aus sich zu machen? Wenn sie diese alten Geschichten nach so vielen Jahren wieder ausgräbt? Könnte ja sein. Ich will natürlich keine vertraulichen Informationen aus Ihnen herauskitzeln, aber vielleicht könnten Sie mir zumindest einen kleinen Hinweis geben? Bildet meine Frau sich da etwas ein?«

Joe beschloss, seinem Instinkt zu vertrauen. Er hatte den Eindruck, dass Andrew Drummond ein Mann war, dem er vertrauen konnte und musste, und sagte: »Wie Sie selbst wissen, bin ich noch nicht lange mit der Sache betraut. Ich bin erst seit zwei Tagen hier. Aber ich würde doch sagen, meinem ersten Eindruck nach … dass die ganze Sache stinkt. Ich weiß, es ist leicht, andere zu kritisieren, und ich habe natürlich keine Vorstellung davon, welche Möglichkeiten der Polizei und dem Coroner seinerzeit zur Verfügung standen, aber wenn man aus heutiger Perspektive zurückschaut, kann man nur sagen: Die Polizei hat äußerst schlampig gearbeitet. Da wurden Zeugen nicht verhört, Aussagen einfach geglaubt, keine Fingerabdrücke genommen, keine Blutproben untersucht und dergleichen mehr. Ich sage das ganz ohne Vorurteil, aber Sie haben mich gefragt, und das ist mein Eindruck.«

»Nun, dann werde ich Ihnen auch etwas sagen, mein Junge«, sagte der Collector. »Genau den gleichen Eindruck habe ich nämlich auch! Ich war weder vor dem Krieg noch während des Krieges hier, von daher steht es mir vielleicht nicht zu, etwas dazu zu sagen. Gott weiß, dass ich nicht möchte, dass ein Skandal unsere Reihen erschüttert, aber wenn es hier wirklich um Mord geht, und zwar um mehr als nur einen, dann ist es unsere Pflicht, dann ist es meine Pflicht, dann ist es Ihre Pflicht, für Aufklärung zu sorgen. Die Polizei stattet Sie doch entsprechend aus, oder? Ich höre, Sie haben Naurung an Ihrer Seite? Tüchtiger Kerl! Ist mir schon lange aufgefallen! Wenn die Gleichberechtigung der Inder im momentanen Tempo voranschreitet, würde es mich gar nicht überraschen, wenn er der nächste Superintendent wird.«

»Wohl kaum, wenn seine Beförderung in irgendeiner Weise von Superintendent Bulstrode abhängt.«

Andrew sah ihn durchdringend an. »Das tut sie nicht – aber wie ich merke, hätten Sie da Ihre Zweifel. Unser hiesiges Auge des Gesetzes hat wohl keinen besonders guten Eindruck bei Ihnen hinterlassen?«

»Ich habe keine Zeit – wir haben keine Zeit – für Nettigkeiten, Drummond. Im Krieg haben wir gelernt, die Dinge beim Namen zu nennen, und darum hoffe ich auf ihr Verständnis, wenn ich ganz offen spreche: Entweder ist der Mann ein inkompetenter Narr, oder aber er ist schlauer, als ich zunächst dachte, und führt etwas im Schilde, das ich dann zu ergründen hätte. Wie gut kennen Sie ihn?«

»Nicht sehr gut. Er ist zwar schon seit Jahren hier, aber komischerweise gibt es nicht viele, die von sich behaupten können, ihn gut zu kennen. Er findet die Überwachung des von Europäern bewohnten Teils der Stadt, der Truppenunterkünfte, natürlich nicht sonderlich beschwerlich – da wird ja kaum gegen Gesetze verstoßen. Nein, was er sich zum Ziel gesetzt hat, und das ist ein echtes Ziel, Sandilands, ist die

Überwachung der Altstadt. Keine einfache Aufgabe. Die Stadt ist völlig überbevölkert, verschiedene Rassen und Kasten leben unter den erbärmlichsten Umständen auf engstem Raum zusammen. Eigentlich ein Albtraum, aber es sieht ganz so aus, als ob Bulstrode die Sache ziemlich gut im Griff hat. Überraschend. Das ist möglicherweise nicht das, was Sie von mir hören wollten, aber ich muss sagen, dass Bulstrode mir das Leben erheblich erleichtert.«

Joe dachte darüber nach. »Spricht er gut Hindustani? Das würde ihm natürlich sehr helfen.«

»Ja, er spricht Hindustani, und auch fließend Bengali – die Sprache der meisten Eingeborenen. Wie übrigens so viele von uns, die wir unser ganzes Leben hier verbracht haben.«

Ein Mädchen stellte sich neben Drummond, um an seinem Drink zu nippen, streckte ihm dann die Wange zum Kuss entgegen und ging wieder seines Weges.

»Gut, dann werde ich Ihnen kurz berichten, wie weit ich gekommen bin«, sagte Joe und schilderte ganz langsam seine bisherigen Ergebnisse und Mutmaßungen. Andrew Drummond hörte ihm sehr aufmerksam zu, stellte hin und wieder vernünftige Fragen und sagte schließlich, als Joe fertig war:

»Nur einer der ›Zwischenfälle‹ ereignete sich in meiner Zeit hier. Als Beweismittel haben wir die Fotografien, die Nancy gemacht hat. Die Handgelenke! Ich bin nicht Sherlock Holmes, und schon gar nicht Sir Bernard Spillsbury, der berühmte Pathologe, aber selbst ich konnte sehen, dass sie sich diese Wunden nicht selbst zugefügt hat. Wenn wir jetzt also davon ausgehen, dass es sich nicht um Selbstmord, sondern um Mord handelt, dann ist der Drahtzieher ein sehr cleverer Bursche. Ein sehr cleverer Mörder. Der seine Tat mit höchster Sorgfalt geplant hat! Er wäre nicht so dumm, das rechte Handgelenk aus Versehen von links nach rechts aufzuschlitzen – ich habe den Verdacht, er hat diesen Fehler absichtlich gemacht, um die Polizei auf Zack zu halten. Um sicherzustellen, dass jemandem etwas auffallen würde. Um die Aufmerksamkeit auf sich zu lenken. Natürlich hält er sich immer noch ausreichend bedeckt, aber meiner Meinung nach gibt es da gar keinen Zweifel – er will, dass man weiß, dass er da ist! Aus irgendeinem Grund ist es ihm wichtig, auf seine Existenz hinzuweisen. Was meinen Sie? Wäre doch möglich, oder? Und wenn ich Recht habe, haben wir es womöglich mit einem extrem unangenehmen Zeitgenossen zu tun! Sandilands! Sie müssen ihn für uns kriegen! Sie kriegen ihn, und ich erschieße ihn!«

Kapitel 8

Sonntagmorgen. Joe setzte sich an den Frühstückstisch. Eine Kanne Kaffee (hervorragend), zwei gekochte Eier (perfekt), *chappatis* (zäh), Butter (aus der Dose, wie er vermutete, und ein klein wenig ranzig) sowie ein Glas mit der festesten und englischsten Cooper's Oxford Orangenmarmelade, die er je gesehen hatte. »Gutes altes Indien«, dachte er.

Als er sich fertig angekleidet hatte, hörte er das blecherne Läuten der Kirchenglocke. »Natürlich, Sonntag. Wahrscheinlich eine Prozession. Ich weiß, was ich heute Vormittag mache – ich werde zu Ehren der Metropolitan Police ein Exempel statuieren. Und nebenbei vielleicht ein bisschen Tratsch aufschnappen. Wie hieß die Frau doch gleich? – Kitty soundso, Doyenne von Panikhat. Vielleicht sollte ich ihr ganz formell einen Besuch abstatten.«

Er schnallte sich seine Sam Browne um, überprüfte, ob er genügend Visitenkarten in der Tasche hatte, und machte sich dann mit seinem Offiziersstöckchen unter dem Arm auf den Weg zur Kirche.

Das zweite Bataillon der Shropshire Light Infantry überholte ihn stramm mit im Gleichschritt donnernden genagelten Stiefelsohlen und betrat vor ihm die getünchte Garnisonskirche. Sie setzten sich und stellten die Gewehre geräuschvoll in die dafür vorgesehenen Ständer. Joe fiel wieder ein, dass die britischen Soldaten seit der Meuterei, bei der sehr viele unbewaffnete Menschen in der Kirche massakriert wurden, alle stets zwanzig Schuss Munition und ihr Bajonett bei sich hatten.

Ein reichlich frömmelnder Sergeant des Royal Corps of Signals fungierte als Kirchendiener. Er betrachtete Joe von oben bis unten, versuchte, seine gesellschaftliche Stellung einzuschätzen und führte ihn dann zu einem angemessenen Sitzplatz. Wenn nicht so viele Soldaten in der Kirche gewesen wären, wenn es nicht so heiß gewesen wäre und wenn über den Köpfen nicht ein *punkah* für etwas Luftzirkulation gesorgt hätte, hätte Joe sich genau so gut in einer beliebigen Vorortkirche in England befinden können. Sein Blick wanderte automatisch zu der Tafel mit den Nummern der Lieder, die heute gesungen werden sollten, und er sah sofort im bereitliegenden Gesangbuch nach, ob er einige der Lieder kannte.

»All Hail The Power of Jesus' Name«, »There Is A Green Hill Far Away« und – wer hätte das gedacht? – »Onward Christian Soldiers«. Sein privates Kirchgangritual vervollständigend, sah sich Joe unter den anderen Anwesenden um. Er entdeckte das verhärmte Gesicht William Somershams, betrachtete die pflichtbewussten Mienen der Greys-Offiziere, studierte die rebellischen Gesichter in den eng geschlossenen Reihen der anderen Ränge und erblickte dann erfreut den dunklen Schopf des Collectors und – noch viel erfreuter – Nancy an seiner Seite. Der Collector ließ ebenfalls den Blick durch die Kirche schweifen, und als er Joe sah, stupste er Nancy sachte an und hob würdevoll, doch freundlich die Hand zum Gruß.

Der Kaplan predigte unhörbar, die Shropshire Light Infantry sang lauthals, die versammelten Mems flöteten ihre Begleitung dazu, und schon befand sich Joe wieder draußen im Sonnenschein. Seine Aufmerksamkeit richtete sich sofort auf eine unübersehbare und beeindruckende Frauengestalt – Kitty, Mrs. Kitson-Masters, die sich günstigerweise gerade mit Nancy und Andrew Drummond unterhielt.

»Ach, Nancy!«, dachte er. »Könnten wir uns nicht zwei Pferde schnappen, zusammen ausreiten, irgendwo picknicken und schwimmen gehen? Herrje, wir könnten es sogar Arbeit nennen! Wir könnten über den Fall reden, Gedanken austauschen …«

Er rückte seine Mütze zurecht und ging dann zu den dreien hinüber und grüßte sie. »Guten Morgen, Collector«, sagte er förmlich. »Guten Morgen, Mrs. Drummond. Haben Sie mich bei ›There Is A Green Hill Far Away‹ die zweite Stimme singen gehört?«

»Ach, Sie waren das?«, fragte Kitty. »Ich habe es gehört! Zum ersten Mal seit meiner Schulzeit! Sie sollten öfter kommen. Wir haben nicht genügend Männerstimmen im Chor. Ich weiß schon, wer Sie sind, oder sagen wir, ich wüsste schon, wer Sie sind, wenn der Herr Collector sich dazu herablassen würde, uns einander vorzustellen.«

»Ich dachte«, sagte Joe, »ich könnte Ihnen vielleicht selbst die Ehre erweisen und Ihnen einen Besuch abstatten …«

Sie musterte ihn mit abschätzendem, durchdringendem Blick und blieb dabei so steif wie ein Ladestock – ganz, wie es der Witwe des Collectors zukommt. Neben ihr stand ein Träger mit einem Sonnenschirm in der einen Hand und Gesangbuch, Gebetbuch, Gottesdienstplan und etwas, das Joe für eine Flasche Riechsalz hielt, in der anderen.

»Ja«, sagte sie sehr bestimmt. »Tun Sie das, Commander. Vielleicht würden Sie mir die Ehre erweisen, mich nach Hause zu begleiten? Wir überlassen den Collector und seine Frau ganz einfach ihren gesellschaftlichen Pflichten – nach der Morgenandacht gehört sich das hier so. Nancy, meine Liebe, ich muss schon sagen, Sie entwickeln sich zusehends zur *burra mem*! Ich betrachte mich ja schon seit ewigen Zeiten als die ranghöchste Lady hier in Panikhat, aber ich sehe, dass ich mich in Acht nehmen muss! Sie werden zwar niemals so gut werden, wie ich es war, aber Sie werden immer deutlich hübscher sein! Gut, dann kommen Sie, Commander.«

Sie machten sich auf den Weg durch Hitze und Staub, und kurze Zeit später erklang das Signal für die Krankenparade. Joe schossen automatisch die passenden Worte durch den Kopf:

Sixty-four, ninety-four,
He'll never go sick no more.
The poor bugger's dead!

Auf ihrem Weg kamen sie an zwei britischen Soldaten vorbei, von ihrer Blässe her zu urteilen vermutlich neue Rekruten. Sie hatten beide die Hände in die Hüften gestemmt und sahen abschätzig auf Panikhat hinunter.

»Das ist also Panikhat?«, hörten sie den einen sagen. »Mann, was für ein Loch. Obwohl mir eine andere Sorte Loch jetzt gerade recht käme …!«

»Ja, mir auch«, sagte der andere.

»Einmal abspritzen und verduften. Mehr brauche ich nicht!«

Joe verzog keine Miene, als sie an den beiden vorbeigingen. Er fragte sich, ob Kitty wohl verstanden hatte, worum es ging, und von ihrer jetzt noch steiferen Körperhaltung konnte er die Antwort ablesen. Das machte sie ihm noch sympathischer.

Als sie Kittys geräumigen Bungalow erreichten, der von den schönsten Gärten umgeben war, die Joe bisher in Panikhat gesehen hatte, ergoss sich eine Kaskade von Dienstboten aus dem Haus, um sie zu begrüßen. Ein Hausmädchen nahm Kitty Hut und Schleier ab, der Träger übergab die Kirchgangausrüstung einem anderen Diener, ein dritter servierte Drinks auf der Veranda, und ein vierter trieb den *wallah* an, den Deckenfächer zu beschleunigen.

Kitty geleitete Joe zu einem Stuhl. »Ich weiß natürlich, weshalb Sie hier sind«, kam sie ohne Umschweife zur Sache. »Und die Meinungen hier sind geteilt. Wussten Sie das? Die einen meinen, dass Sie hier nur Ihre Zeit vergeuden, und hätten es am liebsten, wenn Sie keine schlafenden Hunde weckten. Superintendent Bulstrode ist gewissermaßen der Vorsitzende dieser Fraktion, aber das liegt wohl auf der Hand. Alles, was Sie möglicherweise aufdecken, wirft kein gutes Licht auf die hiesige Polizei. Und dann gibt es die andere Fraktion, die glaubt, dass an der ganzen Sache etwas faul ist, und hier ist Nancy die treibende Kraft, unter wohlwollender Aufsicht ihres Mannes Andrew, selbstverständlich. Wenn es um Nancy geht, ist Andrew immer wohlwollend, wie Sie vermutlich schon beobachtet haben. Er lässt ihr ziemlich freie Hand, sie darf machen, was sie will. Das hätte es zu meinen Zeiten nicht gegeben! Aber gut … Er ist im Krieg sehr schwer verwundet worden. Sein lahmes Bein ist die Hinterlassenschaft der zweiten Marne-Schlacht. Ich respektiere und bewundere ihn, und ich wünsche ihm nur das Beste. Er hätte nicht in den Krieg ziehen müssen. Das indische Beamtentum war vom Kriegsdienst freigestellt, aber er hatte mal etwa ein Jahr bei den Rajputana Rifles gedient und stand auf deren Liste mit Reserveoffizieren, und man war natürlich froh, ihn hinauslocken zu können. Mit der Ausweitung des Krieges brauchte man so viele Sprachexperten, wie nur irgend zu beschaffen waren, also reiste Andrew ab nach Frankreich und kam nur um ein Haar lebend zurück. Er sagt immer wieder, dass er sein Leben Nancy zu verdanken hat. Sie war dort Krankenschwester und hat ihn gepflegt.«

Nach einer kaum wahrnehmbaren Pause fuhr sie fort: »Und jetzt erzählen Sie mal, mit wem Sie schon gesprochen haben, wo Sie gewesen sind, was Sie gesehen haben, was Sie denken. Zum Beispiel – haben Sie schon mit Prentice gesprochen? Die Pathanen haben einen Namen für ihn. Ich spreche leider kein Paschtu, darum kann ich Ihnen den Namen selbst nicht sagen – aber übersetzt bedeutet er so viel wie ›der nie schläft‹. Er war als Junge viele Jahre an der Grenze. Später ist er mit den Gilgit Scouts wieder da gewesen und ist auch nur von dort weggegangen, weil sein Regiment darauf bestand. Gerade rechtzeitig, um es nach Frankreich zu führen. Zu dem Zeitpunkt war er bereits pathanischer als die Pathanen! Was er nicht alles über *paschtunwali* wusste …«

»*Paschtunwali?*«

»Ja, das ist der Ehrenkodex der Pathanen. An den hat Giles sich strikt gehalten. Und das tut er zweifellos immer noch. Bereit, eine Beleidigung bis in die dritte oder vierte Generation zu rächen, wenn es sein muss, bereit, den Fremden in seinem Gebiet ebenso erbittert zu verteidigen. Der Kodex ist logisch, konsequent und für ein Leben an der Grenze im Nordwesten ganz sicher unabdingbar – aber in Bengalen kann er zu einem furchtbaren Ärgernis werden. Und ein intelligenter Pathan – wenn das nicht ohnehin ein Widerspruch in sich ist – wäre der Erste, der zugäbe, dass der Kodex zu ganz wilden, grotesken Szenarien führt. Trinken Sie aus, dann wird Ihnen gleich nachgeschenkt – hier zu Lande muss man auf seinen Flüssigkeitshaushalt achten!«

»Und Dolly Prentice? Was war mit ihr?«

»Ach, sie war wunderbar! Sie ist jetzt schon zwölf Jahre tot, und sie war mindestens zwanzig Jahre jünger als ich, aber ich vermisse sie immer noch. Sie war meine Freundin. Ich glaube, sie war aller Leute Freundin. Sie hatte so etwas an sich, das alle bewunderten. Sie brauchte einen Raum nur zu betreten, und schon wurde es heller, und wenn sie mit einem sprach, fühlte man sich geehrt. Ich weiß, es klingt sentimental und absurd, aber Sie können jeden fragen, der sie kannte, und alle werden Ihnen das Gleiche sagen. Einen Moment bitte.«

Kitty klatschte in die Hände und rief ihren Träger. Sie sprach kurz mit ihm, er verneigte und entfernte sich. Kurz darauf kehrte er mit zwei verstaubten und ramponierten, in Leder gebundenen Büchern zurück.

»Die Familienalben der Prentice'«, erklärte Kitty. »Ich weiß nicht, ob Giles damit einverstanden ist, wenn ich sie Ihnen zeige, aber ich werde ihn ganz einfach nicht davon in Kenntnis setzen. Das gehört wohl unter die Überschrift ›Der Polizei bei ihren Ermittlungen helfen‹, meinen Sie nicht auch?«

Sie bedeutete dem Diener, die Alben auf einen Tisch zwischen sie und Joe zu legen und fing vorsichtig an, darin zu blättern. »Die haben das Feuer überlebt. So ziemlich das Einzige, das übrig geblieben ist. Sie befanden sich zusammen mit den Papieren der Familie in einer Metallkiste in Giles' Arbeitszimmer am Ende des Bungalows. Die Sachen wurden seinerzeit zu mir gebracht. Giles und Midge wissen, dass ich sie aufbewahre, aber bisher haben sie nie geäußert, dass sie sie zurückhaben wollen, und irgendwie schien nie der richtige Zeitpunkt für eine Rückgabe gekommen zu sein. Midge kommt schon mal zu mir, guckt sich die Bilder an und lässt sich von mir Geschichten über ihre Mutter erzählen, aber Giles hat noch nie signalisiert, dass er sie wiederhaben möchte. Die Erinnerungen sind wohl zu schmerzhaft.«

Sie fand die Fotografie, nach der sie gesucht hatte, und schob das Album zu Joe hinüber. »Da können Sie einen Eindruck von ihr gewinnen. Sie war schön. Sie hatte so etwas Elfenhaftes an sich, das einfach jedem gefiel.«

Joe bewunderte traurig das strahlende, schelmische Gesicht. Ja, Dolly hätte wohl auch ihn verzaubert, dachte er.

»Und ihr Ruf war dennoch makellos?«, fragte er vorsichtig.

»Nun, in Queen Elizabeth' Worten hätte sie wohl sagen können:

Vieles wird mir nachgesagt,
Doch nichts ward je bewiesen.

Und so war es auch. Ich vermute, dass sie die eine oder andere Affäre oder zumindest hin und wieder einen Flirt hatte, und wenn ich darum gebeten würde, könnte ich Namen nennen.«

»Und Prentice? Wusste er davon? Machte es ihm etwas aus? Hat er seine Frau geliebt?«

»Was soll ich sagen? Er war bekannt für seine Hingabe, und tatsächlich hat er sie immer, wenn er Panikhat verlassen musste und es sich einrichten ließ, mitgenommen. Das ist ungewöhnlich. Die meisten Offiziere sind nur zu froh, wenn sie mal ein paar Tage zu Hause herauskommen, würde ich sagen. Aber ob er sie geliebt hat? Ehrlich gesagt, ich glaube nicht. Ich würde sogar behaupten, dass sie ihm gleichgültig war, obgleich es Ihnen schwer fallen würde, andere zu finden, die mich in dieser Ansicht unterstützen. Er mochte sie bestimmt, und er hat sie sicher nie schlecht behandelt oder vernachlässigt, aber im Vergleich zu den anderen Männern hier war sie ihm gleichgültig.«

»Wie kam es, dass er Dolly heiratete? Auf den ersten Blick scheinen die beiden ja nicht viel gemeinsam zu haben.«

»Dolly war in Indien aufgewachsen. Ihr ging es ähnlich wie Nancy – und vielen anderen der Mädchen hier: Wer in Indien bleiben will, hat nur eine einzige Möglichkeit, nämlich einen Mann zu heiraten, der hier Karriere macht. Nachdem sie mit der Schule fertig war, kam Dolly mit der Fischereiflotte hier heraus, und es war ziemlich klar, dass sie nicht als ›Leergut abgegeben‹ werden würde, wie wir über die armen Mädchen sagten, die wieder abreisen mussten, ohne einen Mann gefunden zu haben. Sie suchte sich damals – muss 1902 gewesen sein – unter den zur Verfügung stehenden Männern einen aus. Der beste Fang, den man machen kann, ist natürlich ein Mann, der dreihundert Pfund Einkommen im Jahr hat, tot oder lebendig ...«

»Tot oder lebendig?«, fragte Joe verwirrt.

»Ein Beamter. So einer, wie Nancy ihn an Land gezogen hat. Beamte haben das höchste Einkommen und den Vorteil, dass ihre Witwen nach dem Ableben der Männer für den Rest ihres Lebens das volle Beamtengehalt beziehen. Nicht schlecht, oder was meinen Sie?«

»Klingt in jedem Fall besser als die Regelungen bei der Polizei«, stellte Joe fest.

»Dolly hatte auch Angebote aus jenen Reihen. Aber sie hat sich – zur Überraschung vieler – für Prentice entschieden. Das sind sie an ihrem Hochzeitstag.«

»Er sah sehr gut aus«, kommentierte Joe.

»Oh, ja. Rein äußerlich ein wirklich beeindruckender Mann. Immer noch. Sieht verteufelt gut aus, finden Sie nicht? Aber er hatte etwas an sich, was den meisten Mädchen damals nicht gefiel. Er flirtete nicht. All die Jahre in den Bergen waren kaum die richtige Vorbereitung auf so triviale Dinge wie höflichen Umgang mit Damen. Ich glaube, er hatte keine Vorstellung davon, wie er Frauen für sich gewinnen konnte. Meiner Meinung nach ist er damals von seinen Vorgesetzten zu dem Regiment hier in Bengalen zurückgeschickt worden mit dem Rat, sich verstärkt um eine Beförderung zu bemühen. Aber es gibt da einen Punkt in der Karriereleiter, über den man kaum hinauskommt, wenn man nicht verheiratet ist. In der indischen Armee sagt man: ›Ein Subalternoffizier darf nicht heiraten. Ein Hauptmann darf heiraten. Ein Major sollte heiraten. Ein Oberst muss heiraten.‹ Prentice war fest entschlossen, es zum Oberst zu bringen. Da lief ihm Dolly über den Weg, und er schoss den Vogel ab.«

Das Album mit seiner melancholischen Aneinanderreihung versengter und fleckiger, aber dennoch atmosphärischer Bilder zog Joe in seinen Bann. »Darf ich?«, fragte er.

»Natürlich«, sagte Kitty. »Lassen Sie sich Zeit.«

Sie winkte ihrem Träger zu, der die Geste wortlos deutete, ihr eine Zigarettenschachtel reichte und ein Streichholz anzündete. Von ihr dazu aufgefordert, nahm Joe sich eine Zigarette.

»Und das ist Midge?«, fragte er und zeigte auf ein kleines Kind, das mit einem lächelnden Stallburschen auf einem Pony saß.

»Ja, das ist Midge. Sehr dunkel, wie Sie sehen. Das hat sie von ihrem Vater.«

Joe schwieg einen Moment, während er ein anderes Porträt betrachtete. Es zeigte einen großen, dunklen jungen Mann in der weiten weißen Hose, dem weiten weißen Hemd und der engen Weste eines Stammesangehörigen der Pathanen. Er lächelte selbstsicher und forsch in die Kamera.

»Ach, Sie haben Prentice' Träger gefunden.«

»Chedi Khan?«

»Ja. Woher wissen Sie das? Werde ich Ihnen jetzt etwa doch noch Respekt für Ihre detektivischen Fähigkeiten zollen müssen? Chedi Khan. Genauso hieß er. Ich habe den Namen seit Jahren nicht gehört. Aber den Mann selbst würde ich nie vergessen! Niemand, der ihn je gesehen hat, würde ihn vergessen. Ich kann mich noch daran erinnern, was für eine Aufregung im Hühnerstall herrschte, als er damals das erste Mal zusammen mit Prentice hier auftauchte! Die Frauen sind reihenweise in Ohnmacht gefallen! Diskret, versteht sich.«

»Er sieht fast aus wie Rudolph Valentino in *Der Scheich*.«

»Wir haben in Panikhat bedauerlicherweise noch kein Lichtspieltheater, daher kann ich dazu nichts sagen. Aber Chedi Khan hat hier in Panikhat mit Abstand die beste Figur gemacht. Er war einen Meter fünfundachtzig groß und sah – wie Sie selbst sehen können – verdammt gut aus. Er bewegte sich geschmeidig wie ein Panter – er stolzierte durch die Gegend, ohne nach links oder rechts zu gucken, und war nur Prentice gegenüber unterwürfig. Er hatte lange schwarze Haare bis zu den Schultern ... Manchmal steckte er sich eine rote Rose hinein. Das war schon ungewöhnlich genug, aber das Faszinierendste an ihm waren seine Augen. Er hatte blaue Augen. Türkisblaue Augen, die er mit Kajal umrahmte, sodass die Augen noch mehr hervorstachen. Anscheinend haben einige der Stammesangehörigen aus dem Norden helle Haut und blaue Augen. Man sagt, das geht zurück auf die Invasionsarmeen Alexander des Großen. Beeindruckend.«

»Aber wo hat Prentice denn einen solchen Diener gefunden? Wenn er denn sein Diener war ...«

»Also, benommen hat er sich nicht wie einer. Er hat gemacht, was er wollte. Angeblich wurde er als Junge nach irgendwelchen Unruhen an der Grenze in Prentice' Obhut übergeben. Und von da an ist Chedi Khan Prentice überall hin gefolgt.«

»Und wie stand er zu Prentice' Familie? Weiß man darüber etwas?«

»Ja, schon, aber nicht mit Sicherheit. Für indische Verhältnisse waren die Mitglieder des Prentice'schen Haushaltes sehr eng miteinander verbunden. Es sah ganz so aus, als wenn Chedi Kahn Dolly und Midge über alles liebte. Dann gab es natürlich ein paar spitze Zungen, die davon redeten, angesichts von Prentice' Gleichgültigkeit ihr gegenüber würde Dolly sich von seinem Träger trösten lassen. Und vielleicht tat sie das auch ... Nein, Commander, das wäre nichts Ungewöhnliches gewesen«, antwortete sie auf Joes fragenden Blick. »Und als die beiden Leichen ineinander verschlungen in den Überresten von Dollys Bett gefunden wurden – na, Sie können sich vorstellen, dass sich die Klatschmäuler damit in ihrer Ansicht bestätigt sahen!«

»Was mich wundert, ist, dass zu dem Zeitpunkt überhaupt noch jemand im Bett war«, merkte Joe an. »Im Bericht steht, dass es unglaublich laut war – schreiende Diener, loderndes Feuer … sogar Schüsse. Es war laut genug, um die Offiziere im Kasino aufzuschrecken – und das Casino ist knapp einen Kilometer entfernt …«

»Das wunderte aber niemanden, der Dolly kannte«, sagte Kitty nachdenklich. Dann schwieg sie einen Moment, in dem sie sich überlegte, wie weit sie Joe vertrauen konnte. »Hören Sie, Commander, Sie haben noch nicht viel vom Leben auf dem Stützpunkt hier gesehen, aber vielleicht doch genug, um zu erkennen, dass es für viele Frauen ein langweiliges und einsames Leben ist. Eine Memsahib muss nur selten selbst einen Finger krumm machen, und wenn sie damit fertig ist, den Dienstboten am Morgen ihre jeweiligen Aufgaben zuzuteilen, weiß sie eigentlich nicht, was sie mit dem Rest ihrer Zeit anfangen soll. Dolly langweilte sich. Sie trank. Sie hatte schon einige Monate getrunken, als das mit dem Feuer passierte. Wie das immer so ist. Ich könnte mir vorstellen, dass sie in dem Moment, in dem die Dacoits das Haus anzündeten, bereits tief und fest schlief.«

»Und Chedi Khan?«

»Der war Moslem und stand darum ganz sicher nicht unter dem Einfluss von Alkohol. Wer weiß? Die beiden waren unter einem heruntergestürzten Balken eingeklemmt. Vielleicht hat er versucht, sie zu wecken … sie zum Aufstehen zu bewegen … und hat einfach zu lange gebraucht. Chedi Khan war Prentice vollständig ergeben, da ist es nur logisch, dass er sein Leben aufs Spiel setzte, um dessen Frau zu retten. Das ist jedenfalls immer *meine* Version der Geschichte gewesen.« Kitty sah Joe leicht herausfordernd an. »Und ich wäre Ihnen sehr verbunden, wenn Sie sie als die autorisierte Version betrachten würden, Commander. Wir müssen auch an jene denken, die noch leben, und die sind mir persönlich wichtiger als die Toten. Und vielleicht sogar wichtiger als die Wahrheit.«

Joe nickte zustimmend und verständnisvoll. Er würde es dabei belassen – vorläufig.

Dann fiel ihm ein, dass eine ordentliche Autopsie Dollys Mageninhalt festgestellt hätte. Hatte sie getrunken? Stand sie unter Drogen? Wurde das Feuer gelegt, um Beweise zu vernichten? Er konnte sich nicht daran erinnern, einen medizinischen Bericht zu Dollys Leiche gesehen zu haben, und nahm sich vor, der Sache noch einmal nachzugehen. Seine Gedanken rasten einen immer breiteren Pfad von Spekulationen entlang.

»Können Sie sich daran erinnern, wie Giles Prentice reagierte, als er hörte, was passiert war?«

»Er war zutiefst erschüttert. Eine Woche lang hat er kein Wort gesagt und sich nicht vom Fleck gerührt. Er war überhaupt nicht in der Lage, sich um Midge zu kümmern, und das arme Kind war selbst völlig außer sich vor Panik und Trauer. Mein Mann und ich holten sie zu uns und versorgten sie. Sie wohnte fast ein Jahr bei uns. Sie war zu durcheinander, um in die Schule zu gehen, darum unterrichtete ich sie selbst. Ein sehr kluges Mädchen! Aber entsetzlich nervös – na ja, kein Wunder.«

Ihr Gesicht verdunkelte sich durch eine unerwünschte Erinnerung. »Eines Tages saß sie zu meinen Füßen, während ich nähte, und las eines meiner alten Kinderbücher, einen alten viktorianischen Band mit dem Titel *Indien für Kinder* oder so ähnlich. Auf einmal zeigte Midge auf eine Seite und fing an zu schreien und zu weinen. Es dauerte ziemlich lange, bis wir sie wieder beruhigen konnten. Wir mussten sogar Giles holen, um sie zur Vernunft zu bringen.«

»Was hatte sie denn gesehen?«

»Die Darstellung einer *suttee*. Eine wunderschöne Inderin, die in ihren besten Kleidern und mit Schmuck behangen auf dem lodernden Scheiterhaufen neben ihrem toten Mann lag. Genau das Richtige für ein Kinderbuch, finden Sie nicht auch?«

»Und Prentice hat sie zu sich zurückgeholt?«

»Ja, irgendwann schon. Als der neue Bungalow fertig war.«

»Der in der Curzon Street Nummer drei?«

»Genau. Direkt neben der Ruine des alten Bungalows. Ich fand es ziemlich merkwürdig, dass Giles so dicht am Unglücksort bauen ließ – da wird man doch täglich an das schreckliche Ereignis erinnert! Aber das Grundstück gehörte ihm ohnehin schon. Er war immer absolut unberechenbar! Obwohl er in militärischer Hinsicht sehr wohl berechenbar war. Als er nach der Katastrophe wieder zu Sinnen gekommen war, schlug der Pathane in ihm voll durch. Er versammelte eine Gruppe Greys um sich – mit der ausdrücklichen Erlaubnis des Collectors, weil die Öffentlichkeit, wie Sie sich vorstellen können, entsetzt und aufgebracht war – und ritt mit ihnen davon. Zehn Tage später kamen sie wieder. Völlig erschöpft. Und keiner von ihnen hat je ein Wort über diesen Ausfall verloren.«

Sie schauderte. »Aber ich glaube, die Dacoits haben gelernt, was *paschtunwali* bedeutet.«

Kapitel 9

Es folgte ein Schweigen, in dem nur das rhythmische Quietschen des *punkah*-Fächers zu hören war. Kitty hatte sich in den Schrecken der Vergangenheit verloren.

Joe ließ ihr Zeit, ihre Gedanken und Gefühle zu sortieren, und nutzte die Pause, um die vielen Details in sich aufzunehmen und abzuwägen, von welcher Wichtigkeit die blutigen Ereignisse in jenem März vor zwölf Jahren für seine Ermittlungen waren. Er stellte noch keine Theorien auf und fällte noch keine Urteile – er nahm nur einfach so viel von diesen fremdartigen und makabren Ereignissen in sich auf, wie er konnte. So machte er das häufig, wenn er sich mit einem Fall befasste. Im Anfangsstadium charakterisierte gieriges Sammeln von Fakten und Eindrücken seine Herangehensweise. Er machte keine Voraussagen und äußerte keine Theorien, solange er sich nicht sicher war, alles in Erfahrung gebracht zu haben, was es zu dem Verbrechen in Erfahrung zu bringen gab. Er wusste, wenn er sich erst einmal eine hübsche Erklärung zurechtgelegt hatte, bestand immer die Gefahr, dass eine späte neue Information sie zunichte machen würde.

Und dieser erste Tod einer Memsahib hatte irgendetwas an sich, das Joe keine Ruhe ließ. Er hatte auf Grundlage der vielen Serienmorde, die die Menschen in Europa in den letzten fünfzig Jahren schockiert hatten, für sich die Theorie aufgestellt, dass es stets der erste und der letzte Mord einer Serie waren, die am ehesten etwas über die Identität des Mörders verrieten. Der erste Mord war immer der, der am amateurhaftesten, am nachlässigsten und mit der größten Nervosität begangen wurde, eben weil er der erste war. Wenn der Mörder diese Tat unbeschadet überstand, konnte er beim zweiten, dritten und vierten Mal seine Technik verbessern, weniger dem Zufall überlassen und seine Spuren fachmännischer verwischen. Wenn er damit weiter ungeschoren davonkam, wurde er möglicherweise übermütig und glaubte, er sei immun gegen Entdeckung. Doch wenn die Polizei erst den fünften oder sechsten Mord untersuchte, war sie unter Umständen bereits genau so gewieft wie er.

Dem Mord an Dolly Prentice als dem ersten und mit Abstand dem, der am ehesten ein Unfall gewesen sein könnte, maß Joe allerhöchste Wichtigkeit bei. Das Muster dieses Mordes ähnelte den Mustern der folgenden Morde – und doch auch wieder nicht. Wie in den anderen vier Fällen war die womöglich todbringende Anwesenheit von Indern zu verzeichnen – in diesem Fall vermutlich von den Dacoits. Joe fiel auf, dass kein einziger Zeuge ausgesagt hatte, tatsächlich einen Dacoit gesehen zu haben. Dagegen existierten Aussagen, dass die Dienstboten sie gesehen hätten und von einer Bande von vier bis fünf bewaffneten Männern gewaltsam aus dem Haus getrieben wurden. Hätte jemand – Prentice? – diese Männer damit beauftragen, sie locken, sie mit einer List dazu bringen können, den Bungalow zu attackieren? Während seiner Abwesenheit? Und sie hinterher selbst verfolgen und erledigen können, um jeden lebenden Beweis gegen ihn zu vernichten? Joe beschloss, seine Fantasie zu zügeln – kein Mann würde das Leben seiner Frau, seiner Tochter, seines Trägers und seiner gesamten ihm treu ergebenen Dienerschaft willkürlich aufs Spiel setzen.

Er blätterte zurück und betrachtete noch einmal das Hochzeitsbild. Selbst von dem sepiabraunen Papier strahlte Dolly vor Glück und … noch etwas. Befriedigung? Stolz? Entdeckte er in ihrem Blick ein Quäntchen desselben Gefühls, das er im Blick eines alten Tigerjägers auf einem Gemälde im Casino gesehen hatte – »Seht mal, meine fette Beute!«?

Joe besah sich ihre Eroberung. Oberst – damals Major – Prentice. Groß, athletisch, gebieterisch. Ja, ein Tiger. Aber Joe bezweifelte, dass Dolly ihren zarten Fuß in seinem Nacken hatte. Er erinnerte sich an etwas, das Kitty über das Heiraten gesagt hatte – »ein Oberst muss heiraten«. Hat der Mann bloß eine Pflicht erfüllt, um der Beförderung willen? Und Dolly – hatte sie sich für den Mann entschieden oder für den Kommandanten des Stützpunktes, der er einmal sein würde? War sie sich seiner Herkunft, seines wilden Charakters bewusst gewesen?

»Sie sagten, Prentice habe sich wieder jenem Kodex zugewandt, den er aus seiner Kindheit kannte … diesem *paschtunwali* … um Vergeltung zu fordern von den Banditen, die für den Tod seiner Frau verantwortlich waren? Glauben Sie, dass dieser Kodex nach so langer Zeit für ihn immer noch von Bedeutung ist?«

Kitty zündete sich noch eine Zigarette an und dachte über seine Frage nach. »Ja, ich glaube schon. Oberflächlich betrachtet ist Giles Prentice der tadellose Kavallerieoffizier: korrekt, kalt, arrogant. Aber ich bin immer davon ausgegangen, dass seine Persönlichkeit noch eine andere Dimension hat, ein impulsives Brodeln unter der strengen Oberfläche. Und dieser Kodex der Pathanen, nun ja, der ist sehr – wie soll ich sagen? – sehr verführerisch. Auf seine simplizistische, maskuline Art.«

»Steckt noch mehr dahinter als nur die Pflicht zur Rache?«

»Ja. Aber nicht viel. Zum Beispiel die Pflicht zur *melmastia* – Gastfreundschaft. Von einem Pathanen wird erwartet, dass er jedem, der bei ihm Zuflucht sucht, Essen, Unterkunft und Schutz anbietet – wenn es sein muss, unter Einsatz seines

Lebens. Viele britische Offiziere gehen auf Nummer sicher, wie man sagt, und lassen die Pathanen mit ihren Traditionen gewähren. Und beginnen irgendwann, die pathanische Lebensweise zu bewundern. Dann gibt es noch das Recht auf *nanawati*, was so viel heißt wie ›eingelassen werden‹. Ein Pathane muss jedem, der ihn darum bittet, Schutz bieten, selbst seinem ärgsten Feind. Wenn ein Mann mit einem Büschel Gras im Mund zu ihm kommt, um zu signalisieren, dass er unterwürfig ist wie ein Tier, und mit dem Koran auf dem Kopf, darf ein Pathane das *nanawati* nicht verweigern. Aber die allererste und wichtigste Pflicht ist *badal* – Vergeltung. Es muss Vergeltung geübt werden für jede Verletzung, die einem Pathanen oder seiner Familie oder seinem Stamm zugefügt wird. Er kann viele Jahre damit warten, diese Rache zu üben – sogar so lange, bis er den eigentlichen Grund dafür vergessen hat – aber die Rache muss sein. Ich habe da eine Geschichte gehört – gar nicht so lange her, und ich weiß, dass sie stimmt, weil der Zwischenfall von meinem Vetter untersucht wurde. Ein völlig unschuldiger und ahnungsloser englischer Offizier ist an der Grenze von einem Stammesangehörigen erschossen worden. Als dieser gefragt wurde, warum er den ihm unbekannten Offizier erschossen habe, antwortete der Pathane, sein Urgroßvater sei von einem Engländer ermordet worden, und er habe seinen Tod nun gerächt. ›Nach hundert Jahren?‹, fragte mein Vetter ungläubig. ›Nach hundert Jahren … ja …‹, sagte der Pathane. ›Vielleicht war das ein bisschen übereilt.‹ Und es gibt Geschichten von zähen alten Schurken, die ihre eigenen Kinder umgebracht haben, wenn der Kodex das verlangte!«

»Das heißt, indem Prentice die Dacoits zur Strecke brachte, hat er Dollys Tod gerächt?«

»Ja. Ich möchte lieber nicht darüber nachdenken, aber ich schätze, das ist genau das, was er getan hat. Er wirkte so unversöhnlich, so unerbittlich, dass es einem kalt den Rücken herunterlief. Sein Gesicht war wie versteinert und seine Miene Spiegel der Wut aller drei Furien zusammen, als er zum Vergeltungsangriff davonritt. Aber man muss eigentlich kein Pathane sein, um solche Rachegefühle zu haben. Prentice wurde von vielen britischen Offizieren in seinem Vorhaben unterstützt. Ein abgebrannter Bungalow, eine verbrannte Memsahib, ein verstörtes Kind – all das hat ungute Erinnerungen geweckt, wie Sie sich vorstellen können.«

»Erinnerungen an die Meuterei?«

»Ja. Ich war vollkommen überwältigt, als ich den Bungalow brennen sah, und ich gehe davon aus, dass es anderen in meinem Alter genauso ging. Ich war das, was man ein Meutereibaby nannte. 1857 in der Residenz von Lucknow geboren. Ich wusste alles über die Meuterei. Unsere Freunde sprachen selbstverständlich viel darüber, und die Zerstörung des Prentice'schen Bungalows hat das alles wieder in mir wachgerufen. Ich war nicht die Einzige, die sagte ›Jetzt geht es wieder los‹. Denn diese Angst, dass es wieder passieren könnte, ist immer da, unter der glänzenden Oberfläche des militärischen Lebens. Und Sie dürfen nicht vergessen, Sandilands, dass Engländerinnen, Ehefrauen von Militärs, die ersten Opfer waren bei jenem großen Schlachten.

Nach dem Krieg hatte ich eigentlich kein ungutes Gefühl mehr, bis Peggy Somershams angeblicher Selbstmord wieder so viele Erinnerungen in mir wachrief. Und das ungute Gefühl kehrte mit Macht zurück, als ich anfing zu zählen und feststellte, dass in der Garnison fünf Todesfälle eingetreten waren, alle im März in aufeinander folgenden Jahren. Ich glaube nicht, dass sonst jemandem etwas aufgefallen war, bis Nancy anfing, alles in Frage zu stellen. Und jetzt sind Sie hier und schnüffeln herum wie ein Wiesel. Oder sollte ich sagen, wieseln herum wie ein Schnüffler? Was haben Sie als Nächstes vor?«

»Ich werde nach Kalkutta fahren«, sagte Joe. »Nächste Woche. Um mich mit Harold Carmichael und Philip Forbes zu unterhalten. Zusammen mit Nancy.«

»Ach, ja?«

»Ich weiß genau, was Sie mit ›Ach, ja?‹ sagen wollen! Vielleicht sollte ich erwähnen, dass wir im Dienstwagen des Collectors reisen werden – mit Naurung am Steuer!«

»Einwandfreie Anstandsdame!«, sagte Kitty, zog dann eine kleine Golduhr aus den Falten ihres Kleides und studierte eingehend die angezeigte Zeit.

Joe lachte. »Also, etwas, was wir bei der Polizei lernen, ist, einen Hinweis zu verstehen! Vielen Dank für alles – und auf hoffentlich bald.«

»Vielleicht schon baldiger, als Sie glauben, Commander. Schon heute Nachmittag, wenn Sie möchten. Sonntagsnachmittags bekomme ich nämlich immer Besuch zum Tee. Man könnte sagen, ich bin ›zu Hause‹. Wenn man wüsste, dass der mysteriöse, gut aussehende Polizei-Sahib sich als Teil des Menüs unter die Gurkensandwiches mischt, könnten Sie sicher mit zahlreichem Erscheinen rechnen. Und überhaupt, genau dazu sind Sie doch da, wenn ich das richtig verstanden habe – um Ruhe in die Sache zu bringen … um den hysterischen Frauen zu versichern, dass Scotland Yard alles unter Kontrolle hat. Sie sollten unbedingt kommen. Bringen Sie Ihr Riechsalz mit! Fünf Uhr. Nicht vergessen!«

»Ich komme gern.« Joe erhob und verneigte sich, setzte die Mütze auf, salutierte und drehte sich auf dem Absatz um.

»Ach, Commander, eine Sache noch …«, rief Kitty ihm nach. »Wahrscheinlich ist es absolut unwichtig, aber da ist doch etwas, was mir aufgefallen ist …«

Joe lächelte sie aufmunternd an und wartete gespannt.

»Die Rosen. Die sind immer wieder aufgetaucht. Ja, ich weiß, jetzt sagen Sie sicher, dass in jedem Garten unzählige

Rosen blühen, und da haben Sie natürlich auch Recht, aber ich meine die Rosen auf dem Friedhof. Die dunkelroten Kaschmir-Rosen – so nenne ich sie zumindest. Ich glaube, eigentlich ist es eine chinesische Wildrosenart, die sich durch Nepal und Kaschmir bis hier nach Bengalen ausgebreitet hat, *rosa indica minima*, aber ich habe sie zum ersten Mal in Kaschmir gesehen, und darum werden sie für mich immer Kaschmir-Rosen sein. Sie sind nicht besonders weit verbreitet. Dolly hatte eine, die am Bungalow hochkletterte, aber die gibt es jetzt natürlich nicht mehr. In den Gärten des Clubs gibt es ein schönes Exemplar, und ich weiß, dass Nancy eine oder zwei hat, aber das war dann auch alles. Die meisten Leute wollen lieber Sorten mit großen, auffälligen Blüten, wissen Sie. Also, auf Joans Grab lag ein Strauß dieser Rosen – und seit sie tot ist, liegt jedes Jahr ein neuer da. Grundsätzlich vielleicht nichts Ungewöhnliches, aber – bin ich denn wirklich die Einzige, der das aufgefallen ist? – jedes Jahr im März liegt ein solcher Strauß auf Joans Grab. Und auf Sheilas. Und auf Alicias. Obwohl doch niemand mehr hier ist, von dem man annehmen könnte, dass er ihnen rote Rosen aufs Grab legt. Und heute Morgen, als wir in der Kirche waren, sah ich, dass auch auf Peggys Grab welche lagen. Was sagen Sie dazu, Commander?«

Was die Bengal Greys unter einem angemessenen Sommer-Sonntagsessen verstanden, war die obligatorische *mulligatawny*-Suppe, gefolgt von Marmeladen-*roly-poly*. Für Joe kam das einer Betäubung gleich, obwohl er immerhin den Bordeaux abgelehnt und stattdessen ein Glas indisches Bier getrunken hatte. Er fürchtete, wenn er jetzt seinem Instinkt nachgab und einen Mittagsschlaf machte, niemals rechtzeitig für Kittys Teeparty um fünf aufzuwachen. Und sein Pflichtbewusstsein riet ihm, sich dort zu zeigen. Einem Impuls folgend, beschloss er, die Garnison zu verlassen. Er ließ sein Pony satteln und zäumen, ging zurück zum Bungalow und zog sich seine Reitkleidung an. Er wollte gern aus der Ferne einen Blick auf die Stadt werfen, in der Hoffnung, einen klaren Kopf zu bekommen.

Er begab sich wieder auf den Bergpfad, auf dem Sheila Forbes zu Tode gekommen war. Der trittsichere Bamboo galoppierte langsam und behände den sich schlängelnden Pfad hinauf und erreichte schließlich den Punkt, an dem Sheila Forbes abgeworfen wurde. »Wie würde ich reagieren«, überlegte Joe, »wenn plötzlich ein nackter *saddhu* hinter den Felsen hervorspringen würde?« Da Joe mit Zaumzeug ohne Gebiss ritt, hätte er kaum Kontrolle über das Pferd gehabt, aber er vermutete, dass Bamboo sich nicht sonderlich erschrecken würde. Und Joe hatte den Vorteil, auf beiden Seiten des Pferdes ein starkes Bein zu haben, dazu einen ausgezeichneten Gleichgewichtssinn und viele Jahre Reiterfahrung. Finster sah er die Felsen an und wünschte sich nichts sehnlicher, als dass der Feind sich jetzt zeigte.

Der Pfad wand sich weiter über den Berg und mündete schließlich in einer kleinen Einfriedung zwischen den Felsen, beschattet von Bäumen und von einem Bach gekühlt. Er verstand sofort, wieso dieser Ort ein beliebter Picknickplatz war und malte sich einen anderen Ausgang jenes schicksalhaften Ausritts der Sheila Forbes aus. Er stellte sich vor, wie Sheila diese Stelle atemlos und triumphierend erreichte, wie sie abstieg und sich zu den anderen gesellte, die bereits die Sandwiches und gekühlte Getränke ausgepackt hatten. Ein Erlebnis, über das sie in ihrem nächsten Brief nach England hätte berichten können.

Mit einem Mal war Joe zornig. Er empfand einen gesunden Hass gegen den Mann, der diese Gruppe von Unschuldigen verfolgt und dezimiert hatte, der eine raffinierte Serie von Titelgeschichten sorgfältigst geplant und dann kaltblütig dabei zugesehen hatte, wie jedes einzelne seiner Opfer vor seinen Augen gestorben war. Joe stieg ab, band die Zügel um einen Pfosten, der offensichtlich genau zu diesem Zweck dort aufgestellt worden war, ging an den Rand der Klippe und blickte hinunter auf Panikhat. »Da ist mein Problem. Irgendwo da unten ist mein Problem. Vielleicht sieht er sogar genau jetzt hier hinauf und fragt sich, was ich hier mache. Vielleicht hat er Angst vor mir. Es würde mich freuen, wenn er Angst vor mir hätte.

›Ich bin Nag,‹, sagte die Kobra, aber im Grunde ihres finsteren Herzens hatte sie Angst.

Ach, bitte, Herrgott, lass mich der blöde Mungo sein! Hab Angst vor mir, wer auch immer du bist, du Hund! Mach einen Fehler! Hinterlass deine Handschrift! Gib mir Beweise, herrje! Nur eine winzige Spur! Irgendetwas, das reicht, um dich dranzukriegen!«

Er merkte, dass er angefangen hatte, seinen Widersacher mit einer Kobra zu identifizieren. Nicht mit der gemeinen indischen Kobra, sondern mit einer Königskobra, einer Hamadryade, die bis zu vier Meter lang werden konnte, aus dem Gebüsch angriff und ungesehen tötete. Joe wollte sich auf einen Felsen setzen, klopfte aber vorher, nicht ohne sich lächerlich vorzukommen, den Boden um den Felsen herum ab, da er keine Lust hatte, der Zweite zu sein, der beim Sonnen von einer Schlange gebissen wurde. Dann setzte er sich, zündete sich eine Zigarette an, betrachtete die weit entfernten Dächer unter sich und versuchte, Nancys Haus auszumachen. Sein Blick wanderte hinüber zu dem großflächigen Dach auf Kittys Bungalow, und er fragte sich, was er der versammelten Mannschaft nervöser Damen dort bloß sagen sollte. Seine Aufgabe war es anscheinend, sie zu beruhigen, aber da er selbst alles andere als beruhigt war, konnte er sich beim besten Willen nicht vorstellen, wie er das bewerkstelligen sollte.

Als erfahrener Dozent war er daran gewöhnt, Ausschüssen vorzusitzen, Meinungen zu prägen, seinen Willen zu bekommen und vor allem, die Dinge voranzutreiben. Menschen jeden Ranges hörten auf ihn, mochten ihn und taten grundsätzlich, worum er sie bat, oder glaubten, was er ihnen erzählte. Aber er musste zugeben, dass er keine Ahnung hatte, was er dieser überschaubaren Gruppe von Frauen sagen sollte. Wohlerzogen und höflich, wie sie waren, würden sie jedes einzelne weise Wort, jedes Wort des Trostes, das Joe über die Lippen kam, nur allzu bereitwillig in sich aufsaugen, um ihre wachsende Panik zu bekämpfen. Joe seufzte. Er würde sich viel lieber einer Gruppe von hundert skeptischen, sturen Bobbys stellen! Aber er musste diese Rolle jetzt spielen, und auch wenn er sie sich nicht selbst ausgesucht hatte, so würde er doch sein Bestes tun und sicherstellen, dass er gut vorbereitet war.

Er saß noch lange so da, übte seinen Text und legte sich eine Strategie zurecht. »Naurung!«, dachte er. »Ich brauche seine Hilfe.«

Joe hörte noch die letzten Klänge von Kittys Uhr, die gerade fünf schlug, als er vom *khitmugar* auf die Veranda geführt wurde. Von einem zweiten kühlen Bad erfrischt und in bequemen Tuchhosen, weißem Hemd und Reitjacke ging er direkt auf Kitty zu, um ihr die Hand zu küssen.

»Mein lieber Commander!«, sagte sie und lachte ihn an, »Sie sehen aber frisch aus! Und so wunderbar leger. Bedauere ich wirklich den Niedergang des Kläppchenkragens, der lavendelfarbenen Handschuhe, der perlenbesetzten Krawattennadel? Vielleicht nicht. So, und jetzt müssen Sie die Gattinnen der Offiziere kennen lernen – die ›Bengal Mares‹, die ›Bengalischen Stuten‹, wie mein Vater sie nannte.«

Joe wandte sich dem Rest der Gesellschaft zu. Nancy und sechs andere Frauen hatten eng beieinander gestanden und geplaudert, als er hereinkam, jetzt aber löste sich die Gruppe auf, und die Frauen kamen eine nach der anderen in einer durch Rang und Alter bestimmten Reihenfolge auf ihn zu, um ihm vorgestellt zu werden.

»Nancy kennen Sie ja schon«, sagte Kitty und ging gleich weiter. »Mary, darf ich Ihnen Commander Joseph Sandilands von der Metropolitan Police vorstellen? Commander, das ist Mary Crawford, die Frau von Major Crawford ...«

Es folgten Biddy Kemp, Jane Fortescue, Lucy Meadows, Phoebe Carter – die Frau des Sanitätsoffiziers – und die Frau des Veterinäroffiziers, Joyce Wainwright. Joe versuchte, von jeder Einzelnen einen Eindruck zu bekommen, aber zum Schluss waren sie alle nur noch ein buntes Durcheinander von strahlenden Farben, raschelnden Kleidern, duftenden Händen, scheuem Lächeln, frechem Lächeln und vor allem klugen und kalkulierenden Blicken. Was ihm überhaupt nicht begegnete, war auch nur die leiseste Spur von Panik.

Britische Ehefrauen in den Kolonialstaaten standen in dem Ruf, stets schlecht und unmodern gekleidet zu sein, aber was er jetzt vor sich sah, erinnerte ihn an eine englische Staudenrabatte in voller Blüte. Kitty und Mary Crawford fielen durch ausgesprochen korrekte knöchellange Nachmittagskleider aus Crêpe auf. Die Säume rutschten umgekehrt proportional zum Alter immer höher, stellte Joe fest, und die Jüngste – die kleine Lucy Meadows – trug ein rosarotes Tageskleid, das kaum noch ihre Knie bedeckte. Die drei jüngsten Frauen hatten wie Nancy kurze Haare, trugen kein Korsett und waren sehr direkt.

Kitty winkte in Richtung des gedeckten Tisches. Auf einer Spitzendecke standen zwei silberne Teekannen, um deren Griffe ein rotes beziehungsweise ein gelbes Band gebunden waren. Um die Teekannen verteilte sich ein Porzellan-Service von Coalport, mehrere Teller mit Sandwiches und typischem englischen Kuchen. Der *khitmugar* führte lächelnd Aufsicht über den Tisch, als Kitty einlud, den Tee zu wählen – rotes Band für Indien, gelbes Band für China.

Joe entschied sich für indischen Tee und ein Sandwich mit Anchovispaste und plauderte nacheinander mit sämtlichen anwesenden Damen. Sie erklärten ihm den Unterschied zwischen dem Wetter in London und dem in Panikhat, sie erzählten ihm von ihren Plänen für die kommende heiße Saison, in der traditionell ein wahrer Exodus zu den Stützpunkten in den Ausläufern des Himalayas stattfand, und Jane Fortescue bot Joe kokett an, ihm die schönen Seiten von Simla zu zeigen, falls er einmal dorthin reisen würde. Die Teekannen wurden aus einem Silberkessel immer wieder mit heißem Wasser aufgefüllt, und als Joe an seiner dritten Tasse Tee nippte, wurde ihm langsam mulmig, und er fragte sich, warum er zu diesem Treffen eingeladen worden war. Ein verstohlener Blick auf Kittys Uhr verriet ihm zu seiner Überraschung, dass er erst seit vierzig Minuten dort war.

Dann ergriff Kitty endlich das Wort. »Meine Damen, wenn Sie es sich jetzt bitte bequem machen würden, denn jetzt ist der Zeitpunkt gekommen, Commander Sandilands zu bitten, für seine Tasse Tee zu singen.«

Teller und Tassen wurden abgestellt, und die plappernde Gesellschaft verfiel in Schweigen. Man sah sich verstohlen an, bis Jane Fortescue hervortrat. »Ach, nein, Kitty! Der Commander soll nicht singen! Wir sollten singen! Kommt schon, Mädchen!«

Zu Joes Überraschung setzte sie sich ans Klavier, und die anderen Frauen stellten sich um sie herum. Jane stimmte einen Anfangsakkord an, und dann fingen sie an zu singen.

»Schau dich um! Sei auf der Hut!
Dein Schrei lockt keinen an!

Fünf von uns sind heut schon tot,
Sehn sich das Gras von unten an.

Bleibe wachsam, immerzu!
Wisch die Tränen weg, du Weiche!
Prost auf die in ew'ger Ruh,
Prosit auf die nächste Leiche!«

Sie brachen in Gelächter aus, setzten sich hin und beobachteten Joes Reaktion.

Joe kannte die Melodie. Sie verursachte ihm jedes Mal ein entsetzliches Schaudern. Zuletzt hatte er sie gehört, als sie mit der Inbrunst der Verzweiflung von vier jungen Offizieren des Fliegerkorps gesungen wurde, bevor sie zu ihrem letzten Flug über die deutschen Linien aufbrachen. Die Frauen hatten ihm gerade eine verballhornte Version des alten »Kalkutta-Cholera-Liedes« dargeboten. Wollten sie ihn damit herausfordern? Ihm sagen, dass sie keine Angst hatten? Oder ihre Angst verbergen?

Er wartete kurz, dann summte er nachdenklich die erste Zeile vor sich hin. »Ja, ich dachte mir doch, dass mir das bekannt vorkam! Das ›Panikhat-Panik-Lied‹. Wir haben in den Schützengräben auf die gleiche Melodie gesungen, aber wenn ich Ihnen den Text verraten würde, den *wir* damals sangen, würde Kitty mich sofort hinauswerfen.«

Einige der Frauen lächelten, und aus dem Augenwinkel konnte er sehen, dass Nancy sich langsam entspannte. Der *khitmugar* machte sich daran, leise den Tisch abzuräumen, und Joe fing an zu reden. Er setzte sich den Frauen gegenüber auf die Tischkante. Er hatte beschlossen, dass diese lebhaften, kühnen Damen ein Recht darauf hatten, die Wahrheit zu hören, wie er sie jetzt vor sich sah, ganz gleich, wie unbekömmlich sie war.

»Ich weiß, was Angst ist. Ich weiß, was der Tod ist. Und ich werde Ihnen jetzt nicht erzählen, dass Sie sich über die Todesfälle auf diesem Stützpunkt nicht Ihre hübschen Köpfe zerbrechen sollen. Ich werde Ihnen erzählen, dass Sie wahrscheinlich guten Grund haben, Angst zu haben. Sie gehören einer Gruppe von Menschen an, die aus einem Grund, den ich noch nicht herausgefunden habe, das Ziel eines Killers ist. Und zwar eines ganz bestimmten Typs von Killer …«

Auf leisen Sohlen betrat Naurung den Raum. Er trug heute nicht seine übliche Polizeiuniform, sondern die weite weiße Kleidung eines Hausbediensteten, eine rote Weste und einen blauen Turban. Joe sprach weiter und fesselte die Aufmerksamkeit der Frauen. Naurung half dem *khitmugar* beim Abräumen des Tisches. Auf einmal ließ er einen Teller fallen, der in tausend Stücke zersprang. Naurung entfuhr ein Aufschrei, dann fegte er die Scherben zusammen. Der *khitmugar* ging drohend auf ihn zu, Naurung zischte eine Beschimpfung und wurde schnell aus dem Raum gescheucht. Die Frauen, die bei dem Lärm alle den Blick auf Naurung gerichtet hatten, wandten ihn jetzt – von dem ungewöhnlichen Zwischenfall peinlich berührt oder angewidert – wieder von ihm ab und konzentrierten sich erneut auf Joe.

Er sprach weiter. Er teilte ihnen detailliert die Daten und alle Einzelheiten der Todesfälle vor dem Krieg mit und fasste seine Vermutungen zusammen. Dann brach er plötzlich ab und griff in seine Tasche. Er zog einige Blatt Papier sowie Bleistifte heraus und versorgte jede Einzelne damit.

»Bevor wir weitermachen, habe ich ein kleines Experiment vor. Glauben Sie mir, dass ich gute Gründe für diesen Versuch habe. Ich möchte, dass Sie versuchen, sich daran zu erinnern, was vor fünf Minuten hier in diesem Zimmer passiert ist. Nehmen Sie den Bleistift und schreiben Sie alles auf, was Ihnen zu dem Inder, der hereinkam, um dem *khitmugar* zu helfen, noch einfällt. Was hatte er an? Wie sah er aus? Welche Sprache sprach er? Was hat er gemacht?«

Die Frauen wechselten ratlose Blicke, kauten auf den Enden ihrer Bleistifte herum und schrieben schließlich kurz ihre Beobachtungen auf. Joe sammelte die Papiere ein und legte sie neben sich auf den Tisch.

»Wir kommen jetzt zu jemandem, den Sie alle kannten«, fuhr er fort. »Die letzte Woche verstorbene Peggy Somersham. Ich weiß, dass Ihnen gesagt wurde, sie habe Selbstmord begangen, aber ich muss Ihnen leider mitteilen, dass wir davon ausgehen, dass sie wie die anderen auch ermordet wurde. Ermordet, allerdings nicht von ihrem Mann. Ich habe vor, die Feststellung des Coroners, es handele sich um Selbstmord, zu widerlegen.«

Es erhob sich ein Murmeln, und mehrere Köpfe nickten zustimmend.

Er berichtete von den Indizien, die er gesammelt hatte, und sagte schließlich: »Es gab einen Zeugen, einen ganz wichtigen Zeugen, den man leider hat laufen lassen, nachdem er seine Aussage gemacht hatte …«

»Bulstrode!«, fiel ihm jemand ins Wort. »Dieser Mann ist ein unfähiger Idiot! Er hätte ihn einsperren und den Schlüssel wegwerfen sollen!«

»Der Zeuge war ein Inder. Uns liegt leider keine gute Personenbeschreibung vor, obwohl mehrere Leute ihn gesehen hatten und er sogar von Beamten verhört wurde. Nach allem, was ich Ihnen bisher erzählt habe, wird Ihnen aufgefallen sein, dass direkt am oder in der Nähe des Tatorts immer irgendein Inder gesehen wurde. Wo sind sie? Wer sind sie? Ist es nur einer, oder sind es mehrere? Wie kann es sein, dass sie jedes Mal hinterher wie vom Erdboden verschluckt waren? Ich verrate es Ihnen. Weil die Menschen sehr schlechte Beobachter sind. Wenn in London mitten auf der Straße jemand niedergestochen wird und Sie eine Gruppe von sechs Zeugen bitten, den Täter zu beschreiben, bekommen Sie sechs unterschiedliche Beschreibungen – und keine davon ist korrekt. Nehmen wir einmal diese Gruppe von sechs Zeugen. Ich habe Sie gebeten, den indischen Diener zu beschreiben, der hier vor einigen Minuten für etwas Unruhe sorgte.«

Joe ging die Zettel durch, sortierte den heraus, auf dem stand »Das war Naurung, Sie Witzbold! Nancy« und las dann die anderen vor:

»›Der Mann war Inder. Er trug indische Kleidung und schrie etwas auf Indisch. Er hat etwas kaputtgemacht. Eine Teetasse?‹

›Das war Kittys Träger Ahmed. Groß, dunkel, blaue Jacke, Bart, gelber Turban. Hat eine Tasse fallen lassen. Das wird Kitty gar nicht freuen! Sprach Hindustani.‹

›Sah finster aus. War schon etwas älter. Roter Turban. Mittelgroß. Hat den *khitmugar* geschlagen und auf Hindi geflucht.‹

›Junger Mann. Klein. Sah zwielichtig aus und hatte einen großen Schnurrbart. Roter Turban, grüne Jacke. Eine Tasse Tee verschüttet, genau auf Khits Fuß. Sprach Bengali.‹

Diese Beschreibungen zeigen, dass Sie alle eine sehr lebhafte Fantasie haben, meine Damen – aber leider so gut wie keine Beobachtungsgabe! Kommen Sie herein, Naurung!«, rief Joe.

Naurung lächelte und verneigte sich vor den Damen, die alle keuchten, als sie ihn erkannten, und dann lachten und sich gegenseitig darauf hinwiesen, dass es sich um Naurung Singh handelte, den Polizisten, der sich verkleidet hatte.

»Er hat sich nicht verkleidet. Er hat lediglich Kleidung getragen, die Sie in diesem Zusammenhang nicht erwartet haben. Sie haben ihn noch nie bei Kitty gesehen, und darum haben Sie ihn nicht erkannt. Danke, Naurung«, sagte Joe, und

Naurung wechselte ein paar Worte mit dem *khitmugar*, dem das kleine Schauspiel anscheinend sehr viel Spaß gemacht hatte.

»Wie Sie selbst sehen, haben Sie einige Einzelheiten falsch wiedergegeben. Ach, übrigens, der Teller, den er zerbrochen hat – es war nämlich ein Teller! – war ein alter, und wir hatten Kittys Erlaubnis! Er sprach Hindustani und sagte etwas über die Herkunft des *khitmugar*, was ich auf keinen Fall wiederholen kann. Und Ihre Beschreibungen des Mannes selbst waren auch alles andere als genau. Obwohl Sie alle ihn doch schon viele Male gesehen haben. Wie kommt das? Nun, das kommt daher, dass er Inder ist. Und Sie alle betrachten braune Gesichter einfach nicht mit ausreichendem Interesse. Und genau deshalb gelingt es unserem Killer, unbemerkt an sein Opfer heranzukommen und unerkannt zu verschwinden.«

»Was schlagen Sie also vor, Commander?«, meldete sich Lucy Meadows zu Wort. »Dass wir alle mit einem Hockeyschläger unter dem Bett schlafen und allen braunen Gesichtern aus dem Weg gehen? Das wird ziemlich schwierig hier in Indien!«

»Ich glaube, was der Commander uns sagen will«, schaltete Phoebe Carter sich ein, »ist, dass wir aufgeben und den März in Zukunft stets in England verbringen sollten. Können Sie denn garantieren, dass man auf den Straßen in London sicherer ist als hier, Mr. Sandilands? Haben Sie Jack the Ripper inzwischen gefangen?«

Für ihre Stichelei erntete sie ein kurzes Gelächter von den Damen.

»Mrs. Carter«, entgegnete Joe ernst, »ich kann Ihnen versichern, dass Ihr Leben in Whitechapel, wo pro Jahr weniger als ein Mord pro mehrere Tausend Einwohner verübt wird, weitaus weniger in Gefahr wäre als hier in Panikhat, wo eine von Ihnen sechs höchstwahrscheinlich nächsten März sterben wird. Und die Salons der Londoner Nachbargrafschaften gelten, glaube ich, immer noch als absolut sicher … obwohl dort immer die Gefahr besteht, einen Anfall tödlicher Langeweile zu erleiden … Sollte unser Mann nächstes Jahr immer noch auf freiem Fuß sein, wäre die vorübergehende Einquartierung in diesen Salons sicher eine Überlegung wert.

Was ich aber eigentlich sagen wollte: Ich glaube nicht, dass irgendjemandem von Ihnen vor März kommenden Jahres Gefahr droht. Der Mann, den ich suche, ist kein geistesgestörter Killer. Er hält sich an einen Plan – fast möchte ich sagen, an ein Opferritual. Ich werde herausfinden, welches Muster und welches Motiv sich hinter den Morden verbergen, und den Mann vor Gericht stellen. Meiner Meinung nach wird der Mörder von religiösen oder quasireligiösen Vorstellungen getrieben, und das ist etwas, das uns Europäern vielleicht nur schwer verständlich ist. Wir haben alle von der Religion und den für uns widerwärtigen Sitten und Gebräuchen der Thugs gehört, die diesen Teil Indiens noch bis vor nicht allzu langer Zeit verseuchten …«

Und wieder nickten die Frauen zustimmend. Das Thug-Unwesen. Der Begriff allein verbreitete immer noch Angst und Schrecken. Die vielen tausend unschuldigen Reisenden, die im letzten Jahrhundert mit der Garrotte erdrosselt und in Massengräbern verscharrt wurden – Menschenopfer für die blutrünstige Göttin Kali –, waren nicht vergessen.

»… es ist durchaus möglich, dass unser Mann unter einem ähnlichen Zwang handelt.«

»Ja, und was werden Sie tun, Commander, um diesen Mann zu fassen, bevor er noch einmal zuschlägt? Sie sind ja nicht lange hier, und Sie sagen, Bulstrode hat ihn laufen lassen!«, sagt Jane empört. »Wie kommen Sie an ihn heran? Er könnte sich jetzt sonst wo in Indien herumtreiben!«

Joe versuchte, sie zu beruhigen, und klang dabei überzeugter, als er in Wirklichkeit war. »Heutzutage verfügen wir über Telegrafen, Telefon und Züge. Wenn ein Mörder sich schnell fortbewegen kann, dann können die Ordnungskräfte das doch wohl erst recht! Ich werde nach Kalkutta fahren, um die Geschichte des Mannes zu überprüfen, und ich werde den Gouverneur informieren. Wohin auch immer er geflohen sein mag, wir werden ihn verfolgen, und wir werden ihm auf den Fersen bleiben, bis wir ihn haben.«

Er sah sich unter seinen Zuhörerinnen um, blickte jeder in die Augen und sagte dann leise, als würde er es jeder Einzelnen versprechen: »Und ich werde ihn kriegen. Ganz gleich, ob es eine Woche dauert, einen Monat oder ein Jahr!«

Kapitel 10

Montag nach dem Frühstück setzte Joe seinen Tropenhelm auf und machte sich auf den Weg zu Bulstrode. Er wollte mit ihm reden, ehe er das Büro verließ und seine üblichen Runden machte. Er meldete sich bei einem jungen Sikh-Offizier an und wurde gebeten, einen Moment zu warten. Es wurden mehrere Minuten daraus – wahrscheinlich mit voller Absicht, um ihn zu ärgern, vermutete Joe. Er seufzte und wartete geduldig. Er nutzte die Zeit, um seine Notizen durchzugehen. Dann öffnete sich die Tür zu Bulstrodes Büro.

»Sandilands!«, rief Bulstrode jovial. »Wie schön, dass Sie Zeit für mich haben. Kommen Sie. Setzen Sie sich. Sie haben schon Kaffee getrunken? Sie haben den Somershamschen Bungalow durchsucht, wie ich höre. Sicher mit den neuesten forensischen Methoden, ganz frisch aus der Scotland-Yard-Schmiede. Haben Sie etwas gefunden?«

Sein Ton war außergewöhnlich freundlich, sein Blick aber misstrauisch.

Joe merkte, wie ihm seine professionelle Zurückhaltung abhanden kam. Wie gerne hätte er Bulstrode eins auf seine arrogante Nase gegeben! Stattdessen sagte er ganz entspannt: »Nichts Wichtiges eigentlich … Nur zwei Dinge, zu denen Sie vielleicht auch etwas zu sagen hätten. Erstens: Peggy Somersham ist zweifellos ermordet worden. Und zweitens: Sie erwartete ein Kind.«

Bulstrode erstarrte und sah ihn erstaunt an.

»Herrgott! Was Sie nicht sagen! Aber natürlich ist das wichtig! Das wäre ja durchaus ein Motiv!«

»Ein Motiv?«

»Ja. Natürlich. Ein Motiv für einen Selbstmord. Ich meine, das arme Mädchen war schwanger, aber vielleicht nicht von Somersham – er war doch um einiges älter als sie ... nicht gerade das, wovon so ein junges Ding wie sie träumte, wissen Sie, und dann kann man nicht gerade behaupten, dass es Panikhat an schmucken jungen Kerlen mangelt. So etwas passiert. Die Frauen reden die ganze Zeit darüber. Davor kann man die Augen nicht verschließen! Es gibt Ehen, in denen sich eine Schwangerschaft nur sehr schwer erklären lässt. Denken Sie mal darüber nach. Sie können in Indien nicht Ihre Maßstäbe aus – sagen wir – Wimbledon anlegen!«

»Peggy Somersham hat sich nicht selbst umgebracht«, sagte Joe sanft.

»Dann hat Somersham sie umgebracht«, fuhr Bulstrode unbeirrt fort. »Ist doch klar. Er hat herausgefunden, dass sie fremdgegangen ist, wollte kein Kind großziehen, das nicht seins ist, und hat kurzen Prozess gemacht. Schnipp schnapp.«

»Ich werde das, was Sie gesagt haben, im Auge behalten«, sagte Joe ohne jeden Nachdruck.

Bulstrode schwieg einen Moment – vielleicht irritierten ihn Joes ruhige, besonnene Antworten. Er fing an, die Papierstapel auf seinem Schreibtisch hin- und herzuschieben.

»Das heißt, was haben Sie jetzt, Sandilands? Sie machen die Selbstmordtheorie zunichte und setzen sich über die Schlussfolgerung des Coroners hinweg. Sie behaupten, es handele sich hierbei um Ermittlungen in einem Mordfall, und doch lassen Sie den eindeutigen Hauptverdächtigen – Somersham – weiter auf freiem Fuß. Was wollen Sie damit zeigen? Dass der Mord von einem oder mehreren Unbekannten begangen wurde? Von einem, der sich durch ein mehr als zwei

Meter über der Straße gelegenes Fenster eingeschlichen hat – womöglich von einer Frau, um ganz gründlich vorzugehen? Das scheint mir doch zu unwahrscheinlich! Wer hätte durch dieses Fenster eindringen sollen? Ein Akrobat?«

Joe zögerte einen Moment, doch dann beschloss er, Bulstrode als seinen Kollegen und nicht als seinen Feind zu behandeln.

»Ich bin nicht auf der Suche nach jemandem, der durch das Fenster hereinkam«, sagte er vorsichtig. »Ich bin auf der Suche nach jemandem, der durch das Fenster hinausgeklettert ist. Von innen ist das Fenster nur ein Meter achtzig hoch gelegen, und ganz in der Nähe stand ein Hocker …«

»Aber hören Sie mal, Sandilands, wie soll Ihr Mörder denn dann hereingekommen sein? Meinen Sie, er hat an der Tür geklingelt und gefragt, ob Mrs. Somersham zu Hause ist?«

»Wir haben es mit einem intelligenten Mann zu tun, Bulstrode. Genau so intelligent wie Sie und ich. Jemand, der sich, wie ich vermute, mit den Gepflogenheiten im Hause auskannte. Jemand, der wusste, dass die Somershams an jenem Abend ausgehen wollten – es läge nicht allzu fern zu kombinieren, dass Peggy Somersham vor einem solchen Anlass ein Bad nehmen würde. Der Mann, den ich suche, hat das Haus wahrscheinlich mehrere Stunden vor dem Mord betreten und sich im Badezimmerschrank versteckt. Das dürfte nicht besonders schwierig gewesen sein, und ich habe Beweise dafür, dass sich jemand im Schrank befunden hat.«

Bulstrode schnaubte spöttisch, aber Joe fuhr fort: »Das wäre ohne weiteres möglich gewesen. Schließlich herrschte im Haus ein ständiges Kommen und Gehen – in der Küche, Kaufgeschäfte an der Tür, es werden Dinge geliefert und abgeholt … Sie wissen das besser als ich. Und unter diesen vielen Menschen war einer, behaupte ich, der im Haus blieb, sich versteckte, den Mord beging und durch das Fenster entkam in einem Moment, in dem sich niemand in der Gasse befand. Dazu braucht es einen kühlen Kopf und ein Ausmaß an Berechnung, dass einem das Blut in den Adern gefriert. Aber Sie wissen selbst, dass solche Dinge passieren.«

»Manchmal. Nicht oft. Sogar sehr selten. Und Ihr Angreifer müsste ziemlich gut über die Gewohnheiten der Europäer Bescheid wissen.«

»Wenn er selbst Europäer wäre, müsste er sich dieses Wissen nicht extra aneignen«, bemerkte Joe.

»Ach, kommen Sie, Sandilands, Herrgott noch mal! Damit wollen Sie doch wohl nicht etwa sagen …«

»Doch, das will ich«, sagte Joe. »Und wenn wir schon beim Thema sind – können Sie mir sagen, wo Sie sich an jenem Tag zur fraglichen Zeit aufgehalten haben? Sagen wir, zwischen sechzehn und neunzehn Uhr?«

Bulstrode sprang auf und funkelte Joe böse an. »Das nehme ich Ihnen verdammt übel! Für wen halten Sie sich eigentlich, zum Teufel? Das hier ist nicht Scotland Yard, verstanden? Das hier ist mein Bezirk, verdammt noch mal! Ich hätte gute Lust, den Collector zu bitten, Sie von diesem Fall zu entbinden! Wissen Sie, was ein *quagga-quagga*-Vogel ist? Ich erkläre es Ihnen: Das ist ein Vogel, der in immer kleiner werdenden Kreisen herumfliegt, bis er schließlich in seinem eigenen Arsch verschwindet! Und genau das ist es, was Sie gerade machen, wenn Sie mich fragen!«

»Schön«, sagte Joe, »und dann könnten Sie mir jetzt vielleicht sagen, was Sie zur fraglichen Zeit gemacht haben?«

»Ich war unten in der Stadt«, sagte Bulstrode, »wie ich Ihnen, glaube ich, schon einmal sagte.«

»Sie sagten, Sie hätten wegen einiger Kleindiebstähle dort zu tun gehabt. Ich erinnere mich gut. Und wenn ich Sie nun bitten würde, mich einen Blick in Ihren Bericht dazu werfen zu lassen …?«

Bulstrode wurde rot vor Zorn. »Dann würde ich Ihnen sagen, dass Sie Ihre Nase nicht in meine Angelegenheiten stecken sollen!«

Für einen Moment schien Bulstrode zu platzen. Mit Blick auf den Ausdruck fortlaufend freundlicher Wissbegierde in Joes Gesicht, stürzte er zu einem Regal, auf dem sich bergeweise Papiere stapelten. Er schnappte sich eine ramponierte Mappe, auf deren Rücken »Shala-mar Bagh« geschrieben stand.

»Ich wiederhole, ich *war* unten in der Stadt, allerdings nicht direkt auf dem Basar. Genau genommen, war ich *hier*.«

»Und was ist Shala-mar Bagh?«

»Ein Teehaus. So eine Art Tanzsaal, könnte man wohl sagen.«

»Was *bedeutet* Shala-mar Bagh?«, beharrte Joe.

Bulstrode war offenbar nicht ganz wohl in seiner Haut. »Es bedeutet ›Amors Garten‹. Es kam zu einem Streit, und zwei blöde Gefreite von den Shropshires haben sich übel zugerichtet. Ich bin hingegangen, um darauf zu achten, dass die Regeln eingehalten wurden.«

»Und das ist dokumentiert? Haben Sie die Geschäftsführung angezeigt?«

»Das war nicht nötig. Ich habe sie verwarnt. Sehr lockeres Etablissement. Man bekommt dort alles, was man will. Hätten Sie vielleicht Interesse?«, fragte er boshaft.

»Der Alarm wurde ausgelöst, als Peggy Somersham dem Obduktionsbericht zufolge bereits eine Stunde tot war. Es dauerte eine Weile, bis man Sie in Amors Garten bei Ihren, äh, Ermittlungen fand, und Sie waren erst drei Stunden, nachdem die Leiche gefunden wurde, am Tatort. Es gibt vermutlich genügend Zeugen, die bestätigen würden, dass Sie sich in jenem Zeitraum im Tanzsaal aufgehalten haben?«

»Selbstverständlich gibt es die, verdammt!«, sagte Bulstrode.

Die Gedanken in Joes Kopf überschlugen sich. Was hatte Naurung doch gleich gesagt? »Ein Tauschgeschäft.« Hatte Bulstrode von der Anzeige gegen das Etablissement abgesehen, um sich damit ein Alibi zu erkaufen? Aber hätte Bulstrode das Haus unerkannt betreten können? Verkleidet? Joe beschloss, Naurung ins Vertrauen zu ziehen: Er musste für ihn herausfinden, wann genau Bulstrode das Shala-mar Bagh betreten und wann er es wieder verlassen hatte.

»Ich glaube, dabei können wir es für heute belassen«, sagte Joe.

»Dabei können wir es für immer belassen, Sie Armleuchter!«, blaffte der Superintendent und stürzte aus dem Büro.

Er war kaum draußen, als Naurung hereinkam.

»Ah, guten Morgen, Naurung«, begrüßte Joe ihn fröhlich. »Bulstrode Sahib haben Sie gerade verpasst, aber Sie kommen genau richtig, um mich zu meinem nächsten Gespräch zu begleiten. Können Sie mich zu Colonel Prentice' Bungalow führen?«

Auf dem Weg zu Prentice informierte Joe Naurung über das Alibi seines Vorgesetzten und bat ihn, so diskret wie möglich zu überprüfen, was genau Bulstrode am Tag des Mordes gemacht hatte. Naurung vernahm es mit ausdrucksloser Zurückhaltung, aber der Glanz in seinen Augen verriet, dass er sich bei ein wenig polizeilicher Routinearbeit bestens aufgehoben fühlte. Vor Prentice' Bungalow angelangt, entließ ihn Joe und ging allein die Einfahrt hinunter.

Eine Stimme hinter ihm rief ihm etwas zu, und als Joe sich umdrehte, sah er Prentice, der gerade sein Pferd einem Stallburschen übergab.

»Möchten Sie zu mir?«, fragte Prentice.

»Ja, Sir. Ich hatte gehofft, mich ein wenig mit Ihnen unterhalten zu können. Weitab von Lauschern und Gerede.«

»Und wann wollten Sie das tun?«, fragte Prentice wenig interessiert.

»Nun, ich dachte eigentlich, jetzt ... je früher, desto besser ... lieber heute als morgen ...«

Prentice lachte. »Das reicht schon, um Sie ganz klar als Europäer zu entlarven«, sagte er. »›Lieber heute als morgen‹ – das würde kein Inder jemals sagen. Den Indern wäre alles andere tausend Mal lieber als das Heute. Aber gut, wie Sie meinen. Kommen Sie herein, wir trinken eine Tasse Tee.«

»Das war ja ein früher Ausritt«, stellte Joe fest, als er neben Prentice die Kieseinfahrt hinunterging.

»Truppenübung. Findet einmal im Monat statt, und heute war es mal wieder so weit. Zu dieser Jahreszeit fange ich immer gerne früh damit an, dann ist man fertig, bevor es zu heiß wird.«

Er ging Joe voraus auf die Veranda, rief *»koi hai!«*, und setzte sich auf einen Hocker. Ein Diener erschien und nahm Prentice Hut und Peitsche ab, ein zweiter Diener stand Joes Garderobe zur Verfügung, und ein dritter kam herbeigeeilt, um Prentice die Stiefel auszuziehen. Dann stand Prentice wieder auf und ging in Socken weiter. »Sollen wir uns auf die Nordveranda setzen? Da ist es um diese Tageszeit bedeutend kühler.«

Sie gingen durch das Haus und blickten in den Garten, der gepflegt, sauber – und fürchterlich einfallslos war. Der Nachbargarten dagegen war auf das Wildeste zugewuchert. Maréchal-Niel-Rosen wuchsen so üppig, dass die Büsche die Größe von Cottages erreicht hatten. Als Prentice bemerkte, dass Joe von der Wildnis im Nachbargarten beeindruckt war, blieb er stehen, lächelte und sagte: »Das ist der Garten meines früheren Hauses. Das abgebrannt ist, wie Sie vielleicht hörten. Ein großer Garten. Geht bis ganz an den Fluss hinunter.«

»Und das hübsche kleine Gebäude dort unten?«, fragte Joe.

»Der Pavillon. Völlig zugewachsen. Ist älter als die britische Oberherrschaft in Indien – älter als John Company. Ist ein mogulisches Gebäude. Ich habe schon oft darüber nachgedacht, das Grundstück zu verkaufen, aber das würde bedeuten, dass ich auch den Pavillon verkaufen müsste, und das kann ich nicht. Er ist immer mein Zufluchtsort gewesen. Es gibt Augenblicke, in denen man vor den Ansprüchen einer Ehe fliehen möchte. Es gibt Augenblicke, in denen man sich der Mühen der Erziehung entledigen möchte, ganz zu schweigen von den Verpflichtungen im Regiment. Wenn ich mich in den Pavillon zurückziehe, um zu arbeiten, wissen alle, dass ich nicht gestört werden möchte. Ich glaube nicht, dass ich ohne diesen Pavillon leben könnte! Aber jetzt kommen Sie, ich will sehen, ob ich eine Tasse Tee für Sie auftreiben kann.«

Dem äußeren Rahmen nach war Prentice' Bungalow ein übliches Beispiel edwardianischen staatlichen Bauens. Vier gleich große Zimmer lagen um einen offenen Sitzbereich herum und waren von einer breiten Veranda eingefasst. Weiter ging die Ähnlichkeit mit anderen, typisch anglo-indischen Häusern dann aber nicht. Prentice hatte sein Haus nämlich ausschließlich mit indischen Stücken möbliert. Es fand sich keine Spur nostalgischen Glanzes, der eine Verbundenheit mit der englischen Heimat verriet. Keine Jagdgemälde von G. D. Armour oder Lionel Edwards, nicht einmal eine Kopie des sonst überall zu findenden »Midnight-Steeplechase«. Stattdessen beleuchtete indische Gemälde, viele davon auf Seide, viele auf Rollen, kleine Figuren aus Jade, Elfenbein und Speckstein, kaschmirbestickte Wandbehänge, Teppiche aus Buchara und Afghanistan.

Joe blieb neben dem großen Gemälde eines Elefanten stehen, auf dem eine kleine, juwelenbehangene Gestalt saß.

»Der Kaiser Akhbar reitet auf einem Elefant«, erläuterte

Prentice. »Ich sollte es eigentlich nicht so hier hängen haben. Es wäre besser für das Bild, wenn es aufgerollt wäre, aber es gefällt mir einfach so gut, und dieses Zimmer wäre nackt ohne es. Kommen Sie.«

Sie gingen gemeinsam durch das Haus, und Prentice öffnete eine der Türen, dic von dem zentralen Raum abgingen, und deutete hinein. »Dieses Zimmer lasse ich gerade für meine Tochter herrichten. Sie kommt bald nach Hause. Vier Jahre habe ich sie nicht gesehen.«

Joe schmunzelte angesichts der Ansammlung von zierlichen Bambusmöbeln, der Bilder und Stoffe, die der erstaunliche Prentice einem achtzehnjährigen Mädchen, das geradewegs aus dem kultivierten Europa kam, für angemessen befunden hatte. Den Mittelpunkt bildete ein leichtes indisches Holzbett, dessen Schlichtheit durch silberne Verzierungen, die sich die Beine hinaufwanden, aufgebrochen wurde. Am Kopfende hing ein zart bestickter Wandbehang, der die Göttin der Nacht zeigte. Vor mitternachtsblauem Hintergrund warf sie einen Teil ihres silbernen Sternen-Saris zum Schutz über die schemenhafte Gestalt eines Kindes, das bis auf die beiden Silberreifen an den Füßen nackt war. Joe verglich diesen Schlafplatz mit dem, woran Midge sich in den letzten Jahren in Europa sicher hatte gewöhnen müssen – eisernes Bettgestell, ordentlich zusammengelegte Wolldecke, in den Schulfarben gestreifte Bettwäsche und die Gravur »Das Licht der Welt« – und nahm an, dass Prentice sicher Recht hatte.

Prentice ging voran auf eine kühle Veranda, und im gleichen Moment wurde Tee serviert.

»Doch eine Konzession an die englische Heimat«, stellte Joe erfreut fest, als er das englische Teeservice sah.

»Darjeeling«, sagte Prentice. »Ich hoffe, Sie trinken den. Aber jetzt sagen Sie – was kann ich für Sie tun? Was soll ich Ihnen erzählen? Ich habe Ihnen bereits am Rande des Balls meine Theorie geschildert, aber ich schätze, Sie geben sich mit dieser unwissenschaftlichen Idee eines bösen Geistes nicht zufrieden?«

Joe lächelte. »Das würde ich sehr gerne«, sagte er. »Mir gefällt die Erklärung wirklich gut. Aber wenn ich die Sache damit auf sich beruhen lassen würde, könnte es Menschen geben, die glauben, dass ich meine Arbeit nicht ordentlich mache. Aber wenn Sie mir ein oder zwei Dinge erklären könnten … Wir fangen von vorne an.«

»Bei Joan Carmichael.«

»Nein, nein«, sagte Joe überrascht. »Noch weiter vorne. Beim Tod Ihrer Frau, wenn es Ihnen recht ist.«

»Natürlich«, beeilte Prentice sich zu sagen. »Natürlich. Aber in meinen Augen haben diese beiden Fälle nicht viel miteinander zu tun. Schließlich wurden die Verbrecher identifiziert und exekutiert.«

»Genau da würde ich gern anfangen. Sie sagen ›exekutiert‹. Können Sie mir etwas darüber erzählen?«

»Nicht besonders viel. Ich wusste, wer es getan hatte. Ich wusste, wo sie herkamen. Ich kannte die meisten von ihnen mit Namen. Sie wollten Rache und hatten sich mit Hasch Mut gemacht. Es waren keine besonnenen Männer. Ich stand etwa zwei oder drei Tage unter Schock, dann erholte ich mich und versammelte eine Truppe von Sowaren aus dem Regiment um mich – junge Kerle, die ich ohnehin schon länger im Auge gehabt hatte, und die sich nur zu gerne an diesem Ausfall beteiligten. An Freiwilligen hat es nicht gemangelt. Ich habe die Verbrecher aufgespürt und sie exekutiert. Natürlich hätte ich das nicht tun sollen, natürlich hätten sie vor ein ordentliches Gericht gestellt werden sollen. Ich musste ja selbst ein Ermittlungsverfahren über mich ergehen lassen. Aber dann war es bereits geschehen, und alle, ganz gleich ob Inder oder Engländer, waren auf meiner Seite. Alle waren der

Ansicht, es habe sich um einen gerechtfertigten Vergeltungsschlag gehandelt, und wenn Sie mir erlauben, das zu sagen, Sandilands – das war es auch!«

»Und Sie haben keinerlei Zweifel daran«, fragte Joe vorsichtig, »dass die Männer nicht vielleicht gekommen waren, um Sie zu töten und Ihre Frau ihnen nur aus Versehen zum Opfer fiel?«

»Und Chedi Khan.«

»Ja, und Chedi Khan. Geht es hier auch um ihn?«

Prentice schwieg recht lange, bevor er schließlich antwortete: »Er war ein trefflicher Mann. Das Beste, was die Pathanen zu bieten hatten. Loyal, couragiert, ausdauernd und wie viele Pathanen ein genialer Künstler und Poet, allerdings mit einem Schuss Zynismus und einem derben Humor.«

»Wie kam es dazu, dass er Ihr Diener wurde?«, erkundigte Joe sich.

Prentice schenkte beiden eine Tasse Tee ein und lehnte sich eine Weile in seinem Stuhl zurück. Dann sagte er: »Das ist eine lange Geschichte. Wissen Sie, was Proskription ist? Nein? Das ist ein an der Grenze praktiziertes System. Stämme von der anderen Seite überfallen und plündern ihre Nachbarn, tragen Blutfehden aus, fallen in Indien ein und überfallen und stehlen da. Alles, was sie zwischen die Finger bekommen können, aber am liebsten Waffen. Und Frauen. Das ist ihr Leben. Selbstverständlich kritisieren wir das, aber es steht einer Nation, die Frauen in die Prostitution schickt, nicht zu, Stämme zu kritisieren, die die Frauen lediglich für sich selbst rauben. Aber eines Tages muss das ein Ende haben, und dann werden die angreifenden Dörfer proskribiert – geächtet. Es kommt zu einem Vergeltungsangriff, bei dem Befestigungen demontiert, Wachtürme niedergerissen, die Ernte verbrannt und Geiseln genommen werden. Diese Angriffe nennen sich *barramptas*. Sie waren – und sind immer noch – ein üblicher

Teil des Lebens. Die Regeln sind bekannt. Ich habe viele dieser Angriffe geleitet, als ich an der Grenze bei den Scouts gedient habe.

Die erste *barrampta*, die ich anführte – da war ich ein junger grüner Offizier, frisch aus Sandhurst, aber ich kannte das Land – war gegen ein Dorf namens Lashtar gerichtet. Es war von einem kleinen, aber äußerst kriegerischen Stamm besetzt, der sowohl den Nachbarn als auch der Regierung nichts als Probleme bereitete. Absolut lernunfähig. Der alte Häuptling – der Malik – war ein wilder Teufel und hatte einen sehr schlechten Ruf. Er beschloss, das Dorf zu verteidigen, und es kam zu heftigen und erbitterten Kämpfen. Der Malik kam um. Auch seine beiden Söhne starben, und einige der Nachbarn und das Dorf verbrannten. Aus Versehen. Wir waren keine Feuerteufel.

Ich ritt heran, um das Ende der Operation zu überwachen, und während ich den Blick schweifen ließ, löste sich eine kleine Gestalt aus dem Rauch. Ein Pathan-Junge von vielleicht dreizehn Jahren. Unter dem Arm hielt er eine messingbeschlagene *jezail.*«

»*Jezail?*«

»Eine alte Muskete. Womöglich hundert Jahre alt. Geladen mit allem Möglichen – Nägeln, Glassplittern, sogar Schrot. Sobald er mich sah, ließ er sich auf ein Knie fallen und wollte mich in die ewige Verdammnis schicken. Einer meiner Männer kam mit einem Schwert in der Hand herbeigaloppiert und schlug ihm die Waffe aus der Hand. Er war kurz davor, dem Jungen mit seinem *talwar* den Kopf abzuschlagen …« Prentice deutete auf einige Waffen, die an der Wand des angrenzenden Zimmers hingen. »Das ist ein *talwar.*«

Joe sah die gebogene Klinge, die so lang wie ein Arm war und nur auf einer Seite messerscharf geschliffen.

»Ich schrie dem Soldaten zu, er solle seinen *talwar* einstecken, und dann rief ich dem Jungen auf Paschtu zu, er solle stehen bleiben, wo er war, dann würde ihm nichts geschehen. Ich stieg ab, ging zu ihm hinüber und redete mit ihm. Traurige Geschichte – er war Waise, aber entfernt verwandt mit dem alten Teufel, den wir gerade getötet hatten. Er lebte bei ihm. Da die Söhne des Mannes auch getötet worden waren, hatte sich dieser Junge, der, wie er mir sagte, Chedi Khan hieß, vorgenommen, so viele englische Soldaten wie möglich umzubringen, und als Erstes den befehlshabenden Offizier – mich. Stammesstolz. Ich glaube, er war ziemlich überrascht, als er feststellte, dass ich nicht viel älter war als er.

Ich wusste nicht, was ich mit ihm machen sollte. Es gab nichts mehr, was ihn an das Dorf gebunden hätte, und es lag auf der Hand, dass er, wenn er bliebe, früher oder später einen englischen Offizier abknallen und selbst dabei zu Tode kommen würde. Wir besprachen die verschiedenen Möglichkeiten. Von Mann zu Mann. Wir saßen nebeneinander auf einem Felsen. Ich gab ihm eine Zigarette. Er schien sehr intelligent zu sein. Ich erklärte ihm, dass er keine Zukunft habe, wenn er dort bliebe. Dass ich befehlen könnte, ihn als Geisel zu nehmen, um den Stamm zu besserer Führung zu zwingen, wie es üblich war. Als dritte Möglichkeit bot ich ihm an, freiwillig mit uns zu kommen, zu schwören, dass er sich gut führen würde, um dann in einigen Jahren zum Scout ausgebildet zu werden.

Als ich diese dritte Möglichkeit erläuterte, sah ich am Glanz in seinen Augen, dass er sich wünschte, Soldat zu werden – und ich ergriff die Chance. Ich wusste, dass der Junge uns nicht einfach für das ganze Dorf sichtbar folgen würde. Die Pathanen sind immer sehr für große Gesten, also inszenierte ich eine. Mit einer abfälligen Bemerkung versetzte ich der Muskete einen Tritt, sodass sie außer Reichweite geriet, und gab ihm ein Lee-Metford-Gewehr. ›Die ist für dich‹, sagte ich. Dann stand ich auf, wandte ihm den Rücken zu und ging zurück zu meiner Truppe.«

»Oh, Gott! War es geladen?«

»Ja, natürlich, eine ungeladene Waffe ist in solchen Gegenden nicht besonders hilfreich. Subadur Amir Shah deckte mich, das hatte ich schon gesehen, darum war das Risiko nicht allzu groß. Dennoch glaube ich nicht, dass ich heute die Nerven dazu hätte.«

»Was hat der Junge gemacht?«

»Er stand auf, richtete die Waffe auf mich, zielte exakt zwischen meine Schulterblätter und verfolgte mich einige Meter. Er hat nicht versucht abzudrücken. Nur seine Macht genossen, glaube ich. Dann, als er sich sicher war, dass sein Stamm das gesehen hatte, hängte er sich das Gewehr über die Schulter und marschierte auf uns zu. Sein Gewehr wurde entladen, er wurde auf ein Pferd gesetzt, und weg waren wir.«

»Ist er zum Militär gegangen?«

»Nicht zum damaligen Zeitpunkt. Da war er noch zu jung. Und unterernährt. Ein kleiner dürrer Kerl mit Bindehautentzündung. Er sah ganz so aus, als wäre er eine längere Zeit lang misshandelt worden. Wir päppelten ihn auf und verarzteten seine Wunden – vor allem Schnitt- und Brandwunden –, als wir ins Lager zurückkamen. Einer meiner Männer sagte: ›Den werden Sie nie wieder los. Er wird Ihnen überall hin folgen, und eines Tages, passen Sie auf, beschließt er, Rache zu nehmen. Dieser Junge wartet nur auf den richtigen Augenblick.‹«

»Hat er es denn versucht?«

»Nie. Er war nicht so. Wie ich bereits sagte, er war sehr klug, er war geschickt und enorm amüsant. Er hatte eine große Zukunft vor sich. Es gibt da schon seit vielen Jahren eine Bewegung, die sich für einen unabhängigen pathanischen Staat einsetzt – Paschtunistan –, und romantisch wie ich bin, sah ich dieses Kind schon als Präsidenten eines solchen unabhängigen Staates. Das war eigentlich nur ein Traum, aber ich spielte damit. Dann stellte sich die Frage, was zum Himmel ich mit diesem Jungen machen sollte.«

»Und was haben Sie mit ihm gemacht?«

Prentice grinste. »Was jeder englische Mann tun würde – ich habe ihn zur Schule geschickt. In den Bergen gibt es eine kleine Gemeinschaft anglikanischer Väter, die eine Missionsschule leiten. Tüchtige Leute. Ich kannte sie gut. Und sie sagten, sie würden sich um ihn kümmern. Er wollte nicht dahin, aber ich bestand darauf. Ich brachte ihn hin, und als ich ging, weinte er. Ein halbes Jahr später lief er weg und kam zu mir zurück. Ich habe ihn heftig zurechtgewiesen, ihn sogar geschlagen und wieder zurück zur Schule geschickt. Drei Monate später war er wieder hier! So hatte ich mir das eigentlich nicht gedacht, aber es sah ganz so aus, als hätte ich einen Freund fürs Leben gefunden. Ich machte ihn zum Scout und ernannte ihn zu meinem Träger. Und das blieb er, bis er starb.«

»Und die Umstände seines Todes? War das für Sie eine Überraschung?«

»Nicht im Geringsten. Er starb im Versuch, Dorothy zu retten. Selbstverständlich hat er versucht, sie zu retten. Ich hatte ihm ja die Verantwortung übertragen.«

»Das ist eine beeindruckende Geschichte.«

»Er war ein beeindruckender Mann«, sagte Prentice. »Es war traurig. Sogar tragisch. Aber die Geschichte birgt nichts Rätselhaftes. Überhaupt nichts.«

Joe hatte die Geschichte von Chedi Khan mitgerissen. Nachdem das Eis militärischer Knappheit und kühlen Understatements erst einmal geschmolzen war und die Erzählung immer schneller floss, war die Zeit wie im Flug vergangen. Joe sammelte sich wieder und durchschaute den Trick. Indem Prentice ihm ausführlich über ein Thema berichtete, das die eigentlichen Ermittlungen nur peripher berührte, versuchte er, sich als kooperativer und warmherziger Gesprächspartner darzustellen, als einen charmanten Mann, der nichts zu verbergen hat. Joe bewunderte die gekonnte Taktik, beschloss, sie *trompe l'oreille* zu nennen, und spielte das Spiel mit. Hin und wieder machte er sich Notizen und stellte interessiert Fragen. In dem Moment jedoch, in dem von Chedi Khans Tod die Rede war, beschloss er, nun seinerseits zu bluffen.

Es hatte sich als erfolgreiche Technik erwiesen, im Laufe eines Verhörs immer dann besonders gewissenhaft Notizen zu machen, wenn es um Themen ging, die für den Fall nicht sonderlich relevant waren. Auf diese Weise konnte er die Person, die er befragte, beruhigen. Selbst die finstersten Schurken hatten Spaß daran, einem Bullen die Wahrheit zu erzählen – insbesondere, wenn sie glaubten, ihn an der Nase herumzuführen. Joe achtete darauf, immer wieder Fragen zu stellen, auf die der Befragte sorglos en detail und gleichzeitig irreführend antworten konnte. Dann setzte er irgendwann ein nettes Lächeln auf, klappte sein Notizbuch zu und steckte seinen Füllhalter ein. Manchmal ließ er sich von seinem Opfer fast bis zur Tür begleiten, wo er dann – ohne den Gesprächston zu ändern – noch eine letzte Frage stellte, als sei sie ihm gerade in den Sinn gekommen. Es kam erstaunlich oft vor, dass ihm die Beantwortung dieser letzten Frage bessere Informationen bescherte als die vergangene Stunde intensiven Gespräches.

Joe versuchte sich jetzt an einer neuen Variante dieser Technik – ohne dabei zu vergessen, dass er es mit einem hochintelligenten, rücksichtslosen Mann zu tun hatte. Er kritzelte eine letzte Notiz in sein Buch, streckte die Beine und schlug das Notizbuch zu. Dann lehnte er sich nach vorn und senkte die Stimme, um damit zu suggerieren, die folgende Frage oder Äußerung werde nicht aufgezeichnet und sei lediglich ein Gespräch zwischen zwei Gentlemen.

»Sagen Sie, Prentice, wussten Sie eigentlich, dass Ihre Frau ziemlich viel trank?«

»Natürlich«, antwortete Prentice, ohne zu zögern. »Obwohl ich sagen würde, dass sie in Maßen trank. Zumindest gemessen am hiesigen Durchschnitt. Darum habe ich sie normalerweise auch mitgenommen, wenn ich außerhalb zu tun hatte. Sie fühlte sich einsam, wenn sie allein hier blieb. So geht es den meisten Frauen. Ich weiß, dass dieser Umstand zu ihrem Tod beigetragen haben mag.«

»Da wir gerade von Tod reden, Prentice ... Sie wissen, wie unangenehm es mir ist, dieses Thema überhaupt anzuschneiden, aber ich muss Sie das leider fragen – ich habe mir nämlich vorgenommen, jeden Einzelnen der verwitweten Greys-Offiziere zu fragen – gab es irgendjemanden, der einen Grund gehabt haben könnte, Ihre Frau umzubringen?«

»Natürlich nicht! Alle haben Dorothy geliebt. Sie war ausgesprochen liebenswert.«

»Hätte sie eine gute Ehefrau für einen Oberst abgegeben?«

»Eine hervorragende sogar. Sie hatte immer ein offenes Ohr für die Probleme der anderen und half immer gerne dabei, sie zu lösen, ganz gleich, wie unangenehm sie waren. Das mögen die Leute. Sie war an das Leben in Indien gewöhnt – sie hatte es sich selbst ausgesucht. Sie war sehr gesellig. Sie mag hin und wieder ein Glas Gin zu viel getrunken haben, aber sie war keine Emma Bovary. Ich bin in der glücklichen Lage, nicht allein von meinem Sold leben zu müssen, und darum hatte Dorothy immer schöne Kleider und eleganten Schmuck. Außerdem sah sie besser aus als die anderen Frauen, und ihre Zukunft – das heißt, im Grunde meine Zukunft – war genau das, was sie sich gewünscht hatte. Dorothy war eine zufriedene Frau. Ich verglich sie oft mit einem Bergsee – klar, verlockend, und dabei immer die Sonne reflektierend.«

»Und seicht?«, ging es Joe durch den Kopf.

Doch er sagte: »Ihre Tochter muss Ihnen ja ein großer Trost gewesen sein …?«

Prentice' Miene lockerte sich ein wenig. »Ja. Natürlich. Sie selbst haben keine Kinder, Sandilands?«

»Nein. Aber ich kann mir vorstellen, wie viel Freude sie einem bereiten. Und wie viel Schmerz«, sagte Joe ernst.

Ein Träger tauchte diskret in der Tür auf und versuchte, Prentice auf sich aufmerksam zu machen.

»Ich muss jetzt leider abbrechen, Sandilands. Ich werde in zwanzig Minuten an den Ställen erwartet, und mein Träger besteht darauf, dass ich bade, bevor ich wieder hinausgehe. Nicht, dass es den Pferden etwas ausmachen würde …« Er erhob sich und begleitete Joe hinaus. »Wie kommen Sie mit Bamboo zurecht? Gut. Dachte ich mir, dass Sie sich mit ihm verstehen würden. Ich bin ihn früher selbst geritten. Hören Sie, Sandilands, wenn ich irgendetwas für Sie tun kann, irgendjemandem den Arm verdrehen oder Ähnliches, lassen Sie es mich wissen.«

Sie schüttelten sich die Hand, und Joe trat hinaus in die blendende Sonne. Hunderte neuer Fragen schwirrten ihm im Kopf herum, und er hatte das ungute Gefühl, dass Colonel Prentice dem erfahrenen Polizisten soeben eine clevere Lektion darin erteilt hatte, wie man ein solches Gespräch führte.

Kapitel 11

Joes Frühstück am Dienstagmorgen fand ein jähes Ende, als das krächzende Hupen vom Wagen des Collectors erklang (ein Packard von 1910). Joe sammelte in Windeseile Karten, Notizbücher, Zigarettenschachtel und Kamera zusammen und ging hinaus, wo Naurung neben dem Wagen stillstand. Nancy saß auf der Rückbank.

Sie begrüßten einander wie alte Freunde. Sie reichte ihm die Hand, er ergriff sie, ließ sich in die grauen Kordpolster sinken und vergaß über mehrere Sekunden, sie wieder loszulassen.

»Das ist ja ein Luxusgefährt«, stellte Joe mit einem erfreuten und anerkennenden Blick auf die Ausstattung fest. »Schiebefenster zwischen dem Fahrer und uns, bequeme Sitze …«

»Ja«, sagte Nancy, »und da ist sogar eine kleine silberne Vase für eine Blume. Erinnern Sie mich daran, dass ich eine pflücke, wenn wir welche sehen. Wenn man den Interimsgouverneur besucht, sollte man schon einen gewissen Stil beweisen.«

»Onkel Jardine? Wir besuchen Onkel Jardine? Den Mann, der mich in das Natternnest gestoßen hat?«

»Besuchen? Wir werden bei ihm wohnen! Ich habe sehr viel telefoniert und alles arrangiert. Sie brauchen sich keine Sorgen zu machen.«

»Eben darum mache ich mir ja Sorgen! Wie sieht unser Programm aus?«

»Also, um Zeit zu sparen, habe ich dafür gesorgt, dass Sie sich heute Nachmittag mit dem alten Carmichael unterhalten, während ich Dr. Forbes besuche. Dann treffen wir uns zum Tee im Great Eastern Hotel wieder, und danach verbringen wir den Abend zusammen mit meinem Onkel in der Residenz.«

»Die Reihe der Anstandswauwaus reißt nicht ab«, murmelte Joe.

Er schob die Trennscheibe beiseite. »Guten Morgen, Naurung«, sagte er.

»Guten Morgen, Sahib.«

»Sie wissen, wo wir hinfahren?«

»Allerdings«, antwortete Naurung. »Ich dachte nur, es sei vielleicht interessant, die gleiche Route zu fahren, die Memsahib Carmichael 1911 geritten ist. Das heißt wir fahren am Bungalow der Carmichaels los – das ist gleich hier«, erklärte er und zeigte auf das Haus, »dann fahren wir zum Ende der Esplanade und biegen rechts ab.«

»Was ist das hier?«, fragte Joe überrascht, als sie mehrere Minuten über eine recht holprige Straße vom Stützpunkt wegfuhren. »Eine neue Straße?«

»Nein, das ist eine Feuerschneise, die der Forstoffizier durch den Dschungel hat schlagen lassen. Aber die Ladys benutzen sie sehr gerne als Reitweg. Die Schneise führt hinauf in die höheren Lagen, von wo man einen herrlichen Ausblick hat, und Memsahib Carmichael war eine etwas ängstliche Person, wie ich gehört habe. Sie ist sicher gern hier geritten, der Weg ist fast vierzig Meter breit und schnurgerade, da erlebt man nicht so viele Überraschungen.«

Naurung fuhr noch ein Stück weiter. Dann hielt er an und sagte: »Hier ist die Memsahib gestorben.«

Sie stiegen aus.

»Überhaupt nichts zu sehen«, stellte Nancy fest.

»Hier wurde sie gefunden«, sagte Naurung. »Damals lag hier ein Haufen Reisig, und heute liegt hier auch ein Haufen Reisig.«

Joe setzte sich auf das Trittbrett des Autos, sah sich intensiv um und versuchte, sich die Szene von vor elf Jahren vorzustellen. »Eine schreckliche Geschichte!«, sagte er. »Lässt mir keine Ruhe … Was ist los, Naurung?«

Naurung starrte auf den Boden.

»Was haben Sie gesehen?«

»Ich habe gar nichts gesehen, Sahib. Mir geht nur wieder durch den Kopf, was mir schon so oft durch den Kopf gegangen ist. Nämlich, dass dies ein seltsamer Ort für eine Kobra ist.«

»Seltsam? Wieso seltsam?«

»Es war keine Königskobra, keine Hamadryade. Denen begegnet man durchaus in einem Dschungelgebiet wie diesem. Aber in unserem Fall handelte es sich um eine gemeine indische Kobra – *naja naja*. Die gibt es nicht in einem solchen Dschungel. Die gibt es dort, wo sie die Nahrung finden, die sie am liebsten mögen, und das sind Ratten und Mäuse. Und Ratten und Mäuse leben in der Nähe von Menschensiedlungen in Getreidespeichern und Gärten. Überall da, wo es Ratten und Mäuse gibt, kann man auch auf Kobras stoßen – aber nicht hier draußen. In jedem Dorf gibt es eine Kobra. Manche Menschen halten sie für heilig. Im Dorftempel gibt es immer eine Kobra – der Dorfpriester stellt ihr sogar Milch hin …«

»Was wollen Sie damit sagen, Naurung?«

»Ich will damit sagen, dass ich mir die ganze Sache anders vorstelle. Ich sehe diese Lady vor mir, der nicht wohl ist, und die hierher kommt und sich hinter dem Reisighaufen hinhockt, wo sie niemand sehen kann. Dann kommt jemand mit einer Kobra in der Hand aus dem Dschungel …«

»In der Hand?«, fragte Joe erschrocken.

»Ja, ja«, sagte Naurung. »Ich könnte das nicht, aber es gibt viele, die in der Lage sind, eine Kobra zu fangen. Wenn man sie direkt hinter dem Kopf packt, zappelt und windet sie sich zwar, aber der, der sie in der Hand hat, ist relativ sicher, solange er sie weiter am Kopf festhält und sie dann in einen Sack steckt. Ich kenne mindestens sechs Inder, die das könnten. Er nähert sich der Memsahib. Sie erschreckt sich, sie ist entsetzt, sie gerät in Panik. Er hält die Schlange in der Hand und wirft sie auf sie. Memsahib Carmichael wurde hier gebissen, Sahib«, sagte er und zeigte auf seine linke Gesäßhälfte. »Von hier bis zum Herzen hat es das Gift nicht besonders weit. Sie dürfte schnell gestorben sein. Ich weiß, es ist schrecklich, aber ich glaube, so ist es gewesen. Und dann steht der Mann – ein sehr böser Mann – einfach da und sieht dabei zu, wie sie stirbt, und als die Arme tot ist, schneidet er der Schlange den Kopf ab und verschwindet im Dschungel. Ich habe das so oft vor mir gesehen, und jetzt stehe ich hier, und ich glaube, so ist es wirklich gewesen.«

»Mein Gott!«, sagte Joe. »Ich glaube, Sie haben Recht! Es hört sich entsetzlich wahr an. Ich kenne mich ja mit Kobras nicht aus.«

»Ich schon«, sagte Nancy. »Aber ich bin trotzdem nicht darauf gekommen. Naurung, wir müssen diesen Mann fassen!«

»Er ist clever«, sagte Naurung. »Sehr clever sogar. Und jetzt, wo wir wissen, dass er existiert, werden wir ihn auch finden.«

»Noch eine Frage, Naurung«, sagte Joe. »Haben Sie jemals von einem weißen Mann gehört, von einem Sahib, der in der Lage wäre, so mit einer Kobra umzugehen?«

Naurung senkte den Blick auf seine Stiefel und antwortete langsam: »Nein, das habe ich nicht.«

Nachdenklich stiegen sie wieder ins Auto und begaben sich zurück auf die große Fernstraße nach Kalkutta. Obwohl Naurung begeistert die Hupe zum Einsatz brachte, kamen sie auf der mit Schlaglöchern übersäten, staubigen und von Menschen und Tieren bevölkerten Straße nur langsam voran. Joe bemerkte, dass in Indien selbst der Packard des Collectors Kühen und Elefanten den Vortritt ließ. Durchgeschüttelt und trotz der luxuriösen Polsterung etwas steif in den Gliedern, erblickten sie erst am späten Nachmittag das ersehnte Grün der Esplanade, den beruhigenden, achteckigen Bau des Fort William und die dicht gedrängten Masten und Schornsteine auf dem Fluss. Sie fuhren auf der Chowringhee Road Richtung Norden und wurden von den vielen strahlend weißen Palästen, die diese Strecke säumten, geblendet. Joe stellte überrascht fest, dass ihn seine Rückkehr in die vertraute Stadt nach vier Tagen in der Provinz irgendwie beruhigte. Naurung hielt an.

»So, da wären wir«, sagte Nancy. »Beziehungsweise Sie. Sie steigen hier nämlich aus. Sie kennen sich doch aus, oder? Carmichael hat sein Geschäft irgendwo in dieser Straße – hier, ich habe Ihnen die Adresse aufgeschrieben. Naurung bringt mich zum Krankenhaus, wo ich mit Forbes verabredet bin. Wir sehen uns dann zum Tee wieder. Nehmen Sie sich einfach eine Rikscha zum Great Eastern, wenn Sie mit Carmichael fertig sind.«

Naurung wirkte etwas ungeduldig. Er hatte offenbar selbst etwas vor und fragte, ob er entschuldigt sei, nachdem er Nancy und Joe später zur Residenz gebracht habe. Er werde bei einem Verwandten übernachten. Joe winkte ihnen nach, als der Wagen sich in Richtung Krankenhaus entfernte. Dann konzentrierte er sich auf Harold Carmichael, den früheren stellvertretenden Kommandeur der Bengal Greys und Witwer von Joan Carmichael.

Britisch-Indien geht nicht oft zu Fuß, aber Joe bekümmerte das gequälte Gesicht von Joan Carmichael, das vor seinem geistigen Auge auftauchte, sodass er beschloss, das Stück von der Chowringhee Road zum Büro von Harold Carmichael zu laufen. Als er an den einst so opulenten Villen der *nabobs* längst vergangener Zeiten vorüberschritt – die meisten Häuser waren eher als Paläste denn als Villen zu bezeichnen –, fiel ihm auf, dass der Raum in diesen großen Häusern immer mehr unterteilt wurde, je mehr er sich vom Zentrum entfernte.

Anfangs informierten diskrete Messingschilder über den Sitz von Banken, Versicherungen, von Büros international bekannter Handelsfirmen, Ingenieuren, Architekten oder Rechtsanwälten. Aber mit steigender Hausnummer wurden die Messingschilder immer kleiner. Dann wurden aus den Messingschildern Pappschilder. Die Anzahl der Klingelknöpfe vervielfachte sich. An den oberen Fenstern standen Namen, die Haustüren standen offen. Milane zogen in der feuchten Luft ihre Kreise, und Krähen pickten an den mürben Simsen. Die Hausnummern stiegen in die Hunderte.

Nach etwa zwanzigminütigem Marsch, bei dem er sich im Schatten der Arkaden gehalten hatte, wenn es ihm gelang, nicht von den Massen auf die Straße gedrängt zu werden, stand er vor der Nummer 210. Am Eingang der Nummer 210 waren nicht weniger als zwanzig Namen angebracht, manche auf diesen großspurigen neuen Namensschildern, die meisten auf großspurigen Pappschildern. Unter Letzteren entdeckte Joe nach längerem Suchen »Carmichael, Popatlal und Mandavia, Wein-, Bier- und Spirituosenimport«. Ohne an sein Funktionieren zu glauben, drückte Joe pflichtschuldig auf den elektrischen Klingelknopf. Aus dem dunklen Inneren des Hauses tauchte ein Inder auf und redete lange auf Joe ein. Joe zuckte lächelnd mit den Schultern, zeigte auf Carmichaels Schild und sah den Inder fragend an. Das löste nur eine weitere Flut von Hindustani aus, aber schließlich zeigte eine Hand hilfreich die dunkle Treppe hinauf.

Während er durch das Haus ging, erschienen an diversen Türen Köpfe, die ihn neugierig beäugten. Ein Polizist der Metropolitan Police in Uniform war an diesem Ende der Chowringhee Road ein seltener Anblick.

Schließlich kam er an eine offene Tür, durch die er eine weiß gekleidete Person an einem Schreibtisch sitzen und augenscheinlich nicht besonders wichtige Dinge auf einen Block kritzeln sah. Der Mann hatte schütteres Haar und einen grauen Schnurrbart, der womöglich einst der – aufoktroyierte oder freiwillige – Standardschnurrbart der britischen Kavallerieoffiziere gewesen war. Sein ehemals steifer Kragen lag neben ihm auf dem Schreibtisch, und er hatte das Hemd am Kragen aufgeknöpft. Ein großer Kupferaschenbecher war voll von Stumpenenden. Im Papierkorb lagen zwei leere Whiskyflaschen, neben seinem Ellbogen stand eine halb volle. An der Wand befand sich ein mahagoniverkleideter Kühlschrank vom Modell »Kolonial« aus den Arms and Navy Stores. Die Tür stand offen, und der Kühlschrank war leer.

An den Wänden hingen unzählige Fotografien, von denen die meisten, wie Joe feststellte, die Bengal Greys zeigten. Die Bilder waren fleckig, das feuchte Klima hatte sie mitgenommen, und Gewitterfliegen waren unter das Glas gekrochen und dort gestorben. Die Gestalt, die er vor sich sah, hatte nicht viel von einem gepflegten Kavalleriemajor.

Joe klopfte vorsichtig an, und als er keine Reaktion hervorrief, versuchte er es etwas energischer. Man schleuderte ihm ein gereiztes »Ja?« zur Begrüßung entgegen, und Joe klemmte seine Mütze unter den Arm und betrat den Raum.

»Major Carmichael?«, sagte er. »Mein Name ist Sandilands.«

Carmichael drehte sich um. »Sandilands! Meine Güte! Ist

es schon drei Uhr? Oh, das tut mir aber Leid! Es war so ein hektischer Tag heute. Es geht ständig irgendetwas schief im Geschäft … aber nun kommen Sie schon herein.« Er stand auf und streckte Joe eine feuchte, behaarte Hand entgegen. »Drei Uhr ist eine seltsame Tageszeit«, sagte er. »Sowohl zu früh als auch zu spät, um jemandem einen Drink anzubieten – aber ich schätze, Sie sagen nicht Nein. Bei dieser Luftfeuchtigkeit könnte man glauben, es sei nicht nötig, sich auch noch von innen Flüssigkeit zuzuführen, aber man hört immer wieder, dass man genau das tun soll, also – einen *khusal ye*.«

Joe kannte die passende Erwiderung, aber er war sich nicht sicher, ob sie in diesen konkreten Umständen angemessen war. *»Khwar mashe«*, sagte er, was soweit er wusste, »Mögest du nicht in Armut leben« bedeutete.

»Nun«, sagte Carmichael, als er zwei ziemlich volle Gläser mit Whisky auf den Schreibtisch stellte, »was kann ich für Commander Sandilands tun? Sie sind von der Metropolitan Police, wenn ich das richtig verstanden habe? Eine seltene Spezies in Kalkutta!«

Joe hielt seine vorbereitete Rede: »… bin hier auf Einladung des Gouverneurs … nicht besonders daran interessiert, alte Geschichten wieder auszugraben und alte Wunden aufzureißen … der Collector von Panikhat … etwas beunruhigt, als – wie Sie vielleicht gehört haben – Peggy Somersham letzte Woche starb und Gerüchte in Umlauf kamen … hielt es für das Beste, diese Gerüchte im Keim zu ersticken und das Obduktionsergebnis zu bestätigen … wäre unklug, der Fantasie und den Spekulationen freien Lauf zu lassen …« Und so weiter.

Carmichael sah ihn niedergeschlagen an und schwieg einen Moment. Joe dachte an das, was Nancy gesagt hatte: »Er ist verbittert … ein fürchterlicher Offizier für die indische Armee … Großmaul mit Schnurrbart … nicht besonders beliebt bei seinen Männern …«

Schnurrbart, ja, aber Großmaul? Nein. Joe hatte in seinem Leben noch keinen Menschen gesehen, der so kleinlaut und niedergeschlagen wirkte.

»Wenn Sie dabei an Joanies Tod denken, dann kann ich Sie in jedem Fall beruhigen. Ein ganz klarer Fall. Tod durch Schlangenbiss. Aber das wissen Sie sicher schon.«

»Ist der Tod durch Schlangenbiss denn eine häufige Todesursache?«, fragte Joe. »Bitte bedenken Sie, dass ich ein unwissender Bobby aus London bin!«

»Ach, häufig … ich weiß nicht. Das wohl nicht. Aber es kommt durchaus vor. Ein oder zwei Mal im Jahr, schätze ich. Wenn man schnell handelt und sofort ärztliche Hilfe bekommt, muss so ein Biss nicht tödlich enden, aber Joanie war ja ganz allein unterwegs, und darum gibt es dazu auch nicht mehr zu sagen.«

Aus einem Impuls heraus sagte Joe: »Sie haben wohl sehr unter dem Tod Ihrer Frau gelitten?«

»Habe?«, sagte Carmichael. »Ich tue es immer noch. Das ist mit Abstand die leidvollste Erfahrung, die ich je in meinem Leben gemacht habe. Und dazu kam …« Er schwieg eine ganze Weile, dann sprach er weiter. »… ich vermute, so etwas kommt in den besten Ehen vor. Dem einen Partner stößt etwas zu, und das Einzige, was dem Hinterbliebenen durch den Kopf geht, sind all die Dinge, die er nie gesagt oder getan hat. Sind Sie verheiratet? Nein. Dann wissen Sie sicher nicht, wovon ich rede. Aber in jeder Ehe gibt es Zeiten, in denen man etwas netter zueinander hätte sein können, etwas rücksichtsvoller. Nur ein Beispiel – Joanie hasste Schlangen. Sie hatte furchtbare Angst vor ihnen, und wir lebten seinerzeit in einem Bungalow mit Strohdach – einem alten aus der Zeit vor der Meuterei. Die Decke war mit Segeltuch bespannt. Eines Abends saßen wir da und sahen, wie eine große Schlange auf der Suche nach Mäusen zwischen Segeltuch und Strohdach von der einen Seite zur anderen kroch. Ich dachte, Joanie würde einen kataleptischen Anfall kriegen! Sie hat geschrien und geheult und gekreischt … richtig peinlich! Von überall her kamen Diener angerannt! Und sie bestand darauf, aus dem Haus auszuziehen. Zum damaligen Zeitpunkt hätten wir das Haus nur mit erheblichem Verlust verkaufen können, und darum sagte ich nur ›Kommt gar nicht in Frage!‹ Das hätte ich nicht sagen sollen. Das war nicht besonders nett. Und dann später die Geschichte mit der Kobra. Als sei es ihr Schicksal gewesen. Oder meine gerechte Strafe. Ich wollte gerade sagen, dass ich lange gebraucht habe, bis ich darüber hinweg war, aber im Grunde glaube ich, bin ich bis heute nicht darüber hinweg. Nun ja. Wir tun alle immer unser Bestes. Es mag nicht gut genug sein, aber es gibt niemanden, der etwas Besseres als sein Bestes geben kann, wie ich immer sage.«

Mit zitternder Hand füllte er sein Glas auf, und Joe sprach ihn schnell auf die anderen Todesfälle an. »Sheila Forbes?«

»Ungemütliche, gefährliche Stelle. Hätte jedem passieren können.«

»Alicia Simms-Warburton?«

»Diese Ochsenhautflöße – verdammt gefährlich, wenn Sie mich fragen.«

»Peggy Somersham?«

»Keine Ahnung. Habe sie nie kennen gelernt. Tut mir Leid, ich bin Ihnen wohl keine große Hilfe.«

»Für die Polizei ist es manchmal genau so wichtig, zu wissen, wo man *nicht* zu suchen braucht«, sagte Joe nicht zum ersten Mal.

»Ja«, sagte Carmichael, »ja, da haben Sie wohl Recht. So habe ich das noch nie betrachtet. Wissen, wo man nicht zu suchen braucht – clever.«

»Ja«, sagte Joe. »Das war's dann auch schon, würde ich sagen. Vielen Dank für Ihre Geduld. Sie halten mich wahrscheinlich für einen unerträglichen Schnüffler.«

»Nein, nein«, versicherte Carmichael. »Überhaupt nicht. Und wenn Sie mal wieder in Kalkutta sind, besuchen Sie mich doch – aber besser an einem Tag, an dem weniger los ist, wenn Sie mich verstehen. Entschuldigen Sie, dass ich Sie nicht nach unten begleite – aber ich muss noch eben diesen, äh, diese hier, äh, zusammenstellen … bis morgen.«

Dann war Joe wieder draußen in der Bruthitze. Da er nur ungern wieder zurücklaufen wollte, winkte er eine Rikscha heran und ließ sich in der Gewissheit, nicht mit einem raffinierten, verschlagenen und äußerst geschickten Serienkiller gesprochen zu haben, erst zu ein, zwei Läden und dann zum Great Eastern Hotel fahren.

Er freute sich über die Maßen, hier inmitten der Fremdartigkeit Kalkuttas und nach dem deprimierenden Gespräch mit Carmichael, Nancy an einem gedeckten Teetisch sitzen zu sehen. Mit großen Schritten und ausgestreckten Armen ging er auf sie zu und ergriff ihre Hände, als sie sich erhob, um ihn zu begrüßen. Sein Verlangen, sie zu küssen, wurde nur gebremst durch die Vermutung, dass viele Menschen in diesem Raum Nancy kannten. Er begnügte sich damit, ihr die Hand zu küssen. Und nach einigem Zögern auch noch die andere.

»Ah, mein lieber Watson«, sagte er, »ich hoffe, Ihre Ermittlungen waren erfolgreicher als meine!«

Beneidenswert schnell bestellte sie Tee für ihn, und schon kurz darauf wurden eine frische Kanne, ein Teller mit Sandwiches sowie eine beträchtliche Scheibe englischer Kuchen serviert.

»Ich weiß nicht, ob ich viel erreicht habe«, sagte sie, holte ein Notizbuch hervor und legte es auf den Tisch. »Aber dieser Philip Forbes ist ziemlich nützlich. Immerhin war er von

1910 bis das Regiment aus Frankreich wiederkam Sanitätsoffizier. Er hat sowohl Dolly Prentice als auch Prentice' Träger und Joan Carmichael obduziert. Sogar seine eigene Frau. Eine traurige Geschichte war das mit Sheila. Sie hatte solche Höhenangst, und –«

Joe stellte seinen Kuchen ab und unterbrach Nancy unsanft: »Sagen Sie das noch mal.«

»Sie hatte solche Höhenangst, und –«, wiederholte Nancy pflichtschuldigst, und dann sprach sie weiter: »Ich fragte ihn: ›Ja, aber warum ist sie denn dann auf dem Pfad geritten, wenn sie solche Höhenangst hatte? Ist doch nicht gerade die geeignetste Strecke für jemanden, dem leicht schwindelig wird.‹ Und seine Erklärung war zum Heulen. Als Mitglieder der Sanitätstruppe der indischen Armee seien Sheila und er nie vollwertige Mitglieder des Regiments gewesen. Sie wurden eher toleriert als willkommen geheißen, und als Sheila von den anderen zu diesem Ausritt mit Picknick eingeladen wurde, fühlte sie sich geschmeichelt und freute sich unbändig. Das war der gesellschaftliche Durchbruch, den sie so ersehnt hatte. Das arme Kind war erst dreiundzwanzig! Und darum hat sie die Zähne zusammengebissen und ist trotz ihrer Angst den Berg hinaufgeritten. Ach, der Snobismus! So viele Verbrechen werden in seinem Namen begangen! Forbes hat keine Ahnung, dass Sheila möglicherweise umgebracht wurde. Er hat sich mit ihrem Tod abgefunden wie mit einem ganz besonders grotesken Schicksalsstreich.«

Sie schwieg eine Weile und fragte dann etwas zögerlich: »Joe, glauben Sie, wir haben uns vielleicht geirrt? Könnte es sein, dass es wirklich nur ein schrecklicher Unfall war? Wenn man bedenkt, dass Sheila stets eine nervöse Reiterin war und immer unbedingt alles richtig machen wollte. Sie war nervös und hatte vielleicht auch ein bisschen Angst. Pferde spüren so etwas, wie Sie wissen.«

»Ich bin mir sicher, dass ihr Tod vorbereitet war«, sagte Joe mit fester Stimme. »Und dass er schon einige Zeit geplant war. Irgendjemand, der Zugang zum Stall hatte und ihr Pferd kannte, jemand, der wusste, dass sie mit ihren neuen Freunden ausreiten würde, hat ihren Tod ganz bewusst verursacht. Ich glaube, dass dieser Jemand kurz vor dem Ausritt einen Stein in den Huf gedrückt hat. Sie erinnern sich doch sicher, dass sie gleich von Anfang an hinter den anderen zurückblieb, den anderen aber zu verstehen gab, sie sollten weiterreiten, sie werde sie einholen. Dass das Pferd am Anfang so langsam war, reichte schon, um sicherzustellen, dass die anderen sie nicht sehen würden, wenn sie die Stelle am Abhang erreichte. Ich glaube, dass sich jemand hinter den Felsen versteckt hatte – ein *saddhu* vielleicht – und hervorsprang und sie vom Pferd stieß. Und damit ihre schlimmsten Ängste wahr werden ließ. Das Letzte, was Sheila Forbes empfand, war blinde Panik.«

Sie schwiegen. Dann sagte Joe: »Das sind extrem traurige Ermittlungen, wenn Sie mich fragen. Überall, wo ich hingucke, stoße ich auf Kummer und Trauer.« Dann erzählte er ihr, was Carmichael ihm über Joan erzählt hatte.

»Ach, a propos Joan«, sagte Nancy. »Noch etwas Neues: Sie war bei Philip Forbes in Behandlung wegen Zystitis.«

»Zystitis?«, sagte Joe. »Was ist Zystitis?«

»Wie kann man nur so ignorant sein! Zystitis ist eine Blasenentzündung. Man hat ständig das Gefühl, pinkeln zu müssen. Passt doch alles prima zusammen, oder? Die arme Joan ›hockt‹ sich, wie Naurung sagte, ins Gebüsch und wird von genau dem angefallen, vor dem sie immer panische Angst hatte …«

Nancy schnappte nach Luft und ließ entsetzt den Löffel fallen. Als ein Kellner herbeieilte, um ihn aufzuheben, starrte sie Joe kreidebleich an.

»Panische Angst?«, wiederholte sie leise.

»Dachte ich es mir doch, dass Sie irgendwann drauf kommen würden!«, sagte Joe.

Nancy funkelte ihn an. »Ich schätze, ich bin etwa zwei Minuten später darauf gekommen als Sie, und das ist für einen Amateur ja wohl nicht schlecht! Aber Joe, wenn Sie das Gleiche denken wie ich, und wenn wir beide das Richtige denken, dann ist die ganze Sache doch eine absolut entsetzliche, widerliche, perfide Geschichte, oder?« Sie schauderte und sah ihn fragend an in der Hoffnung, er möge ihrem schlimmen Verdacht widersprechen.

»Wir hatten gesagt, dass wir nach einer Gemeinsamkeit suchen müssten, nach etwas, das alle fünf Todesfälle gemeinsam hatten, und dann würden wir langsam dahinter kommen, was der rote Faden ist. Und das sieht doch jetzt ganz so aus, als würde es sich zu einem Muster fügen, oder? Fangen wir doch von hinten an. Peggy: Ihr Mann sagte – aus freien Stücken – so etwas wie ›So hätte Peggy sich auf jeden Fall nicht umgebracht … Peggy konnte kein Blut sehen.‹«

»Oh, Gott!«, keuchte Nancy. »Stimmt. Sie hat mich oft gefragt, wie ich meine Arbeit im Krieg ausrichten konnte – die vielen Wunden und das Blut …«

»Und Joan – ihr Mann hat mir gesagt, dass sie schreckliche Angst vor Schlangen hatte. Jetzt sagen Sie, dass Sheila, die in den Tod stürzte, ausgeprägte Höhenangst hatte. Alicia – ihren Mann können wir nicht fragen, aber … war da nicht etwas in ihrem Brief an ihre Schwester?«

»›Das einzige Problem ist, dass ich dafür den Fluss überqueren muss – und du weißt ja, was ich von Flüssen halte!‹«, zitierte Nancy aus dem Gedächtnis. »Das ist mir schon aufgefallen, als wir es lasen! Ich wette, sie hatte Angst zu ertrinken! Meinen Sie nicht? Wen könnten wir fragen? Wer könnte sich daran erinnern? Kitty wahrscheinlich.«

»Und damit wären wir beim ersten Todesfall – Dolly. Verbrannt. Es gibt viele Menschen, die Angst vor Feuer haben. Das dürfte nicht schwer herauszufinden sein. Aber im Moment haben wir es in drei von fünf Fällen ganz eindeutig mit Phobien zu tun.«

»Joe, was ist das für ein Mann, der Frauen genau so umbringt, wie es für sie am allerschlimmsten ist?«

»Die einfache Antwort wäre: Ein Schüler des Marquis de Sade, aber ich glaube nicht, dass das in unserem Fall die richtige Antwort wäre. Den Morden haftet keine sexuelle Komponente an, oder? Es sei denn, der Arzt hat doch noch mehr festgestellt?«

»Nein. Und ich glaube nicht, dass er mir als Frau die schmutzigen Einzelheiten erspart hat. Ich erzählte ihm, dass ich als Krankenschwester gearbeitet habe, und er war so freundlich, medizinisch-fachlich und sehr offen mit mir zu reden. Ich war sehr traurig zu hören, dass Dolly Prentice schwanger war, als sie starb. Das wusste damals so gut wie niemand. Wussten Sie es?«

»Herrgott! Nein. In den Unterlagen, die ich habe, ist kein Autopsiebericht.«

»Klingt ganz so, als habe jemand dafür gesorgt, dass er verschwindet, denn Dr. Forbes hat auf jeden Fall einen angefertigt. Vermutlich hat man die Tatsache aus Respekt vor Prentice verschwiegen. Er kann kein Mitleid ertragen, sagte Forbes. Wie dem auch sei – man empfindet Mitleid, und man fängt an, Prentices' blutige Rache an den Dacoits zu verstehen. Auf einen Schlag seine Frau und sein ungeborenes Kind zu verlieren muss unvorstellbar schlimm sein! Aber das war die einzige delikate Information. Ich bin sicher, dass er es mir gesagt hätte, wenn es Hinweise auf eine – äh – sexuelle Handlung gegeben hätte.«

»Wäre doch der Arzt, der Ihre Freundin Peggy untersucht hat, ähnlich gründlich vorgegangen!«

Im gleichen Augenblick wünschte sich Joe, die Worte nicht ausgesprochen zu haben. Nancy starrte ihn entsetzt an.

»Peggy? Sie meinen doch nicht etwa ... Joe, was wollen Sie damit sagen?«

»Nein, nein – kein sexueller Übergriff. Ich meine nur, dass der Arzt leider nicht festgestellt hat, dass sie schwanger war. Sie hatte es selbst gerade erst erfahren. Sie hatte ihren Eltern geschrieben, um es ihnen mitzuteilen. Ich habe den Brief gefunden. Ihnen hatte sie es wohl noch nicht erzählt?«

Nancy schwieg sehr lange und starrte in ihre Teetasse. Tränen liefen ihr über die Wangen, und Joe verfluchte sich selbst für sein schlechtes Timing, reichte ihr sein Taschentuch und murmelte eine Entschuldigung.

»Ist schon gut, Joe«, sagte sie schließlich. »Es gibt wohl nicht *den* richtigen oder günstigsten Zeitpunkt, um jemandem so etwas mitzuteilen. Es hätte mich erschüttert, ganz gleich, wann Sie es mir erzählt hätten. Und jetzt sitze ich wenigstens vor einer Tasse süßen, heißen Tees! Sprechen Sie weiter. Ist schon gut. Ich werde schon einen Zeitpunkt finden, zu dem ich um Peggy und ihr Kind trauern kann ... Jetzt ist es wichtiger herauszufinden, wer dafür verantwortlich ist. Was lernen wir daraus über den Mörder? Sehen Sie neue Gemeinsamkeiten?«

»Zwei der Frauen waren schwanger«, fuhr Joe fort. »Aber ich glaube nicht, dass das eine echte Gemeinsamkeit ist, weil wir nämlich nicht wissen, ob die anderen schwanger waren. Ich halte das für eher unwahrscheinlich. Und überlegen Sie mal – wenn selbst Sie, Peggys beste Freundin, noch nichts davon wussten, und der Arzt auch nicht – in seinen Unterlagen ist darüber nichts zu lesen – dann hat ihr Mörder es auch nicht gewusst. Es sei denn, sie wurde von Somersham umgebracht. Aber es gibt eine andere Gemeinsamkeit, die alle Opfer miteinander verbindet. Der Mörder kannte sie alle. Und zwar ziemlich gut.«

»Er kannte sie? Gut? Wie gut? Wieso sind Sie sich da so sicher?«

»Er war ihnen nah genug, um ihre Phobien zu kennen. Denken Sie mal einen Moment nach, Nancy. Jeder hat irgendeine Phobie. Auch ich habe eine Phobie, aber die werde ich ganz bestimmt niemandem hier in Indien verraten, also fragen Sie gar nicht erst! Haben Sie eine Phobie? Und wer von den Menschen, mit denen Sie Umgang haben, weiß davon?«

»Ja, ich habe eine. Und – da muss ich Ihnen Recht geben – alle wissen davon.« Nancy seufzte. »Aber ich kann mir wirklich nicht vorstellen, dass Bill Bulstrode oder Harry Featherstone sich von hinten an mich heranschleichen und mir eine Spinne vor die Nase halten, um mich zu Tode zu erschrecken! Aber ich verstehe, was Sie meinen. Wenn ich in dem Moment nämlich ganz oben auf einer Leiter stehen würde, sähe die Sache anders aus. Jeder, der Augen und Ohren offen hält, weiß von so etwas. Die Dienstboten wissen alles und reden untereinander über alles. Und sie reden mit ihren Sahibs und Memsahibs. Was glauben Sie denn, woher Kitty über alles so gut Bescheid weiß? Ihr Bote ist das reinste Informationsbüro!«

»Das heißt, sowohl Briten als auch Inder hätten über diese Phobien Bescheid wissen können.«

»Ja. Aber warum? Wenn wir wüssten warum, dann wüssten wir auch wer, stimmt's? Es gibt keinen Grund dafür, diese fünf Frauen eine nach der anderen umzubringen, und noch dazu auf so grausame Art und Weise! Wir haben es mit einem Geisteskranken zu tun!«

»Das glaube ich auch. Aber geisteskrank ist der Mörder nur aus unserer Sicht. Nicht aus seiner eigenen. Mit diesen Verbrechen verfolgt er ein Muster und einen Zweck. Es handelt sich nicht um zufällige Opfer, es handelt sich nicht um Raubmord oder Triebtaten. Die Morde sind detailliert und lange Zeit im Voraus geplant. Sie werden von einem Mann geplant, der an einem Freitag das Freitags-Rasiermesser benutzt, um seinem Opfer die Pulsadern aufzuschneiden. Ein Fremder oder ein Eingeborener oder ein Auftragsmörder hätte einfach das nächstliegende Messer genommen. Ich bin mir sicher, dass der Mörder Europäer ist. Ich bin mir sicher, dass er seine Opfer kennt. Ich glaube, dass er ein Spiel spielt, das wir nicht einmal ansatzweise verstehen. Und obwohl er nicht geschnappt werden will, so will er doch irgendetwas – Anerkennung vielleicht? Ich weiß es nicht. Ich fische immer noch im Trüben. Allerdings weiß ich, dass diese Morde nicht das Werk eines indischen Jack the Ripper sind, eines Opportunisten, der sich in einem bestimmten Bezirk auf der Straße herumtreibt und sich auf das erstbeste Opfer stürzt, das ihm vor die Klinge kommt. Es handelt sich auch nicht um Serienmorde im Stil eines geldgierigen Mister Smith, der seine Ehefrauen reihenweise in der Badewanne ertränkte. Das heißt, zwei der häufigsten Mordmotive können wir schon mal ausschließen.«

»Meine Güte! Zwei! Wie viele bleiben uns dann noch?«

»Nur vier.«

»Ich bin auf einmal so müde. Kommen Sie, Joe! Lassen Sie uns zu meinem Onkel fahren. Ich könnte ein kaltes Bad und gleich danach einen eisgekühlten Drink vertragen – und danach einen netten Plauderabend ohne Serienmörder!«

Kapitel 12

Sie blieben einen Moment im Auto sitzen, nachdem es in der Kieseinfahrt des Gouverneurs zum Stehen gekommen war, bis Naurung ausgestiegen war und ihnen die Tür öffnete.

»Prachtvoll!«, sagte Joe. »Ein prachtvoller Garten!«

Entzückt betrachtete er Rasenflächen, die dem Themsetal alle Ehre machen würden, Bäume vom Alter der Britischen Kolonien in Indien, einen breiten, von Blumenbeeten gesäumten Weg, der auf einen Brunnen zuführte. Im Schatten eines Pavillons auf einem künstlich angelegten Hügel gurgelten Bewässerungskanäle.

Kaum waren sie ausgestiegen, stand auch schon der *khansama* vor ihnen, verbeugte sich, grüßte sie mit »*salem*« und präsentierte ihnen ein Silbertablett, auf dem eine schriftliche Nachricht lag. Nancy kannte den *khansama* und grüßte ihn wie einen alten Freund.

»Eine Nachricht von meinem Onkel«, stellte Nancy überrascht fest und schlitzte den Umschlag mit dem Daumen auf. Sie las laut vor: »›Ich habe mich so auf unseren gemeinsamen Abend gefreut, doch statt den Abend mit euch zu verbringen, verbringe ich ihn im Zug. Es ist mir leider nicht möglich, früher aus Delhi wegzukommen. Wir sehen uns dann also morgen Vormittag (mein Zug kommt um halb elf an).

Ich habe eine Flasche 1916er Niersteiner für euch kalt stellen lassen, und dann ist da noch ein Château Lafite, der sehr gut dazu passt. Ich war auch so frei, bereits euer Abendessen zu bestellen, aber da Bobagee ja ohnehin selten auf das hört, was ich zu sagen haben, wage ich nicht vorauszusagen, was tatsächlich auf dem Tisch stehen wird. Aber wie dem auch sei, ich wünsche euch einen schönen Abend und bedauere wirklich, ihn nicht mit euch verbringen zu können. Dein Onkel George.‹«

Sie sahen einander an. Ihnen war zweifelsfrei beiden der gleiche Gedanke gekommen.

Ein livrierter *khitmugar* stand oben auf der Treppe bereit, um Joe zu seinem Zimmer zu geleiten, während die Ayah grüßend aus der Dunkelheit auftauchte und Nancy unter gluckenhaften Sympathiebekundungen unter ihre Fittiche nahm. Aus dem Augenwinkel sah Joe, dass Nancy die Treppe zum anderen Flügel des Hauses hinaufgeführt wurde, und er fragte sich mit einem Anflug ironischer Belustigung, ob der Onkel ihnen absichtlich so weit auseinander liegende Zimmer zugeteilt hatte.

Nach dem dunklen, engen Gästehaus in Panikhat war sein Zimmer hier der reinste Luxus. Marmorfußboden, mit Marmor verkleidete Wände, Fliegengitter vor der Tür auf den breiten Balkon, ein Bett, in dem Platz für vier wäre, ein Badezimmer mit fließendem Wasser und statt der zylinderartigen Vorrichtung, an die er sich mittlerweile gewöhnt hatte, ein echtes, wirkliches Wasserklosett mit der Inschrift »John Bolding, London«. Eingebettet in einen Mahagonisitz, an dem sich ein Elfenbeinhebel mit der Aufschrift »Lift to flush« befand. Auf seiner Frisierkommode fand er eine weitere Nachricht, die ihm mit etwas unsicherer Handschrift mitteilte »Abendessen wird um sieben Uhr serviert. Dieser Mann zeigt Ihnen den Weg.« Joe verneigte sich vor »diesem Mann«, der für ihn bereitstand und die Erlaubnis entgegennahm, ihm ein Bad einzulassen.

Um für das Abendessen beim Gouverneur passend angezogen zu sein, hatte Joe auf seinem Weg von Carmichael zum Great Eastern Hotel beim Army and Navy Store Halt gemacht und sich ein weißes Affenjäckchen und einen dunkelblauen Kummerbund gekauft. Er hatte nicht die blasseste Ahnung, welche Farben für die Metropolitan Police angezeigt wären, aber er ging davon aus, mit Dunkelblau nicht viel falsch machen zu können.

Frisch gebadet, rasiert und angekleidet unter Mithilfe seines Trägers, betrachtete Joe sich in dem langen Standspiegel. Er war erschreckend aufgeregt beim Gedanken daran, den Abend allein mit Nancy zu verbringen. Allein hieß in diesem Fall natürlich, abgesehen von den mindestens sechs anwesenden *khitmugars*. Um sich zu sammeln, trat Joe hinaus auf den Balkon und genoss die Dämmerung und den Abendwind, der vom Hooghly River im Süden her einsetzte. Dann steckte er sich ein Taschentuch in den Ärmel und das Zigarettenetui in die Tasche und folgte seinem Führer durch das Labyrinth des großen Hauses. Eine Treppe hinunter, über einen breiten Flur, eine kleinere Treppe hinauf und durch eine Veranda mit weitem Blick über die Stadt hindurch zu einem lampenerleuchteten und kühlen Balkon. Dort war ein Tisch gedeckt, mit gestärktem weißen Leinen und feinstem Silber, an dem Kerzen angezündet wurden.

Joe stützte sich auf der Balustrade ab, blickte hinab in den dunklen Garten und inhalierte die süßen abendlichen Düfte. Düfte, die plötzlich an Intensität gewannen. Er drehte sich um und sah Nancy in der Tür stehen. Sie trug ein kleines Abendkleid aus silbergrauer Seide, das es zu Joes absoluter Verwunderung fertig brachte, sich auf faszinierende Weise an ihren Oberkörper zu schmiegen und gleichzeitig kokett ihre Knie zu umspielen. Schlank, aufrecht und erwartungsvoll war sie von der Anmut und Direktheit eines Mondenstrahls, ging die Fantasie mit Joe durch. Er vergaß die leichtfüßigen

Dienstboten um sich herum, streckte Nancy die Hände entgegen, zog sie an sich heran und küsste sie auf die Wange.

»Hmmm … ich halte die Essenz des Gartens im Arm«, murmelte er und atmete tief ein.

»Unsinn!«, sagte Nancy und befreite sich. »Der Duft kommt mitten aus Paris! Mademoiselle Chanel wäre sicher indigniert, wenn sie wüsste, dass Sie ihren Duft als die Essenz eines orientalischen Gartens beschreiben. Er soll an Paris im Frühling erinnern und all diese Dinge!«

»Soso. Dass Sie fantastisch aussehen, brauche ich Ihnen wohl nicht zu sagen«, merkte Joe an. »Ich vermute, das wissen Sie ohnehin. Dennoch, Sie bezaubern mich. Ich habe bemerkt, dass Ihr Onkel uns in entgegengesetzten Flügeln dieses Palastes untergebracht hat. Aus gutem Grund, wie ich glaube.«

Nancy lachte. »Wenn ich das richtig mitbekommen habe, sind Sie eine Treppe hinaufgegangen und dann nach rechts abgebogen. Sie sind durch eine Audienzhalle gegangen und dann nach links abgebogen. Dort haben Sie Ihr Zimmer. Was Sie nicht bemerkt haben, ist, dass ich genau den gleichen Marsch spiegelverkehrt unternommen habe, sodass es scheinen mag, als seien wir kilometerweit voneinander entfernt in zwei völlig verschiedenen Enden des Hauses untergebracht, während unsere Zimmer in Wirklichkeit sehr nahe beieinander liegen.«

»Ich bin überwältigt!«, sagte Joe.

»Na, dann entwältigen Sie sich«, sagte Nancy, »und lassen Sie uns von dem Niersteiner kosten, während wir auf das Essen warten. Sehen Sie mal – mein Onkel würde sich nie zu etwas so Ordinärem herablassen, wie Wein in der Flasche zu servieren. Er hat den Niersteiner dekantieren lassen, wie es sich für ein Abendessen bei einem Gentleman gehört. Mein Onkel ist ein sehr altmodischer Mann!«

Der Wein war ausgezeichnet und das folgende Essen hervorragend: Schildkrötensuppe (aus der Dose, aber köstlich!) von Lusty in Covent Garden, *hilsa*-Fisch in Tamarindensauce, Huhn mit verschiedenstem Gemüse und Reis und schließlich ein Zuckermodell des Taj Mahal mit Mango-Fruchteis.

»Sprechen Sie doch bitte in meinem Namen ein Kompliment für das hervorragende Essen aus«, sagte Joe, als sie fertig waren. Nancy wandte sich den Kellnern zu und redete ausführlich mit ihnen. Sie quittierten das Lob mit strahlendem Lächeln und vielen *»salems«*.

»Gott, wie ich Sie beneide!«, sagte Joe. »Was mir nicht alles entgeht, nur weil ich nicht in der Lage bin, die Menschen hier zu verstehen und mit ihnen zu sprechen. Wie lange bräuchte ich wohl, um es zu lernen?«

»Das weiß ich nicht. Als ich klein war – noch ein Baby – hatten meine Eltern selten Zeit für mich, und ich redete mehr mit den Dienstboten als mit ihnen. In meinen ersten fünf Lebensjahren sprach ich mehr Hindustani als Englisch. Als ich später in England zur Schule ging, und vor allem im Krieg in Frankreich, habe ich immer wieder in Hindustani geträumt. Ich glaube, ich kann sagen, dass ich die ersten sieben Jahre meines Lebens absolut glücklich und zufrieden war, und als ich dann von hier weggeschickt wurde, kreisten meine Gedanken einzig und allein um diese eine Frage: ›Wann kann ich zurück nach Indien?‹ Ich habe mir immer wieder ›Indien‹ zugeflüstert, wenn es mir nicht gut ging. Und ich habe mir bereits als Kind geschworen, dass es lediglich eine Frage der Zeit sei, bis ich wieder nach Hause kommen würde.«

»Und Sie wurden einfach hier herausgerissen und in England aufs Internat geschickt? Das ist ja schrecklich!«

»Das fand ich allerdings auch. Aber so ist es ja allen ergangen. Und niemand kam je auf den Gedanken sich zu beklagen. Und heute verfährt man immer noch so. Aber ich hatte

Glück. Ich wurde auf eine Schule in Cheltenham geschickt, die sich auf anglo-indische Exilanten wie mich spezialisiert hatte. Und ich reiste zusammen mit zwei Freundinnen, denen genau das Gleiche widerfuhr. Minnie da Souza und Kate Bromhead. Ich weiß wirklich nicht, wie ich das englische Internat überlebt hätte, wenn ich diese beiden nicht gehabt hätte! Wir müssen uns unmöglich aufgeführt haben. Wir waren ja alle auf unsere Weise im Exil und trauerten. Wir versuchten, darüber hinwegzukommen, indem wir eine kleine Enklave bildeten. Wir sprachen Hindustani untereinander und schrieben uns Briefchen auf Hindustani. Manchmal fiel es einer von uns ein, so zu tun, als verstünde sie den Lehrer nicht, und dann sprang eine andere ein und dolmetschte. Es grenzt an ein Wunder, dass wir überhaupt Freundinnen hatten!«

»Die anderen hielten Sie vermutlich für sehr exotisch«, sagte Joe. Vor seinem geistigen Auge sah er drei bleiche kleine Mädchen mit dünnen Beinen und großen Augen, die in einer fremden Umgebung ihr Bestes taten, sich unter indischer Flagge von den anderen abzuheben.

Als Kaffee auf dem Tisch neben ihnen abgestellt wurde, erzählte Nancy weiter: »Ich fertigte sogar einen Kalender an, auf dem ich die Monate, Wochen und Tage abhakte, bis ich endlich wieder nach Hause durfte. Doch als die abzuhakenden Tage endlich zu einer überschaubaren Zeitspanne zusammengeschrumpft waren, passierte etwas Schreckliches. Der Krieg. Plötzlich war alles in der Schwebe. Meine Eltern waren zu dem Zeitpunkt ein Jahr auf Heimaturlaub in England. Mein Vater eilte zurück nach Indien, wo sein Regiment auf ihn wartete. Wir – die drei Hexen, wie wir uns selbst nannten – hielten eine sehr ernste Konferenz im Abstellraum der Schule ab. Ich erinnere mich noch genau daran. Wir beschlossen, Krankenschwestern zu werden. Sie können sich gar nicht vorstellen, welche Komplikationen dieser Entschluss mit sich brachte! Aber wir bestanden darauf, und schließlich gab man nach, und wir wurden die drei ahnungslosesten Rot-Kreuz-Schwestern auf der ganzen Welt.

Wir hatten gehört, dass indische Truppen in Frankreich waren. Wir dachten, wenn wir es geschickt anstellten, würden wir dort eingesetzt werden, wo sie waren und wir sie pflegen konnten. Wir schrieben ans Kriegsministerium, ob nicht ein Mangel an Hindustani sprechenden Krankenschwestern herrschte? Irgendein alter Indienexperte im Kriegsministerium muss unseren Brief in die Finger bekommen haben, denn eines Tages – die Mühlen des Ministeriums mahlen langsam – fanden wir uns an Bord eines Truppentransportschiffes auf dem Weg nach St. Omer wieder. Zum britischen Feldlazarett. Wir waren überglücklich! Wir liebten unsere Uniformen und den Respekt, den die Jungs uns entgegenbrachten. Die Bewunderung unserer Schulkameradinnen, die wir in England zurückgelassen hatten, beeindruckte uns nicht im Geringsten. Mein Vater schrieb mir ›Prima gemacht, altes Mädchen! Deine Mutter und ich sind stolz auf dich!‹ Der Arme. Lange konnte er nicht stolz sein. In Srinagar – wo er sich aufhielt – grassierte die Cholera, und er und meine Mutter waren tot, bevor er mir noch einmal schreiben konnte.

Ich habe England nie gemocht. Nur, wenn meine Eltern da waren. Zwar waren alle furchtbar nett zu uns dreien, und für die Ferien hatten wir immer verschiedene Einladungen – aber für uns war Frankreich *die* Chance. Wir betrachteten das als die erste Station auf dem Weg zurück nach Indien. Für mich war Indien weiß und gold. Die Schule war für mich rot und braun, und Frankreich, wo es immer nur regnete, grau in grau. Wahrscheinlich hat es auch schöne, warme Tage gegeben, aber an die erinnere ich mich nicht.

Ich weiß noch genau, wie wir in dem Krankenhaus in St. Omer ankamen, und wie ich die erste Nacht dort erlebte. Ich lag im Bett und hörte jemanden murmeln. Ich fragte mich, wer das wohl sei, bis mir klar wurde, dass das kein Mensch war – es waren die Geschütze. Die Geschütze murmelten ständig, Tag und Nacht, drei Jahre lang.

Es ist unglaublich, wie ahnungslos und unschuldig wir drei waren. Unsere Ausbildung war alles andere als gründlich verlaufen, wissen Sie – wir waren ein paar Monate in Brighton im Militärhospital für die indischen Truppen im Royal Pavilion. Stellen Sie sich das mal vor! Das war alles. Wir lernten gerade mal, wie man direkt aus der Verpackung einen frischen Verband anlegt, wie man ein Frühstückstablett trägt und wie man sich zudringlicher Männer erwehrt! Wie man sie sich vom Leib hält. Vom Leib! Wie soll man sich einen Mann vom Leib halten, wenn ihm der halbe Leib weggeschossen worden ist? Es wurden händeringend Hilfskräfte gebraucht, und darum warf man uns – genau genommen ohne jede Ausbildung – ins kalte Wasser. In meiner ersten Woche sah ich fünf Männer sterben. Kleine Cheltenham-Schulmädchen sehen nicht oft jemanden sterben, und plötzlich waren wir mittendrin im großen Sterben. Ich glaube kaum, dass irgendeine von uns jemals einen nackten Mann gesehen hatte – alles, was wir über die männliche Anatomie wussten, basierte auf den Skulpturen im Louvre. Aber schon am Ende unserer ersten Woche jonglierten wir ohne mit der Wimper zu zucken mit den Bettpfannen!«

Joe registrierte, dass Nancys Laune sich etwas besserte und nutzte die Gelegenheit, um eine Frage zu stellen, die er schon lange loswerden wollte: »Gab es zwischen Schwestern und Patienten eigentlich Affären? Ich sage Ihnen, unter den gemeinen Soldaten war das eines der am meisten diskutierten Themen!«

»Selten. Und nur sehr diskret.« Sie hielt inne und überlegte, ob sie Joe ein Geheimnis anvertrauen konnte. Sie sah ihn kalkulierend an und sprach dann weiter: »Ja, es kam vor. Das Leben unter jenen Umständen ist intensiv, konzentriert und vergänglich. Die Männer wurden oft viel zu früh für gesund erklärt und an die Front zurückgeschickt. Und wir Mädchen wussten – wir wussten es einfach –, wann ein Junge nicht mehr zurückkommen würde. Und wissen Sie was, Joe, manche von denen, insbesondere die, die einer bestimmten Krankenschwester näher gekommen waren, wussten es auch. Und das, was sie am meisten bedauerten, war nicht, dass sie ihr Leben verlieren würden, sondern dass sie sterben würden, bevor sie je geliebt hatten. Und Krankenschwestern sind dazu da, die Patienten zu trösten. Es gab einige, die fest an diese Aufgabe glaubten, und ich werde diejenigen, die ihrem Instinkt folgten, nicht dafür kritisieren.«

Sie sah ihn direkt und trotzig an. Hatte sie ihm gerade etwas über sich selbst erzählt? Warum hielt sie das für nötig? Es gab da ein Rätsel. Und die mögliche Erklärung ließ sein Herz vor Aufregung wild klopfen.

»War das nicht ... ich meine, hätte das nicht gefährlich werden können ... ähm ... es hätte doch etwas passieren können ...?«

»Natürlich. Hätte man eine solche Geschichte aufgedeckt, wären wir entlassen und nach Hause geschickt worden. Aber niemand war daran interessiert, eine kompetente, erfahrene Krankenschwester fortzuschicken. Es gab zu wenige davon. Aber das meinten Sie vielleicht gar nicht?«

Um Nancys Augen bildeten sich kleine Lachfältchen, als sie sich zurückerinnerte. »Unsere Oberschwester war keine Oberschwester, wie Sie sich vielleicht eine vorstellen – mit einem wogenden Busen, in gestärkten, raschelnden Röcken! Sie war schlank, vierundzwanzig Jahre alt, und ihre Mutter war Gräfin und Vorsitzende des Veteranenvereins! Nein, das einzig Steife an Madeleine war ihre Schürze. Wir wussten alle, dass sie unter ihrer Uniform nilgrüne Spitzenhemdhöschen aus Seide trug. Sie sagte immer, irgendetwas müsse sie daran erinnern, wer sie sei. Und sie riet uns in Hinblick auf Männer: ›Mädchen, lasst es sein!!! Aber wenn ihr unbedingt müsst, seid wenigstens vernünftig!! Ihr findet das, was ihr braucht, in der untersten Schublade in meinem Schreibtisch!‹«

Sie schwiegen beide, als ein Beistelltisch mit Gläsern und Karaffen mit silbernen Etiketten um den Hals neben ihnen abgestellt wurde. Wortlos nahm Joe sich ein bauchiges Kognakglas und schwenkte ein wenig Brandy darin. Auf keinen Fall wollte er Nancy unterbrechen, die sich völlig in ihren Erinnerungen verlor.

»Ich weiß noch«, sprach sie weiter, »wie im Frühling 1918 einige amerikanische Truppen kamen. Sie waren in einem fürchterlichen Zustand. Und so herzzerreißend tapfer! Es war ein Junge dabei – ich wusste, dass er sterben würde. So etwas lernt man schnell. Ich war schon zu Bett gegangen, aber ich konnte nicht schlafen, und darum ging ich zu ihm in den Krankensaal. Statt meiner Uniform zog ich mir einfach nur mein Kleid über den Kopf und setzte mich neben ihn. Oh, Gott, Joe! Stellen Sie sich das vor – auf einmal sagte er mit einer richtigen Kleine-Jungen-Stimme: ›Bist du das, Mama?‹ Was sollte ich tun? Ich sagte: ›Ja, mein Schatz, es ist alles in Ordnung.‹ Dann fragte er: ›Ist John auch da?‹ Und ich sagte: ›Ja, er ist auch hier – irgendwo in der Nähe.‹ Er faselte weiter. Und ich wollte so gern etwas für ihn tun. Etwas Besonderes. Also zog ich mir mein Kleid aus, legte mich neben ihn ins Bett und legte die Arme um ihn. Er hörte auf zu reden, seufzte und kuschelte sich an mich. Gegen zwei Uhr früh – es passiert immer gegen zwei Uhr früh – starb er. Ich fiel in ein tiefes, schwarzes Loch. Ich hatte keine Hoffnung mehr für irgendjemanden und musste vier Stunden später wieder Dienst machen.

Ich hatte andere sterben sehen und sah danach noch weitere, aber diese Geschichte hat mich wirklich angerührt. Dieser Junge war irgendwie …« Sie hielt lange inne und fuhr dann fort: »Vielleicht finden Sie das lächerlich, aber er war irgendwie mein Baby geworden. Und sein Tod hat eine Lücke in mir hinterlassen, die bis jetzt noch nicht wieder gefüllt ist. Verdammt! Und ich weiß nicht mal mehr, wie er hieß.

Tränenüberströmt rief ich nach Krankenträgern, und während ich auf sie wartete, bemerkte ich den Mann im Nachbarbett. Seine Dienstmütze lag neben ihm auf dem Bett, und ich nahm sie gedankenverloren in die Hand. Es war eine Offiziersmütze – Offiziere hatten wir nicht oft bei uns. Er gehörte zu den 23. Rajputana Rifles, die wir stets die ›Raj. Rif.‹ nannten. Ich dachte, er sei tot oder zumindest im Begriff zu sterben. Er sah auf, ergriff meine Hand und sagte: ›Gut gemacht!‹ Mehr nicht. Nur ›Gut gemacht!‹

Er war in einem sehr bedenklichen Zustand. Er war mein erster indischer Verwundeter, und ich machte ein ziemliches Aufheben um ihn. Seine Wunde war entsetzlich.« Nancy zögerte einen Moment, da die schreckliche Erinnerung sich wie eine Last auf sie legte. »Sein Bein war im Grunde hinüber. Mehrfach gebrochen, und das Fleisch zerfetzt. Wir dachten alle, es müsste amputiert werden, aber der junge Arzt, der ihn behandelte, war gerade neu angekommen und noch nicht dazu übergegangen, Gliedmaßen gegen Schnelligkeit und Effizienz abzuwägen. Er strengte sich wahnsinnig an, und der Raj.-Rif.-Offizier erholte sich. Und dann – nach etwa einem Monat, schätze ich – war die Rede davon, ihn in das Basiskrankenhaus in Rouen zu bringen. Ich versuchte, ihn bei uns zu behalten – das war sehr eigensüchtig von mir. Wir redeten immer viel über Indien, und ich erzählte ihm, dass es mein sehnlichster Wunsch war, wieder dorthin zu kommen. Er verstand mich, und wir sprachen viel darüber.

Eines Tages erhielt er einen offiziell aussehenden Brief. Er bat mich, ihn vorzulesen. Er war vor dem Krieg beim indischen öffentlichen Dienst gewesen und bekam nun ein Angebot. Man trug ihm die Stelle des obersten Verwaltungsbeamten von Panikhat an! Er war ganz aufgeregt. ›Genau das hatte ich mir immer gewünscht‹, sagte er, ›aber jetzt bin ich ja ein Krüppel.‹ Und ich redete auf ihn ein: ›Was Sie sich immer gewünscht haben? Na, dann nehmen Sie es doch an! Ich habe doch nicht sechs Monate darauf verwendet, Sie wieder zusammenzuflicken, nur damit Sie hinterher ein solches Angebot ausschlagen! Sie werden wieder laufen können. Sie werden wieder reiten können. Nehmen Sie an!‹

Er war ziemlich belustigt, und dann sagte er etwas so Ungewöhnliches – etwas, das mein Leben vollkommen verändert hat. ›Möchten Sie wirklich zurück nach Indien?‹ Und ich sagte: ›Ich wünsche mir nichts sehnlicher als das.‹ Und er sagte: ›Wenn Sie möchten, besorge ich Ihnen eine Fahrkarte erster Klasse für die Hinfahrt.‹ Und ich sagte: ›Was wollen Sie denn nun damit sagen?‹ Er sagte: ›Heiraten Sie mich. Nicht das attraktivste Angebot … Sie kennen meinen Zustand … aber heiraten Sie mich, und werden Sie die Frau Collector.‹

Ich konnte es kaum glauben. Kann es manchmal bis heute nicht.

Kurz darauf kamen immer mehr Verwundete der Raj. Rif., und wir redeten viel mit ihnen, schrieben Briefe für sie, hörten ihnen zu und versicherten ihnen die ganze Zeit, dass alles wieder gut würde. Und der designierte Collector von Panikhat überzeugte die Behörden, ihm die Erlaubnis zu erteilen, noch im Feldlazarett zu bleiben – was natürlich absolut ungewöhnlich war. Aber er sagte: ›Ich kann mehr Gutes tun, indem ich mit den Jungs hier rede, als wenn ich im Basiskrankenhaus in Rouen herumsitze und den ganzen Tag Bridge spiele.‹

Ich habe ihn sehr geliebt. Und ich liebe ihn noch.«

Sie verstummte. Das Kerzenlicht ließ die Tränen in ihren Augen schimmern, und Joe wartete. Er wusste ohnehin nicht, was er sagen sollte, und spürte, dass Nancy fast am Ende ihrer Geschichte angelangt war.

»Der Krieg war zu dem Zeitpunkt fast vorbei, aber das wussten wir natürlich nicht. Ein endloser Papierkrieg begann, sodass es zwei Monate dauerte, bis wir heiraten konnten. Wir verabschiedeten uns so bald wie möglich, und plötzlich gingen alle nach Hause – die jungen Yankees, die Briten, die ›Auld Lang Syne‹ sangen, und die Raj. Rif., die einfach nur lächelten. Es haben ziemlich viele von uns geweint – ich auch – und dann saßen wir im Zug nach Paris zu unseren Flitterwochen. Von dort ging es weiter nach Marseille, wo wir an Bord eines P&O-Dampfschiffes nach Bombay gingen, und so wurden alle meine Wünsche wahr.«

»Alle Ihre Wünsche?«, fragte Joe leise.

Kapitel 13

»Alle meine Wünsche?«

Nancy wiederholte seine Frage langsam. Ihr Blick wanderte von Joe auf die einsame Orchidee, die in einer schlanken silbernen Vase zwischen ihnen stand. Dann schwieg sie sehr lange und strich sanft über die seidigen Blütenblätter. Aus ihrem Schweigen schloss Joe, dass sie über den tieferen Sinn dieser Frage nachdachte.

»Nein. Nicht alle meine Wünsche. Aber die meisten. Alle, die ich zum damaligen Zeitpunkt hatte. Indien war für mich immer noch weiß und gold und mein sehnlichster Wunsch. Die Menschen hier lächelten, und die Sonne schien. Das Blut, der Eiter und das Elend, der Lärm und der Schmutz – das alles war in Frankreich und lag nun weit hinter mir. Ich weiß noch, wie ich dachte ›Dann habe ich jeden Tag etwas Sauberes zum Anziehen!‹ Denn in Indien hat man natürlich jeden Tag etwas Sauberes zum Anziehen. Ich erwachte wieder zu Leben. Aber dann …«

Ihre Miene verdüsterte sich in Sekundenschnelle, als sie an die jüngsten Ereignisse dachte. »Meine beste Freundin, Peggy Somersham. Ich war in Indien und genoss den Frieden und den Luxus, nach dem ich mich so gesehnt hatte, und auf einmal liegt meine Freundin tot in der Badewanne. Ich wusste, dass irgendjemand in mein Paradies eingedrungen war und ohne für mich ersichtlichen Grund jemanden umgebracht hatte, der mir sehr nahe stand. Warum Peggy? Warum nicht mich? Plötzlich war der Tod wieder da. Und das Blut. Ich habe noch nie auf irgendjemanden oder irgendetwas einen solchen Hass verspürt wie auf den Mann, der für diese Tat verantwortlich ist!

Ich stellte mir vor, wie er es getan hatte, versuchte, den Tathergang zu rekonstruieren. Bulstrode erwies sich nicht als sonderlich kooperativ, dieser arrogante Scheißkerl! Immer, wenn ich versuchte, ihn für die Sache zu interessieren, oder ihm antrug, sie doch ein bisschen gründlicher zu untersuchen, lachte er nur, als wollte er sagen: ›Nanana! Wir wollen uns doch wohl nicht unsere hübschen kleinen Hände schmutzig machen, oder? Das hier ist eine reine Männersache. Davon verstehen Sie nichts.‹ Also rief ich Onkel George an, und wir sprachen über Sie und über die neuen forensischen Techniken und die Täterprofilanalysen, von denen wir Sie in Ihrem Vortrag hatten sprechen hören. Und wir waren uns einig – ›Das ist unser Mann!‹ Dann ließ Onkel George seine Beziehungen spielen – das kann er ganz besonders gut – und jetzt sitzen wir also hier. Ich glaube, er würde es als einen persönlichen Triumph empfinden, wenn Sie die Sache aufklären!«

Dann nahm sie Joes Hand zwischen ihre beiden Hände und sagte: »Die Welt ist eine ganz andere, seit Sie hier sind.«

Joe blickte sanft in ihr aufgeregtes Gesicht. *»Nous gagnerons parce que nous sommes les plus forts!«*, sagte er.

»Wer hat das gesagt?«

»Das haben die armen Franzosen am Anfang des Krieges gesagt. An Zuversicht hat es ihnen nie gemangelt! Aber zum Schluss haben sie dann wohl doch Recht behalten.«

Der *khansama* kam mit einer dünnen Wachskerze in der Hand herbei, um die anderen Kerzen wieder anzuzünden, doch Nancy gebot ihm mit einer Geste Einhalt, und so erloschen die Kerzen eine nach der anderen. Aus der Ecke war ein ganz leises Rascheln zu hören, welches das Erscheinen der Ayah verriet. Nancy sagte ihr mit sanfter Stimme, dass sie für heute entlassen sei. In der mondbeschienenen Stille drang das Gemurmel der Stadt von der Straße zu ihnen hoch, und das Bellen eines Hundes, der Ruf eines Nachtvogels, plötzliches Geschrei vom Markt, das ebenso plötzlich wieder verstummte, schienen das Schweigen zwischen ihnen nur noch zu vertiefen.

Nancy sah ihn an, unschuldig und wachsam zugleich. Ihre Unschuld weckte in Joe das Verlangen, sie in den Arm zu nehmen, ihr durchs Haar zu zausen und ihre Nasenspitze zu küssen, sie auf seinen Schoß zu ziehen, mit ihr zu schlafen, neben ihr aufzuwachen – aber die Wachsamkeit vermittelte eine ganz andere Botschaft. Er dachte zurück an eine Bar in Abbeville und eine Offizierin der französischen Frauenarmee. Sie hatte ihren zweiten Cognac heruntergestürzt, ihm mit der gleichen konzentrierten Wachsamkeit in die Augen gesehen und einen Satz geflüstert, dessen Derbheit Joe die Sprache verschlug: *»Baise-moi, Tommy!«*

Was würde er tun, wenn Nancy das Gleiche gesagt hätte? Er wusste genau, was. Verzweifelt bewegte er sich ein kleines Stück auf sie zu, doch sie kam ihm zuvor, fiel neben ihm auf die Knie, schlang die Arme um seine Taille und vergrub das Gesicht in seinem Schoß. Als sie zu ihm aufsah, waren ihre Augen tränennass, aber sie lachte.

»Joe«, sagte sie. »Hör zu! Ich glaube, ich muss wohl nichts erklären. Du kannst dir schon denken, dass ich nicht viel Erfahrung habe. Oh, Gott! Du bist so kostbar, du bist so besonders – du bist mein Rettungsanker! Ich möchte dich nicht enttäuschen, aber ich weiß, dass das hin und wieder vorkommt.«

Joe war ergriffener denn je zuvor, hob ihr Gesicht an und drehte es zu sich. Er küsste sie ganz vorsichtig, dann öffnete er den Mund. Ein kurzes Raunen, ein kurzer Aufschrei, und dann standen sie.

»Und was machen wir jetzt?«, fragte Nancy verlegen.

»Also, ich habe irgendwo da drüben ein wunderschönes Schlafzimmer«, sagte Joe und winkte vage in eine Richtung.

»Und ich da drüben. Wollen wir eine Münze werfen?«

»Nein«, sagte Joe. »Komm mit mir.«

Kapitel 14

Joe erwachte in einem Kokon aus durchwühlter Bettwäsche. Doch nicht nur durchwühlter Bettwäsche – auch das Moskitonetz war anscheinend im Laufe der Nacht heruntergekommen, wie diverse Stiche auf Joes Rücken bewiesen. Neben ihm war das Bett noch warm von Nancy. Er war innerlich in Aufruhr, dachte an die Unschuld und die Aufregung, mit der sie ihm letzte Nacht begegnet war, an das Lächeln, das Lachen, das sanfte Klammern, als sie zusammen im Bett lagen.

Er ging davon aus, dass jeder in diesem riesigen Haushalt ganz genau wusste, was vorgefallen war. Und wenn alle Dienstboten es wussten, würde auch der Gouverneur in null Komma nichts im Bilde sein. Er hatte mit Nancy darüber reden wollen, aber sie konnte nicht einsehen, dass ihre stürmische Nacht gesellschaftliche Folgen haben sollte. Doch wie würde der Gouverneur reagieren, fragte sich Joe. »Dieser verdammte Polizist reist mit dem nächsten Schiff ab!«? Das glaubte er nicht. Er glaubte, Nancys Onkel war sich der Konsequenzen seiner sorgfältigen Zimmerzuteilung sehr bewusst – ganz zu schweigen von den sorgsam ausgewählten Weinen. Er nahm sogar an, dass der Gouverneur das alles zu einem ganz bestimmten Zweck so arrangiert hatte. Bei ihrem ersten Zusammentreffen hatte er sich missbilligend über Andrew Drummond geäußert. Vielleicht tat seine Nichte ihm Leid, und er wollte ihr ein bisschen Abwechslung bieten – dabei sogar einen Ehebruch dulden? Joe hatte die gleichen Geschichten gehört wie alle anderen auch, Geschichten über die lockere Moral im tropischen Indien, und er fragte sich, ob er diese Geschichten vielleicht ein wenig zu schnell als unsinniges Wunschdenken abgetan hatte. Wie dem auch sei, hier gab es irgendetwas, das er nicht verstand.

Seiner Uniform müde, kleidete er sich nach dem Bad in Zivil und setzte sich an einen überreich gedeckten Frühstückstisch. Die Gouverneursresidenz hatte offenbar edwardianische Vorstellungen von solchen Dingen und servierte Eier, Schinken, Kaffee, Toast und – zur Krönung – einen Teller mit gutem Porridge. Er fühlte sich in die neunziger Jahre nach Oxford zurückversetzt.

Als er von allem gekostet hatte und satt war, zündete er sich eine Zigarette an und ging auf den Balkon, wo kurz darauf der *khitmugar* erschien und ihn mit »*salem*« grüßte.

»Die Memsahib bittet Sie, sie so bald als möglich zu besuchen«, berichtete er. »Und außerdem ist unten eine Person, die Sie sprechen möchte.«

»Eine Person? Was für eine Person?«

»Ein indischer Polizeisergeant. Ein Sikh«, antwortete er und machte damit gleichzeitig klar, dass ein eingeborener Polizeisergeant nicht von selbst kommt, sondern wartet, bis nach ihm gesandt wird.

Instinktiv hätte Joe am liebsten gesagt, dass man ihn hinaufbringen solle, aber er nahm an, dass dies gegen das Protokoll verstoßen würde, und daher bat er darum, den Besucher in eines der Büros zu führen, wo er sich mit ihm unterhalten würde, sobald er mit der Memsahib gesprochen habe.

Nancy begrüßte ihn mit einem strahlenden Lächeln, sah sich kurz um, um sicherzugehen, dass sie tatsächlich ausnahmsweise ganz unter sich waren, ging auf ihn zu und schlang ihm die Arme um den Hals. Sie gab ihm einen sehr entschlossenen Kuss und sagte: »Guten Morgen, Holmes.

Wie ich sehe, hat Mrs. Hudson nicht nur mir das beste Frühstück der Baker Street serviert. Nun – wie sehen die Pläne für heute aus?«

»Der erste Teil des Plans war, dich zu besuchen und zu sehen, wie es dir geht. In der Hinsicht ist alles in bester Ordnung – du leuchtest so rosig und frisch! Unglaublich! Eigentlich müsstest du blass und jammervoll aussehen – ›Jetzt ist mir nicht nur übel am frühen Morgen, nein, ich habe auch noch meine Unschuld an diesen ungehobelten, rammelnden Clown verloren‹ und so etwas.«

»Wie komme ich denn dazu?«, sagte Nancy. »Du bist schon eingebildet genug, darum sage ich auch nicht mehr als: Du warst wunderbar! Es war wunderbar! Ich war wunderbar – oder?«

»Ja.«

Sie strahlte eine so reine und blühende Frische aus, wie er sie noch nie gesehen hatte.

»Aber jetzt beantworte ich deine Fragen nach den heutigen Plänen. Der gute Naurung erwartet uns bereits unten.«

Der *khitmugar* geleitete sie durch das Haus nach unten, durch die Gesellschaftsräume, durch eine diskrete Tür zu den Büros, in denen bengalische Büroangestellte so früh am Morgen bereits fleißig schrieben, plauderten und sich höflich verneigten, als Joe und Nancy vorbeikamen.

Naurung begrüßte sie mit dem ihm eigenen dünkelhaften Respekt. »Ich schlage vor, Sahib, dass wir mit meinem Vater reden. Er hat Ihnen nicht viel zu sagen, aber er macht sich große Sorgen wegen zwei der Todesfälle – Mrs. Forbes und Mrs. Simms-Warburton. Sie wissen doch, mein Vater war auch Polizist.«

»Können Sie ihn zu uns bringen?«, fragte Joe.

»Ich kann ihn ganz bestimmt zu Ihnen bringen, aber ich glaube, es wäre besser, wenn wir zu ihm gingen. Es ist nicht weit von hier. Er arbeitet vor dem Gerichtsgebäude. Jetzt, wo er nicht mehr Polizist ist, schreibt er Briefe für andere Leute. Und die Briefeschreiber reden viel miteinander. Ich glaube, man könnte sie als eine Gewerkschaft bezeichnen. Sie wissen sehr viel.«

Joe wandte sich an Nancy: »Was meinen Sie? Sollen wir Naurungs Vater aufsuchen? Oder sind Sie zu erschöpft für einen kleinen Spaziergang?«

Nancy warf ihm einen bösen Blick zu, und schon machten sie sich auf den Weg durch die zunehmende Hitze, westwärts an der Esplanade entlang auf das neugotische Backsteingebäude zu, das das Gericht beherbergte.

Naurungs Vater war zwischen den vielen mit der Hand oder auf einer Maschine schreibenden Gestalten unter den Arkaden leicht zu erkennen. Der typische Turban der Sikhs hob ihn vom Rest der Anwesenden ab, und darüber hinaus sah Naurung senior – vom Altersunterschied einmal abgesehen – genau so aus wie sein Sohn. Er arbeitete. Joe blieb eine Weile stehen und sah ihm zu. Er hatte einen alten Kunden, der vor ihm und seiner schönen neuen Remington-Schreibmaschine hockte und wortreich und eindringlich flüsterte. Naurung senior hörte ihm zu und entgegnete dann etwas, wobei er anscheinend das soeben Gehörte neu formulierte, und dann tippte er den Satz, auf den sie sich geeinigt hatten, aufs Papier. Als der Brief fertig war, zog er ihn aus der Schreibmaschine, las ihn laut vor und überreichte ihn seinem Kunden. Tausend Dank und eine Hand voll Münzen nahm er höflich an, und bevor der nächste Kunde sich nach vorn schieben konnte, winkte Naurung seinem Vater zu und führte Joe und Nancy zu ihm. Er stellte sie einander auf Englisch vor, und der alte Mann begrüßte sie in derselben Sprache.

»Ich fühle mich geehrt«, sagte er, »dass der Polizei-Sahib

von Scotland Yard mich an meinem bescheidenen Arbeitsplatz besucht.«

»Ich fühle mich geehrt«, erwiderte Joe, »dass der berühmte Polizeibeamte im Ruhestand andere wichtige Dinge aufschiebt und einen Teil seiner kostbaren Zeit erübrigt, um einem Londoner Polizisten Erhellendes über die Vergangenheit zu erzählen. Ihr Sohn und auch ich waren der Ansicht, dass es unserer Untersuchung durchaus förderlich sein könnte, uns anzuhören, was Sie über die Sache denken.«

»Der Ansicht bin ich auch. Doch ist dies nicht der schicklichste Ort für eine solche Unterredung. Wenn Sie mich eine Minute entschuldigen würden, dann stehe ich Ihnen zur Verfügung.«

Naurung senior klappte den Deckel seiner Schreibmaschine herunter und schloss ihn ab. Er wandte sich an den Mann zu seiner Linken und sprach länger mit ihm. »Er ist ein ungebildeter und bescheidener Mann, aber er ist ehrlich, und ich kann meine Schreibmaschine in seiner Obhut belassen. Wenn der Sahib und die Memsahib jetzt folgen möchten?«

Der alte Mann ging mit Joe voraus, während Nancy und Naurung ihnen folgten. Sie gingen Richtung Norden, bogen zwei Mal ab, gelangten in eine Seitenstraße und zu einer Treppe, über der eine Inschrift auf Hindustani angebracht war. »Dies ist eine Einrichtung für Sikhs«, erklärte er. »Sie wird von Freunden und Verwandten geführt. Hier sind wir unter uns.« Er führte sie die schmale Treppe hinauf in einen großen Raum, dessen Arkadenfenster sich auf einen Balkon öffneten, und in dem Tee und ein Teller mit Leckereien aufgetragen wurden. Sie waren offensichtlich erwartet worden. Joe und Nancy setzten sich an den Tisch, und Naurungs Vater setzte sich ihnen gegenüber. Naurung selbst stellte sich wie ein Wachposten neben seinen Vater. Der alte Mann hörte allem, was Joe zu sagen hatte, äußerst aufmerksam zu, aber man konnte ihm hin und wieder anmerken, dass er den Faden verloren hatte. In solchen Augenblicken sprangen Nancy oder auch Naurung mit einer Übersetzung ein. Das Gespräch wurde auf Englisch geführt, mit einzelnen hindustanischen Einsprengseln.

»Mein Sohn hat mir alles, was er über Ihre Untersuchung weiß, erzählt, und ich füge meine Kenntnisse und Erfahrungen aus meiner Zeit unter Bulstrode Sahib in Panikhat hinzu«, leitete der alte Mann seine Ausführungen ein. Joe glaubte, bei der Erwähnung des Namens Bulstrode den Anflug eines Gesichtsausdruckes zu sehen, den er auch bei dem jungen Naurung schon öfter beobachtet hatte. Abneigung? Nein – Verachtung. »Mir ist eine beängstigende Implikation aufgefallen«, sagte er.

Nancy stolperte über das Wort, das Naurung nach kurzer Debatte liefern konnte.

»Ich erkläre es Ihnen. Ich glaube, nach außen hin ist in Bengalen alles ruhig. Während des Krieges wurde viel Geld gemacht, und die Menschen – wenn auch nicht alle – sind wohlhabend. Aber der *burra* Sahib – Ihr Onkel – ist nicht dumm. Er blickt unter die Oberfläche. Er lud den namhaften Polizei-Commander nicht ein …« Er verneigte sich in Richtung Joe. »Er lud Sie, Sir, nicht ohne Grund ein, oder nur um – verzeihen Sie – nur um seine Nichte zu unterhalten. Er hat ein gutes Gedächtnis. Er denkt an die Vergangenheit und auch an die Zukunft. Es gibt viele gebildete Menschen in Bengalen, die es den Briten übel nehmen, dass Kalkutta nicht mehr die Hauptstadt Indiens sein soll, sondern Delhi. Und es herrscht immer noch Ärger über den Krieg. Die Engländer reden immer davon, wie tapfer die indischen Soldaten in Frankreich waren, und es kursieren viele Legenden über ihre Tapferkeit. Doch das Einzige, das wir hier wissen, ist, dass von der tapferen Truppe, die nach Frankreich fuhr, der Großteil nicht zurückkehrte. Wenn Sie mir nicht glauben, sehen Sie sich nur einmal die Verlustlisten vom Bateman's Horse an. Die Menschen hier glauben, dass das Leben wertvoller indischer Männer vergeudet wurde.«

Er verstummte und sah Joe fragend an.

»Ich war in Frankreich«, antwortete der. »Und ich weiß, dass die gleiche Ansicht von vielen zurückkehrenden britischen Soldaten geäußert wurde, mich eingeschlossen. Die Deutschen beschrieben die britische Armee als ›eine von Eseln angeführte Löwenarmee‹. Da kann ich nur zustimmen. Jedoch hat es beileibe nicht nur die indischen Truppen getroffen. Zu Kriegsbeginn hatte ich zum Beispiel sechs Vettern, und jetzt habe ich keinen mehr.«

»Viele Sikhs können das Gleiche von sich sagen«, erwiderte der alte Mann und fuhr fort: »Aber es ist Teil unserer Religion, immer mit dem Gesicht zum Feind und im Dienste unseres Königs zu sterben. Die Sikhs beklagen sich nicht, aber unter den anderen herrscht noch immer Unmut darüber, dass die Briten die Inder in einen Krieg hineingezogen haben, mit dem sie nichts zu tun hatten. Darüber hinaus ...« Er legte eine kurze Pause ein, um dem, was er jetzt sagen wollte, mehr Gewicht zu verleihen. »... Darüber hinaus glauben die Menschen hier, dass die Briten sehr scharfsinnig und schlau sind und darauf hinarbeiten, die Hindus und die Moslems zu separieren. Das glaube ich selbst auch. Und es wird offen gesagt, dass die Trennung von Hindus und Moslems in einer Politik des ›divide et impera‹, des Teilens und Herrschens, gründet.«

In den Schlangengruben indischer Politik herumzustochern war nun wirklich das Letzte, was Joe wollte, aber den beiden Naurungs war es anscheinend so ernst damit, eine in ihren Augen herannahende Katastrophe zu verhindern, dass Joe sich bemühte, genau zuzuhören. Vielleicht enthüllten sie ja den wahren Grund dafür, dass Onkel George ausgerechnet und unbedingt ihn auf die Sache ansetzen wollte?

Joe nahm sich noch ein Stück Gebäck und fragte vorsichtig: »Was wollen Sie damit sagen? Worauf wollen Sie hinaus?«

»Ich will damit sagen, dass die politische Situation, so ruhig sie auch erscheinen mag, in Wirklichkeit hochexplosiv ist, und dass die Memsahib-Morde möglicherweise eine entsetzlich wichtige Rolle darin spielen. Sie dürfen nicht vergessen, dass Bengalen die Region war, in der 1857 das brennende Streichholz an die Zündschnur gehalten wurde, die Britisch-Indien beinahe in tausend Stücke zerfetzt hätte.« Er war sichtlich stolz auf diese Metapher. »Und Sie dürfen auch nicht vergessen, dass das Pulverfass damals mit Misstrauen gefüllt war – vielleicht unbegründetem, aber eben doch Misstrauen – weil man fürchtete, die Briten wollten die Sepoy-Soldaten mit Gewalt zum Christentum konvertieren. Der Auslöser war in den Augen der Briten eine unwichtige Bagatelle. Sie hatten den Soldaten angeblich mit Schweine- und Rindertalg gefettete Patronen ausgehändigt. Um sein Gewehr zu laden, musste der Soldat die Spitze der Patrone abbeißen, und auf diese Weise beging er – ganz gleich, ob Moslem oder Hindu – eine Sünde. Damals wurde gesagt, dies sei eine raffinierte Strategie der Briten, um die Kaste der indischen Regimenter zu zerstören. Aber so raffiniert waren die Briten gar nicht – höchstens gedankenlos und fahrlässig. Dennoch entflammte die Zündschnur in Bengalen, zumal in der heißen Jahreszeit die Gemüter noch hitziger werden. An Stützpunkten wie Panikhat hier in Bengalen und Meerut in der Nähe von Delhi fanden die ersten Explosionen statt.«

Joe erinnerte sich an die pathetischen Schilder an den älteren Bungalows. Er erinnerte sich an Kitty, für die das Vergangene noch so präsent war.

»Niemand wird jemals das erste Opfer vergessen – Memsahib Chambers, eine junge, schwangere Frau, die zerstückelt wurde. Die Erste von Hunderten von Engländerinnen, die auf grausame Art und Weise durch die Hand der Meuterer starben. Und weil ihre Frauen und Kinder so entsetzlich hatten leiden müssen, fielen die Racheaktionen der Engländer ähnlich grausam aus. Sepoys wurden gehängt, Sepoys wurden vor Kanonen gebunden und zerschossen … es war eine dunkle Zeit.

Und es wäre ein Leichtes, den Schrecken, das Entsetzen von damals wieder zum Leben zu erwecken. Wir haben doch jetzt schon das gleiche Muster vor uns: unterschwelliger Hass, unterschwelliges Misstrauen. Man müsste nur in den Basaren verbreiten lassen, dass sich eine Bewegung bildet, eine Bewegung, die die Briten vertreiben will, und schon würden sich viele – hauptsächlich ungebildete – Menschen anschließen. Die Situation ist wieder einmal extrem gefährlich.«

»Ich muss Sie jetzt wieder fragen, worauf Sie hinauswollen?«

Es wurde ganz still im Zimmer, weil alle gespannt auf Naurung seniors Antwort warteten. Schließlich sagte er: »Commander, Sie glauben doch genau wie ich daran, dass alle diese tragischen Todesfälle irgendwie miteinander in Zusammenhang stehen? Und wenn wir die Fakten betrachten, dann sehen wir, dass in jedem Fall eine rätselhafte Gestalt zugegen war, die hinterher spurlos verschwand. Denken Sie an die Frau von Carmichael Sahib. Wer hat die Kobra getötet? Ein Inder, würde man annehmen. Die Frau von Forbes Sahib. Wo ist der *saddhu*, dieser wichtige Zeuge? Wenn er denn je wirklich da war? Und der Fährmann, der so tapfer versuchte, die Frau von Simms-Warburton Sahib vor dem Ertrinken zu retten? Und was ist mit dem indischen Handlungsreisenden, der sich ganz von selbst meldete und aussagte, er sei zum Zeitpunkt des Todes von Memsahib Somersham in der Gasse gewesen und habe nichts Verdächtiges gehört oder gesehen?«

Naurung räusperte sich zaghaft, als habe er etwas zu sagen, wagte es aber nicht, seinen Vater zu unterbrechen. Doch dieser wandte sich ihm mit fragendem Blick zu.

»Ich habe mir erlaubt, hinsichtlich des Todes von Memsahib Somersham noch einige kleinere Nachforschungen anzustellen«, berichtete Naurung junior. »Wenn Sie sich an den verschwundenen Zeugen erinnern – einen Kaufmann, ein Vertreter von Vallijee Raja. Ich habe einen Freund, der bei dieser Firma arbeitet, und ich bat ihn herauszufinden, wer dieser Handlungsreisende war, der vor zwei Wochen in Panikhat die Produkte seiner Firma verkaufen wollte. Es stellte sich heraus, dass zu dem Zeitpunkt kein Vertreter von Vallijee Raja in Panikhat war. Es war überhaupt in diesem Jahr noch kein Vertreter der Firma in Panikhat. Dieser Zeuge ist also eine weitere rätselhafte Figur.«

Dieser Enthüllung folgte ein Schweigen, das von Naurung senior gebrochen wurde. »Ich erzähle Ihnen jetzt etwas, das nicht allgemein bekannt ist. Das heißt, es ist zwar kein Geheimnis, aber es wird nicht viel darüber geredet. Vor sechs Wochen kam in Bhalasore, etwa vierzig Kilometer von hier, die Frau eines Postbeamten bei einem Ausritt ums Leben. Man ging davon aus, dass das Pferd sie getreten hatte. Schädelbruch. Vor drei Wochen starb fünfzehn Kilometer von hier die Frau eines Plantagenbesitzers durch einen ›Unfall‹: Sie hatte das Etikett auf einer Medikamentenflasche falsch gelesen. So etwas passiert. Nichts, was in die Schlagzeilen gelangen würde. Aber wer einen Zusammenhang sehen will, kann einen Zusammenhang sehen. Ich persönlich glaube, dass es sich einfach um Dinge handelt, die in Indien nun mal passieren. Und vielleicht sogar in London? Aber ich weiß noch, dass 1857 Zusammenhänge gesehen wurden, die nicht existierten. Man verschloss die Augen vor der Wahrheit, weil die Lügen mehr behagten.

Sandilands Sahib, Sie wissen, dass ich Briefeschreiber bin. Wir Briefeschreiber hören sehr viele vertrauliche Dinge – Geheimnisse, Politik, Unerklärliches. Wir reden nur wenig, aber wir wissen viel. Wenn wir uns Sorgen machen, teilen wir anderen unsere Ängste und unser Wissen mit. Und in den Basaren und den Fluren der Gouverneursresidenz geht eine Angst um, eine große Angst sogar. Angst davor, dass sich das Land am Rande einer neuen, noch viel heftigeren Rebellion befindet als vor sechzig Jahren. Damals kämpften die Sikhs gemeinsam mit den Briten gegen die Meuterer. Und wenn es zum Schlimmsten käme, würden die Sikhs wieder auf Ihrer Seite stehen. So sind sie nun mal. Aber viele haben Angst, dass das Pulverfass schon wieder soweit ist.«

»Und der Funken, der es hochgehen lassen könnte?«, fragte Joe, obwohl er die Antwort schon wusste.

»Alles könnte zum Auslöser werden. Eine Serie ermordeter Memsahibs zum Beispiel. Es wird schon darüber geredet. Und es fehlt nur noch eine Kleinigkeit, Sahib. Das Streichholz. Und das halten Sie in der Hand.«

»Joe Sandilands hält es in der Hand?«, bemerkte Nancy scharf. »Was meinen Sie damit, Naurung?«

»Er meint«, erklärte Joe, »wenn der große Detektiv von Scotland Yard mit seiner Untersuchung fertig ist und dem Gouverneur von Bengalen berichtet, fünf englische Ladys – die Ehefrauen von Offizieren eines angesehenen Kavallerieregiments – seien vorsätzlich von Indern oder gar nur einem Inder ermordet worden, wird es zu Vergeltungsmaßnahmen kommen. Es wird zu willkürlichen Festnahmen kommen, vielleicht sogar zu Hinrichtungen. Und mit einem so engagierten und unerbittlichen Oberst wie Colonel Prentice an der Spitze des Regimentes, kann man nicht einmal ahnen, wohin das führen wird. Wir alle kennen seinen Ruf als erbarmungsloser Rächer.«

»Was wiederum zu Vergeltungsschlägen und Überreaktionen auf Seiten der Inder führen wird«, sagte Nancy bleich. »Die Bediensteten im Kongress könnten sich darauf stürzen und die Situation ausnutzen! Das käme ihnen gerade recht, um uns den Krieg zu erklären! Oh, Joe …!«

Naurung, der die letzten Äußerungen schweigend mitangehört hatte, sagte nun leise:

»Sandilands Sahib sagte, *wenn* er zu diesem Ergebnis kommt. Vielleicht dürften wir erfahren, ob er tatsächlich vorhat, diese Todesfälle Indern anzulasten?«

Joe sah in die drei angespannten Gesichter und schüttelte niedergeschlagen den Kopf. »Sie finden sicher, dass ich bisher sehr wenig dafür getan habe, meine berufliche Qualifikation zu beweisen und das Vertrauen, das der Gouverneur in mich setzt, zu rechtfertigen. Sie wissen vielleicht sogar, wie die Londoner Presse uns von Scotland Yard immer wieder gern betitelt: Die Defektive. Es ist ausgesprochen schwierig, Fälle zu übernehmen, die schon mehrere Jahre alt sind, Fälle, die von Anfang an nicht sorgfältig genug behandelt wurden, Fälle, in denen die neuen forensischen Methoden, die ich der Bengal Police im letzten halben Jahr so stolz vorgeführt habe, nicht anwendbar sind.«

Naurung nickte verständnisvoll.

»Es wurden keine Fingerabdrücke genommen, keine Blutproben, es wurden keine Anwohnerbefragungen durchgeführt und keine Informanten eingesetzt. Ich war gezwungen, mich ganz und gar auf mein logisches Denkvermögen und meinen gesunden Menschenverstand zu verlassen … Und auf noch etwas.«

Er hielt kurz inne und fragte sich, wie empfänglich seine Zuhörer wohl für das waren, was er jetzt sagen würde. Dann machte er weiter.

»Ich war im Krieg mal mit einem sehr klugen Mann einquartiert – einem sehr belesenen Mann. Er hatte zwei Bücher mit in den Krieg genommen – eines von einem österreichischen Psychologen, Sigmund Freud, und eines von einem Schweizer, Carl Jung. Ich hatte Shakespeare und *Kim* dabei. Wenn der Krieg mal nicht der lärmende Tod ist, der einem ständig um die Ohren braust, hat er durchaus gewisse Längen. Mein Kamerad und ich verbrachten die Zeit zwischen den Offensiven damit, die Bücher des jeweils anderen zu lesen. Ich weiß nicht, wer von uns mehr von den Büchern des anderen profitierte! Ich habe sehr viel über die Psychologie des Unbewussten gelernt, über Psychoanalyse und die Entwicklung des Charakters. Mein Freund glaubte nicht an die Existenz des Bösen, und er lachte über meine Vorstellung, dass es einen ›kriminellen Typ‹ gebe. Er glaubte, der Charakter eines Menschen werde entscheidend und auf Lebenszeit durch Umstände geformt und festgeschrieben, denen er in seinen ersten sieben Lebensjahren ausgesetzt ist. Wenn er in arme und kriminelle Verhältnisse hineingeboren wird, wird er höchstwahrscheinlich selbst arm und kriminell werden – aber ohne, dass ihm dies persönlich anzulasten wäre.«

Die beiden Naurungs sahen Joe aufmerksam an und nickten. Naurung senior sagte: »Hier in Bengalen sagt man ›Der Sohn des Raja tauscht nicht mit dem Sohn des Schusters die Schuhe.‹«

»Ganz genau«, bestätigte Joe etwas ernüchtert. »Ich habe eine Studie zu einem Phänomen der europäischen und amerikanischen Kriminalgeschichte angefertigt, das vor fünfunddreißig Jahren mit der Ermordung von fünf Freudenmädchen – fünf Prostituierten – im Londoner East End begann.«

Naurung senior hörte jetzt noch aufmerksamer zu, und sein Sohn nickte eifrig. Sie waren offensichtlich beide mit dem Fall vertraut.

»Jack the Ripper?«, fragte Nancy. »Sprechen Sie von den

Whitechapel-Morden? Die Polizei hat diese Verbrechen doch nie aufgeklärt, oder?«

»Nein«, sagte Joe. »Aber ich glaube, mit Hilfe meines Freundes im Schützengraben, Jacks Persönlichkeit aufgeschlüsselt zu haben. Das Motiv ist im Vergleich zu der Mordserie, mit der wir es hier zu tun haben, ein ganz anderes, aber dennoch haben beide Mordserien einiges gemeinsam. Wir haben es nicht mit sexuell motivierten, unüberlegten, kopflosen Anschlägen zu tun, sondern mit sorgfältig geplanten Morden. Die Opfer wurden gezielt ausgewählt. Sie gerieten dem Mörder nicht einfach zufällig in die Quere, als er gerade eine unbändige Zerstörungswut verspürte. Er wusste sehr genau über die Gepflogenheiten der Opfer Bescheid. Er konnte ihnen folgen – im Falle Peggy Somershams sogar bis ins Badezimmer – sie umbringen und sofort verschwinden. Genau wie Jack the Ripper kann unser Mörder nur deshalb so leicht verschwinden, *weil er zu Hause ist*.

Als ich bezüglich der Ripper-Morde vor einigen Jahren Nachforschungen anstellte, hielt ich plötzlich einen Brief von 1888 in der Hand, den ein Dr. Thomas Bond, der sehr an den Untersuchungen interessiert war, dem Chef der Kriminalpolizei geschrieben hatte. Ich war völlig fasziniert. Was ich da in den Händen hielt, war ein schriftliches Portrait des Mörders. Der gute Dr. Bond skizzierte ein Profil des Mannes – seine Größe, sein Gewicht, seine Anlagen, seinen Beruf, die Gegend, in der er zu finden war, und den familiären Hintergrund. Wäre ich damals schon Polizist gewesen, hätte ich einfach nur die Whitechapel Road hinunterlaufen und mir den Kerl schnappen können! Beim zweiten Lesen faszinierte mich etwas ganz anderes. Dr. Bond hatte sich ausschließlich seines gesunden Menschenverstandes bedient und geniale Schlussfolgerungen allein aus den Informationen von den Tatorten gezogen. Und genau das konnte ich auch tun.«

»Wollen Sie uns jetzt etwa sagen, dass Sie unser Problem bereits gelöst haben?«, fragte Nancy.

Joe verzog das Gesicht. »Ihr Problem ist leider viel komplexer als der Ripper-Fall! Damals hatten wir in allen Fällen den gleichen Modus operandi – immer das gleiche Messer, immer den gleichen zeitlichen und geographischen Rahmen, und das Motiv war auch offenkundig. Der Mörder hatte eine unkontrollierbare und psychotische Wut auf Frauen. Einen bestimmten Typ Frauen, sollte ich vielleicht sagen.«

»Sie meinen, er wollte sozusagen aufräumen? Er wollte die Straßen von Prostituierten reinigen?«, fragte Nancy.

»Nein. Ich bin mir nicht sicher, ob dem, was er tat, etwas Missionarisches anhaftete. Ich glaube, es handelte sich um den Ausbruch sexuell motivierter Wut auf eine Klasse von Frauen, die er abgrundtief hasste. Und ich glaube, er hatte persönliche Gründe, sie zu hassen. Gründe, die vielleicht in seiner frühen Kindheit lagen, und die ihn dazu brachten, diese Frauen zu erschlagen. Womöglich war er der Sohn einer Prostituierten. Oder er wurde von einer Prostituierten großgezogen. Ganz sicher ist, dass der Mann Kunde der von ihm ermordeten Frauen war und vermutlich hat er sie sogar besser gekannt. Meine Theorie ist, dass er mit einer von ihnen zusammenlebte.«

»Aber in unserem Fall ist keine der Ladys belästigt worden, und sie wurden alle auf unterschiedliche Art und Weise umgebracht«, warf Naurung ein.

»Und genau darum ist es fast unmöglich, eine Erklärung zu finden«, sagte Joe. »Sehen wir uns mal einen Moment die Beweggründe an. Die beiden häufigsten Motive haben wir bereits ausgeschlossen – Wollust und Geldgier. Nicht einmal die Ehemänner der Ladys haben finanziell auch nur im Geringsten von ihrem Tod profitiert. Es bleiben also noch vier Motive übrig: Eifersucht, Beseitigung, Rache und Überzeugung.«

»Ich glaube, Eifersucht können wir ebenfalls ausschließen«, sagte Nancy. »Keine der Ermordeten hatte Anlass zu Argwohn gegeben … Obwohl ich mir nicht sicher bin, wie es mit Dolly Prentice war … Es kursieren Gerüchte, dass sie gerne, nun ja, gerne geflirtet hat … Aber über die anderen hörte man überhaupt nichts in der Richtung. Wir können davon ausgehen, dass alle hinterbliebenen Männer ihre Frauen geliebt haben und von ihrem Tod erschüttert waren. Keiner von ihnen hat je wieder geheiratet – das sagt doch ziemlich viel aus, finden Sie nicht?«

»Ja, und damit können wir im Grunde auch das nächste Motiv – Beseitigung – ausschließen. Sie wissen schon – ›Ich bringe meine Frau um, weil ich eine andere heiraten will, oder weil meine Frau ein ganz schreckliches Geheimnis über mich kennt.‹ Dr. Crippen zum Beispiel musste seine Frau beseitigen, um seine Geliebte heiraten zu können. Aber die uns vorliegenden Fakten deuten in keinem der Fälle auf eine solche Erklärung hin. Keiner der Ehemänner hätte vom Tod seiner Frau profitiert, keinem wäre es nach ihrem Tod bedeutend besser gegangen.«

»Nein. Das sehe ich auch so«, sagte Nancy. »Colonel Prentice war Zeugen zufolge so entsetzt vom Tod seiner Frau, dass er ganze vierzehn Tage wie von Sinnen war. Zwar gingen Gerüchte um, dass das Paar nicht besonders glücklich war, aber Kitty zufolge war er am Boden zerstört.«

»Und gestern habe ich ein Wrack von einem Mann gesehen. Der Witwer von Joan Carmichael. Man könnte meinen, er habe seit ihrem Tod nicht mehr gelächelt. Er hat etwas Geld von Joan geerbt, aber als ihr Ehemann hatte er sicher ohnehin die ganze Zeit Zugriff darauf, und er hat ihr Vermögen erst zwei Jahre nach ihrem Tod angetastet.«

»Und Dr. Forbes. Ich habe ihn gestern im Krankenhaus aufgesucht. Er stürzt sich förmlich in die Arbeit, er lebt nur noch für seine Arbeit. Ich konnte ihm ansehen, dass er immer noch nicht über Sheilas Tod hinweg war.«

»Was mit Simms-Warburton ist, werden wir leider nie erfahren. Er ist direkt danach in den Krieg gezogen und nie mehr wiedergekommen. Aber auch er ist nicht mit der Tochter eines *subhadur*-Majors durchgebrannt oder hat sich in eine neue Ehe gestürzt.«

»Und Billy Somersham. Sie haben ihn gesehen. Ich kenne ihn. Alles, was Peggys Tod ihm beschert hat, ist unendliche Trauer. Nein, er hatte überhaupt keinen Grund, Peggy zu beseitigen. Das heißt, es bleiben noch zwei mögliche Motive übrig: Rache und Überzeugung, was auch immer Sie damit meinen!«

»Rache? Wofür hätte man sich an diesen Frauen rächen sollen?«, fragte Joe. »Was haben sie getan? Sie alle waren absolut unschuldige Geschöpfe, die niemanden je verärgert hatten – nicht einmal ihre Ehemänner. Ich halte Rache nicht für ein überzeugendes Motiv.«

»Gut – dann werden Sie uns erklären müssen, was Sie mit dem letzten Motiv meinen. Überzeugung.«

»Überzeugung.« Joe seufzte. »Damit begeben wir uns unter Umständen in den Bereich von Geisteskrankheit. Wenn ein Mensch beispielsweise davon überzeugt ist, dass er über ein gottgegebenes Recht verfügt, jemanden aus religiösen Gründen zu ermorden, dann würde ich das einen Überzeugungsmord nennen.«

Naurung konnte es kaum abwarten, bis Joe mit seiner Erklärung fertig war. *»Suttee!«*, sagte er. »Wie bei einer *suttee*! Dieser schreckliche hinduistische Brauch, die Witwe eines Mannes bei lebendigem Leib auf seinem Scheiterhaufen mitzuverbrennen! Die Briten haben versucht, das auszurotten, aber in den Dörfern wird es immer noch praktiziert! Manchmal steigt die Frau sogar gerne auf den Scheiterhaufen, weil ihrer Familie auf diese Weise große Ehre zukommt, aber häufig genug werden die Frauen von ihren Verwandten dazu gezwungen. Mein Vater erinnert sich an einen Fall, bei dem die Witwe aus dem Feuer entkam und weglief. Ihr eigener Sohn fand sie in ihrem Versteck, zerrte sie zurück und warf sie erneut in die Flammen.«

»Ja, das käme in den Augen eines Europäers sicher einem Mord aus religiöser Überzeugung gleich.«

Nancy sagte verärgert: »Religiös? Das wäre wohl eine etwas zu einfache Erklärung für diesen barbarischen Brauch. Hier geht es doch um gesellschaftliche Strukturen. Denn so, wie die Gesellschaft hier funktioniert, will keine Familie sich mit einer nutzlosen Witwe belasten, die sie den Rest ihres unproduktiven Lebens versorgen muss! Eine Witwe kann nicht wieder heiraten und stellt somit automatisch eine Belastung für ihre Familie dar, wenn das Problem nicht mit Hilfe des Scheiterhaufens und unter dem Deckmantel der Religiosität gelöst wird!«

»Womit wir bei der zweiten Art von Überzeugung wären. Die gesellschaftliche Überzeugung. Wenn unser Mörder sich in dem unerschütterlichen Glauben befand, die Gesellschaft von einem unerwünschten Element zu befreien, und wenn sein Glaube ihn wirklich annehmen ließ, seine Taten stünden über dem Gesetz, dann könnte er durchaus noch weitere, ähnliche Opfer umbringen. Prostituierte? Priester?«

»Geldverleiher?«, schlug Naurung vor.

»Geldverleiher ganz bestimmt! Aber Offiziersfrauen?«, rief Nancy spöttisch aus. »Wir haben uns alle schon mal über sie geärgert oder fürchterlich mit ihnen gelangweilt, aber doch wohl kaum in dem Maße, dass wir sie mit einem Messer oder einer Kobra erledigen würden!«

Joe lächelte. »Da stimme ich zu. Und an genau diesem Punkt fängt das Ganze an, sich unserer Vorstellungskraft zu entziehen. Die Opfer waren nicht einfach nur eine beliebige Reihe von Offiziersfrauen. Es handelt sich um eine ganz bestimmte Gruppe von Offiziersfrauen, die nach irgendeinem genau festgelegten Muster ausgewählt wurden. Einige Dinge hatten sie gemeinsam, andere nicht. Einige Dinge hatte nur ein Teil der Gruppe gemeinsam – so waren zum Beispiel sowohl Dolly Prentice als auch Peggy Somersham schwanger. Ist das von Bedeutung, oder führt es in die Irre? Es gibt da allerdings eine Sache, die meiner Ansicht nach von sehr großer Bedeutung ist. Naurung – Mrs. Drummond und ich haben herausgefunden, dass alle ermordeten Frauen eine Sache gemeinsam hatten: Sie hatten eine Phobie.«

Übersetzungen dieses Wortes gingen über Joes Kopf hin und her, bis die beiden Naurungs ihm zunickten, er möge weitersprechen. Nancy referierte über die panischen Ängste der Opfer und brachte sie mit den einzelnen Todesursachen in Verbindung. Die Mienen der beiden Naurungs verfinsterten sich zusehends.

Schließlich sagte Naurung: »Das ist das Werk eines Teufels, Sahib. Ich fürchte, damit wären wir wieder bei unserem allerersten Gespräch angelangt, wenn Sie sich daran erinnern können?«

»Die *churel*? Kali, die Zerstörerin? Ich glaube immer noch nicht daran. Aber Sie und Ihr Vater haben dem Motiv ›Überzeugung‹ heute eine weitere Komponente hinzugefügt: Es könnte Mord aus politischer Überzeugung sein. Der kaltblütige und grausame Mord an Ehefrauen von Soldaten – nicht an den Soldaten selbst! – könnte durchaus eine kühl berechnete Maßnahme sein, um in den Reihen der britischen Armee Angst und Misstrauen zu säen. Eine Maßnahme, die unter Umständen zu genau den Vergeltungsschlägen und Überreaktionen führt, über die wir bereits gesprochen haben. Dennoch glaube ich auch hier nicht, dass das die richtige Antwort ist. Und zwar aus zwei scheinbar sehr unbedeutenden Gründen. Alle Morde wurden im März begangen. Auf dem Grab jedes Opfers lag ein Strauß Kaschmir-Rosen – und zwar immer im März. Das ist ein *ritueller* Aspekt, der alle anderen Motive, über die wir bisher sprachen, ausschließt.«

Joe runzelte die Stirn. »Das heißt, es bleibt mir nichts anderes übrig, als das ganze Problem von dem Ende aufzurollen, das jeder vernünftige Polizist als das falsche bezeichnen würde. Ich habe ein Bild der Person entworfen, die diese Verbrechen begangen haben muss …«

»Bravo, Sandilands!«, rief Nancy herausfordernd. »Beweisen Sie uns, dass Sie kein Defektiv sind! Sagen Sie uns, wer für die Morde verantwortlich ist.«

»Wir haben es mit einem Mann zu tun. Mit einem Europäer. Er ist stark, mittleren Alters und sowohl körperlich als auch geistig sehr agil. Er hat eine sehr enge Verbindung zu den Eingeborenen, und entweder hat er einen von ihnen mit den Morden beauftragt, oder er war geschickt genug, sich als Inder auszugeben und unauffällig in die Nähe des Opfers zu gelangen, um es zu töten. Er lebt auf dem Stützpunkt in Panikhat. Wenn Sie ihm auf der Straße begegneten, würden Sie ihn mit Namen grüßen.«

Was folgte, war ein tiefes Schweigen, und jedem schossen Namen in den Kopf. Nancy murmelte: »Nein. Das ist unmöglich.«

Der junge Naurung reagierte weniger abweisend, und Joe fragte sich sogar, ob er schon vor ihm so weit gekommen war. »Sandilands Sahib, ich glaube, Sie wissen und ich kann mir ausrechnen, wer diese fürchterlichen Verbrechen begangen hat«, sagte er. »Aber warum? Mein Vater« – er verneigte sich kurz in Richtung Naurung senior – »sagt immer: ›Wenn man weiß, wie und warum, weiß man auch wer‹, aber nach allem, was Sie jetzt gesagt haben, liegt der Fall für uns genau umgekehrt.«

»Ich weiß«, sagte Joe. »Und um die Lücken in meinem Bild zu schließen, muss ich zurück nach Panikhat. Dort fing alles an, und dort ist die Antwort zu finden.«

»Eine Sache noch, Sandilands Sahib«, sagte Naurungs Vater zaghaft. »Ich habe seinerzeit mit Bulstrode Sahib an dem Fall der ertrunkenen Memsahib Simms-Warburton gearbeitet. Ich war derjenige, der den Fährmann verhörte, der selbst beinahe ertrunken wäre. Ich verdächtigte ihn. Er hätte, ohne dass die Menschen am Ufer es hätten sehen können, auf der Mitte des Flusses ein Messer zücken und die Ochsenhautballons aufschlitzen können. Er tauchte, um der armen Lady zu helfen, aber sie waren beide ziemlich lange unter Wasser. Mir ging damals durch den Kopf, dass er sie womöglich gewaltsam unter Wasser gehalten hatte, bis sie tot war. Ich habe ihn hinterher verhört und ein schriftliches Protokoll angefertigt, das Bulstrode Sahib leider nicht im Geringsten interessierte, an das ich mich aber gut erinnere.

Commander, Engländer sind bis zum Hals braun und vom Hals abwärts rosa. Dieser Mann war – abgesehen von Turban und Lendenschurz – nackt. Ich habe seinen Körper gesehen. Und er war braun. Von Kopf bis Fuß ein Inder.«

Kapitel 15

Joe und Nancy standen auf, um sich von den beiden Naurungs zu verabschieden, die sie bis zum Fuß der Treppe begleiteten und weitschweifig verabschiedeten.

»Na, da hat Naurung senior deine Theorie wohl zum Einstürzen gebracht?«

»Nicht unbedingt«, entgegnete Joe bedächtig. »Und vielleicht beantwortet das, was er zu sagen hatte, diverse andere Fragen, die ich noch habe.« Er sah auf die Uhr. »Onkel George dürfte inzwischen zu Hause sein. Sollen wir ihm Bericht erstatten?«

»Ach, mein Onkel! Er wird sicher so einiges wissen wollen.« Sie sah Joe prüfend an. »Womöglich Dinge, die wir ihm erklären sollten. Und ich glaube, ich sollte dir auch etwas erklären.«

Sie ergriff Joes Arm und drückte ihn an sich. »Ich habe nicht viel Erfahrung, das brauche ich dir vielleicht gar nicht zu sagen, aber ganz am Anfang – das kommt mir jetzt schon so lange her vor! – sagte ich, dass meine Träume wahr wurden, als ich wieder nach Indien kam, und du hast mich gefragt – vermutlich weißt du es schon gar nicht mehr – ob *alle* meine Träume wahr geworden seien. Und die klare Antwort lautet nein. Aber letzte Nacht hast du mir etwas gezeigt, was ich noch nie erlebt hatte. Du hast es wahrscheinlich gemerkt – ich weiß nicht, wie so etwas funktioniert – aber jetzt muss ich dir sagen, dass ich Andrew auf ewig verpflichtet bin. Er hat mich aus Frankreich herausgeholt, und dafür habe ich – zusammen mit anderen natürlich – ihn ins Leben zurückgeholt. Ich habe nicht vor, ihn jetzt seinem Schicksal zu überlassen. Das verstehst du doch, oder?« Sie sah Joe sehr ernst an. »Es ist mir sehr wichtig, dass du das verstehst.«

»Ich habe es verstanden«, sagte Joe.

»Dann verstehe es bitte auch weiterhin. Das ist alles, was ich von dir verlange.«

Als sie sich der Gouverneursresidenz näherten, wurden sie von einem in der Sonne glänzenden Daimler mit Flagge auf der Motorhaube überholt.

»Onkel George«, sagte Nancy. »Hat uns knapp geschlagen.«

Im Haus herrschte plötzlich – zweifellos auf Grund der Rückkehr des Gouverneurs – gesteigerte Geschäftigkeit und Förmlichkeit, und das europäische Personal von George schien sich vermehrt zu haben. Es wurde allseits willkommen geheißen und sehr schnell eingewiesen.

»Wie soll ich die Sache bloß anpacken?«, dachte Joe. »Soll ich sagen: ›Übrigens, Herr Gouverneur, ich habe die letzte Nacht mit Ihrer Nichte im Bett verbracht! Das macht Ihnen doch hoffentlich nichts aus, oder? Ach, ja, und im Übrigen steht die nächste Meuterei kurz bevor.‹«

Doch Onkel George kam mit großem Geschick direkt zur Sache. »Guten Morgen Nancy, meine Liebe! Und guten Morgen, Sandilands! Ich hoffe, das Essen gestern Abend hat Ihnen geschmeckt? Haben Sie gut geschlafen? Kann ja verdammt heiß sein in Kalkutta. Und Sie sind bereits bei den Naurungs gewesen, wie ich höre?«

»Woher zum Teufel weiß er das denn?«, fragte Joe sich, doch der Gouverneur las ihm die Frage an der Nasenspitze ab.

»Woher ich das weiß? Dieses Amt kann nur bekleiden, wer auch hinten Augen hat, und über was auch immer ich sonst verfüge, über ein sehr gutes Informationssystem verfüge ich allemal. Gute Idee! Ich finde, es lohnt sich immer, dem altem Naurung zuzuhören. Wenn Sie mir berichten würden, worum es ging?«

Joe war sehr erleichtert, ohne die lästigen Übersetzungspausen einfach Englisch reden zu können, und verbreitete sich über den Stand der Untersuchungen, die Ängste der Naurungs und die Richtung, in die sich ihre Schlussfolgerungen bewegten. Der Gouverneur blickte von einem zum anderen und sagte schließlich: »Ich hatte Sie darum gebeten herauszufinden, ob zwischen den Todesfällen ein Zusammenhang besteht. Ich hatte Sie darum gebeten herauszufinden, ob es ernst zu nehmende Hinweise auf Gewaltverbrechen gibt. All das kommt mir vor, als wenn es schon sehr lange her wäre. Die Antwort auf beide Fragen lautet ja, und das nehme ich mit Bestürzung und Entsetzen zur Kenntnis. Wir haben es mit einer rätselhaften, dunklen Geschichte zu tun, und ich bin versucht zu sagen: ›Doch kein Licht gibt diese Glut, sichtbare Dunkelheit vielmehr‹. Hm? Wie? Und jetzt sagen Sie mir, Sie seien überzeugt, dass der Mörder Europäer ist? Das habe ich nie bezweifelt.«

»Ja«, sagte Joe, »ich glaube, damit wäre unser Ermittlungsstand ganz gut beschrieben. Wir haben einen konkreten und dringenden Verdacht, was den Täter angeht, aber das Motiv ist uns immer noch nicht klar, und die Vorgehensweise auch nicht.«

»Das heißt, Sie müssen am falschen Ende anfangen?«

»Genau. Es muss irgendein Zusammenhang bestehen, aber wir – oder zumindest ich – bin zu blöd, ihn zu sehen.«

»Nun machen Sie sich mal nicht schlechter, als Sie sind«, widersprach George höflich. »Wenn man bedenkt, wie kalt die Spur war, als Sie sie aufnahmen, finde ich, haben Sie so weit sehr gute Arbeit geleistet. Und jetzt belassen wir es dabei. Halten Sie mich auf dem Laufenden. Sie sind hier jederzeit willkommen. Halten Sie sich an die Naurungs. Aber verdächtigen Sie weiter jeden, und schließen Sie die Naurungs nicht aus.

Jetzt habe ich aber noch etwas ganz anderes und rein Privates mit Ihnen zu besprechen. Sie fahren heute zurück nach Panikhat, richtig? In Andrews Wagen, wie ich annehme? Nun, dann haben Sie einen Passagier! Es ist doch genug Platz für drei, oder? Ich habe einen bezaubernden jungen Gast (mit einer Unmenge Gepäck!), und vielleicht haben Sie auch schon erraten, um wen es sich handelt? Nein? Es ist Midge – oder, etwas förmlicher ausgedrückt, Minette Prentice, Giles Prentice' Tochter. Eigentlich wollte sie zusammen mit Molly Bracegirdle nach Panikhat fahren, aber jetzt liegt Molly mit einer Magengeschichte darnieder – dem Delhi-Belly, wie wir die indische Variante von Montezumas Rache gerne nennen. Midge war gerade noch hier, aber jetzt ist sie in die Stadt gegangen, um ein paar Einkäufe zu erledigen – ihr fiel wohl etwas spät ein, dass sie ihrem Vater ein Geschenk mitbringen sollte! Geld hatte sie natürlich keines. Hat sie alles ausgegeben. Also musste ich ihr aushelfen. Mein Gott – genau wie ihre Mutter! Genau wie Dolly – wickelt einen problemlos um den Finger.«

»Wo war sie denn die ganze Zeit?«, fragte Joe.

»Auf einem Mädchenpensionat in der Schweiz. Sie wissen schon – zum Erlernen der feinen Lebensart. So, jetzt muss ich arbeiten, aber bleiben Sie, und essen Sie mit mir zu Mittag. In einer halben Stunde etwa? Nancy, meine Liebe, geh und kümmere dich um dein Gepäck. Ihr solltet gleich nach dem Essen abreisen. Ihr habt einen weiten Weg vor euch und wollt sicher nicht im Dunklen fahren. Und Sie, Sandilands? Ich vermute, Sie können sich eine Weile selbst unterhalten? Wir treffen uns gleich hier wieder.«

Joe verbrachte die Wartezeit damit, durch die Rosengärten zu spazieren, und kehrte rechtzeitig zum Lunch zurück. Auf dem breiten Flur, der zu den Wohnräumen des Gouverneurs führte, hörte er die Stimme von Midge Prentice, lange bevor er das Mädchen sah.

Ein fröhlicher, ununterbrochener Schwall von Erinnerungen. Joe blieb vor der Tür stehen und lauschte, seltsam beeindruckt von der zarten Stimme und stärker noch von dem, was er sah, als er die Tür öffnete. Sie war eindeutig die Tochter von Dolly Prentice, wie er sie auf dem alten, verblichenen Foto gesehen hatte. Obwohl Midge die dunklen Haare und den dunklen Teint ihres Vaters geerbt hatte, waren es dasselbe hübsche Gesicht, dieselben schrägen Augen, dieselbe Ausstrahlung, die Kitty als »elfenhaft« bezeichnet hatte.

Der Gouverneur stellte die beiden einander vor, und Midge sagte sofort: »Ich bin so froh, dass Sie hier sind, Commander. Ich muss unbedingt Ihre Meinung hören! Ich finde sie so schön! Ich glaube, dass sie ihm gefallen wird. Was meinen Sie?«

Aus einer Schachtel und mehreren Lagen Seidenpapier holte sie eine kleine Elfenbeinstatuette hervor. Es war eine ausgesprochen erotische, jedoch nicht besonders einfallsreiche Figur: Zwei auf völlig unmögliche Art und Weise ineinander verschlungene Körper, die Augen selig geschlossen.

»Hier«, sagte Midge. »Was meinen Sie?«

»Ich glaube, er wird entzückt sein«, sagte Joe und war sich im Klaren darüber, dass er damit lediglich sagte, dass er selbst entzückt wäre. Was der strenge Prentice dazu sagen würde, konnte er nur vermuten.

»Muss ziemlich teuer gewesen sein«, merkte Onkel George resigniert an.

»Ach, so schlimm war es gar nicht«, sagte Midge. »Ich habe es, so gut ich konnte, in Pfund umgerechnet. Ich glaube, sie hat ungefähr dreißig Schilling gekostet. Und die Leute im Laden waren so nett zu mir, als sie sahen, dass ich mit deinem Wagen da war – ich musste einfach nur unterschreiben.«

Onkel George machte ein ziemlich besorgtes Gesicht.

Sie setzten sich zu Tisch, und Midge erzählte fröhlich weiter. Jetzt ging es um einen Kostümball. »Ich war mit Betty Bracegirdle da. Sie ist als Indianerin gegangen und ich als Cowboy. Wir haben den Preis für das beste Kostüm gewonnen und haben dann eine Ehrenrunde durch den Saal gedreht – und alle haben uns zugejubelt!«

»Dann haben Sie sicher eine ganze Reihe gebrochener Herzen in Europa zurückgelassen, hm?«, fragte Joe.

»Nein«, sagte Midge missmutig. »Keine ganze Reihe. Nur eins.«

»Na, dann erzähl uns mal von ihm«, forderte Nancy sie auf.

»Ach«, sagte Midge. »Kein Er. Eine Sie.«

»Eine Sie?«

»Ja.« Dann senkte sie blinzelnd den Blick und legte theatralisch die Hand aufs Herz. »Ich. Mein Herz wurde gebrochen. Ach, er war so nett! Er hat mir Pikett beigebracht. Auf so einer Schiffsreise spielen vormittags alle Karten – meistens langweiliges Bridge oder sterbenslangweiliges Poker. Aber er hat mir Pikett beigebracht. Dann haben wir es auch noch anderen Leuten beigebracht, und nach einer Weile spielten die Besten Pikett mit uns. Es wurde ... Mode, Pikett zu spielen!« Und an Joe gewandt fragte sie: »Spielen Sie Pikett?«

Was Joe bejahte.

»Wir müssen unbedingt mal zusammen spielen«, sagte Midge. »Ich habe mich so daran gewöhnt, jeden Abend zu tanzen, aber jetzt ist er wieder bei seinem Regiment, und ich bin mutterseelenallein und sterbe fast vor Liebeskummer. Kein Wunder, dass ich so blass bin!«

»Er ist wieder bei seinem Regiment? Das war bestimmt ein tränenreicher Abschied«, sagte Nancy.

»Allerdings«, sagte Midge. »Es hat noch nie einen tränenreicheren Abschied gegeben!«

»Und dieser Paladin«, sagte Onkel George, »dieser Held, dieser Don Juan des Meeres, hat der auch einen Namen?«

»Dieser Märchenprinz!«, kicherte Midge. »Oh, ja, natürlich hat er auch einen Namen. Und wenn er kommt, um mich zu besuchen, werdet ihr ihn alle erfahren. Er ist groß und dunkelhaarig und sieht so gut aus ... Er ist einfach wunderbar! Ein Traum! Ihr könnte es euch gar nicht vorstellen! Oh, Gott, wie ich hoffe, dass Dad ihn mag! Er muss ihn mögen!«

Ihre Zuhörer schwiegen und dachten jeder auf seine Weise darüber nach, wie Giles Prentice wohl auf den unbekannten Offizier reagieren würde, der das zweifellos leicht entflammbare Herz von Midge Prentice erobert hatte. Das Herz von Midge Prentice, Dollys Tochter. Die Dolly nicht nur im Aussehen ähnelte, sondern auch in ihren Neigungen.

Nach mehrstündiger Fahrt in Andrews Wagen verstummte Midge zu Nancys und Joes Erleichterung und schlief ein. Ihr Kopf ruhte vertrauensvoll auf Nancys Schulter. Es war bereits dunkel, als sie Panikhat erreichten und vor Prentice' Bungalow vorfuhren.

Die große, schlanke Gestalt von Giles Prentice wurde von den Scheinwerfern des Wagens angestrahlt und wirkte, als habe sie schon lange geduldig dort gestanden. Midge fiel förmlich aus dem Auto und rannte auf ihn zu. Prentice fiel auf ein Knie und streckte die Arme nach ihr aus. Nancy und Joe kamen schweigend überein, im Auto zu bleiben. Sie warteten, bis Midges umfangreiches Gepäck ausgeladen und ins Haus gebracht worden war, dann manövrierte Naurung den großen Wagen leise vom Grundstück. Midge und Prentice standen Arm in Arm auf der Veranda, und vermutlich redete Midge bereits ohne Punkt und Komma auf ihren Vater ein.

»Nun«, sagte Nancy. »Was sagst du jetzt dazu? Was sagst du zu Midge?«

»Ich finde, sie ist ein richtig süßer Schatz«, antwortete Joe etwas sentimental.

»Das war ja klar!«, echauffierte Nancy sich. »Ich finde, sie ist eine Landplage! Sie ist ja nicht umsonst Dollys Tochter!«

»Wie Prentice sie wohl in die Gesellschaft von Panikhat einführen wird?«

»Ich glaube, ich weiß es! Am Freitag begeht das Regiment den *manoli*-Tag. Das ist immer der dritte Freitag im März. Eigentlich eine alberne Veranstaltung, aber im Sikh-Krieg ist das Regiment anscheinend mal vollkommen überrumpelt worden, und die Männer mussten sich mitten in der Nacht im Schlafanzug auf die Pferde schwingen – es wurde so eine Art Midnight-Steeplechase daraus. Das Ganze war eine ziemlich ernste Angelegenheit, und das Regiment hat tapfer die Mission erfüllt, die ihm auferlegt worden war (ich weiß nicht genau, um was es dabei ging). Und seitdem wird immer am Jahrestag dieses *manoli*-Tages ein Ragtime-Tanzabend veranstaltet, der seinen Höhepunkt in einer Art Ragtime-Steeplechase hat. Früher war das ein richtig gefährliches Hindernisrennen – ist es wahrscheinlich noch – und irgendwann hat sich mal jemand ziemlich schlimm verletzt dabei. Seitdem darf nur noch eine bestimmte Anzahl von Männern teilnehmen – sechs oder acht, glaube ich. Wer mitreiten darf, entscheidet das Los. Der Colonel zieht die Namen aus einem Hut.

Weißt du was – ich lade Prentice und Midge zum Abendessen direkt vor dem Tanz ein. Und dich auch. Der junge Easton und Smythe scheinen recht amüsante Kerle zu sein, die frage ich ebenfalls. Dann hat Midge etwas jüngere Gesellschaft. Und dann könnte ich noch Kitty einladen, damit wir auf eine gerade Zahl kommen. Sie wird fasziniert sein, Dolly Prentice II. zu sehen! Mal sehen, was ich arrangieren kann. Ja, ich würde vorschlagen, dass du zum Abendessen und hinterher zum Tanz kommst.«

Joe seufzte. »Und was muss ich zu diesem entsetzlichen Abendvergnügen tragen? Einen Schlafanzug?«

»Nein, nein! Casino-Uniform. Weiße Jacke, blauer Kummerbund, schwarze Krawatte, Uniformhose und Stiefel mit Sporen – das Übliche eben. Und keine Sorge – die Schlafanzüge stellen wir!«

Kapitel 16

Joe hatte nicht gut geschlafen. Der Ausflug nach Kalkutta hatte ihn körperlich ermüdet, aber die dort gewonnenen Hinweise und die neuen Theorien beschäftigten ihn geistig so sehr, dass er keinen Schlaf fand. Außerdem empfand er eine diffuse Beunruhigung, was Midge Prentice betraf. Irgendetwas, das sie gesagt oder getan hatte, ließ ihn unbewusst um sie bangen. Oder war es etwas, das Kitty gesagt hatte?

Joe quälte sich durch die Nacht. Seine Gedanken plagten ihn im gleichen Maße wie die Moskitostiche aus Kalkutta. In einem verzweifelten Versuch, Abkühlung zu erlangen, stellte er sich seine Wohnung in Chelsea vor – mit offenen Fenstern, die den kühlen Märzwind hereinließen. Über der Themse lag sicher dichter Nebel, und auf den Dächern hingen möglicherweise sogar Schneereste, und kurz bevor Joe einschlief, hörte er auch noch das vertraute Tuten eines Nebelhorns.

Doch als er wach wurde, hörte er nur wieder die üblichen Hornsignale und die anderen Geräusche, die verrieten, dass der Stützpunkt zum Leben erwachte. Joe begab sich aus seinem warmen, feuchten Bett in ein lauwarmes Bad und dann an den Frühstückstisch. Doch das übliche üppige, Punkt sieben Uhr servierte Frühstück hatte heute keinen Reiz für ihn. Er war irgendwie unentschlossen und daher ausgesprochen dankbar für die schriftliche Nachricht, die der Träger aus dem Büro des Collectors ihm brachte. Mit unverhältnismäßiger Aufregung erkannte er Nancys Schrift und las:

Guten Morgen! Ich habe eine kleine – und womöglich unwichtige – Spur. Möchtest du mitkommen, um sie zu verfolgen? Wenn ja, dann komm so bald wie möglich hierher (beritten). Lass mir durch den Träger ja oder nein mitteilen. ND.

Joe schrieb »ja« und reichte dem Träger das Papier zurück, auf dass er es Nancy bringe. Joe kleidete sich fertig an und ließ sein Pferd holen. »Ließ sein Pferd holen«! Es war ja so einfach. Und so verführerisch.

Er trabte durch Panikhat, nickte mehreren Menschen zum Gruß zu und stieg vor dem Bungalow der Drummonds ab. Ein Stallbursche ging mit einem grauen Pony in der Einfahrt auf und ab. Nancy erschien auf der Veranda und winkte.

»Guten Morgen, Joe! Der *burra* Sahib ist in der *kutcherry*.«

»Ach, ja? Und ich bin hier«, sagte Joe. »Ich höre und gehorche.«

Nancy setzte sich auf die Treppe zur Veranda und bedeutete Joe, sich neben sie zu setzen. »Vielleicht steckt gar nichts dahinter«, sagte sie, »und irgendetwas in mir drin sagt mir, dass nichts dahinter steckt, also mach dir nicht allzu große Hoffnungen. Aber dieser Naurung … Er gibt nie auf. Er hat einen der Fährmänner ausfindig gemacht, einen der Zeugen von damals, als Alicia ertrank. Er arbeitet schon lange nicht mehr als Fährmann und ist jetzt Bauer. Gar nicht weit von hier, nur ungefähr fünfzehn Kilometer entfernt in einem kleinen Ort namens Lasra Kot. Ist eine sehr schöne Reitstrecke. Kommst du mit?«

»Selbstverständlich«, sagte Joe erfreut. »Ich wüsste nicht, wie ich den Tag lieber verbringen würde. Es wird Zeit, dass wir dieser Umgebung hier mal ein bisschen entkommen.«

»Na ja, wie gesagt, es kann sein, dass gar nichts dabei herumkommt, aber …« Sie sah ihn ruhig und ernst an. »Ich schätze, wir werden schon das Beste aus dem Tag machen, oder?«

Sie drehte sich um und rief nach ihrem Träger, der gleich darauf mit einem kleinen, eckigen Korb an einem Riemen erschien.

»Was zum Himmel ist das?«, fragte Joe.

»Oh, das ist etwas sehr Britisches! Wir nehmen ein Picknick mit. Da, wo wir hinreiten, gibt es nämlich kein Lyons Corner House! Komm, du musst Andrew Guten Morgen sagen.«

Sie gingen zum Büro des Collectors. Andrew saß in Hemdsärmeln an seinem Schreibtisch und diktierte seinen Angestellten zwei Briefe gleichzeitig – einen auf Englisch, einen auf Hindustani. Joe war beeindruckt. »Das ist ganz schön raffiniert«, sagte er. »Ich könnte das nicht.«

Andrew begrüßte ihn warmherzig. »Joe! Guten Morgen! Wenn man so richtig faul ist – und das bin ich –, dann schreibt man keine Briefe, sondern man diktiert sie. Und wenn man schlau ist – und das bin ich –, dann diktiert man gleich zwei auf einmal. Ich habe sogar schon drei auf einmal diktiert! Aber ehrlich gesagt, machen wir das schon so lange, dass ich eigentlich nur ein paar Brocken vor mich hinstammele, und diese guten Geister hier machen beschämend flüssige Prosa daraus. Und Sie sind auf dem Weg ins Mofussil, ja? Nun, wie ich bereits zu Nancy sagte: Wenn Sie sich auf keine Schlange setzen, über keine Klippe stürzen, keinen Fluss überqueren und nicht baden, dürften Sie im Grunde nicht zu größerem, äh, Schaden kommen. Wenn Sie in vierzehn Tagen nicht wieder hier sind, werde ich einen Suchtrupp losschicken.« Und an Nancy gewandt: »Wo wolltet ihr doch gleich hin?«

Nancy sagte es ihm.

»Gibt schlimmere Gegenden«, sagte der Collector beruhigt. »Schade, dass ich nicht mitkommen kann.« Er nahm Nancys Hand in seine, küsste sie und tätschelte seiner Frau zärtlich den Po, als sie neben ihm stand. Es war nicht das erste Mal, dass es Joe einen schmerzhaften Stich versetzte, die beiden so harmonisch, glücklich und ausgelassen zu sehen.

»Ich habe ihn wirklich geliebt«, hatte Nancy gesagt.

»Und sie liebt ihn noch«, fügte Joe im Geiste hinzu.

Sie ritten Richtung Norden am schlammigen Flussufer entlang, bis sie auf einen Nebenfluss stießen, den sie an einer Furt überquerten. Auf beiden Seiten des Flusses arbeiteten Menschen in den Reisfeldern, doch sobald Joe und Nancy vorbeiritten, hielten sie in der Arbeit inne und lächelten ihnen zu. Überall waren von Ochsen gezogene Pflüge im Einsatz, und Hirse, Gerste und Reis verliehen jedem Feld in diesem zeitlosen Patchwork einen anderen Grünton.

»Hier sieht man, warum man Indien das Land der Flüsse nennt. Das ist das Indien, das ich so liebe«, sagte Nancy. »Überrascht es dich, dass ich aus Frankreich hierher zurück wollte?«

»Nun, das hier ist ein großer Unterschied zu Kalkutta«, sagte Joe.

»Stimmt. Und hier können wir wirklich Gutes tun. Wir stehen zwischen dem Bauern und dem Grundbesitzer und achten die ganze Zeit darauf, dass alles gerecht abläuft. Wir halten die gierigen Geldverleiher mit einem von der Regierung vorgeschriebenen Kreditplan in Schach. Den hat Andrew eingeführt. Und später zeige ich dir die Anfänge seines Bewässerungssystems. Du hast Recht – das hier ist nicht Kalkutta. Ich liebe es. Wirklich. Manchmal träume ich, dass ich wieder von hier weg muss. Dann wache ich schweißgebadet auf. Ach, Joe – wenn wir doch nur dieses düstere Geheimnis aufklären könnten!«

Wie immer, wenn Nancy anfing, mit glänzenden Augen über Indien zu reden, regte sich in Joe sein angeborener Widerspruchsgeist. Er öffnete den Mund, um in Frage zu stellen, was sie über die wohltätige Haltung der Briten den Pachtbauern gegenüber gesagt hatte, indem er sie daran erinnern wollte, dass die extrem reichen *zamindars* ihre riesigen Güter erst von den Briten zugeteilt bekommen hatten. Wenn die Briten also jetzt Probleme damit hatten, einen Zustand, der außer Kontrolle geraten war, wieder gerade zu rücken, war das einzig und allein ihre eigene Schuld – und die armen Bauern waren die Leidtragenden. Jede Kriminalität in Bengalen hatte ihre Wurzeln in derartiger sozialer Ungerechtigkeit. Doch Joe schwieg. Er, der er lediglich ein halbes Jahr hier verbracht hatte, hatte wohl kaum das Recht, jemanden, der hier geboren und aufgewachsen war, jemanden, der Tag für Tag mit dem echten Leben in Indien konfrontiert war, zu belehren.

Die Straße wurde schmaler und stieg an, während es gleichzeitig immer wärmer wurde. Nancy ritt selbstsicher voran, und Joe folgte ihr. Er ließ den Blick von ihrem breitkrempigen Hut über ihren schlanken Rücken gleiten, an dem auf Grund der Hitze bereits das Seidenhemd klebte, und weiter zu ihrem weichen, schmalen Po, den die Reithose eher betonte denn verbarg. »Liebe«, dachte Joe. »Ich könnte mich in sie verlieben. Oder vielleicht bin ich das schon. Aber das ist eine Liebe für einen Tag – vielleicht zwei, wenn ich großes Glück habe. Und überhaupt, sie könnte meine Schwester sein. Wir brauchen nicht viele Worte. Sie könnte meine Geliebte sein – und das ist sie sogar. Wenn alles ganz anders wäre, wenn die Karten neu gemischt würden, wenn dies und das und jenes, Herrgott noch mal, dann könnte sie meine Frau sein.«

Leidenschaft durchzuckte ihn, und sein Griff um die Zügel wurde fester. Bamboo gefiel diese grobe Behandlung gar nicht, sodass er ein wenig zur Seite rutschte und sogar ein wenig buckelte.

Nancy sah über die Schulter nach hinten. »Hat der Herr

von Scotland Yard Schwierigkeiten, sich im Sattel zu halten?«, fragte sie spöttisch.

In der buschigen Hügellandschaft tauchten hin und wieder kleinere Baumbestände auf, die schließlich immer dichter wurden, bis Joe und Nancy sich, Seite an Seite nun, auf einem Dschungelpfad wiederfanden. Der ständige Wechsel von Licht und Schatten ließ Nancy bald erstrahlen, bald in Dunkelheit verschwinden. Ganze Schwärme lärmender grüner Papageien kreuzten ihren Weg, doch der gute Bamboo ließ sich dankenswerterweise nicht von ihnen erschrecken. Affen riefen sich Warnungen zu und flohen kreischend in die Baumkronen. Hin und wieder glaubte Joe, im bodennahen Laub auch größere, dunklere Schatten ausmachen zu können, aber dann sagte er sich, wenn Nancy ihnen keine Beachtung schenkte, brauchte er das auch nicht zu tun.

Nachdem der Pfad eine dschungelbedeckte Anhöhe erreicht hatte, ging es bergab zu einem Dorf, in dem ein rhythmisch quietschendes Wasserrad dafür sorgte, dass mit Wasser gefüllte Eimer gehoben und in die unzähligen Bewässerungskanäle geleert wurden. Das Dorf bestand aus etwa dreißig Lehmhäusern mit Strohdach, die sich planlos, aber friedlich aneinander schmiegten, und die – soweit Joe das sehen konnte – weder über Abwasser- noch über Ventilationssysteme verfügten. Die Häuser lagen rund um einen Platz verstreut, auf dem ein beeindruckender Heiliger Feigenbaum stand. Von einigen Häusern stiegen an diesem windstillen Tag kerzengerade Rauchsäulen auf, die den scharfen Geruch von verbranntem Dung und Essen verteilten.

Hühner rannten laut gackernd umher und wurden ab und zu unsanft durch die dunklen, niedrigen Türen aus den Häusern befördert. Ein dickes braunes Kind taumelte auf kurzen Beinen an den Rand des Dorfes und hockte sich völlig sorglos auf den staubigen Boden. Sie zügelten die Pferde und warteten. Dann strömte eine ganze Kaskade von lachenden Kindern auf sie zu, nur um kurz darauf, von plötzlicher Schüchternheit ergriffen, wie angewurzelt stehen zu bleiben. Doch als Nancy sie in ihrer Sprache begrüßte, wurden sie sehr schnell zutraulich und umringten fröhlich plappernd die Besucher. Ein Kind brach ein Stück Zuckerrohr ab und gab es Bamboo, andere rannten zum nächstgelegenen Haus und kamen kurz darauf stolz mit einem Tablett voller Gebäck wieder, und nach einer Weile kam eine Frau mit einer Schale Milch heraus.

»Wenn das wirklich alles wäre«, dachte Joe, »könnte ich hier glücklich werden.«

»Ist das Lasra Kot?«, fragte er. »Ist das das Dorf, in dem wir uns mit dem Fährmann treffen?«

»Ja, das ist Lasra Kot, aber wir werden uns hier nicht mit dem Fährmann treffen.«

»Aber hattest du nicht gesagt …?«

»Ja, das hatte ich, aber das, was ich über Naurung gesagt hatte, war nicht wahr. Naurung hat nichts dergleichen herausgefunden. Ich habe mir das nur ausgedacht.«

»Wieso das denn?«

»Ich dachte, wir hätten uns einen freien Tag verdient. Kleine Pause von der Polizeiarbeit. Und ich wollte dir Indien so zeigen, wie es wirklich ist. Ich weiß, dass du eigentlich keine Zeit dafür hast und dass du dieses Land lieber heute als morgen verlassen möchtest – aber ich wollte nicht, dass du abreist, und die einzigen und bleibenden Eindrücke, die du von Indien hast, sind Kalkutta und Panikhat. Panikhat ist nicht authentisch. Es ist eine Garnisonsstadt. Es ist britischer als Großbritannien. Eine Erfindung. Eine Zurschaustellung. Kalkutta ist nicht viel besser – ein Nebeneinander von extremem Reichtum und extremer Armut, die beide abstoßend sind für einen Mann, von dem ich zu glauben beginne, dass er viele Dinge genauso sieht wie ich, obwohl er Polizist ist.«

Ein junges Mädchen in einem strahlend roten Sari kam aus einem der Häuser geeilt und sprach Nancy, wie er vermutete, auf Bengali an.

»Das ist meine Freundin Supriya«, sagte Nancy. »Und da sind die anderen, die ich sehen wollte. Ich schlage vor, dass du das Pferd anbindest und dich irgendwohin setzt. Dauert nicht lange.«

Sie zeigte auf einen kleinen Tempel, der nur wenig größer war als eine Gartenlaube. »Setz dich da drüben hin.« Sie holte ein paar kleine Pakete aus ihrer Satteltasche, und Joe führte die Pferde in den Schatten.

Danach ging er in den Tempel und freute sich, selbst in den Schatten zu kommen. Er zündete sich eine Zigarette an und sah, wie ein Mädchen in einem azurblauen Sari aus einem der Häuser kam, einen Teppich unter dem Feigenbaum ausbreitete und Nancy bat, darauf Platz zu nehmen.

Im gleichen Augenblick bildete sich eine Art Prozession. Mütter, die selbst nicht viel älter waren als Schulmädchen, versammelten sich mit Babys auf dem Arm oder an der Brust und Kleinkindern am Rockzipfel um Nancy. Ein Kind nach dem anderen wurde zur Untersuchung zu ihr gebracht. Nancy nahm Augen und Ohren in Augenschein, tastete Gliedmaßen ab, hob Gewänder an und strich mit der Hand über dicke braune Bäuche, während die Kinder ständig kicherten und ihre Mütter laut lachten. Ab und zu holte Nancy eine Salbe hervor und trug sie sanft auf. Sie verabreichte Augentropfen. Mit ruhiger, erfahrener Hand und einer engen Baumwollschlinge entfernte sie Zecken, die es nur in diesem Tal gab, wie Nancy erklärte. Supriya sah ihr interessiert und aufmerksam zu.

»Bindehautentzündung und Durchfall«, erläuterte Nancy Joe über die Köpfe der Kinder hinweg, »sind die hauptsächlichen Probleme. Man kann diesen Menschen nichts über

›Körperpflege‹ beibringen – ich glaube, sie sind die reinlichsten Menschen der Welt – aber ich sage dir, was Lebensmittelhygiene angeht, sollten sie noch eine Menge lernen, und wenn ich den Kindern beibringen könnte, ihre Häufchen nicht wahllos in die Landschaft zu machen, wäre auch schon ein großer Teil des Problems gelöst. Ich glaube trotzdem, dass ich hier Fortschritte erziele, und Supriya ist mir eine sehr wertvolle Assistentin.«

Sie wandte sich an Supriya und sprach mit ihr, worauf diese errötete und sich wand, sich verneigte und in tiefer Dankbarkeit »*salem*« wünschte. Joe sah Nancy gerührt dabei zu, wie sie nach jeder Untersuchung einen zärtlichen Kuss auf jede ihr willig entgegengehaltene braune Wange drückte. Joe erinnerte sich an das, was sie über den jungen amerikanischen Soldaten gesagt hatte: »Er war irgendwie mein Baby geworden.« Dienten diese indischen Kinder jetzt dazu, jene Lücke aufzufüllen?

Als sie mit den Untersuchungen fertig war, wurde Nancy anscheinend mit Fragen bombardiert, die in erster Linie mit Joe zu tun hatten.

»Sie glauben, dass du mein Mann bist«, sagte Nancy. »Und jetzt mal im Ernst, Joe – solange wir hier sind, ist es besser, so zu tun, als seien wir tatsächlich verheiratet. Die Vorstellung, dass eine unverheiratete Lady sich mit einem unverheirateten Gentleman im tiefsten Dschungel herumtreibt, wäre gänzlich unbegreiflich und unmöglich.«

»Kann das nicht problematisch werden?«, fragte Joe. »Was nun, wenn der Collector mal hier vorbeischaut?«

»Ach, das tut er recht häufig. Aber die Leute hier glauben, dass er mein Vater ist, das wird also nicht zu Problemen führen. Im Gegensatz zu der Tatsache, dass wir keine Kinder haben. Das können sie nicht verstehen, und vielleicht interessiert es dich, dass sie meinen, dass das deine Schuld ist!« Sie wandte sich wieder ihren Schützlingen zu, wiederholte anscheinend den letzten Satz auf Bengali und ließ ihn sich durch schrilles Jubeln bestätigen.

»Außerdem«, fuhr sie an Joe gewandt fort, »haben die Leute hier noch nie im Leben einen so *weißen* Sahib gesehen. Aber das macht nichts – sie nehmen an, dass du aus dem Norden kommst. Und sie glauben, dass dir die Narbe auf der Stirn von einem wilden Tier zugefügt wurde – einem Panter vielleicht. Oh, nein! Ich glaube, diese Geschichte wird zur Legende werden!« Es folgten so viele Fragen und auf jede von Nancys Antworten ein so herzhaftes Gelächter, dass Joe davon ausging, dass die Legende bereits ausgeschmückt wurde.

»Das macht mir nichts aus«, dachte Joe.

»Aspirin und Chinin«, raunte Nancy Joe zu, als sie Supriya die Pakete überreichte. »Ich habe ihr beigebracht, wie damit umzugehen ist. Sie fangen an, mir zu vertrauen. Sie holen mich jetzt, wenn sie Augenprobleme, Zecken oder Bandwürmer haben – und wenn eine Geburt ansteht. Es war anfangs gar nicht so einfach, ihnen verständlich zu machen, dass es nicht sehr weise ist, eine Frau vier Tage Wehen ertragen zu lassen. Der Punkt ist nämlich, dass sie glauben, es wird schon alles gut, wenn sie nur genügend Zaubersprüche aufsagen. Das erste Baby, dem ich auf die Welt half, war vier Tage überfällig. Für die Mutter war es das erste Baby, und für mich auch, wenn du verstehst, was ich meine. Es war schrecklich! Während sie ihre Zaubersprüche murmelten, murmelte ich Gebete und machte mich an die Arbeit. Die anderen kümmerten sich um die obere Etage, kämmten dem Mädchen das Haar und flochten Talismane hinein, und ich arbeitete, wenn du so willst, auf der Geschäftsebene. Es war ein Junge, und Mutter und Kind überlebten. Und jetzt glauben alle, dass die Babys immer, wenn ich bei der Geburt helfe, Jungs werden, und darum holen sie mich gerne. Supriya ist inzwischen soweit, dass sie mir helfen kann, und ihre kleine Schwester Malobika möchte auch gerne angelernt werden. Wer weiß, vielleicht übe ich einen guten Einfluss auf die Menschen hier aus.«

Es wurde noch mehr von dem klebrigen Gebäck und noch eine Schale Milch geholt. Nancy erzählte, dass sie diese Kuchen und Süßigkeiten als Kind nicht essen durfte. »Was für ein Quatsch!«, sagte sie. »Gut, wenn sie offen auf einem Basar gelegen und sich bereits alle Fliegen Bengalens darauf versammelt hätten, wäre es etwas anderes. Aber hier kann es doch wohl nicht schaden, oder?«

Schließlich verabschiedeten sie sich, saßen auf und ritten einen Weg entlang bis zum Fluss, der das Wasserrad des Dorfes betrieb. Bis zum Dorfrand wurden sie von einer Horde Kinder begleitet.

»Und, was sagst du nun zum wahren Indien?«

»Lasra Kot fand ich ganz bezaubernd. Ich würde es aber nicht das wahre Indien nennen.«

»Ach, nein?«, fragte Nancy überrascht. »Und was ist dann das wahre Indien?«

Er schüttelte den Kopf und wünschte, er hätte ihrem gemeinsamen Tag nicht so fahrlässig einen Missklang verliehen. Doch Nancy wartete auf eine Antwort. »Ich habe so manchen einsamen Abend in Kalkutta damit verbracht zu lesen. Zu lesen und zu versuchen, dieses seltsame Land, in dem ich gelandet bin, zu verstehen. Ich stieß auch auf einen indischen Autoren namens Sri Aurobindo …«

Der plötzliche verkniffene Zug um Nancys Mund verriet Joe, was sie von diesem Autor hielt.

»Ja, ich weiß, er war in britischer Gefangenschaft – wie alle brillanten Geister zu irgendeinem Zeitpunkt einmal – und er wird im Allgemeinen als ein Unruhestifter angesehen, als ein Aufständischer oder wie auch immer so jemand derzeit genannt wird. Aber er hatte etwas zu sagen, das ich mir sehr gut gemerkt habe: ›Wir gehören nicht den Morgendämmerungen der Vergangenheit an, sondern dem Mittag der Zukunft.‹ Naurung, sein Vater und ihre Freunde sind der Mittag der Zukunft, wenn du so willst. Das mag keine besonders romantische Vorstellung sein und schon gar keine beruhigende, aber für mich ist das das wahre Indien.«

Er bereute sofort, so offen gesprochen zu haben. Nancys strahlendes Selbstbewusstsein wurde kurzzeitig überschattet, und Joe fürchtete bereits, den gemeinsamen Tag verdorben zu haben. Aber Nancy war schnell wieder bei guter Laune und sagte fröhlich: »Dann habe ich dir noch nicht genug gezeigt. Komm hier entlang. Wir nehmen den Weg in die Hügel.«

Sie ritten am Ufer eines rauschenden Baches bergauf. Der Weg wurde immer steiniger und führte an mit Kletterpflanzen bewachsenen Felsbrocken vorbei, bis er schließlich an einem kleinen Teich mit Wasserfall endete.

Die Spannung zwischen Nancy und Joe war inzwischen unerträglich.

Nancy schwang das Bein über den Kopf des Pferdes und ließ sich auf den Boden gleiten. Dann führte sie das Tier zum Trinken ans Wasser.

»Mir ist heiß«, sagte Joe und fasste Nancy zärtlich an den Nacken. »Und dir auch. Gibt es irgendeinen Grund, weswegen wir hier nicht schwimmen sollten? Ich meine – ist es vielleicht gefährlich?«

»Gefährlich?«, fragte Nancy atemlos. »Nein, das glaube ich nicht. So hoch, wie dieses Becken liegt, dürfte das Wasser ziemlich kalt sein. Man kann es sicher trinken.«

»Das meinte ich nicht. Was ist mit Wasserschlangen?«

»Also, wenn du zuerst reingehst und ein bisschen herumplantschst, ist es für mich sicher nicht mehr gefährlich.«

Sie drehte sich um und stand sehr dicht vor Joe. Sie legte

die Hände auf seine Schultern. »Ich bin noch nie in meinem Leben allein mit einem Mann geschwommen. Ich habe mich noch nicht einmal bei Tageslicht vor einem Mann ausgezogen. Vielleicht hat dir das alles nicht viel bedeutet – ich weiß ja nichts über dein Privatleben – aber mir hat es sehr viel bedeutet. Wahrscheinlich mehr, als du dir jemals vorstellen kannst. Und das Ende unserer Arbeit ist noch lange nicht in Sicht, aber ich weiß, dass sie ein Ende haben wird, und dann gehst du zurück nach London, und ich kehre zurück – ich bin überhaupt nie weg gewesen – zu meinem Leben als Ehefrau des Collectors. In dem ich glücklich bin. Aber wenn ich dorthin zurückkehre, wird etwas sehr Wichtiges mit mir passiert sein. Wirst du traurig sein, wenn wir uns voneinander verabschieden müssen? Denn wir werden uns voneinander verabschieden müssen. Ich werde bestimmt nicht daran zu Grunde gehen, aber ich werde traurig sein, und ich wüsste gerne, dass du auch ein bisschen traurig sein wirst.«

»Ach, Nancy, du hast ja keine Ahnung!«, sagte Joe. »Ich weiß, es ist noch nicht soweit, aber ich weiß auch, dass der Moment schneller kommt, als mir lieb ist, und ich weiß, dass ich sehr traurig sein werde. Indien ist wirklich das Land des Bedauerns! Und du bist so wundervoll ... Du bist so schön. Aber was viel wichtiger ist, du bist klug und begabt und mutig und ...« Er schwieg. »Mein Vertrauen zu dir ist grenzenlos. Ich würde dir mein Leben anvertrauen.«

»Das hast du schön gesagt. Das freut mich, und ich werde es mir merken – wenn es hart auf hart käme, würdest du mir grenzenlos vertrauen. Was kann man sich mehr wünschen? Und umgekehrt gilt genau das Gleiche.«

Statt ihr zu antworten, küsste Joe sie ausgiebig und versuchte gleichzeitig etwas ungeschickt, ihr Hemd aufzuknöpfen.

»Also, weißt du, Joe! Für einen Mann mit deinem Savoir vivre bist du ein entsetzlich unbegabter Aufknöpfer! Lass mich das machen. Du könntest dich derweil um deine eigenen Knöpfe kümmern«, schlug sie vor. Und im harmlosesten Plauderton fuhr sie fort: »Weniger erotische Kleidung hätten wir uns wohl kaum aussuchen können! Und das hier ist noch nicht das Schlimmste! Da ich nicht wusste – oder sagen wir, da ich nicht sicher war, wie sich der Tag entwickeln würde, habe ich die praktischsten Schlüpfer angezogen, die ich besitze! Genau das Richtige für einen Ausritt, aber …« Ihr Redefluss wurde von weiteren Küssen unterbrochen, bis sie schließlich mit etwas erstickter Stimme sagte: »… aber wohl kaum für eine Tändelei.«

»Ich trage auch nicht die passende Kleidung für eine Tändelei«, sagte Joe. »Es dauert sicher eine Ewigkeit, bis ich mich aus dieser Reithose gewunden habe.«

Als sie schließlich nackt waren, gingen sie Hand in Hand auf das Wasserbecken zu.

»Erst schwimmen?«, fragte Joe.

»Ja«, sagte Nancy und sah verlegen an ihm herunter. »Aber nur, wenn du dich zurückhältst.«

»Du hast doch nicht etwa Angst vor Schlangen?«

Nancy sprang von dem Felsen, auf dem sie standen, in das tiefe Wasser, und Joe sprang hinter ihr her. Das Wasser war überraschend kalt. Nancy blickte noch einmal an Joe herunter. »Na, so groß ist der Junge ja doch nicht«, bemerkte sie. »Passiert das immer in kaltem Wasser?«

Bewundernd betrachtete er Nancys Körper, der unter Wasser jadegrün schimmerte. »Du siehst aus wie eine Bronzestatue«, sagte er. »Gibt es in Indien Najaden? Wenn ja, dann bist du die Najade dieses Beckens, und ich werde für alle Zeiten einen Teil meines Herzens hier lassen.«

»Ja«, sagte Nancy. »Das glaube ich auch.«

Sie schwammen eine Runde durch das Becken und stellten sich dann unter den Wasserfall.

»Bronze, Elfenbein und Korallen«, sagte Joe. »Bronzefarbene Locken, elfenbeinfarbene Haut …«

»Und korallenfarbene?«

»Korallenfarbene Brustwarzen«, sagte Joe und bückte sich, um sie zu küssen.

»Die Schrumpfwirkung des kalten Wassers scheint nicht zu funktionieren«, sagte Nancy. »Ich glaube, wir sollten an Land gehen.«

Joe warf ihre Kleider auf einen Haufen, und Hand in Hand ließen sie sich darauf sinken. Nancy wirkte auf Joe exotisch und vertraut zugleich. Exotisch, weil sie ihm fremd war, und vertraut von ihrer gemeinsamen Nacht in Kalkutta. Sie schmeckte und duftete noch genau so, wie er es in Erinnerung hatte. Sie liebten sich leidenschaftlich, nur einmal unterbrochen davon, dass Nancy eine irrelevante Frage piepste, die keine Antwort verlangte. Schließlich lösten sie sich voneinander, legten sich auf den Rücken und hingen beide schweigend ihren Gedanken nach.

Nach einigen Minuten rührte Nancy sich und setzte sich abrupt auf. »Weißt du was, Joe«, sagte sie. »Ich habe Hunger!«

»Herrje! Da sagst du was. Ich auch! Ich hatte völlig vergessen, dass wir ein perfektes Picknick dabeihaben.«

Gemeinsam machten sie sich daran, das Picknick auf einem kühlen flachen Felsen auszubreiten und unter Joes anerkennendem Gemurmel Sandwiches, zwei Flaschen des unvermeidlichen India Pale Ale und zwei Mangos samt silbernem Obstmesser und Gabel zu Tage zu fördern.

Sie aßen schweigend, da keiner das Gefühl hatte, die Stille mit sinnlosem Geplauder vertreiben zu müssen. Beide waren in Gedanken versunken, die sie momentan dem anderen nicht mitteilen konnten.

»Leider kein Kaffee«, sagte Nancy schließlich.

»Wer will denn Kaffee?«, sagte Joe, lehnte sich zu ihr hinüber und leckte einen Tropfen Mangosaft auf, der sich zwischen ihre Brüste verirrt hatte.

»Ich«, antwortete sie. »Aber es gibt da etwas, das ich noch viel mehr will als Kaffee, und das bist du.« Sie errötete ob ihrer eigenen Direktheit und fügte schnell hinzu: »Joe, ich weiß ja nicht, wie Männer … wie du … funktionierst. Ist das so in Ordnung?«

»Kommt ganz drauf an, mit wem man zusammen ist«, sagte Joe. »Aber ich kann dir sagen – mit dir ist es mehr als nur in Ordnung!«

Als sie langsam zurückritten, sagte Nancy: »Erzähl mir doch mal von dir, Joe. Ich weiß ja überhaupt nichts über dich. Wo kommst du her? Wie sieht deine Welt aus? Hast du Familie?«

»Dachte ich es mir doch, dass du früher oder später meinen Stammbaum überprüfen würdest!«, scherzte er. »Ich komme aus der Grafschaft Selkirk, aus einer kleinen Ortschaft namens Drumaulbin on the Borders am Fluss Etrick. Mein Vater besitzt dort Land. Das Anwesen ist sogar recht groß – drei Höfe – aber trotzdem nicht groß genug, um zwei Söhnen ein ausreichendes Einkommen zu sichern. Ich habe es darum meinem älteren Bruder überlassen und bin nach Edinburgh gegangen, um Jura zu studieren. Aber dann kam der Krieg, und ich ging zu den schottischen Füsilieren. Zusammen mit sechs anderen Jungs aus Drumaulbin bin ich in Richtung Süden marschiert. Schottenmützen zum Scharmützel, könnte man sagen.«

»Und nach dem Krieg hast du das Jurastudium nicht wieder aufgenommen?«

»Nein. Bis dahin identifizierte ich mich schon so sehr mit den schottischen Füsilieren, dass ich gerne etwas für sie tun wollte, was ich als freundlicher schottischer Rechtsanwalt wohl nicht gekonnt hätte. Nach einigem Nachdenken ging ich dann zur Polizei.«

»Aber warum zum Himmel? Ich meine, die Polizei ist doch wohl nicht der beste Arbeitgeber für einen Gentleman, oder?«

»Na ja, ich dachte, Jungs wie die, mit denen ich gekämpft habe, bekommen eine Menge Schwierigkeiten, auf die eine oder andere Weise. Ich dachte, als Polizist könnte ich mehr Gutes tun denn als Rechtsanwalt.«

»So ein Quatsch! Männer gehen doch nicht zur Polizei, um Gutes zu tun!«

»Du darfst nicht alle mit Bulstrode über einen Kamm scheren. Aber teilweise hast du natürlich Recht. Ich hatte noch einen anderen Grund. Ich wurde im Schützengraben verwundet – ein Schuss durch die Schulter …«

»Das habe ich gesehen! Da hat dich jemand wieder sehr gut zusammengeflickt.«

»Und während ich mich abseits der Front erholte, wurde ich ständig beschäftigt. Ich arbeitete für den Geheimdienst. Vernehmung von Gefangenen. Ich merkte, dass ich das recht gut konnte, und als der Krieg vorbei war, wollte ich gern mehr in der Richtung machen. Bei der Polizei ist viel passiert seit dem Krieg. Die Leute stellen sich unter einem Polizisten immer noch einen freundlichen, aber strengen Bobby mit blauem Cape vor, der kleine Jungs zurechtweist, die Äpfel gestohlen haben. So sieht die Wirklichkeit aber nicht mehr aus. Es gehen so viele Veränderungen vor sich, ständig werden neue Methoden entwickelt – Fingerabdrücke, der Telegraf, die schnelle Einsatztruppe – und ich möchte ganz vorne mit dabei sein und alles in die richtige Richtung lenken!«

»Meine Güte! Ich wusste gar nicht, dass du ein Missionar bist!«

»Ein Missionar?« Joe lachte. »Ich finde, es wird Zeit, dass

die Polizei nicht länger als Diener der Aristokraten fungiert, sondern Verantwortung für die gesamte Gesellschaft übernimmt. Das hört sich ziemlich pathetisch an, also hast du wahrscheinlich Recht. Ich bin so eine Art Gesellschaftsmissionar.«

»Dann muss es dir ja vorgekommen sein wie eine Reise in die Vergangenheit, als du nach Bengalen kamst?«

»Ich habe sehr gern bei der bengalischen Polizei gearbeitet. Die Leute sind sehr schlau, engagiert und arbeiten äußerst effizient. Ich hätte überhaupt nichts dagegen, ein Kommando Sikhs mit nach London zu nehmen! Zwanzig Naurungs! Nichts lieber als das! Das würde Whitehall gut tun!«

»Das heißt, dein Aufenthalt hier war keine reine Zeitverschwendung?«

»Nein. Auf einmal lag ich in den Armen einer dunklen Zauberin und war gewillt, nicht mehr nach England zurückzukehren. Ich meine, schließlich gabelt man nicht an jeder Ecke des Lebens eine *hauri*, eine zeitlos-himmlische Unschuld, auf. Man muss die Gelegenheit beim Schopfe packen, sage ich immer«, erzählte Joe leichthin. »Gibt es sonst noch etwas, das ich dir über Sandilands aus Drumalbain erzählen kann?«

Nancy sah ihn durchdringend an, lächelte und schüttelte ungewöhnlich verwirrt den Kopf. Sie trieb ihr Pferd an und ritt voraus. Joe betrachtete aus zusammengekniffenen Augen nachdenklich ihren schlanken Rücken.

Kapitel 17

Als sie am späten Nachmittag Panikhat erreichten, war die Luft ganz still. Das Glühen des Himmels wurde intensiver, als sich die Sonne ihren Weg westwärts brannte, und über der Altstadt wirbelte der Rauch von vielen Kochstellen auf und nieder.

Joe sah Nancy an, die erhitzt, sonnenverbrannt und zerzaust neben ihm ritt. »Soll ich ihr sagen«, fragte er sich, »dass zwei Knöpfe an ihrer Bluse auf sind und das Etikett aus dem Kragen herausguckt? Das könnte wohl ein bisschen peinlich werden. Andrew mag ja der netteste Mann sein, den ich kenne – ich glaube manchmal, das ist er wirklich –, aber dumm ist er sicher nicht ...«

Er hätte sich keine Sorgen zu machen brauchen. Als sie auf das Grundstück der Drummonds ritten, eilte ihnen ein Stallbursche entgegen, um die Pferde zu übernehmen, und ein Träger reichte Nancy eine Nachricht auf einem silbernen Tablett. Sie las sie schnell durch und sagte: »Ach, wie schade. Andrew musste nach Goshapur. Dort hat es anscheinend einen Streit gegeben zwischen einem Grundbesitzer und einigen seiner Pächter. Andrew wird nicht vor Sonnenuntergang zurück sein. Kann ich dir einen Drink anbieten, Joe?«

Joe lehnte höflich ab, endlos erleichtert darüber, dass er Andrew Drummond noch nicht unter die Augen treten musste, und machte sich auf den Weg zu seinem Bungalow. Er hielt sich auf der schattigen Seite der Straße und zog es vor, das letzte Stück mit Bamboo am Zügel zu Fuß zu gehen. Er wurde aus seinen Gedanken gerissen, als er hinter sich trabende Hufe herannahen hörte und eine herrische Frauenstimme ihm zurief:

»Guten Tag, Commander. Oder – da die Formalitäten anscheinend über Bord geworfen wurden – guten Tag, Joe.«

Joe drehte sich um und sah sich dem abschätzenden Blick von Mrs. Kitson-Masters gegenüber. Nachdem er gerade um Haaresbreite einer Begegnung mit Andrew entgangen war, stand ihm der Sinn überhaupt nicht danach, sich einer Überprüfung durch Kitty zu unterziehen. Er lächelte und verbeugte sich.

»Kitty!«, sagte er. »Genau Sie wollte ich jetzt gerade am allerliebsten treffen!«

»Sie sehen aus, als hätten Sie einen anstrengenden Tag hinter sich«, bemerkte sie.

»Habe ich auch. Sind Sie auf dem Weg nach Hause, Kitty? Gut. Wenn ich darf, komme ich mit.«

»Eine Zwanglosigkeit nach der anderen! Ich freue mich darauf, Sie zu empfangen.«

Sie fuhr weiter, und Joe folgte ihr um die Ecke in die Curzon Street und ihre Einfahrt hinunter.

»Na, dann sagen Sie mir doch bitte, wie ich der Untersuchung dienlich sein kann. Ich gehe davon aus, dass dieser überraschende Besuch mit der Untersuchung zu tun hat, obgleich es mir mehr schmeicheln würde, wenn Sie mich meiner angenehmen Gesellschaft wegen aufsuchten.«

»Sowohl als auch«, sagte Joe und setzte sich auf die Veranda, wo sofort ein Krug Limonade auf den Tisch zwischen ihnen gestellt wurde. »Die Frage mag Ihnen merkwürdig vorkommen, aber hatte Alicia Simms-Warburton – soweit Sie wissen – Angst vor Wasser? Angst davor zu ertrinken? Ich meine, eine wirklich existenzielle Angst, die über jedes normale Maß von Angst hinausging?«

Kitty sah ihn einen Moment erstaunt an und antwortete dann langsam: »Ja, allerdings. Ungefähr eine Woche vor ihrem Tod war Panikhat-Woche … ein buntes Unterhaltungsprogramm, um das Ende des Arbeitsjahres zu feiern, bevor die Leute in die Berge verschwinden beziehungsweise Besucher von anderen Stützpunkten kommen – Sie haben es dieses Jahr gerade verpasst. Und damals hatte jemand eine Regatta auf dem Fluss direkt hinter Giles' Grundstück organisiert. Ich glaube, sie nannten es ›Hooghly-Henley‹ oder so. Die Leute aus dem Dorf hier sind ausgezeichnete Bootsbauer. Sie stellten wunderschön mit Blumen geschmückte Boote zur Verfügung, und alle amüsierten sich prächtig – außer Alicia! Sie wollte mit der Regatta nichts zu tun haben. Hat sich wirklich ziemlich angestellt, das weiß ich noch. Sie weigerte sich standhaft, auch nur einen Fuß in ein Boot zu setzen. Ja, Sie haben Recht, Joe. Sie hatte das, was man wohl eine Phobie nennt.«

»Genau so würde ich das auch nennen. Was ist mit Dolly Prentice? Hatte sie eine Phobie? Oder, konkreter gefragt: Hatte sie eine Feuer-Phobie? Hatte sie Angst vor Feuer? Eine ungewöhnliche Angst? Wenn ja, dann wäre das ein Stück in unserem Puzzle.«

Kitty dachte eine Weile nach.

»Nein. Tut mir Leid, Joe. Das hat sie nie erwähnt«, sagte sie schließlich. »Feuer ist natürlich immer eine Gefahr, und wenn man unter einem Strohdach lebt, wie so viele von uns, macht man sich ständig Gedanken. Wir alle haben Angst vor Feuer, das ist ganz normal. Aber Sie sind auf etwas anderes aus, richtig? Sie meinen wiederum eine an Panik grenzende Angst? Ich kann mich nicht erinnern, dass Dolly jemals erwähnt hätte … Lassen Sie mich mal nachdenken … Ach! Natürlich! Ja! Die Eimer! Wir sprachen nie darüber, obwohl einige von uns es etwas seltsam fanden … In Dollys Bungalow standen überall in den Fluren mit Wasser gefüllte Eimer, Feuerbesen und solche Sachen. Sogar hinter der Tür zum Salon stand einer. Ja, das war dann vielleicht doch etwas übertrieben. Ich dachte damals, es handele sich um eine von *Giles'* vielen Exzentrizitäten, und sagte nichts dazu. Aber in seinem jetzigen Haus hat er keine Wassereimer herumstehen, also vielleicht haben Sie Recht. Warum fragen Sie das, Joe?«

»Fünf von fünf«, sagte Joe grimmig. Kraftlos erläuterte er seine Theorie – er nahm an, dass Kitty sie als hoffnungslos absurd abtun würde. Doch er hatte sich getäuscht.

Nachdem sie über seine Worte nachgedacht hatte, sagte sie: »Das ist in der Tat ein ganz abscheulicher Aspekt. Das spricht wirklich dafür, dass hier ein bösartiger Mensch am Werk ist. Ein kranker Mensch. Ein heimtückischer Mensch.« Sie zögerte. »Aber wer? Joe, das muss damals ganz Panikhat gewusst haben – das mit den Eimern, meine ich. Wenn ich mich nach zwölf Jahren noch daran erinnern kann, dann muss es seinerzeit noch mehr Menschen aufgefallen sein. Ich war Ihnen keine große Hilfe, was?«

»Doch, ich glaube schon«, sagte Joe. »Dass Dolly diese Phobie hatte, reiht sie ganz eindeutig in die Gruppe der Opfer ein. Jetzt weiß ich, dass jede einzelne der ermordeten Memsahibs vielleicht nicht gerade *wegen*, aber unter Berücksichtigung ihrer ganz persönlichen Angst umgebracht wurde. Es ist eine Gemeinsamkeit, die alle Opfer miteinander verbindet, aber immer noch nicht *die* Gemeinsamkeit, nach der ich suche. Da steckt noch mehr dahinter – irgendetwas Entsetzliches, das am Wegrand lauert …« Er musste an die schemenhaften, dunklen Gestalten denken, die er am Morgen bei ihrem Ausritt im Dschungel zu sehen geglaubt hatte, und schauderte.

»Joe, ich glaube, es wird jetzt Zeit für Sie zu gehen und zu baden«, sagte Kitty mit etwas sanfterer Stimme. »Dann vielleicht ein gutes Abendessen im Club, eine ruhige Nacht – und wer weiß, vielleicht wachen Sie morgen mit der richtigen Antwort im Kopf auf.«

Dieser Tag war der mysteriöseste Tag seines Lebens gewesen. Der Zauber, der über ihrem Ritt durch den Wald lag. Das unauslöschliche Bild von Nancy inmitten eines Meeres von lachenden und erwartungsvollen braunen Gesichtern. Ihre bereitwillige Hingabe, die so süß, so willig, so unbefangen war, und von einem so gewaltigen, primitiven Verlangen getrieben, wie Joe es noch nie erlebt hatte. Als er langsam in den Schlaf hinüberglitt, kam ihm plötzlich ein Gedanke. Dieser Gedanke war von einer solchen Komplexität, dass Joe sich abrupt unter seinem Moskitonetz aufsetzte und auf einmal wieder hellwach war.

Es gab da etwas, das er nicht ganz verstand. Oder etwas, das er zwar vielleicht die ganze Zeit verstanden hatte, das er aber nicht in Worte oder gar logische Gedanken hatte fassen können. Aber er dachte daran, mit welcher Sorgfalt Onkel George dafür gesorgt hatte, jene Nacht nicht in Kalkutta zu sein. Er dachte an den Großmut, mit dem Andrew sie in den Wald geschickt hatte. An seine Joe sehr willkommene Abwesenheit, als sie von ihrem Ausflug wiederkamen. Und zum ersten Mal dachte Joe über Andrews zweifelhafte Rolle in jener Liebesaffäre nach, die sich direkt vor seinen Augen abspielte.

Andrew. Da war etwas tief in Joes Erinnerung, das zappelte und versuchte, an die Oberfläche zu gelangen. Der stellvertretende Collector – wie hieß der Mann doch gleich? – an jenem Tanzabend – Harry Featherstone! –, er hatte Joe versehentlich angerempelt, als er bei Nancy stand, und ihn, als er sich entschuldigte, mit Andrew angesprochen. Er hatte Joe mit Andrew verwechselt, und zwar aus dem ganz simplen Grund, dass sie sich von hinten ziemlich ähnlich sahen. Man würde sie selbstverständlich nicht verwechseln, wenn man sie nebeneinander sähe, aber Joe musste einsehen, dass er Andrew in gewisser Hinsicht ähnelte. Sie waren beide groß, hatten breite Schultern und waren von schlanker Statur. Sie hatten beide dunkle Haare, obgleich Andrews Haare schon mehr grau als schwarz waren. Hatten Nancy und ihr Onkel diese Ähnlichkeit bereits bemerkt, als sie Joe bei seinem Vortrag in Kalkutta sahen? Hatten sie darüber gesprochen? Hatten sie beschlossen, dass er der perfekte Kandidat wäre, um Nancys Träume nun doch wahr werden zu lassen? Joe kam zu dem Schluss, dass sie nicht ein Wort darüber hätten verlieren müssen. Wenn Joes wilde Theorie zumindest im Ansatz stimmte, hätten sie beide genau die Schritte unternommen, die sie tatsächlich unternommen hatten.

Ärger stieg in Joe auf, als ihm bewusst wurde, dass man ihn überlistet hatte. Benutzt. Doch dem Ärger folgte sehr schnell Scham und Verlegenheit. Er hatte angenommen, dass Nancy ihn unwiderstehlich fand, und dass sie sich im Kontext ihrer lockeren Beziehung zu einem bedeutend älteren Ehemann die Freiheit genommen hatte, eine Affäre mit einem attraktiven und kräftigen Mann zu haben, der gerade zufällig durch ihr Leben spazierte.

Einem Impuls folgend, kämpfte er sich unter dem Moskitonetz hervor, rüstete sich zur Abwehr der angriffslustigen nächtlichen Moskitos mit einer Zigarette aus und marschierte in sein kleines Büro, wo er nur mit Schwierigkeiten die Petroleumlampe anzündete und gleichzeitig nach seinem Chiffrenbuch griff. Das Telegramm, das er verschicken wollte, konnte unter keinen Umständen vom Telegrafen des Regiments versendet werden.

Nach einer schweißtreibenden halben Stunde hatte er folgende Nachricht an einen Kollegen bei Scotland Yard kodiert und gesendet:

9291A John stop brauche präzise Information über Kriegsverletzung von Captain A J Drummond 23. Rajputana Rifles 1918 stop Sandilands

Bei New Scotland Yard in London war es zu dem Zeitpunkt etwa drei Uhr nachmittags, und Joe stellte sich vor, wie John Moore in der Mitte seines Arbeitstages fluchend beim Kriegsministerium anrief, dann ein weiteres Mal anrief, schließlich lustlos seine Antwort kodierte. Joe wurde klar, dass er wohl frühestens in zwei bis drei Tagen mit einer Antwort rechnen konnte, und ging aufgewühlt wieder zu Bett.

Zu seinem Erstaunen stellte er gleich nach dem Aufwachen fest, dass er noch in der Nacht eine chiffrierte Nachricht erhalten hatte, die ihm das Telegrafenamt in Panikhat gegen fünf Uhr morgens bringen ließ. Joe dekodierte sie und las den knappen Inhalt wieder und wieder.

9291B Kriegsverletzungen beträchtlich stop zitat intestinales Chaos zitat ende stop rechtes Bein mehrfache Fraktur stop Moore

Was »intestinales Chaos« wohl heißen sollte? Schlimme Verletzungen des Unterleibs bis hin zur Verstümmelung? Das gelbbraune Telegrammpapier in der Hand, starrte Joe blicklos aus dem Fenster. »Darum ging es also. Das war der Plan. Einen Plan, der mich nicht berücksichtigte. Obwohl ich in Wirklichkeit natürlich die Hauptrolle darin spielte. Ich wusste nur nichts davon. Gott, war ich naiv! Und was soll ich jetzt sagen? Soll ich sie alle herausfordern? Soll ich sagen ›Nancy, du bist ein ausgekochtes Flittchen! Jardine, Sie sind ein raffinierter alter Hund! Andrew, dass Sie den Ehebruch durch Ihre Frau stillschweigend dulden, ist skandalös!‹? Was soll ich *tun*?«

Schnell beantwortete er sich die Frage selbst: »Nichts. Ich spiele mit. Wenn es das ist, was Nancy will, dann kann sie es von mir aus haben. Vielleicht sollte ich mich geschmeichelt fühlen. Natürlich sollte ich mich geschmeichelt fühlen. Und wenn all die anderen Gefühle sich gelegt haben, werde ich mich auch geschmeichelt fühlen. Aber jetzt, in diesem Moment, hat meine Selbstachtung – mein Ego, wie Freud es nennen würde! – einen Knacks bekommen ... Und das ist vielleicht gar nicht so schlecht!«

Kapitel 18

Joe hatte noch eine halbe Stunde Zeit totzuschlagen bis zum Abendessen bei Nancy, und er ging ins Casino, um sein Zigarettenetui aufzufüllen. Dort standen stets gut gefüllte Kisten mit dicken, ovalen Zigaretten, die den Stempel des Regimentes trugen und von Fribourg and Treyer in London geliefert wurden. Joe stellte fest, dass der Tisch hier nur für vier Personen gedeckt war. Anscheinend aßen alle anderen beim *manoli* Dinner zu Abend oder – so wie er – bei Nancy. Im Speisesaal war es dunkel. Eine freundliche Stimme begrüßte Joe.

»Ach, Sandilands Sahib, Sir. Guten Abend. Kann ich Ihnen irgendwie behilflich sein?«

Es war die Stimme von Suman Chatterjee, dem bengalischen *babu* und Sekretär des Regiments. Und offenbar auch Verwalter des Casinos, da er in einem kleinen Büro am Tisch saß und Rechnungen sortierte. Joe war ihm ein- oder zweimal im Casino begegnet. Er mochte seine unerschütterliche Freundlichkeit und bewunderte seine imposante Statur. Was Joe aber am allerbesten gefiel, war, wie er Englisch sprach: sehr pedantisch, sehr idiomatisch – und mit einem sehr starken Akzent.

»Haben Sie eigentlich nie Feierabend, *babu-ji*?«, fragte Joe.

»Aber Sir, das hier ist doch keine Arbeit! Das ist die pure Leidenschaft! Ich liebe es, alles in tadelloser Ordnung zu haben. Ich vergewissere mich so gerne, dass unter dem Strich alles stimmt, und darum sitze ich jetzt hier und rechne.«

Da Joe das Gefühl hatte, es sei etwas mehr als nur höfliches Interesse angezeigt, fragte er: »Und nach was für einem System gehen Sie vor, Suman?«

»Also, Sir, das geht so: Die Offiziere unterschreiben jeden Tag ihre Quittungen. Fürchterliche Handschriften haben die! Dann landen die Zettel bei mir, ich übertrage alles in ein Buch und verschicke dann an jedem Ersten eines Monats die gesamte Casinorechnung. Mein Vorgänger war leider, leider ein sehr nachlässiger Zeitgenosse. Es hat mich Monate gekostet, das von ihm hinterlassene Durcheinander in Ordnung zu bringen, aber jetzt kann ich Ihnen ganz genau sagen, wer wann was und wie viel konsumiert hat. Sehen Sie mal, hier sind Sie: Sandilands J. (E). E steht für Ehrenmitglied des Casinos. Und hier können Sie sehen, dass Smythe Sahib nicht anwesend war. Ich notiere ein (n. a.) neben seinem Namen. Ja ja, das ist schon ein gutes System.«

Joe bewunderte die flüssige, gestochene Handschrift und fragte aus ehrlichem Interesse: »Suman, wünschten Sie nicht manchmal, Sie könnten mehr aus Ihren Talenten machen? Sie sollten für die Regierung arbeiten – Sie sind ein Musterbeispiel an Organisiertheit und ganz offensichtlich ein Rechengenie.«

»Nein, nein«, winkte Suman breit lächelnd ab. »Ich möchte meine Arbeit hier nicht gegen alles Geld der Welt eintauschen! Ich bin Mitglied dieses stolzen Regimentes und hoffe, eines Tages seine Geschichte aufzuzeichnen. Und abgesehen davon – wer würde denn dafür sorgen, dass hier alles wie am Schnürchen läuft, wenn ich die Stellung aufgäbe? Ich höre immer wieder, ja, bis zu zehn Mal täglich, wie die Leute – vom höchsten bis zum niedrigsten Rang – sagen: ›Fragen Sie Chatterjee, der weiß es bestimmt.‹ Und meistens tue ich das wirklich!«

»Wie weit zurück reichen denn Ihre Aufzeichnungen?«, fragte Joe ohne bestimmte Hintergedanken.

»Bis 1898«, kam die prompte Antwort. »Damals hatte Staverdale Sahib das Kommando über das Regiment. Unter meiner Regie sind die Aufzeichnungen aber erst seit fünfzehn Jahren.«

»Das heißt, wenn ich wissen wollte, wer nach dem Abendessen am 18. November 1899 zwei Gläser Portwein getrunken hat, dann könnten Sie mir das sagen?«

»So exakt vielleicht nicht, aber für die Zeit, seit ich die Bücher führe, sicherlich.«

»Dann will ich mal ganz willkürlich ein Datum nennen. Wie wäre es mit dem Datum von heute, dem 17. März? Sagen wir, 1910?«

»Überhaupt kein Problem. Das war zu meiner Zeit.«

Er stand auf, hob die schweren Arme und griff in ein Regal hoch über sich. Er zog ein großes Geschäftsbuch heraus, auf dessen Rücken ein Stück Heftpflaster mit der Aufschrift »1908–1910« klebte. Er legte es vor Joe auf den Tisch und fing an zu blättern. Joe mit seiner lebhaften Fantasie witterte hinter den trockenen Seiten die Aura voll gesogener Weinkorken, von Brandy und von Zigarrenrauch.

»Da haben wir es«, sagte Suman stolz. »Hier ist der März … und hier der siebzehnte. Das war ein Samstag. Ah. Oh. Das war der Abend … Da haben Sie sich keinen guten Abend ausgesucht. Da war fast niemand im Casino. Die anderen waren alle auf irgendeiner Festivität. Im März gibt es viele Festivitäten – die Saison ist zu Ende, und viele der Memsahibs reisen danach in die Berge. Aber hier können Sie es sehen, Sir. Es wurden fünf Abendessen serviert.«

Er schob das Buch näher zu Joe.

»Nicht sehr viel. Aber es wurde ordentlich getrunken an dem Abend. Man könnte sagen, der Portwein floss reichlich, Sir.«

Joe antwortete nicht. Er starrte auf die Aufzeichnungen zu

jenem Abend vor zwölf Jahren, an dem Dolly Prentice verbrannte. Wie vorauszusehen war, stand Giles Prentice' Name nicht in dem Buch. Er war in Kalkutta. Aber fünf andere Männer waren anwesend.

Die Namen hatten eine fast hypnotische Wirkung auf Joe. Er las sie noch einmal und murmelte dann die ganze Liste leise vor sich hin. Major Harold Carmichael, Dr. Philip Forbes, Captain John Simms-Warburton, Subaltern William Somersham und schließlich ein Name, den er nicht kannte, ein Subaltern Richard Templar.

»Alles in Ordnung, Sir? Kann ich Ihnen sonst noch irgendwie behilflich sein?«, fragte Suman, irritiert durch Joes langes Schweigen.

»Ja. Ja, bitte. Könnten Sie mir wohl dabei helfen, die Abkürzungen zu verstehen? Hier steht ›Carmichael 5-p‹?«

»Das heißt fünf Gläser Portwein, Sir. Forbes Doktor Sahib hatte drei Gläser Portwein und 1-b, das heißt ein Glas Brandy. Somersham Sahib 4-p, das heißt vier Gläser Portwein, und Simms-Warburton Sahib drei Gläser Portwein und ein Glas c.b. – Cherry-Brandy.«

»Das muss ja ein fröhlicher Abend gewesen sein«, merkte Joe an.

»Oh, ja, Sir, ein feuchtfröhlicher Abend, könnte man wohl sagen!«

»Und das hier, das (A), wofür steht das?«

»Das bezieht sich auf den jungen Sahib Templar, Sir. A steht für ›angegliedert‹. Ich kann mich noch sehr gut an ihn erinnern. Er war einige Zeit diesem Regiment hier angegliedert, bis er offiziell befördert wurde und wieder zu seinem Regiment an der Grenze stieß. Ein sehr netter junger Gentleman, Sir, und wie Sie sehen können, längst nicht so trunksüchtig wie die anderen – nur zwei Gläser Portwein.«

»Sehr bescheiden. Oder lag seine Enthaltsamkeit vielleicht

darin begründet, dass er nicht genügend Geld hatte, um mit den Männern vom Bateman's Horse mitzuhalten?«

»Das ist sehr gut möglich, Sir.«

Joe lief vor Aufregung ein Schauer über den Rücken. Er ließ den Blick noch einmal über die Liste schweifen. Was er da sah, war in der Tat eine Liste, die Liste zukünftiger Witwer. Die ersten vier Männer hatten ihre Frauen jeweils um den Jahrestag dieses Abends herum verloren. Der fünfte war eine unbekannte Größe. Wenn die wilde Theorie, die sich in Joes Kopf zusammenbraute, stimmte, dann war dieser Mann, Richard Templar, der Schlüssel zu dem Geheimnis. Und Somersham? Der würde doch sicher ein wenig Licht in diese schicksalhafte Gruppierung bringen können? Joe kam ein entsetzlicher Gedanke. Dieses grässliche Fest fand einige Jahre vor dem Krieg statt – Somersham war damals noch nicht verheiratet. Höchstwahrscheinlich kannte er seine zukünftige Frau noch gar nicht. Peggy war seinerzeit wohl höchstens zehn Jahre alt.

Joe ging im Geiste noch einmal all die Informationen durch, die er in den letzten Tagen gesammelt hatte. An jenem Tag 1910 waren lediglich Carmichael und Forbes verheiratet. Und ihre Frauen waren die ersten, die starben. Simms-Warburton heiratete erst im Sommer 1912, und seine Frau ertrank im März 1913. Dann kam die Lücke. Nicht, wie er – und alle anderen – bisher angenommen hatten, auf Grund des Krieges, sondern weil keiner dieser Männer eine Frau hatte! Nach acht Jahren wurde Somersham zum Hauptmann befördert. Joe musste an Kittys fürchterliches kleines Sprichwort denken: »Ein Hauptmann darf heiraten.« Dieser Hauptmann hatte also sein Privileg in Anspruch genommen. Und war wenige Monate später – im März – ebenfalls Witwer.

Er hatte gesucht, Nancy hatte gesucht. Die Naurungs, Vater und Sohn, suchten in ihrem Hirn und suchten auf der

Straße, um endlich etwas zu finden, das die Opfer gemeinsam hatten und eine Verbindung zu den blutigen Verbrechen herstellen würde. Hatte er es gefunden? Bestand die Verbindung gar nicht zwischen den Frauen, sondern zwischen ihren Männern? Kann die Tatsache, dass sie am Tag der ersten Tragödie gemeinsam zu Abend aßen, als Bindeglied gelten? Aßen sie nur zufällig zusammen? Oder steckte etwas Tieferes, Unheilvolleres hinter jenem alkoholseligen Dinner?

Joe sagte noch einmal die Namen auf, während Suman ihn verwirrt ansah. Durch sein Schweigen gab er zu erkennen, dass er begriffen hatte, dass das unterhaltsame Frage-und-Antwort-Spiel zu einer sehr ernsten Angelegenheit geworden war.

»Carmichael, Forbes, Simms-Warburton, Somersham und der junge Templar«, murmelte er. Die Männer hatten auf den ersten Blick nichts gemeinsam, sie unterschieden sich erheblich hinsichtlich Charakter und Alter. Nach außen hin keine homogene Gruppe.

Da kam Joe ein verheerender Gedanke. Wenn nun alle diese Männer Dollys Liebhaber gewesen waren und Prentice sich auf fürchterliche, pathanische Weise rächte, indem er ihre Ehefrauen umbrachte? Doch kaum war ihm dieser Gedanke gekommen, verwarf Joe ihn auch schon wieder. Warum sollten sie alle zusammen essen, und das ausgerechnet an dem Abend, an dem Dolly starb? Und selbst mit seiner lebhaften Fantasie war Joe nicht in der Lage, sich Dolly zusammen mit dem alles andere als attraktiven Carmichael oder mit dem »netten jungen Gentleman« Templar vorzustellen.

Und dann war da noch Prentice. Er war der Erste, der seine Frau verlor, der Einzelgänger dieser Gruppe, der Rätselhafte. Wie passte er zu den anderen Männern? Wenn überhaupt? Auch er wurde im März zum Witwer. Von den Männern auf der Liste war Somersham der Einzige, der sich in Panikhat befand. Joe beschloss, sich am nächsten Morgen noch einmal mit ihm zu unterhalten. Aber zunächst war da noch ein anderer Zeuge, und der saß direkt neben ihm.

»Waren Sie an jenem Abend hier, *babu-ji*?«

»Oh, ja. Allerdings in einer bescheideneren Funktion. Ich war seinerzeit lediglich Gehilfe im Büro. Aber ich war hier, und ich erinnere mich an das Feuer. Das Feuer bei Colonel Prentice. Es war schrecklich. Ich erinnere mich an so einiges …« Seine Stimme erstarb.

»Woran erinnern Sie sich am deutlichsten?«, fragte Joe. »Können Sie mir in einem Satz sagen, was an jenem Abend das Wichtigste war?«

»Es herrschte absolutes Chaos, Sir! Absolutes Chaos! Templar Sahib und Doktor Forbes Sahib sagten: ›Jetzt kommt schon, Jungs!‹ Und Carmichael rief: ›Kümmert euch um eure eigenen Angelegenheiten und bleibt hier!‹ Ich hörte Hörner, Schreie und sogar Schüsse. Aber die Greys waren einfach zu betrunken, um klar zu denken. Sie guckten dem Feuer von der Veranda aus zu, als handele es sich um ein Feuerwerk, Sir! Simms-Warburton Sahib ließ sich einen Cherry-Brandy auf die Veranda bringen, den er trank, während er dem Feuer zusah. Schließlich setzte Doktor Forbes Sahib sich über die Rangordnung hinweg und ließ sich sein Pferd bringen. Dann sind sie alle zum Bungalow rübergegangen – aber da war es schon zu spät. Memsahib Prentice war bereits tot. Eine ganz und gar schmachvolle Angelegenheit. Aber wir sagen nichts, weil wir gute Kameraden sind, und gute Kameraden stehen Schulter an Schulter und halten zusammen. Ihnen sage ich das nur, weil es schon so lange her ist und weil Sie ja doch auch einer von uns sind. Aber Carmichael kam später am Abend zurück ins Casino und war – wie ich damals fand – totenbleich. Er sagte kein Wort und ging direkt nach Hause. Und Templar Sahib – der damals eigentlich noch ein Kind war und sich nur jeden dritten Tag rasierte, wie mir sein Träger erzählte – weinte die ganze Nacht.«

Was Joe jetzt brauchte, war eine ruhige Minute. Oder vielmehr eine ruhige halbe Stunde, in der er verdauen konnte, was Suman ihm gerade erzählt hatte. Er wollte mit Nancy reden. Er blickte in Sumans lächelndes, aber besorgtes Gesicht und wäre am liebsten den ganzen Abend – jenen 17. März 1910 – minutiös durchgegangen. Doch ein Blick auf die Uhr sagte ihm, dass es Zeit wurde – höchste Zeit sogar – sich auf den Weg zu Nancys Dinnerparty zu machen. Unter überschwänglich wiederholten Bezeugungen wechselseitiger Hochachtung gingen Joe und Suman auseinander.

Joe war zutiefst verwirrt von all dem, was er gehört hatte, und als er auf seinem Fußweg zu Nancy über die Esplanade ging, lähmte ihn schon wieder ein neuer Gedanke. Ein beunruhigender, ein schrecklicher Gedanke. Templar! Was war mit Templar? Wo war er? War er noch am Leben? Und vor allem: War er verheiratet? Der einzige Teilnehmer an jenem folgenschweren Abendessen, der noch ein unbeschriebenes Blatt war, der einzige Teilnehmer an jenem folgenschweren Abendessen, der möglicherweise eine Frau hatte. Und wenn er eine Frau hatte – schwebte sie dann nicht in akuter Gefahr? Wie, verdammt noch mal, sollte er an einem Samstagabend um acht Uhr herausfinden, ob irgendein unbekannter Offizier verheiratet war?

Doch dann hatte er einen guten Gedanken: Onkel George! Der allwissende Onkel George, der Zugang zu jeder Art von Information hatte. Ein Telefon! Wo war das nächste Telefon? In dieser düsteren kleinen Kabine in der Vorhalle des Offizierscasinos war eins. Ob das wohl funktionierte? Joe fiel auf, dass er noch nie zuvor in Indien telefoniert hatte.

Er steuerte die Kabine an und fand im Halbdunkel einen

kleinen Holzkasten mit einer Kurbel. Ohne großes Zutrauen zu diesem Apparat, nahm er den Hörer ab und drehte an der Kurbel. Zu seiner Überraschung und Freude hörte er fast im gleichen Augenblick eine schneidige, tüchtige eurasische Stimme, die fragte: »Welche Nummer, bitte?«

»Die Nummer weiß ich nicht«, erklärte Joe. »Ich möchte mit dem Interimsgouverneur von Bengalen in Kalkutta sprechen. Sir George Jardine.«

Die Stimme antwortete prompt: »Die Nummer habe ich hier, Sir.«

Scotland Yard hätte nicht effizienter arbeiten können. Kurze Zeit später erklang am anderen Ende der Leitung eine sanfte, englische Stimme. »Amtssitz des Gouverneurs in Kalkutta.«

»Commander Sandilands hier. Ich möchte mit dem Gouverneur sprechen. Es könnte sehr wichtig sein.«

»Sir George ist gerade auf dem Weg zu einem Abendessen«, entgegnete die Stimme kalt.

»Dann werden Sie eben sehen müssen, was Sie tun können«, hielt Joe dagegen. »Und zwar so schnell wie möglich, bitte.«

Joe hörte, was im Hintergrund gesprochen wurde.

»Wer?«

»Ein Commander Sandilands.«

»Oh! Ach? Stellen Sie ihn durch.«

Dann klickte und knackte es noch einige Male in der Leitung, und dann hörte Joe knisternd die Stimme von Onkel George. »Sandilands! Ist etwas Wichtiges? Fassen Sie sich so kurz wie möglich, ja? Ich war gerade auf dem Weg zum Abendessen.«

»Es könnte sogar sehr wichtig sein«, sagte Joe. »Aber warum, erkläre ich Ihnen später. 1910 war ein Subalternoffizier namens Richard Templar in Panikhat stationiert. Vorübergehend. Später stieß er dann zu seinem Regiment an der Grenze im Nordwesten. Ich muss ganz dringend wissen, ob er verheiratet ist.«

Onkel George lachte. »Da haben Sie aber wirklich Glück, Sandilands! Bleiben Sie mal einen Moment dran, ja?« Dann sprach er mit jemandem in seiner Nähe: »Freddy! Kleinen Moment mal, Freddy! Sag mal, es gibt da einen Offizier namens Templar. Dient an der Grenze. Kennst du den? Ja? Sehr gut. Dient beim 10GR. Du warst in einer Brigade mit ihm? Dann kannst du mir doch bestimmt sagen, ob er verheiratet ist? Nein. Sicher?«

Dann wandte Onkel George sich wieder an Joe. »Nein, er ist nicht verheiratet. Ich habe gerade mit einem Freund gesprochen, der heute Abend mit mir isst und der ihn anscheinend recht gut kennt. So, wie es aussieht, ist er nicht verheiratet. Ist auch zurzeit gar nicht im Lande – Heimaturlaub. Wird von seinem Regiment frühestens nächsten Montag zurückerwartet. Sind das jetzt gute oder schlechte Nachrichten?«

»Gute«, sagte Joe. »Zumindest ist die Lage damit fürs Erste entschärft.«

»Verraten Sie mir, worum es überhaupt geht?«, fragte Onkel George.

»Gerne, aber das würde etwas länger dauern, und ich bin zum Abendessen bei Nancy eingeladen und ohnehin schon spät dran. Und Sie bekommen ebenfalls Gäste – können wir nicht morgen darüber reden?«

»Selbstverständlich«, sagte Onkel George, dessen gurgelnde Stimme kaum noch hörbar war.

Nancys Bungalow war sichtbar *en fête*, als sich Joe matt und erleichtert dort einfand. Sämtliche Zimmer waren beleuchtet, und die Einfahrt säumten Nachtlichter in Glasschalen. Es war mehr Personal als sonst im Haus, und Joe erkannte, dass viele Dienstboten für diesen Abend von anderen Haushalten ausgeliehen worden waren. Ähnliches galt für das Essen später. Geschirr, Gläser und Tafelsilber waren nach vernünftiger indischer Sitte aus verschiedenen Haushalten zusammengetragen worden.

Andrew Drummond stand auf einen Stock gelehnt und Arm in Arm mit Nancy auf der Veranda und begrüßte freundlich und aufgeschlossen seine Gäste. Vorerst keine Chance, Nancy unter vier Augen zu sprechen, aber da der schlimmste Druck erst einmal von ihm gewichen war, konnte Joe sie auch später am Abend mit seinen neuesten Ergebnissen überraschen.

»Sandilands, mein lieber Freund«, sagte Andrew und machte eine ausladende Geste. »Ich freue mich, Sie zu sehen! Wir haben uns schon Sorgen gemacht, Sie hätten sich verirrt. Aber da sind Sie ja! Wen kennen Sie, und wen kennen Sie nicht? Jetzt muss ich aufpassen, dass ich mich an die korrekte Reihenfolge halte, wenn ich Sie vorstelle. Kitty! Sie kennen Commander Sandilands ja bereits. Und Prentice kennen Sie natürlich auch schon, und auf die Ballkönigin brauche ich Sie wohl kaum extra aufmerksam zu machen …«

Nein, er musste Joe nicht auf Midge Prentice aufmerksam machen. Er hatte – wie alle anwesenden Männer – seit seiner Ankunft den Blick kaum mehr von ihr wenden können. Lachend und lebhaft, die schlanke, jungenhafte Figur von flammenfarbenem Crêpe de Chine umhüllt, schien sie selbst entflammt zu sein. Sie kam sofort auf Joe zu und nahm ihn bei beiden Händen. »Guten Abend, Commander! Oder könnte ich nach unserer lustigen gemeinsamen Fahrt von Kalkutta hierher vielleicht ›Hallo Joe!‹ sagen? Wie kommen Sie mit Ihrer Untersuchung voran? Vielleicht sollten wir einen Toast auf Sie ausbringen? Andrew …« – sie machte eine Geste in

Richtung des Collectors – »Andrew sagt: ›Auf den Hund mit der Schnauze am Grund‹, also auf Sie!«

Sie nahm einem vorbeikommenden Diener ein Glas ab, reichte es Joe, stieß mit ihm an und bedachte ihn mit einem Blick, der sie auf natürlichste Weise für einen Moment zu zwei alten Freunden und gleich gesinnten Verschwörern machte.

»Wie hat Ihnen das Geschenk gefallen?«, wandte Joe sich nun an Prentice. »Die kleine Elfenbeinstatuette?«

Prentice nahm die schlanke Zigarre aus dem Mund und sagte: »Wunderschön! Ein gutes Stück aus einer guten Epoche. Ist doppelt so viel wert wie das, was sie dafür bezahlt hat.«

»Meinst du«, fragte Midge geschmeichelt, »das wäre ein Beruf für mich? Expertin für indische Egotika ...« Sie stolperte über das Wort und nahm noch einen Anlauf: »... Erotika, meine ich?«

»Das sollst du nur mal versuchen!«, sagte Prentice und erntete allgemeines Gelächter.

Zwei Subalternoffiziere der Greys nahmen Midge in Beschlag, und Joe fand sich plötzlich in der Gesellschaft von Kitty wieder.

»Dieses Kind wird seiner Mutter mit jeder Minute ähnlicher«, sagte sie. »Dolly hatte auch einen Blick für alles, was indisch war, und die Leute gaben ihr natürlich massenweise Zeug! Sie hatte eine ganze Sammlung. Wurde wahrscheinlich im Feuer vernichtet.« Sie sah Midge noch einmal kritisch an. »Ihr Aussehen, ihre Vorlieben, ihre Lebhaftigkeit, ja, wenn ich mich nicht irre, sogar die Aufnahmefähigkeit für Champagner! Wie ihre Mutter! Der staubtrockene Prentice wird es nicht leicht mit ihr haben. Die unverheirateten Männer – und wahrscheinlich sogar einige der verheirateten – werden ihr alle zu Füßen liegen. Ach, verdammt, Commander, ich habe das alles schon einmal mit angesehen. Ich fühle mich um zwanzig Jahre zurückversetzt, und der Charme und die Faszination haben nicht nachgelassen. Sie hat das alles geerbt. Wie kommt das bloß? Aber jetzt erzählen Sie mir mal etwas über sich! Was haben Sie seit unserer kleinen Teeparty – bei der Sie übrigens so einiges Herzflattern ausgelöst haben, kann ich Ihnen sagen! – gemacht?«

»Auch ich hatte leichtes Herzflattern, um ehrlich zu sein, umgeben von so vielen reizenden Damen«, entgegnete Joe.

»Ach, Sie! Ich dachte, Sie würden jetzt sagen: ›Der Sinn steht nur nach Nancy mir, und stehen tut noch was anderes hier!‹«

»Kitty!«, entrüstete Joe sich. »Ihre Zunge ist so scharf, dass man damit eine Hecke schneiden könnte! Verschonen Sie mich mit Ihren Spekulationen über mein Liebesleben! Ich bin Polizist und hier im Dienst!«

»Aber zwischen der vielen Arbeit muss doch auch ein bisschen Platz für Vergnügen sein!«

Dann wurde das Abendessen serviert.

Wenn man bedachte, wie kurzfristig Nancy diese Dinnerparty geplant und wie wenig Vorbereitungszeit sie gehabt hatte, war das Essen überraschend gut. Als Vorspeise gab es einen Schwarm von Schnepfen auf Toast, als Hauptgericht ein Curry, das Joe Schweißperlen auf die Stirn trieb, zum Dessert eine Eisbombe (die auf den Tisch zu bringen an ein logistisches Wunder grenzte!) und als pikante Nachspeise undefinierbaren Fisch auf Toast. Während des Essens wurde Rotwein getrunken, und zum Dessert gab es wieder Champagner. Auf einen Blick von Nancy hin versammelten sich die Damen und zogen sich zurück.

Die Herren gingen in den Garten. Ihre Zigarren leuchteten wie ein Schwarm Glühwürmchen in der Dunkelheit. Wie auf Kommando knöpften sie sich die Hosen auf und stellten sich in einer Reihe am Rande des Rasens auf. Joe stand neben Prentice.

»Das hier«, sagte Prentice, »ist eine anglo-indische Sitte. Vermutlich ist es auch eine englische Sitte, aber ich kann mich einfach nicht daran gewöhnen. Dazu bin ich zu sehr Pathane. An der Grenze würde ein solches Benehmen zutiefst verabscheut und verurteilt.«

Joe hatte nicht vor, sich von Prentice belehren zu lassen. »Jeder hat so seine Rituale«, sagte er friedfertig. »An der Grenze gibt es sicher auch welche.«

Prentice sah abrupt zu ihm auf. »Ja, jeder hat so seine Rituale, nicht wahr?«

Sie gesellten sich wieder zu den Frauen, wo die kräftige Kitty auf ihn zukam und sich bei ihm unterhakte. »Sie können mich zum Club begleiten«, sagte sie. »Als ich klein war, hätte niemand auch nur im Traum daran gedacht, hundert Meter zu Fuß zu gehen. Die Zeiten ändern sich.«

Sie machten sich auf den Weg. Midge hatte sich bei Easton und Smythe untergehakt, Kitty bei Joe und Nancy bei Prentice und Andrew Drummond.

Als sie den Club erreichten, war auch dieser *en fête*. Die Shropshire-Light-Infantry-Tanzkapelle spielte gerade eine Polka, und zu Joes Erstaunen trugen sämtliche Greys-Offiziere Nachthemden über ihrer Festuniform.

»Das ist die *manoli*-Nacht«, sagte Prentice. »Wenn Sie mich bitte einen Augenblick entschuldigen würden, ich verkleide mich auch schnell als Hanswurst.«

Er schritt auf einen Tisch zu, auf dem verschiedene Nachtgewänder bereitlagen, und suchte sich ein bauschiges, gestärktes weißes Hemd aus. Mit der plappernden Hilfe von Midge zwang er sich hinein und zupfte die Stofffalten über der Uniformjacke zurecht. Die anderen Offiziere hatten es darauf angelegt, albern auszusehen – nicht so Prentice. Er trug das weiße Hemd mit einer Würde, als stünde ihm eine priesterliche Zeremonie bevor.

Joe tanzte einen gemessenen Walzer mit Kitty, machte eine Pause, in der er mit Andrew einen Drink zu sich nahm, und nutzte dann in der Hoffnung, es sei nicht allzu auffällig, die erstbeste Gelegenheit, um Midge an sich zu ziehen und die zweite Polka mit ihr zu tanzen. »Eins, zwei, drei, hopp«, zählte Midge fröhlich mit. »Sie sind ziemlich gut, Joe!« Und während sie so durch den Saal wirbelten, lächelte sie und sagte: »Ich falle gerne auf!«

»Tun wir das nicht alle?«, fragte Joe. »Ich jedenfalls auch.«

Als der Tanz vorüber war, zog Midge ihn am Arm. »Ich möchte Ihnen etwas erzählen«, sagte sie. »Ihnen und Nancy! Nancy! Ich möchte Ihnen ein Geheimnis verraten! Kommen Sie!«

»Tja«, sagte Nancy, »der *manoli*-Tanzabend ist immer noch eine erstklassige Gelegenheit, um sämtliche Hemmungen fallen zu lassen. Aber der *kala juggah* scheint dieses Mal schon sehr früh am Abend belegt zu sein. Wenn du uns wirklich ein Geheimnis verraten willst, sollten wir uns wohl besser auf die Veranda zurückziehen.«

»Also«, sagte Midge und sah sich um, um sicherzugehen, dass sie wirklich niemand belauschte. Dann hakte sie sich bei Joe und Nancy unter. »Ich habe doch gesagt, dass es da … also, dass es da jemanden gibt?«

»Dass es jemanden in deinem Leben gibt?«, hakte Nancy nach.

»Ja. Jemanden in meinem Leben. Wenn er es rechtzeitig schafft, werdet ihr ihn kennen lernen! Er kommt von Kalkutta hierher! Nur um mich zu sehen!«

»Erzählen Sie uns doch etwas mehr«, bat Joe. »Erzählen Sie uns etwas über diesen Glückspilz. Bisher wissen wir ja nur, dass er Pikett spielt und Ihr Märchenprinz ist!«

»Also, erstens mal«, sagte Midge, »ist er Offizier bei den Ghurkas. Das hatte ich, glaube ich, schon erwähnt. Und zweitens habe ich ihn auf dem Schiff kennen gelernt. Wir sind beide in Marseille an Bord gegangen. Sie werden begeistert sein! So wie ich! Aber das ist noch nicht alles. Uns verbindet eine ganz merkwürdige Geschichte. Er hat es mir erst erzählt, als wir uns schon etwas besser kannten, und ich bin mir sicher, dass Sie auch finden, dass das die romantischste Geschichte ist, die Sie je gehört haben! In der Nacht, in der es brannte – Sie wissen, was ich damit meine?«

Sie nickten beide. »Wir wissen, was Sie damit meinen.«

»Also, in der Nacht, in der es brannte, war er hier! Aber nicht genug damit, dass er hier war! Man hatte mich hinter irgendwelchen Blumentöpfen versteckt ...« Sie lachte kurz auf, als wolle sie signalisieren, wie absurd es war, dass ein Mädchen ihres Charmes und ihrer gesellschaftlichen Stellung hinter einem Stapel von Blumentöpfen gefunden wurde. »... und er hat mich gefunden! Er hat mich da herausgeholt und sich um mich gekümmert. Auf dem Schiff sagte er zu mir – also, als wir sehr gute Freunde geworden waren – ›Das ist nicht das erste Mal, dass ich dich küsse.‹ Denn als er mich hinter den Blumentöpfen hervorgeholt hatte, gab er mir einen Kuss, und das hat er nie vergessen. ›Ich wusste, dass ich dich eines Tages wiederfinden würde‹, sagte er. Ist das nicht romantisch? Ach, hoffentlich schafft er es heute Abend noch, hierher zu kommen! Ich weiß genau, dass Sie ihn mögen werden. Und ich hoffe, Dad mag ihn auch.«

»Wollen Sie damit sagen«, forschte Joe vorsichtig nach, »dass Sie Richard Templar meinen, der zurzeit als Offizier bei der zehnten Gurkha dient? Und dass Richard Templar möglicherweise heute Abend hierher kommt?«

»Ja!«, antwortete Midge glücklich. »Ganz genau! Das ist ja ein Ding, dass Sie schon von Dickie gehört haben! Sie müssen ihn unbedingt auch Dickie nennen – wie alle anderen.« Sie lächelte Nancy an. »Ich wollte Dad damit überraschen, aber ich wollte so gern, dass du es als Erste erfährst, Nancy, damit du mir dabei helfen kannst, dass er freundlich empfangen wird.«

»Ich soll wohl gewisse gesellschaftliche Pfade bahnen?«, bemerkte Nancy trocken.

»Genau! Findest du das nicht aufregend? Ich wohl! Ich bin schon so gespannt, was die anderen alle sagen werden! So! Jetzt wisst ihr es. Ich bin so froh, dass ich es jemandem erzählt habe. Ich weiß, dass ich gerne mit Männern flirte. Und ich weiß auch, dass die Leute darüber reden. Aber mit Dickie ist es etwas anderes. Das ist etwas Ernstes.«

»Da sind Sie ja!«, hörten sie auf einmal die heiteren Stimmen von Easton und Smythe. »Jetzt haben wir Sie beide endlich gefunden!«

»Wenn ich um den nächsten Tanz bitten dürfte, Midge?«, sagte Smythe.

»Und wenn ich Sie um den nächsten Tanz bitten dürfte?«, bat Easton Nancy. »Wenn Sie uns entschuldigen würden, Sir?«

»Selbstverständlich«, entgegnete Joe, der mehr als froh war, einen Moment für sich zu haben, in dem er die neuesten Informationen verdauen und die möglichen Konsequenzen durchdenken konnte. Er drehte sich um und blickte durch das Fenster in den hell erleuchteten Saal. Das Orchester blieb den Traditionen des *manoli*-Abends treu und spielte schnell und laut. In diesem Moment war es »An der schönen blauen Donau«, fortissimo.

Kapitel 19

Joe stellte sich ein wenig abseits. »Was würde jemand sagen, der in diesem Moment den Saal beträte? Vermutlich ›Was für ein munteres Fest!‹ oder ›Auf, auf, zum Tanz!‹ oder ›Unter indischem Himmel findet man echten Frieden.‹

Wie falsch du damit liegst.«

Das Tanzorchester wurde von einer nicht besonders guten Jazzband abgelöst, die von einem ungeübten Saxophonisten geleitet wurde. Doch die Band heizte der Gesellschaft ein. Joe sah, wie Midge rotwangig und aufgeregt von einem Herrn zum anderen weitergegeben wurde, und wie Nancy ausgesprochen geschickt mit einem unbekannten Artillerieoffizier tanzte. Joes Blick wanderte über die Köpfe der Tänzer hinweg zu Prentice, der allein herumstand, beobachtend, ernst und in jeder Hinsicht korrekt.

»Sind Sie mein Mann, Prentice?«, fragte sich Joe.

Andrew Drummond kam auf ihn zu gehumpelt und setzte sich neben ihn. »Na, rätseln Sie immer noch, Sandilands?«

»Nein, eigentlich kaum noch«, sagte Joe. »Ich bin mir inzwischen ziemlich sicher. Ich glaube, ich weiß, wer für die Morde verantwortlich ist und warum. Ich muss nur noch ein oder zwei Fragen klären. Das Schlimmste ist jetzt – und das ist bei den Untersuchungen von Serienmorden dieser Art leider immer so –, dass die Polizei nichts tun kann. Es bleibt uns nichts anderes übrig, als zu warten und auf den nächsten Vorfall vorbereitet zu sein. Die Frauen hier auf dem Stützpunkt haben ein Lied gedichtet – vielleicht haben Sie es schon gehört. Sie haben den ›Calcutta Cholera Song‹ gewissermaßen aktualisiert. Man mag das komisch finden – ich finde das nicht. Das Lied endet mit den Zeilen ›Prost auf die in ew'ger Ruh, Prosit auf die nächste Leiche!!‹ Ich finde das ausgesprochen makaber.«

»Es ist die Art der Briten, mit einer solchen Situation umzugehen und den Blick nach vorn zu richten«, erklärte Andrew.

»Meine Art ist es nicht«, sagte Joe. »Ich finde es äußerst töricht, so mit der Situation umzugehen! Und wenn ich Recht habe, Drummond, dann haben wir alle guten Grund, Angst zu haben. Es wird zu einem weiteren Mord kommen.«

»Immer auf dem Posten, Sandilands?«

»Immer auf dem Posten, Drummond!«

Während sie sprachen, hatte der Saxophonist einem Trompeter der Kavallerie in seiner schicken Festuniform der Bengal Greys die Bühne überlassen.

»Suchen Sie sich Ihren Partner«, rief der Conférencier. »Partnerwahl für den Posthorngalopp!«

Unter großem Jubel lösten sich die Paare auf der Tanzfläche auf und verteilten sich in geraden Reihen rund um die Tanzfläche herum. Joe stellte sich neben Nancy und hakte sich bei ihr unter. »Sie möchten nicht galoppieren, Mrs. Drummond?«, fragte er.

»Nicht, wenn es sich vermeiden lässt«, sagte Nancy. »Und was ist mit Ihnen? Machen Sie bei der Steeplechase mit?«

»Nicht, wenn es sich vermeiden lässt«, war Joes entschiedene Antwort.

Doch es ließ sich nicht vermeiden. Als der Trubel der letzten Takte vom Posthorngalopp abebbte, trat Prentice auf die Bühne und ergriff das Wort. »Ladys und Gentlemen! Ich bleibe der Tradition treu und sage jetzt: Holen Sie Ihre Pferde für das Hindernisrennen des Jahres, für die *manoli*-Steeplechase! Und ich möchte Mrs. Kitson-Masters bitten, die teilnehmenden Reiter per Los auszuwählen!«

Er hielt einen Festturban der Bengal Greys in die Höhe und reichte ihn dann Kitty, die sogleich ein Los nach dem anderen zog und die Namen laut vorlas. »Smythe. Hibbert. Fortescue. Bulstrode.« Spöttische Beifallsrufe. »Prentice.« Noch mehr spöttische Beifallsrufe. »Sandilands.« Applaus von seinen Bewunderern. »Easton. Forrester.«

Prentice ergriff wieder das Wort und zog zu Joes Entsetzen einen Dienstrevolver aus der Tasche. »Ich möchte den Collector bitten, den Startschuss zu geben. Sobald die Gentlemen alle bereit sind.«

Es herrschte allgemeine Unruhe, während die Pferde mit weißen Augen und Schaum vor dem Maul draußen versammelt wurden. Joe wandte sich an Nancy. »Muss ich da wirklich mitmachen?«

»Ja – sonst fallen Sie für immer in Ungnade«, entgegnete Nancy. »Die Sache ist abgekartet – das haben Sie schon durchschaut, oder? Kommen Sie, Joe. Die Hälfte der Frauen hier frisst Ihnen ohnehin schon aus der Hand. Auf diese Weise gewinnen Sie auch noch die andere Hälfte für sich. Aber, bitte, Joe – sei auf der Hut!!«

Joe war froh, dass es ihm inmitten des Durcheinanders gelang, Bamboo für sich auszusuchen.

»Meine Herren«, sagte Andrew Drummond. »Ich verzichte auf die Formalitäten des Epsom-Derbys und werde einfach nur ›Auf die Plätze. Fertig. Los.‹ sagen. Vorher zähle ich bis zehn, um Ihnen Zeit zu geben, aufzusitzen und sich aufzustellen. Die Rennstrecke führt zunächst über die Esplanade, dann hinunter zur Furt, nach rechts am Fluss entlang, dann wieder nach rechts um die Kirche herum, quer über das Reisfeld, und dann über die Station Road zurück hierher.«

»Das ist nun wirklich das Allerletzte, was ich machen will«, sagte Joe. »In meinem Alter! Das sind doch alles verantwortungslose, schwachsinnige Kavallerieoffiziere, bis obenhin mit Champagner abgefüllt! Müssen sich wohl ihre Männlichkeit beweisen, diese Halbaffen! Ich bin doch nicht nach Indien gekommen, um mich von irgend so einem Idioten, der nur halb so alt ist wie ich, in den Graben abdrängen zu lassen!«

Er nahm nur unwillig seinen Platz unter den lachenden Offizieren ein, die sich ihrer Jacken entledigt hatten und den Ritt in Nachthemden, einige sogar mit Nachtmützen, antraten.

»Hier, Joe, fangen Sie!«, rief Midge und warf ihm eine Nachtmütze zu. »Tragen Sie die für mich!«

»Ach, so geht das«, dachte Joe. »Und so geht das wahrscheinlich schon immer, und die Männer fallen von Jahr zu Jahr darauf herein! Mein Gott! Und ich bin auch darauf hereingefallen!«

»Was bekomme ich, wenn ich gewinne?«, rief er Midge zu.

Kitty antwortete an ihrer Stelle: »Ein bezauberndes Lächeln, einen zugehauchten Kuss und eine Zigarette, vermute ich. Mit mehr sollten Sie nicht rechnen! Wie Sie ja nie müde werden, mir gegenüber zu betonen: Sie sind schließlich im Dienst!«

»Auf die Plätze!«, rief Andrew, und dann fiel unter betäubend lauten Jubelrufen der Startschuss für die *manoli*-Steeplechase.

»Das dürfte nicht allzu schwierig werden«, dachte Joe. »An jeder Abzweigung steht eine Fackel, und der Mond scheint auch. Ich halte mich ein bisschen zurück. Ich werde diesen besoffenen Haufen ganz bestimmt nicht anführen, noch dazu im Dunklen. Gott sei Dank habe ich Bamboo! Da besteht wenigstens nicht die Gefahr, dass das Pferd mit mir durchgeht.«

Laut grölend setzte sich die Schar über die Esplanade in Bewegung.

Prentice ritt ein kleines Stück rechts vor ihm. Zwei Offiziere, die er nicht kannte, versuchten zu seiner Linken lautstark, sich gegenseitig zu überholen. Dann war noch jemand, den er nicht erkannte, vor ihm und ein oder zwei hinter ihm. Joe fühlte sich ganz wohl in der Mitte des Feldes, galoppierte auf die erste Abzweigung zu und ritt dann ein wenig langsamer. Urplötzlich tauchte ein Wassergraben vor ihm auf, den er nicht gesehen hatte, aber der gute Bamboo reagierte prompt, sprang darüber und galoppierte weiter.

Im Mondlicht und der flackernden Beleuchtung durch die Fackeln machte Joe einen weiteren Wassergraben zu seiner Linken aus. Nein, das war mehr als nur ein Wassergraben, das war wohl eher ein richtiger Flusslauf. Breit. Und tief. Joe wurde auch eines Reiters zu seiner Rechten gewahr, eines Reiters, der versuchte, ihn abzudrängen. Er saß auf einem großen, schwarzen Waler, mit mindestens einem Meter fünfzig Stockmaß, geschorener Mähne und gestutztem Schweif. Das Pferd war groß genug, um Bamboo zu fressen.

»Verschwinden Sie, Bulstrode!«, rief Joe. »Lassen Sie mich in Ruhe, Sie Idiot! Sie werden mich in diesen Scheiß-Graben befördern!«

Joe wollte nicht im Graben landen. Der sah ziemlich gefährlich aus. Er lenkte Bamboo nach rechts und kollidierte mit dem stur weiter reitenden Bulstrode. Bamboo kam ins Wanken. Er machte einen Satz nach links auf das Wasser zu, landete nur knapp daneben auf der bröckelnden Grabenkante und sprang in letzter Sekunde schräg über das gesamte Hindernis hinweg. Als Paradestück im Kunstreiten hätte dieses beeindruckende Manöver sicher Bewunderung für den geschickten Reiter ausgelöst – aber es war einzig und allein dem klugen Bamboo zu verdanken. Maß man den Graben diagonal, musste mit dem Sprung eine Spanne von etwa vier Metern überwunden worden sein. Der Absprung war nicht besonders geglückt, aber dafür kamen sie relativ sanft wieder auf, und Joe stellte erfreut fest, dass der Wasserlauf jetzt zwischen ihm und seinem Verfolger lag.

Bulstrode kam am Rand des Grabens schlitternd zum Stehen, und Joe galoppierte weiter. Ihm wurde schmerzhaft bewusst, dass er noch einmal über den Wasserlauf springen musste, um sich der Reiterschar wieder anzuschließen. Ohne von anderen Reitern behindert zu werden, ritt er weiter und behielt die nächste Fackel im Auge. Das Wasserhindernis wurde seltsamerweise immer breiter und flacher, sodass es Joe schließlich möglich war, risikofrei hindurchzutraben. Auf der anderen Seite angelangt, stellte er fest, dass er eine beträchtliche Abkürzung genommen hatte und jetzt das Feld anführte.

»Jetzt bin ich also genau da, wo ich nicht sein wollte«, dachte er. »Ich habe die ganzen betrunkenen Flegel hinter mir!«

Er gab Bamboo die Sporen, und das Pferd fiel wieder in Galopp. Die letzte Abzweigung ritt er in einem großen Bogen an, und dann spürte er auch schon erleichtert den festen Boden der Esplanade unter sich und sah die Lichter der Ziellinie.

»Also los, Midge«, dachte er. »Dann bereite dich schon mal auf den Kuss vor! Hier kommt Sandilands!«

Und er erreichte die Ziellinie mit fünf bis sechs Längen Vorsprung vor den anderen.

Die Reiter kamen einer nach dem anderen zurück. Sie keuchten und japsten, die Pferde blähten die Nüstern und hatten Schaum vor dem Mund, Kinnketten rasselten, und alles war sehr geschäftig. Schon kursierten die ersten Geschichten, die Legende werden würden.

»Guck dir das an!«, sagte Smythe und zeigte auf einen Riss in seinem Stiefel. »Weißt du, was das ist? Das war deine verdammte Spore, Johnny!«

»Ach, du warst das? Hätte ich das da draußen gewusst, hätte ich dich doch vom Pferd gestoßen!«

»Wer war das eigentlich im Wassergraben?«, hörte Joe jemanden fragen.

»Bulstrode«, sagte Prentice.

»Wie zum Teufel ist er denn da hineingeraten?«, sagte Joe. »Mich hat er auch fast in den Graben gedrängt, der Hund!«

»Das habe ich gesehen«, sagte Prentice, ließ sich von einem Diener die Zigarre anzünden und zog daran.

»Ich danke Ihnen, Prentice«, sagte Joe.

»Ich kann doch nicht zulassen, dass Gäste des Offizierscasinos in den Graben gedrängt werden. Die Greys tragen immer noch eine gewisse Verantwortung in Sachen Gastfreundschaft.«

»Melmastia?«, fragte Joe.

Prentice sah ihn kühl an. »Ja, wenn Sie es so nennen möchten.«

Midge kämpfte sich zu Joe durch, sprang neben ihm auf und ab, stellte einen Fuß auf seinen Zeh, sprang hoch, schmiss sich in seine Arme, riss ihm die Nachtmütze vom Kopf und gab ihm einen dicken Kuss.

»Das reicht, Minette«, sagte Prentice, und Midge ließ sich zu Boden gleiten.

»Bravo, Commander!«, hörte er jetzt Kitty. »Easton sagte mir, Sie reiten wie ein Kosake!«

»Ich hatte ein sehr kluges Pony, das seinem sehr schlechten Reiter aus der Patsche geholfen hat.«

»Keine falsche Bescheidenheit«, sagte Kitty. »Sie haben sich wacker geschlagen. Die anderen Teilnehmer sind ja nun nicht gerade unerfahrene Reiter.«

Aus dem Saal erklang ein Trommelwirbel und dann eine Stimme, die verkündete: »Das Nachtmahl ist serviert, Ladys und Gentlemen!«

Joe war zufrieden damit, die Ehre der Met gerettet zu haben. Er freute sich darüber, für Midge gewonnen zu haben. Und darüber, noch am Leben zu sein. Er saß noch eine Weile auf Bamboos Rücken und überblickte die Köpfe der Gesellschaft, die sich auf die Veranda zu bewegte und dann die Tische im hell erleuchteten Saal ansteuerte. Ihm fiel eine Gestalt auf, die ganz ruhig an der Tür stand, eine Gestalt in Grün. Schützengrün. Schwarze Rangabzeichen, ein gebräuntes Gesicht mit dem kaum sichtbaren weißen Streifen des Kinnriemens, und das blau-weiße Band des Militärverdienstkreuzes.

Midge löste sich aufgeregt aus der Menge und rannte auf den Fremden zu.

»Daddy!«, rief sie, während sie rannte. »Daddy! Hier ist jemand, den ich dir vorstellen möchte!«

Prentice drehte sich um und blieb stehen. Sein Gesicht spiegelte Bestürzung, Entsetzen, ja, Ungläubigkeit wider.

Der junge Mann nahm Midge bei der Hand, ging auf Prentice zu und sagte: »Sie werden sich sicher nicht mehr daran erinnern, Sir, aber wir sind uns schon einmal begegnet. Hier. Im Jahr 1910.«

Prentice sammelte sich und sagte dann sehr beherrscht: »Doch, ich erinnere mich an Sie. Ich erinnere mich sogar sehr gut an Sie, Templar.«

Kapitel 20

Am Morgen nach dem *manoli*-Tanzabend wachte Joe mit der Überzeugung auf, dass er für nächtliche Hindernisrennen zu alt war. Ihm bislang unbekannte Muskeln waren steif und wollten seinen Befehlen nicht recht gehorchen, und er setzte sich stöhnend im Bett auf, um der Reihe nach seine Gliedmaßen zu überprüfen. Joe dachte an die Geschehnisse der letzten Nacht. Er dachte an den tapferen Bamboo und seinen bravourösen Sprung über den Wassergraben. »Wenn mir schon alles wehtut«, ging es ihm durch den Kopf, »wie muss es dann wohl Bamboo gehen? Der wird ja auch nicht jünger.«

Joe wusste, dass das Pferd in guten Händen war, dennoch überkam ihn das Verlangen, sich dessen persönlich zu vergewissern. Unter Schmerzen erhob er sich aus dem Bett, zog die Kleider an, die ihm als Erstes zwischen die Finger gerieten, und begab sich hinaus in den stillen indischen Morgen. Weitgehend still. Wenn man von den Geräuschen aus der Ferne absah. Er hörte einen Hund bellen, dem mehrere andere Hunde antworteten, bis das Gebell verebbte. Von irgendwoher erklang das rhythmische Klappern eines Wasserrades. Ein Kleinkind wachte brüllend auf und wurde sofort beruhigt.

Joe stand einen Moment da und sog die Ruhe eines windstillen Tages in sich auf. Vor seinen Augen stieg die erste Rauchsäule eines Herdfeuers auf und verschmolz mit dem Morgendunst, der über der schlafenden Stadt lag. Die Welt erwartete den neuen Tag. Schon bald würde die Kakophonie des Lebens in Panikhat wieder anbrechen, aber jetzt, in diesem Moment schimmernden Friedens, hatte Joe die Stadt für sich.

Joe nahm ein paar Zuckerstücke vom Frühstückstisch und machte sich dann auf den Weg durch die Stadt zu den Ställen. Wie immer atmete er tief durch und erfreute sich an dem Geruch, dem Klirren, dem Scharren und der ständigen Bewegung im Stall, während er nach Bamboo Ausschau hielt. Auf der einen Seite des Stalls standen die Ponys – unter ihnen Bamboo – und auf der anderen in einer scheinbar endlosen Reihe die Grauschimmel des Bateman's Horse.

Bamboo begrüßte Joe mit einem freundlichen Wiehern, als er ihn wiedererkannte, verzehrte geräuschvoll die vier Zuckerstücke und stieß dann in der Erwartung von mehr Leckereien mit den Nüstern gegen Joes Taschen. Joe strich Bamboo über die Beine und die Kruppe und kam zu dem Schluss, dass es seinem Gefährten der vergangenen Nacht nicht schlechter ging als ihm selbst. Dann hörte Joe ein Geräusch, drehte sich um und erblickte die hoch gewachsene Gestalt und das abgehärmte Gesicht von William Somersham.

»Sandilands!«, rief dieser überrascht. »Sie sind aber früh wach! Normalerweise bin ich um diese Zeit ganz allein hier. Stehen Polizisten immer so früh auf?«

»Nein. Nicht immer. Noch nicht einmal oft. Ich wollte nur sichergehen, dass mein guter alter Freund und Berater –« Er klopfte Bamboo auf das Hinterteil. »– unser gestriges Abenteuer gut überstanden hat.«

»Herzlichen Glückwunsch übrigens«, sagte Somersham, setzte sich auf einen Strohballen und bot Joe eine Zigarette an. »Herzlichen Glückwunsch. Ich war zwar nicht Zeuge Ihres Auftrittes, aber nach allem, was ich gehört habe, waren Sie richtig gut. Ach, was sage ich – brillant. Es gibt nicht viele, die

Prentice bei einem Pferderennen schlagen können. Wenn Sie mich heute ansehen, werden Sie es vielleicht kaum glauben, aber auch ich habe die *manoli*-Steeplechase einmal fast gewonnen. Damals hätte ich es niemals zugegeben, aber Ihnen kann ich es ja sagen – ich habe nur deshalb fast gewonnen, weil der Gaul mit mir durchgegangen ist! Dieses Mistpferd! Ich hatte es von Prentice gekauft, und dann hat es mich fast umgebracht. Damals war ich noch jung. Ich hätte das Tier nie kaufen sollen. Es war so bösartig und gefährlich, aber wenn der charmante Prentice sich etwas in den Kopf gesetzt hat, dann lässt sich ein so zaghafter junger Mann, wie ich es damals war, leicht überzeugen.«

»Sagen Sie«, fragte Joe, »ich weiß, dass es schon sehr lange her ist, und vielleicht erinnern Sie sich gar nicht daran, aber ich habe ziemlich viel über jenen Abend nachgedacht, an dem Prentice' Bungalow abbrannte. Ich weiß nicht recht, ob es für meine Untersuchung von Wichtigkeit ist, aber ... Können Sie sich an den Abend erinnern?«

»Natürlich. Ich werde ihn niemals vergessen. Aber ich glaube nicht, dass ich Ihnen viel darüber erzählen kann.«

Er machte den Eindruck, als wolle er das Gespräch am liebsten nicht fortsetzen, und rutschte etwas nervös auf dem Strohballen herum.

»Sie waren einer von fünf Offizieren, die an jenem Abend gemeinsam im Casino zu Abend aßen«, sprach Joe unbeirrt weiter. »Kannten Sie einander gut? Hatten Sie sich zum Essen verabredet?«

Somersham dachte kurz nach. »Wir waren zu fünft. Nein, wir kannten einander nicht besonders gut, es war also purer Zufall, dass wir an jenem Abend zusammen aßen. Die anderen Offiziere waren mit ihren Frauen bei einem Mitternachtspicknick. Alle, die an dem Abend im Casino saßen, waren also gewissermaßen die gesellschaftlichen Überbleibsel des Tages.

Carmichaels Frau war krank und hatte ihre Teilnahme an dem Picknick abgesagt. Dr. Forbes blieb da, weil er Dienst hatte, und wir anderen waren Junggesellen und hatten einfach keine Lust auf den Ausflug. Seltsame Art von Unterhaltung, wenn Sie mich fragen. Ich vermute, Jonno – Simms-Warburton – wäre sofort mit dabei gewesen, wenn Dolly Prentice mit von der Partie gewesen wäre, aber wir dachten ja alle, sie sei mit Giles in Kalkutta.«

»Simms-Warburton war in Dolly verliebt?«

»Waren wir das nicht alle mehr oder weniger? Aber Jonno wohl etwas mehr als die anderen. Wir waren alle irgendwie fasziniert von ihr. Und sie hatte etwas Besseres verdient als Prentice. Er war nicht besonders beliebt.«

»Nicht besonders beliebt?«, hakte Joe nach. »Ist das nicht etwas zu schwach ausgedrückt?«

»Also gut, Herr Schutzmann. Er war ausgesprochen unbeliebt. Ich würde nicht einmal übertreiben, wenn ich sage, dass er gehasst wurde. Viele hatten vor ihm Angst. Ich natürlich nicht, aber viele andere.«

»Aber ich habe gehört, dass er von seinen Männern auch sehr respektiert wird?«

»Oh, ja. Bei seinen Männern ist er sehr beliebt. Und die Inder fressen ihm alle aus der Hand. Aber die Offiziere haben sich noch nie mit ihm verstanden. Es ist ein Ding der Unmöglichkeit, sich in seiner Gegenwart wohl zu fühlen. Er legt es stets darauf an, sein Gegenüber zu beleidigen. Für jeden Einzelnen von uns hatte er Spitznamen – ich war Silly Billy Somersham und bin es noch! Aber ganz besonders abgesehen hatte er es auf den Regimentsarzt Dr. Forbes. Den hat er regelrecht schikaniert. Prentice meinte wohl, er genüge nicht den Ansprüchen des Regiments, und hatte ihn ständig auf dem Kieker. Dabei bestand dazu überhaupt kein Grund. Forbes war ein ausgezeichneter Arzt.«

»Und wie verstand er sich mit Carmichael?«

»Carmichael hasste ihn. Die beiden hätten auf der Karriereleiter eigentlich auf gleicher Höhe sein müssen – aber irgendwie war Prentice immer eine Stufe voraus. So etwas nagt an einem.«

»Das heißt, wir haben es hier mit einem zufälligen Treffen erwiesener Bewunderer von Giles Prentice zu tun? Aber was ist mit dem fünften Mann? Dickie Templar. Hatte der auch einen Grund, Prentice zu hassen?«

»Dickie Templar?« Somersham konnte sich anscheinend kaum an den Namen erinnern. »Ach, Templar! Der war hier auf der Durchreise auf seinem Weg zur Grenze. Nein. Der war ja gerade mal zwei Minuten hier. Glaube kaum, dass er in der kurzen Zeit schon einen Hass auf Prentice aufgebaut hat. Dickie. Er war derjenige, der das Feuer entdeckte.«

»Und was ist dann passiert?«

»Ja, was glauben Sie denn, was passiert ist? Das Feuer wurde entdeckt. Unsere Pferde standen direkt neben dem Casino. Wir saßen auf und ritten rüber zu Prentice' Bungalow. Wir waren allerdings nicht im Dienst. Ich meine damit, dass wir keinen Grund hatten, die Sache zu untersuchen … überhaupt keinen Grund. Die Queen's hatten sich ja bereits der Angelegenheit angenommen. Tüchtige Jungs … haben ihr Bestes getan … aber sie konnten den Bungalow nicht mehr retten. Die brennen ja ruckzuck ab. Strohdach, und dann wochenlang kein Regen. Alles war ausgetrocknet. Brennt wie Zunder. Hoffnungslos. Diese Banditen. Kein Zweifel, dass die das waren. Überhaupt kein Zweifel. Dolly hatte gar keine Chance. Die Schuldigen wurden gefunden und bestraft, wie Sie wohl wissen. Nein, Sandilands, es bringt nichts, in der Asche von damals nach der Lösung unseres heutigen Problems zu stöbern. Und der Brand von damals ist überhaupt nicht mit der Tragödie zu vergleichen, die Peggy zugestoßen ist. Darüber möchte ich viel lieber etwas wissen! Sind Sie schon weitergekommen in Ihren Ermittlungen?«

»Ja«, sagte Joe. »Schon sehr viel weiter.«

Sie hörten das Hufgeklapper eines Ponys, das aus dem Stall geführt wurde, und Somersham entschuldigte sich. »Ich reite jeden Morgen um diese Zeit aus«, sagte er ohne weitere Erklärung, saß auf und verschwand.

Als Joe zu seinem Bungalow zurückkehrte, freute er sich, Naurung zu sehen, der ehrerbietig auf ihn wartete und ihn fröhlich begrüßte.

»Der Sahib muss sicher erst frühstücken«, sagte Naurung. »Ich warte.«

»Das werden Sie nicht tun«, sagte Joe. »Und das ist ein Befehl. Sie setzen sich zu mir, bekommen eine Tasse Kaffee und erzählen mir, was Sie herausgefunden haben, während ich frühstücke.«

Naurung folgte ihm nur widerstrebend und setzte sich so behutsam wie immer auf die Kante des ihm angebotenen Stuhls. Joe hob den Deckel auf seinem Teller hoch und erblickte zwei perfekt pochierte Eier auf Toast.

»Gut. Also, was haben Sie herausgefunden?«

»Der Sahib hat mich gebeten herauszufinden, was Superintendent Bulstrode an dem Abend machte, als Mrs. Somersham starb.«

»Hat er ein Alibi?«

»Ja, ich muss Ihnen sagen, dass er ein Alibi hat.«

Sein Ton veranlasste Joe aufzusehen. Naurung in seiner würdevollen Haltung schien niemals in die Verlegenheit zu kommen, mit Mühe ein Lachen unterdrücken zu müssen. Aber genau das war jetzt anscheinend der Fall.

»Ich habe Informanten. Spione, könnte man sagen. Überall. Männer und Frauen. Und ich habe eine bescheidene Kasse, aus der ich nützliche Informationen bezahle. Ich ließ indirekt bekannt werden, dass ich daran interessiert sei, was der Superintendent an jenem Tag gemacht habe. Und ich begann meine Nachforschungen bei den Frauen. Sie wissen sicher, dass Frauen immer am meisten wissen. Bulstrode Sahib glaubt, dass er seine Spuren verwischt, aber dem ist nicht so. Das ist unmöglich.«

Er hielt einen Moment inne, und Joe ermunterte ihn: »Sehr gut, Naurung. Genau das Gleiche hätte ich in London auch gemacht. Was haben Sie herausgefunden?«

»Auf Grund der Informationen, die ich erhalten habe, und in Erfüllung Ihrer Anweisungen lasse ich den Superintendenten beschatten. Wie es aussieht, ist er sehr oft Gast im Shalamar Bagh. Ein Haus von schlechtem, ja von sehr schlechtem Ruf. Meinen Informationen zufolge verbringt er häufig viel Zeit dort. Und als Mrs. Somersham starb, war er ganze drei Stunden dort.«

»Drei Stunden sind unter den gegebenen Umständen eine lange Zeit«, sagte Joe. »Ich war zwar selbst noch nicht oft Gast in einem Bordell, und möglicherweise verhalten sich diese Dinge in Indien etwas anders, aber ich dachte eigentlich, in der Regel kommt man mit einer Stunde aus?«

»Das dachte ich auch«, sagte Naurung. »Und darum habe ich den Superintendenten am Donnerstag selbst beschattet.«

Es brachte Joe in Verlegenheit, dass Naurung dienstbeflissen seiner Pflicht nachgekommen war, während er selbst sich aller dienstlichen Pflichten entledigt und sich einen schönen Tag mit Nancy gemacht hatte. Aber Naurung fiel seine Verlegenheit überhaupt nicht auf, er erzählte mit Begeisterung weiter.

»Er hat mich sogar gesehen. Aber er hat mich nicht erkannt.« Naurung war sichtlich stolz auf sich. »Wie Sie selbst bereits sagten, Sahib: Inder sind für Engländer unsichtbar. Ich zog meine Uniform aus und zog indische Kleidung an. Und er sah durch mich hindurch. Ich war gar nicht da. Bulstrode Sahib sieht sonst nur die Uniform und nicht Naurung Singh.

Ich ging zum ersten Mal in meinem Leben in das Shalamar Bagh und sprach mit dem Portier – einem ziemlich großen, angriffslustigen Rajput. Aber als ich ihm eine Rupie anbot, um mich hereinzulassen, war er schon nicht mehr so angriffslustig. Bulstrode war nirgendwo zu sehen. Er war verschwunden. Dann fiel mir eine kleine, angelehnte Tür auf. Ich öffnete sie und fand mich in einem Gang an der Hinterseite des Etablissements wieder. Der Gang führte zu einem Hinterhof, von dem ich bis dahin nicht gewusst hatte, dass er überhaupt existiert – einem richtig hübschen Hinterhof, in dem viele kleine Kinder spielten. Ich sah, wie Bulstrode auf der anderen Seite des Hofes auf ein in die Wand gebautes Haus zuging. Zwei wunderschöne bengalische Mädchen kamen herausgeeilt, um ihn zu begrüßen. Sie nahmen ihn bei der Hand, und dann erschien eine ziemlich große Lady und begrüßte ihn ebenfalls.«

»Das wird ja immer schlimmer«, sagte Joe und schüttelte den Kopf.

»Das dachte ich auch erst, Sahib, aber gerade in dem Moment, als ich überlegte, was ich jetzt tun sollte, wurden die Kinder, die bis dahin in ihr Spiel vertieft gewesen waren, auf Bulstrode aufmerksam. Sie schmissen die Spielsachen zur Seite, rannten auf Bulstrode zu, hüpften um ihn herum und riefen: ›Daddyyyyyy!‹«

»Gütiger Himmel! Wollen Sie damit sagen …?«

»Ja, Sahib! Ich habe sein Geheimnis entdeckt! Sie erinnern sich doch bestimmt daran, dass Bulstrode Sahib seine bengalische Frau verließ, als er eine englische Lady heiratete?«

»Ja, das haben Sie mir erzählt. Und die Memsahib ist nach England zurückgekehrt, zusammen mit ihrem Baby?«

»Ja, und da hat er sich wieder mit seiner indischen Frau zusammengetan. Wenn er sie überhaupt jemals richtig verlassen hatte.«

»Na, da bin ich aber platt. Der arme Kerl! Führt seit Jahren ein Doppelleben! Das muss verdammt anstrengend sein. Kein Wunder, dass er so erschöpft aussieht. Und dann muss er wohl ständig Angst haben aufzufliegen.«

»Allerdings. Es hätte seiner Karriere ganz sicher geschadet – wenn es sie nicht sogar beendet hätte – wenn der damalige Collector von Mrs. Bengali Bulstrode gewusst hätte.«

»Das erklärt dann ja auch, warum er nicht will, dass irgendjemand in sein Territorium eindringt, um lästige Fragen zu verschwundenen Indern zu stellen. Sein merkwürdiges Verhalten ist also das Ergebnis verzweifelter Versuche, sich selbst zu schützen – und nicht zu vergessen, schlichter Inkompetenz. Er wusste, dass mehr hinter Peggys Tod steckte, als man auf den ersten Blick meinen konnte – aber er beschloss, keinen weiteren Blick zu riskieren. Und alle Beweise zu begraben. Unter einem hübschen Etikett.

Gut. Das heißt, Naurung, wenn wir eine Liste von Verdächtigen hätten, dann könnten wir jetzt einen Namen streichen. Aber Sie haben gute Arbeit geleistet – sehr gute Arbeit sogar! Ich finde, darüber sollten wir mit dem Collector sprechen. Es gibt noch ein paar andere wichtige Dinge, die ich mit ihm besprechen möchte. Dinge, die ich am *manoli*-Abend vor dem wahnwitzigen Wettrennen im Casino herausgefunden habe. Dinge, die auch Sie wissen sollten, Naurung. Kommen Sie, machen wir einen Spaziergang zu den Drummonds, und halten wir eine kleine Konferenz.«

Als sie bei den Drummonds ankamen, wurden sie zur Veranda geführt, wo Andrew und Nancy bei einer letzten Tasse Kaffee in ein Gespräch mit Dickie Templar vertieft waren.

»Joe! Guten Morgen! Genau Sie hatten wir gehofft, so bald wie möglich zu sehen! Wir dachten, nach Ihrem heldenhaften Einsatz letzte Nacht würden Sie vielleicht etwas länger schlafen!« Andrew begrüßte ihn und Naurung in ausgezeichneter Laune.

»Wir haben einen Hausgast, wie Sie sehen«, sagte Nancy. »Ich glaube, Sie haben Dickie bereits gestern Abend kennen gelernt, aber da waren Sie ja so erledigt, dass ich mir nicht sicher bin, ob Sie sich daran überhaupt erinnern können. Wir haben Dickie angeboten, ihn bei uns unterzubringen ... unter den gegebenen Umständen«, fügte sie geheimnisvoll hinzu.

Templar schüttelte Joe herzlich die Hand, sprach Naurung auf Hindustani an und wollte gerade etwas zu Joe sagen, als seine Aufmerksamkeit – und nicht nur seine – sich auf eine Gestalt richtete, die die Einfahrt hinaufstürmte. Es war Midge Prentice – ohne Hut, sodass ihre schwarzen Haare beim Rennen durcheinander geraten waren, und in einen alten, völlig mit Farben beschmierten Malerkittel gekleidet. Kaum dass sie die anderen fünf auf der Veranda erblickte, quietschte sie auch schon: »Nancy!«

»Oh, Gott. Was ist denn jetzt los?«, brummte Nancy und stand auf, um Midge zu begrüßen.

Midge kam die Stufen heraufgerannt, schenkte den anderen Anwesenden keinerlei Beachtung und warf sich Nancy heulend an den Hals. Ihr Gesicht war ganz rot und nass vom Weinen.

»Meine Güte!«, sagte Nancy sanft. »Was ist denn passiert?«

»Ach, Nancy! Du wirst es nicht glauben! Es ist etwas ganz Schreckliches passiert! Ach, warum musste es denn bloß so kommen? Ich war so glücklich, so selig vor Glück, und jetzt bin ich so unglücklich! Todsterbensunglücklich! Ich bin sehr sensibel – das sagen alle, und so ein Schock könnte mich umbringen! Lach nicht! Das stimmt! Das hat mir mal ein Arzt gesagt, dass ich emotional zerbrechlich bin. Zerbrechlich!«

»Also, ich weiß nicht, ob ich dieser Diagnose so viel Beachtung schenken würde«, sagte Nancy, »aber jetzt erzähl doch erst mal, was überhaupt los ist!«

Andrew war sehr gefasst und zwinkerte Nancy zu. Dickie Templar wirkte ruhig und gleichzeitig besorgt. Er betrachtete Midge mit großer Zuneigung und ein klein wenig Amüsement. Er ging zu ihr, küsste sie auf die Wange, wischte ihr einen Farbklecks von der Nase und sagte: »Guten Morgen.« Da brach Midge erneut in Tränen aus.

Nancy ließ sich auf einen Stuhl sinken, und Midge setzte sich auf ihren Schoß.

»Ach, es geht um Daddy«, sagte sie. »Ich hasse ihn!«

»Du hasst ihn nicht«, sagte Andrew.

»Doch«, sagte Midge und wandte sich an Nancy. »Du würdest ihn auch hassen, wenn du ich wärst. Es fing an, als ich ihm erzählte, dass Dickie mich gefragt hat, ob ich ihn heiraten möchte.«

»Hat er das?«, fragte Nancy und warf Dickie einen Blick zu.

»Ja, ja«, sagte Midge ungeduldig. »Schon vor Ewigkeiten. Auf dem Suez-Kanal …«

»Und was haben Sie geantwortet?«, fragte Joe.

»Na, ich habe natürlich Ja gesagt! Stimmt's nicht, Dickie? Sofort. Was hätte ich denn sonst sagen sollen? ›Ach, das kommt aber so plötzlich und unerwartet‹? Es kam überhaupt nicht plötzlich und unerwartet. Ich wusste es schon seit Malta. Aber Daddy war unmöglich. Absolut unmöglich! ›Du bist noch viel zu jung … Du bist gerade erst mit der Schule fertig … Du darfst nicht den erstbesten Mann heiraten, der dir über den Weg läuft …‹ Und dann – und das fand ich wirklich hundsgemein – sagte er: ›Du bist genau wie deine Mutter.‹ Ich *will* wie meine Mutter sein! Ich weiß, dass sie ein tragisches Ende gefunden hat, aber dafür konnte sie doch nichts! Es hört sich so an, als wenn sie viel Spaß gehabt hätte. Ich will sein wie sie, und ich will Dickie heiraten! Nancy, du und Andrew, ihr seid mein Vormund. Ich weiß, dass Daddy in seinem Testament bestimmt hat, dass ihr euch um mich kümmern sollt, das hat er mir selbst erzählt, und darum müsst ihr mit ihm reden! Das ist eure Pflicht!«

Sie fing wieder an zu weinen. Joe sah Dickie Templar interessiert an, und ihre Blicke begegneten sich. Er trug steife Gurkha-Shorts, ein weißes, am Hals offenes Hemd und Sandalen an den nackten Füßen. Joe fand, dass er stark, braun und gut aussehend war – genau das, was ein achtzehnjähriges Mädchen sich als Ehemann wünschte.

Dickie sagte: »Nun komm schon, Midge, du hast den armen Mann ja völlig überrumpelt. Ich meine, herrje, gib ihm doch eine Chance! Er hat mich zwölf Jahre lang nicht gesehen – ich könnte doch der größte Schuft unter der Sonne sein! Was weiß denn er? Und ob es uns nun passt oder nicht, aber du bist nun mal erst achtzehn, und du bist gerade mal seit fünf Minuten wieder in Indien. Wir müssen ihm Zeit lassen. Ich liebe dich. Ich verlasse dich nicht. Ich werde jetzt nicht sagen, dass es mir nichts ausmacht zu warten, denn es macht mir sehr wohl etwas aus, aber das kann ich ertragen. Und du auch. Wir können es beide ertragen. Es wird schon gut gehen. Ich lasse mich nicht entmutigen. ›Mit einem verzagten Herzen gewinnt man keine schöne Lady‹, sage ich immer.«

»Ach, Midge«, sagte Nancy und legte den Arm um sie. »Das hört sich doch sehr vernünftig an. Ich hatte ja noch keine Gelegenheit, es dir zu sagen, aber dann sage ich es dir eben jetzt: Ich finde, du hast dir da einen sehr guten jungen Mann ausgesucht!«

»Und ich möchte gern hinzufügen: Es bringt überhaupt nichts, so wütend zu werden«, sagte Andrew. »Man muss diplomatisch sein. Nur so kommt man weiter. Du wirst Giles nur noch mehr befremden, wenn er denkt, dass du uns irgendwelche Geschichten erzählst. Was macht er jetzt gerade?«

»Er war gerade dabei, mir zu zeigen, wie Seidenmalerei geht. Es hat mir so einen Spaß gemacht. Es war so schön mit ihm – bis er alles kaputtgemacht hat.«

»Also, ich würde vorschlagen, du gehst jetzt sofort zu ihm zurück, als wenn nichts gewesen wäre, nimmst deinen Pinsel und malst einfach weiter. Wir anderen« – mit einer ausladenden Geste zeigte er auf alle Anwesenden – »werden derweil alle unsere Energien und Fähigkeiten darauf konzentrieren, dein Problem zu besprechen und zu einer Lösung zu finden.«

»Das ist ein exzellentes Angebot, Midge, wenn du bedenkst, was für fähige Köpfe hier sitzen«, sagte Dickie. »Geh zu ihm zurück, Liebling, und sieh zu, dass er sich wieder beruhigt. Hör ihm zu. Und vor allem wirf nicht mit Fehdehandschuhen um dich, die andere dann aufnehmen müssen. Überleg doch mal – er hat so lange darauf gewartet, dass seine Tochter nach Hause kommt, und sie hat noch nicht mal alle Koffer ausgepackt, da verkündet sie auch schon ihre Absicht, einen ihm unbekannten Gurkha zu heiraten. Du musst ihm Zeit lassen!«

»Na gut. Ich werde tun, was du sagst, Dickie. Aber ich glaube, dass ich ihm im Grunde völlig schnuppe bin«, sagte Midge niedergeschlagen.

Kapitel 21

Sie sahen Midge nach, wie sie langsam die Straße hinunterschlurfte und noch einmal kurz stehen blieb, um Dickie einen letzten, vorwurfsvollen Blick zuzuwerfen, bevor sie um die Ecke bog.

»Sind Sie wirklich der Vormund dieses Trotzkopfes?«, fragte Joe.

»Nicht direkt«, antwortete Andrew. »Midge würde den Unterschied wohl nicht verstehen, aber ich bin der Erbschaftsverwalter und Treuhänder von Prentice. In Indien sterben die Menschen ziemlich oft und ziemlich plötzlich, vor allem beim Militär. Daher ist es das Sicherste, irgendeinen Beamten kraft seines Amt zu benennen. Einen obersten Verwaltungsbeamten für den Bezirk Panikhat wird es immer geben. Und zurzeit bin ich das.«

Die Ruhe nach Midges stürmischem Auftritt kam allen sehr gelegen. Andrew bat um eine weitere Kanne Kaffee, und alle setzten sich an den Tisch auf der Veranda. Andrew übernahm das Ausschenken des Kaffees und entließ das Personal.

»Joe«, sagte er, »wenn ich ihren Gesichtsausdruck richtig deute, haben Sie uns etwas zu erzählen.«

Dickie Templar rutschte unruhig auf seinem Stuhl herum und wollte gerade aufstehen. »Also, wenn Sie alle jetzt eine Konferenz abhalten wollten, werde ich mich wohl am besten eine Weile entfernen …«

»Nein!«, widersprach Joe heftig. »Es ist wichtig, dass Sie

dabei sind. Denn was ich zu sagen habe, hat sehr viel mit Ihnen, Ihrer Zukunft und Ihrer Vergangenheit zu tun.«

Dickie sah verwirrt aus. Nancy und Andrew tauschten Blicke.

Joe holte sein Notizbuch hervor. »Templar, ich habe hier eine Liste mit Namen, die ich gestern vor dem *manoli*-Saufgelage aus den Casinobüchern abgeschrieben habe. Namen, die mit dem Abend des 17. März vor zwölf Jahren zu tun haben. Das war ein Samstag, und es war der Abend, an dem der Prentice'sche Bungalow abbrannte. An diesem Abend aßen fünf Offiziere des Bateman's Horse im Casino zu Abend. Ihre Namen waren Carmichael, Forbes, Simms-Warburton, Somersham und Templar.«

Nancy richtete sich abrupt auf ihrem Stuhl auf, und Andrew stellte sehr vorsichtig seine Kaffeetasse ab. Keiner von ihnen sagte ein Wort.

»Lassen Sie sich bitte Zeit, sich an jenen Abend zu erinnern, und erzählen Sie uns ganz genau, was passiert ist. Ich betone, dass diese Informationen extrem wichtig sind.«

Dickie schwieg und blickte sehr ernst. Schließlich sagte er: »Wichtig für wen? Für Sie?«

»Ja, allerdings für mich, aber in erster Linie für Sie selbst.«

»Ich finde das alles reichlich rätselhaft. Und offen gestanden denke ich alles andere als gerne an jenen Abend zurück. Aber wenn Sie es denn unbedingt wissen wollen, erzähle ich es Ihnen wohl besser … Es ist wegen Prentice, stimmt's? Hat er Ihnen etwas gesagt? Hat er sie gebeten, das alles wieder aufzurühren? Will er die Sache von damals als einen Keil zwischen mich und Midge treiben?«

Joe schüttelte den Kopf. »Prentice hat mir überhaupt nichts gesagt. Soweit ich weiß, hat er nie mit irgendjemandem darüber gesprochen. Bitte versuchen Sie, sich an die Geschehnisse an jenem Abend zu erinnern.«

Dickie schwieg einen Moment, während er sich auf die Vergangenheit konzentrierte.

»Wir haben an jenem Abend zu fünft im Casino gegessen. Die meisten von uns hatten ihre Teilnahme an irgendeiner dämlichen Veranstaltung im Rahmen der Panikhat-Woche abgesagt – ich glaube, es ging um ein Mitternachtspicknick.« Er schauderte. »Es entsprach nicht gerade meiner Vorstellung von Amüsement, mich bei lebendigem Leibe von Moskitos auffressen zu lassen, während ich Gurkensandwiches esse und lauwarmen Champagner trinke. Obgleich ich heute wünschte, ich hätte teilgenommen … Wir saßen also alle im Casino, und einige von uns waren ziemlich betrunken – nein, ich sollte wohl eher sagen, sturzbesoffen. Ich nicht. Ich hatte die Schnauze sogar ziemlich voll von den anderen. Ich mochte die Greys-Offiziere nicht, und sie mochten mich nicht. Sie hatten sich die schreckliche Gewohnheit angeeignet, nicht mit jüngeren Offizieren zu reden, und von den jüngeren Offizieren zu erwarten, dass sie nichts sagten, solange sie nicht gefragt wurden. Das war damals in vielen Regimentern so, insbesondere bei der Kavallerie. Ich hatte die Nase voll davon. ›Versnobte, selbstgefällige, ungehobelte Flegel‹, dachte ich damals im fortgeschrittenen Alter von achtzehn Jahren bei mir! Ich ging pinkeln, um mal ein paar Minuten von ihnen wegzukommen, und als ich aus dem Fenster sah, stand Prentice' Haus in Flammen. Aber meinen Sie, das hätte irgendjemanden interessiert? Nicht, soweit ich sehen konnte. Ich atmete tief durch, ging zurück zu den anderen und erzählte es ihnen. Während sie sich alle die Hucke voll soffen, war im Quartier Feuer ausgebrochen. Was sie jetzt wohl zu tun gedachten?

Nun, ob Sie es glauben oder nicht, aber das, was sie zu tun gedachten, war absolut gar nichts! Ich wurde noch beschimpft dafür, dass ich die Sache überhaupt erwähnt hatte! Von jungen

Offizieren wurde es offenbar nicht erwartet, hereinzustürmen und zu verkünden, dass ein Feuer ausgebrochen war. Aber sie waren dann doch neugierig genug, um auf die Veranda zu gehen und festzustellen, dass das Spektakel – inzwischen waren nämlich auch Schüsse zu hören – von Prentice' Bungalow her kam. Und da fingen sie dann an zu lachen. Ich glaube, sie haben ihn alle aus irgendeinem Grund gehasst, und darum blieben sie einfach nur stehen und sahen dem Schauspiel zu. Einer von ihnen ließ sich sogar einen Brandy servieren und nippte genüsslich daran, während der Bungalow abbrannte. Das war Simms-Warburton. Er war sturzbetrunken … ›Maikäfer, Maikäfer, flieg auf und davon‹, sagte er. ›Dein Haus steht in Flammen, deine Kinder sind verlor'n. Aber das sind sie wohl nicht – hat Frau und Tochter ja wohl mitgenommen, nehme ich an. Macht er ja sonst auch immer.‹

Carmichael war der ranghöchste der anwesenden Offiziere. Und hatte am meisten von allen getrunken. Der konnte sich kaum noch rühren.«

»Fünf Gläser Portwein«, sagte Joe.

»Ach, ja? Hmm … Und dazu der Rotwein, den er davor getrunken hatte. Er hasste Prentice und sah überhaupt keine Veranlassung, einen Versuch zur Rettung seines Bungalows zu unternehmen. ›Wir bleiben, wo wir sind‹, sagte er. ›Es gehört nicht zu unseren Aufgaben, uns um Brände zu kümmern. Das überlassen wir hübsch den Queen's – die haben heute Dienst. Wir sind nämlich die Armee, wie Sie vielleicht wissen. Oder, um genau zu sein, die indische Armee. Wir sind hier nicht bei den Pfadfindern! Und darum bleiben Sie alle, wo Sie sind! Das ist ein Befehl.‹

Also blieben wir, wo wir waren, und ließen kostbare Minuten verstreichen – möglicherweise eine ganze Viertelstunde – bis ich es einfach nicht mehr aushielt. Philip Forbes, der Regimentsarzt, unterstützte mich, und wir machten uns gemeinsam auf den Weg. Die anderen kamen langsam nach. Es würde mich nicht wundern, wenn wir insgesamt eine halbe Stunde vergeudet hätten.«

Auf einmal veränderte sich der Ton seiner Stimme, und sein Gesicht bekam einen harten Zug, als er sich der Ereignisse erinnerte und fortfuhr: »Sie fragten, ob ich mich erinnern könne. Natürlich kann ich das. Ich werde es nie vergessen. Als wir endlich ankamen, waren die Dacoits schon weg und Dolly Prentice tot. Und Prentice' Träger war auch tot – wahrscheinlich bei dem Versuch, andere zu retten, ums Leben gekommen. Und es war allein der Gnade Gottes und der Geistesgegenwart von Midges Ayah zu verdanken, dass das Mädchen nicht auch zu Tode kam. Die Burschen waren doch bis obenhin voll mit Hasch. Die hätten alles, was weiß war – ganz gleich, ob Mann, Frau oder Kind –, ins Feuer geworfen. Und …«

Er ließ einen leeren Blick über die anderen schweifen. »… es hätte ohne weiteres Midge treffen können. Sie stand bestimmt mit auf der Liste.«

Es stellte sich ein Schweigen ein, das Nancy schließlich brach: »Aber Sie waren da. Sie haben sie gerettet. Das ist das Einzige, das zählt.«

Dickie sah dankbar zu ihr auf. »Das mag wohl sein«, sagte er. »Aber vielleicht hätte ich noch mehr tun können. Ich hätte die anderen früher aufscheuchen können! Ich hätte sie anschreien können! Mein Gott, noch so lange Zeit danach dachte ich im Grunde an nichts anderes. Und jetzt ist plötzlich alles wieder so präsent …«

»Ich muss Sie noch etwas fragen, Dickie«, sagte Joe. »Wusste Prentice um Ihre Fahrlässigkeit? Das heißt, die Fahrlässigkeit jener Gruppe im Casino? Denn das Verhalten ist ja wohl als Fahrlässigkeit zu bezeichnen.«

»Er wusste es. Oh, ja, er wusste es. Er schnappte fast über, als er aus Kalkutta zurückkam und erfuhr, was passiert war. Er saß einfach nur herum und redete mit niemandem mehr. Zog sich vollkommen zurück und wollte kein Wort des Mitleids von irgendjemandem hören. Dann riss er sich zusammen und fing an, Nachforschungen anzustellen. Wir warteten alle nur darauf, dass sein Zorn über uns hereinbrechen würde. Das tat er aber nie. Er beschloss anscheinend, diejenigen zur Rechenschaft zu ziehen, die tatsächlich für das Feuer verantwortlich waren, und startete einen Vergeltungsangriff auf die Dacoits. Er wusste, wer sie waren – er hatte sie ja monatelang aus einem Dorf nach dem anderen vertrieben. Seine Informationen waren stets die besten. Bei dieser Aktion ging er sehr gründlich vor und merzte das Rattennest ein für alle Mal aus. Aber wenn er uns ansah, merkte ich ganz genau, dass er es wusste. Schwer zu beschreiben, und vielleicht war es nur mein schlechtes Gewissen, das mich mehr sehen ließ, als tatsächlich da war – aber ich meine, ihn hin und wieder einmal dabei beobachtet zu haben, wie er jeden Einzelnen von uns ansah … Haben Sie schon mal einer Kobra direkt in die Augen gesehen, Commander?«

Joe schüttelte den Kopf.

»Ich schon. Da gefriert einem das Blut in den Adern. Aber ich kann Ihnen sagen – ich möchte lieber einer Kobra in die Augen sehen als Giles Prentice.«

Andrew sprach aus, was ihnen allen durch den Kopf ging: »Das erforderte ja einigen Mut, gestern Abend hier aufzutauchen und ihm nach all den Jahren gegenüberzutreten. Vor allem, da Sie doch wussten, dass Sie ihn bitten würden, Ihnen freundlicherweise seine einzige Tochter zu überlassen.«

»Mut?«, fragte Dickie. »Ich weiß nicht, ob das Mut erforderte. Unangenehm fand ich es, aber mehr auch nicht. Ich bin ja schließlich nicht mehr der Grünschnabel von damals, der keinem festen Regiment zugeordnet war. Ich habe die letzten

Jahre immer wieder an der Grenze verbracht. Man könnte sogar sagen, dass ich in gewisser Hinsicht der gleiche Typ bin wie Prentice. Und ich weiß, was ich will.«

Nancy ließ den Blick zwischen Dickie und Joe hin- und herwandern. »Es gibt da ein paar Dinge, die Sie wissen müssen, Dickie«, sagte sie. »Sagen Sie es ihm, Joe. Er muss es erfahren.«

»Wissen Sie, warum ich in Panikhat bin, Dickie?«, fragte Joe.

»Natürlich. Nancy erzählte mir, dass Sie von der Met hierher abkommandiert wurden, und dass sie Sie hierher gelockt hat, um den Mord an ihrer Freundin Peggy zu untersuchen … Peggy Somersham.«

»Ich ermittle in vier Mordfällen. Vier Frauen namens Carmichael, Forbes, Simms-Warburton und Somersham …«

Dickie sprang auf. »Oh, mein Gott! Das Abendessen im Casino! Am Abend des Feuers! Wollen Sie damit sagen, dass alle diese Männer ihre Frauen verloren haben? Dass sie ermordet wurden? Sind Sie sicher?«

»Naurung und ich haben jeden einzelnen Todesfall gründlich untersucht und sind nunmehr überzeugt, dass es sich nicht um Unfälle handelte …« Er wandte sich Naurung zu, der bestätigend nickte.

Joe und Naurung schilderten abwechselnd und mit diversen Unterbrechungen durch Nancy die Nachforschungen, die sie angestellt hatten, und Dickie hörte schweigend zu. Als sie fertig waren, murmelte er: »Das ist ja nachgerade teuflisch! Ich will damit nicht sagen, dass ich Ihnen nicht glaube. Denn ich glaube Ihnen. Aber das ist so unglaublich grausam …«

»Es ist wirklich unbegreiflich. Mir ist noch nie etwas derart Heimtückisches zu Ohren gekommen«, sagte Nancy.

»Ach, nein?«, sagte Dickie stumpf. »Dann haben Sie wohl noch nie etwas von den Stämmen Waziristans gehört! Es ist ein *badal*, Sandilands, stimmt's? Wir haben es mit einem *badal* zu tun?«

»Ich fürchte, ja. Eine entsetzliche Mischung aus Rache und Überzeugung. Der Mörder glaubt, er habe das gottgegebene Recht – nein, die Pflicht! –, Rache zu üben. Und zwar nicht nur an denen, die seine Frau tatsächlich umgebracht haben, sondern auch an denen, die zu betrunken waren, um sie zu retten.«

»Dann nennen wir ihn doch beim Namen!«, rief Nancy. »Dieser clevere Kerl ... der Mörder ... die unbekannte Person ... ist *Giles Prentice*! Giles Prentice hat Peggy und Joan und Sheila und Alicia umgebracht!«

»Aber was ich nicht verstehe«, sagte Andrew, »ist: Warum hat er, wenn er so außer sich war, denn nicht einfach die fünf Offiziere umgebracht, die er für verantwortlich hielt? – Entschuldigen Sie, Dickie!«

Dickie lächelte matt. »Weil er nicht so schlicht und unkompliziert denkt und fühlt wie andere Engländer – Sie, ich oder der Commander. Sie sagten, dass Dolly eine Phobie hatte – eine Feuerphobie? Das heißt, seine innig geliebte Frau stirbt auf die für sie schlimmste vorstellbare Weise: Sie verbrennt. Das war ihr Albtraum. Und er quält sich den Rest seines Lebens nicht nur einfach mit ihrem Verlust, sondern darüber hinaus mit dem Gedanken, dass ihre letzten Minuten nicht einfach nur qualvoll waren, sondern der totale Horror. Und seine Rache – die er üben *muss*, wenn er sich, wie Sie sagen, an den Ehrenkodex der Pathanen gebunden fühlt – sieht vor, den Männern, die er so hasst, genau den gleichen Schmerz, genau die gleiche Qual zuzufügen. Sie sollen nicht mit ihrem Leben bezahlen – er will, dass sie leben und leiden. Dass sie ihr Leben lang unter dem Verlust leiden und darunter, wie ihre Frauen zu Tode kamen. Genau wie er.«

Joe beobachtete Dickie dabei, wie er sich auf dem Weg, den er unfreiwillig eingeschlagen hatte, langsam vorantastete.

»Und nach allem, was wir bei unseren Gesprächen mit den hinterbliebenen Ehemännern erleben konnten«, sagte Nancy, »ist ihm das auch ziemlich gut geglückt. Sie sind alle genau so unglücklich wie Prentice selbst. Und das hat uns von seiner Spur fern gehalten. Wir haben ihn für das erste *Opfer* in einer ganzen Serie von Opfern gehalten. Der Erste von fünfen, der seine Frau auf entsetzliche Art und Weise verlor. Aber Dolly gehört gar nicht zu der Serie. Sie war ihr Auslöser. Sie starb im März. Die anderen vier starben im März. Wieso sage ich eigentlich immer noch ›starben‹? Ich meine, sie wurden umgebracht! Immer um Dollys Todestag herum. Wie ein Ritual. Das war ihm anscheinend sehr wichtig. Er betonte den Zeitpunkt ihres Todes durch weitere Todesfälle.« Sie schauderte.

»Und die Rosen«, sagte Joe. »Prentice legte jedes Jahr im März Rosen auf die Gräber der Frauen, die er umgebracht hatte.«

»Glauben Sie, das ist ein Hinweis darauf, dass er auch über eine menschliche Seite verfügt?«, fragte Andrew. »Es fällt mir schwer, mich in einen solchen Mann hineinzudenken, aber könnte das nicht seine Art sein, sich bei seinen unschuldigen Opfern … nun ja, zu entschuldigen? Seine Art einzuräumen, dass sie nicht sein eigentliches Ziel waren, und seine Art, ihr Andenken zu ehren? Verrückt, ich weiß – aber wenn wir ehrlich sind, ist das doch genau das, was wir gerade zu verstehen versuchen: Wahnsinn.«

»Entschuldigen Sie bitte, Sahib«, sagte Naurung, »aber ich glaube nicht, dass dieser Mann irgendetwas Menschliches an sich hat. Die Rosen sind kein Zeichen der Ehre oder der Reue. Das könnten sie sein, wenn ein normaler Mensch sie auf die Gräber legte. Ich glaube vielmehr, er ist so durch und durch böse, dass es ihm Vergnügen bereitet zu signalisieren, was er getan hat. Die Opfer waren vielleicht unschuldig. Sie waren nichts anderes als Instrumente, mit denen Rache an ihren Männern geübt wurde. Aber Sie dürfen nicht vergessen, mit welcher Grausamkeit er vorgegangen ist. Er hätte Memsahib Somershams Handgelenke nicht bis auf die Knochen aufschneiden müssen! Ich glaube, es hat ihm Spaß gemacht, die Memsahibs zu töten. Ich glaube, er legt die Rosen – blutrote Rosen – auf ihre Gräber, um sich selbst daran zu erinnern, wie viel Spaß es ihm gemacht hat, sie zu töten.«

Dieser überzeugten Ausführung folgte eisiges Schweigen.

»Der Mann muss gefasst werden«, sagte Andrew gequält. »Was können Sie tun, Joe? Damit hat hier niemand Erfahrung. Was würden Sie tun, wenn so etwas in London passieren würde? Was machen die Ermittler, wenn sie sich einem Serienmörder oder einem bösen Geist gegenübersehen – und so, wie ich das sehe, haben wir es hier mit beidem in einer Person zu tun.«

Joe hatte diese Frage erwartet. Genau die gleiche Frage hatte er sich schon unzählige Male selbst gestellt, und er war mit der Antwort nicht zufrieden. »So Leid es mir tut«, sagte er langsam, »aber auch die Polizei in London – mit all der Macht von Scotland Yard hinter sich und ihren Kontakten zu anderen Polizeieinheiten – würde unter diesen Umständen nichts anderes tun als warten.«

»Warten?«, ereiferte Naurung sich. »Warten? Das ist alles, was wir tun können? Auf die nächste Tragödie warten? Warten, bis unser Mann das nächste Mal zuschlägt?«

»Mir passt das auch nicht«, sagte Joe. »Wir könnten ihn natürlich beschuldigen und ihn mit den uns bekannten Fakten konfrontieren – wir könnten ihm Angst machen, wenn Sie so wollen, nur lässt sich dieser Mann nicht so leicht Angst machen – aber mit welchem Ergebnis? Entweder würde er uns ins Gesicht lachen, oder – und das wäre womöglich schlimmer – er würde verschwinden. Und wie er verschwinden würde. Wie ein Aal im Schlamm. Und was würde uns das bringen? Gar nichts. Nein. Ich will ihn da haben, wo ich ihn sehen kann. Und ...« Hass zeichnete sich plötzlich auf seinem Gesicht ab. »... ich will, dass er sich übernimmt, dass er zu hoch reizt, denn dann bietet sich uns eine Chance, ihn in flagranti zu schnappen. Denken Sie doch mal nach – was für Beweise haben wir gegen ihn? Andrew – Sie sind derjenige, der sich damit befassen müsste, Sie sind die höchste Autorität in Panikhat. Sähen Sie sich in der Lage, auf der Grundlage dessen, was wir bisher zusammengetragen haben, einen Haftbefehl gegen ihn zu erlassen?«

Andrew schüttelte den Kopf.

»Sie meinen, wir müssen warten, bis er wieder zuschlägt?«, fragte Dickie. »Hören Sie, ich weiß, was Sie alle denken, und ich verstehe auch, dass niemand wagt, diese Gedanken laut auszusprechen, und darum werde ich es selbst tun. Ich glaube, wir wissen alle, wer das nächste – und letzte – Opfer sein wird, oder? Wenn er seinen schauerlichen Plan weiter verfolgt, wird nächstes Jahr im März die Frau sterben, die Dickie Templar zum glücklichsten Mann der Welt gemacht hat.«

»Oh, nein!«, rief Nancy entsetzt. »Daran hatte ich ja noch gar nicht gedacht! Aber nein. Nein, das kann nicht sein! Sie meinen doch nicht im Ernst, dass er Midge, seine eigene Tochter ...? Nein. So verrückt ist Giles dann auch wieder nicht. Aber jetzt verstehe ich zumindest, warum Giles aussah, als sei ihm ein Geist erschienen, als Midge Sie gestern Abend begrüßte.«

»Nein. Ich glaube nicht, dass sich sein Zorn gegen Midge richten wird, aber wir haben es – wie Sie sagten, Drummond – entweder mit Wahnsinn oder mit dem Bösen an sich zu tun, und ich möchte nichts riskieren. Ich werde sie auf jeden Fall heiraten, aber ich werde sie nicht heiraten, solange Prentice nicht hinter Schloss und Riegel sitzt. Es wäre interessant, sich zu überlegen, wie er wohl reagieren wird – jetzt, da ich ihm einen Strich durch die Rechnung gemacht habe. Wie wird er damit umgehen, dass er gezwungen ist, seine Pläne zu ändern? Ich glaube, er wird Rache üben, *bevor* sie dazu kommt, mich zu heiraten. Er dürfte inzwischen wissen, dass ich vorhabe, nach Kalkutta abzureisen und übermorgen wieder zu meinem Regiment in Peshawar zu stoßen …«

»Ich würde zu genau dem gleichen Schluss kommen«, sagte Joe. »Er wird versuchen, sie umzubringen, Dickie.«

Dickie lachte kurz auf. »Das heißt ich soll Lockvogel spielen? Einverstanden. Aber wer von Ihnen wird mit dem Gewehr bereitstehen, wenn der Tiger mich angreift?«

Er sah in ihre betretenen Gesichter und schlug dann mit der Faust auf den Tisch, dass die Kaffeetassen klirrten. *»Ayo Gurkhali!«*, sagte er. »Das heißt ›Die Gurkhas sind da!‹ Das ist unser Schlachtruf!«

»Ayo Gurkhali!«, wiederholte Naurung.

Kapitel 22

Dickie sah sie alle nacheinander grimmig an. »Völlig unnötig. Ich bin durchaus in der Lage, auf mich selbst aufzupassen. Ich sehe überhaupt keinen Grund, weshalb jemand anderes für mich Kopf und Kragen riskieren sollte.«

Andrew schenkte seinem Protest keine Beachtung und wiederholte in aller Gemütsruhe den Wachplan, den sie gerade entworfen hatten. »Von acht bis fünf vor zwölf heute Nacht halte ich Wache. Von Mitternacht bis fünf vor vier Joe, und von fünf vor vier bis zur nächsten Ablösung Naurung. Sind alle einverstanden? Haben das alle verstanden? Dickie, Ihren Stolz und Ihre Unabhängigkeit in allen Ehren, aber Sie dürfen nicht vergessen, mit wem wir es hier zu tun haben – mit einem besessenen und rachsüchtigen Mörder. Ich bin kein Pathane, aber ich weiß sehr wohl, was *melmastia* bedeutet – Sie wissen, was ich meine. Sie sind mein Gast, Dickie, und Sie werden den Großteil Ihrer Zeit von nun an in Gesellschaft verbringen. Damit will ich nicht sagen, dass Sie nonstop beschattet werden müssen, aber einer von uns sollte zu jeder Zeit in Ihrer Rufweite sein. Wie Joe bereits anmerkte, wird sich an den Gepflogenheiten dieses Haushaltes nichts ändern – jede Tür und jedes Fenster, das normalerweise offen steht, wird auch weiterhin offen stehen, und den Dienstboten werden keine besonderen Anordnungen erteilt. Das Gleiche gilt für Joe. Wir werden nicht mehr über dieses Thema sprechen, solange wir nicht absolut sicher sein können, dass uns niemand belauscht. Wir haben alle eine Feuerwaffe, die jederzeit einsatzbereit sein sollte.«

Dickie zuckte ergeben mit den Schultern. »Na gut, Andrew«, sagte er. »Gut, jetzt haben Sie gesagt, was Sie von der Sache halten.«

»Ich habe nicht gesagt, was ich von der Sache halte«, widersprach Andrew. »Ich habe einen Befehl erteilt.«

Und so verging der Tag – ein ganz normaler Tag in Panikhat. Midge und Nancy ritten zusammen aus, Dickie spielte mit den Bengal Greys eine geruhsame Runde Polo. Niemand wusste so recht, wie Naurung den Tag verbrachte – er war weder richtig anwesend noch völlig außer Sichtweite. Joe wollte endlich auf die wiederholten Anfragen von Onkel George nach einem Lagebericht reagieren und setzte sich an den Schreibtisch.

»Ich werde den Brief mit der Hand schreiben«, dachte er. »Es ist viel zu heiß, um ihn tippen zu lassen.«

Und so fing er an:

Werter Sir George Jardine,
Ihren Anweisungen Folge leistend, reiste ich am 10. d. M. in Begleitung Ihrer Nichte Nancy Drummond mit dem Zug nach Panikhat …

Ihm flossen die Standardformulierungen der Polizei nur so aus der Feder. Er zwang sich selbst, sich zu konzentrieren und ordentlich zu schreiben. Ihm war durchaus bewusst, dass jeder nicht ganz eindeutige Satz von einem bengalischen Schreibmaschinenschreiber in blumiger, unangemessener Prosa wiedergegeben werden konnte. Am Nachmittag beschloss er, dass er mehr nicht tun konnte. Er verspürte das Bedürfnis, sich in Kittys ruhige Gesellschaft zu begeben, und spazierte zu ihrem Bungalow. Als er ihre Einfahrt hinaufschlenderte, hörte er Midges fröhliches Stimmchen.

Als er um die Ecke kam, sah er die beiden gemeinsam am gedeckten Teetisch sitzen. Midge redete. Joe lauschte. Was sie wohl zu erzählen hatte? »Ich bin verlobt, aber mein Vater ist ein Serienkiller, und es ist ziemlich wahrscheinlich, dass mein Verlobter im Laufe des heutigen Tages ermordet wird.« So etwas in der Art? Nein. Was da an sein Ohr drang, war ein bunter Bericht über Midges Abenteuer auf der Mädchenschule in der Schweiz. Sie beschrieb sogar ihr Abschlussballkleid, berichtete, wie viel es gekostet hatte, und gestand, dass sie es noch gar nicht bezahlt hatte.

Kitty hörte ihr aufmerksam zu und schien sich zu amüsieren. Sie stellte raffinierte Fragen, um Midge noch mehr indiskrete Enthüllungen zu entlocken.

Joe machte auf sich aufmerksam und gesellte sich zu den beiden auf die Veranda. Kurze Zeit später kam Prentice die Einfahrt hinaufgeritten und brachte Joe akut in Verlegenheit. Prentice war dreckig und durchgeschwitzt. Er hatte offensichtlich gearbeitet.

»Guten Tag, Kitty. Tag, Sandilands. Da bist du ja, Midge. Ich suche deinen jungen Verehrer. Weißt du, wo er ist?«

»Auf dem Poloplatz«, sagte Joe, der ihn gerade erst dort gesehen hatte. »Spielt eine Runde mit den Greys. Ich begleite Sie.«

»Wenn du ihn findest, Daddy, dann sei bitte nett zu ihm«, sagte Midge. »Nicht so wie gestern Abend!«

Sie wandte sich an Kitty. »Daddy ist mit Dickie nicht ganz einverstanden.«

»Es geht nicht konkret um Dickie«, sagte Prentice ruhig. »Ich bin mit niemandem einverstanden – ich bin auch nicht mit dir einverstanden!«

Er sagte das mit einem liebevollen Unterton.

»Wer«, fragte Kitty, »könnte mit Midge Prentice nicht einverstanden sein, möchte ich gerne mal wissen?«

»Daddy«, sagte Midge.

»Ich möchte mit Templar reden«, räumte Prentice auf dem Weg zum Poloplatz ein. »Midge hat Recht. Ich war letzte Nacht etwas ruppig ihm gegenüber. Ich bin mit dieser Verlobung nicht einverstanden. Sie sind wahrscheinlich bereits voll im Bilde? Minette ist noch viel zu jung – und noch dazu unreif für ihr Alter. Aber ich habe wohl den unerbittlichen Vater abgegeben. Schlechte Entschuldigung natürlich, aber ich weiß, dass ich zu viel gesagt habe. Und für einen ausgemachten Streit besteht ja nun doch keine Veranlassung.«

Angesichts solcher Normalität fiel es Joe schwer – ja, er fand es geradezu unmöglich – an eine dunkle Seite zu glauben. Die Begegnung zwischen Dickie Templar und Prentice verlief – soweit das unter den gegebenen Umständen möglich war – absolut normal. Prentice war reserviert, aber freundlich, und Dickie höflich, aber bestimmt.

Joe hörte Prentice sagen: »Ich finde, wir sollten uns einmal unterhalten. Aber Sie reisen übermorgen schon wieder ab, richtig? Heute ist ein bisschen viel los, aber gegen morgen würde nichts sprechen. Wollen wir uns für morgen verabreden? Wie wäre es mit Mittagessen im Club? Hier sind immer so viele Frauen – Midge, Nancy und Kitty, die ihre Augen überall hat. Da fühle ich mich so beobachtet. Ich würde mich gerne mit Ihnen unterhalten, ohne dabei beobachtet zu werden. Hm?«

Und der Nachmittag verstrich.

Joe hoffte nicht ernsthaft, in dieser Nacht zu schlafen, zumal er ja um Mitternacht die Wache übernehmen musste. Er legte sich komplett angezogen und mit der voll geladenen Browning-Automatik im Halfter auf das Bett und verschränkte die Arme hinter dem Kopf. Er starrte an die Decke. Seine Gedanken jagten ihn dunkle Flure entlang. Er hätte so gern Licht angemacht, gelesen, oder sich zum zehnten Mal davon überzeugt, dass seine Waffe richtig geladen war, aber sie hatten sich darauf verständigt, nichts zu tun, was vom normalen Tagesablauf abwich. Das hieß: Kein Licht um diese Uhrzeit. Sollte irgendjemand ihn beobachten, so schlief der Polizist aus London tief und fest. Wie üblich.

Er ging im Geiste die Straßen durch, die zu Nancys Bungalow führten und die er nehmen würde, um Andrew um Mitternacht abzulösen. Er hatte sich die Strecke genau angesehen und war sie bei Tageslicht, als er sicher sein konnte, dass Prentice fast zwei Kilometer entfernt auf der Esplanade exerzierte, sogar ganz bewusst abgelaufen. Er hatte sich von Andrew ein Paar Turnschuhe geliehen und war zuversichtlich, dass er sich nicht durch irgendwelche Geräusche verraten würde.

Seine Armbanduhr, die er ins Mondlicht hielt, verriet ihm, dass er sich in dreißig Minuten auf den Weg machen musste, und er war jetzt angespannt. Joe hatte sich von dem freundlichen Gespräch zwischen Dickie und Prentice nicht blenden lassen. Im Gegenteil – je mehr er darüber nachdachte, desto gekünstelter kam es ihm vor. Prentice versuchte, bewusst zu signalisieren, dass kein Anlass zur Sorge bestand. »Alles in Ordnung. Alles in wunderbarer Ordnung!« Joe war überzeugter denn je, dass Prentice in dieser Nacht zuschlagen würde. Schließlich war er – wie Joe – Soldat, und Joe ging davon aus, dass kein Soldat, dem zwei Nächte für eine bedeutende Offensive zur Verfügung standen, damit bis zur zweiten Nacht warten würde. Sollte der erste Versuch fehlschlagen, hatte er so immer noch eine zweite Chance.

Noch zwanzig Minuten. Joe schätzte, dass er sieben Minuten brauchen würde, um auf der Strecke, die er sich ausgesucht hatte, zu den Drummonds zu gelangen, und eine weitere Minute, um sich durch die Hintertür hineinzuschleichen und den Posten auf der Veranda gleich neben Dickies Zimmer zu beziehen. Er musste sich unbedingt an seine Absprache mit Andrew halten und Punkt fünf Minuten vor zwölf erscheinen. Jede Minute früher oder später könnte dazu führen, dass er für einen Eindringling gehalten und abgeknallt wurde. Lautlos erhob Joe sich von seinem Bett und schlich zum Fenster, um die Stärke des Mondlichtes abzuschätzen. Mond und Sterne strahlten so hell, dass Joe auch ohne eine Lampe hätte lesen können. Er zog sich eine dunkle Jacke über das weiße Hemd und wartete.

Er blickte in Richtung des Drummond'schen Bungalows und fragte sich, ob Dickie, der von seinem Einsatz auf dem Polofeld einigermaßen erschöpft sein dürfte, überhaupt schlafen konnte. Joe wusste, unter den gegebenen Umständen könnte er selbst kein Auge zutun. Alles war ruhig.

Dann richtete er den Blick in die entgegengesetzte Richtung zu den militärischen Linien und zur Curzon Street.

»Prentice! Du Hund! Woran denkst du gerade?«

Er wusste genau, dass Dickies Abreise kurz bevorstand, und womöglich setzte ihn das unter Druck. Er musste etwas tun – und zwar bald. Heute Nacht? Morgen? Abwarten!

»Wenn wir auf der Jagd wären, würde ich sagen, dass wir den Fuchsbau blockiert haben. Und den Fuchs. Ja, genau, das bin ich! Ich bin der Fuchsbaublockierer!«

Joe ging noch einmal alles durch, was sie verabredet und besprochen hatten. Drei Männer, die den Bau beobachteten, die über das Problem nachdachten, es durchdachten, es von allen möglichen Winkeln aus betrachteten, ganz gleich, ob wichtig oder unwichtig.

»Geht es Ihnen gut, Dickie? Midge? Alles in Ordnung?«

Es entlockte Joe ein Lächeln, dass die beiden Liebenden für ihn bereits zu einer Einheit verschmolzen waren. Wenn er an den einen dachte, dachte er unweigerlich auch an die andere.

Er blickte durch das Fenster und sah zu dem gelben Mond auf, dem Märzmond, als ihm plötzlich ein Gedanke kam – ein entsetzlicher, grauenhafter Gedanke, der ihn mit einer solchen Wucht traf, dass Joe mit einem Mal speiübel wurde.

»Wir haben den falschen Bau blockiert!«

Kapitel 23

»Prentice verfügt über die mörderische Geduld eines Pathanen, der eine Blutfehde austrägt. Prentice' Vorgehen hat Methode. Er wird das bisherige Muster nicht brechen. Sein Ritual. Herrgott noch mal! Er will nicht, dass Dickie stirbt! Er will, dass er lebt und leidet! Wie alle anderen auch! Er will ihn der Liebe seines Lebens berauben, und er will, dass er den Rest seines Lebens deswegen leidet. Das hat mit Ehe überhaupt nichts zu tun! Das ist bloß unsere westeuropäische Denkweise! Ihm reicht es, dass Dickie sie liebt – Prentice denkt wie ein Pathane. Auge um Auge – Verlust um Verlust. Angemessenheit. Gleichwertigkeit. Dickie hat nie in ernsthafter Gefahr geschwebt.«

Dann kam ihm noch ein Gedanke – »März! Wir haben immer noch März! Er muss kein ganzes Jahr warten!«

Kittys Stimme klang in seinen Ohren – vernichtend, bitter, amüsiert: »… Und es gibt Geschichten von zähen alten Schurken, die ihre eigenen Kinder umgebracht haben, wenn der Kodex das verlangte …«

»Wir haben uns geirrt! Geirrt! Geirrt!«

Das Grauen dieser Erkenntnis lähmte seine Muskeln. Joe konnte sich nicht bewegen. Er war nicht in der Lage, eine Entscheidung zu treffen. Was sollte er tun? Zu den Drummonds rennen und Hilfe holen?

Ja!

Nein! Das würde die Strecke zu seinem neuen Ziel um über

einen Kilometer verlängern. Und womöglich war es ohnehin schon zu spät! Sein Mund war trocken, seine Augen starrten in die Nacht, seine Ohren lauschten angestrengt.

Die Lähmung ließ nach, und ehe Joe sich versah, hatte er auch schon das Haus verlassen und rannte auf leisen Sohlen durch das Mondlicht in Richtung Curzon Street. In Richtung Prentice.

Am Tor zur Einfahrt blieb er stehen, dann ging er auf Zehenspitzen weiter. Das Haus lag in absoluter Stille da. Nirgendwo war Licht. Die Haustür stand wie üblich offen. Joe sah kurz hinter sich in den Garten und hatte eine Sekunde lang den Eindruck, in der Gartenlaube Licht zu sehen. Doch dann war es weg. Die Zimmer der Dienstboten lagen ebenfalls völlig still da. Es war so still, als wäre das Haus verlassen, fand Joe. Es stieg nicht einmal eine winzige Rauchsäule vom Herdfeuer in der Küche auf. Die Stille war unheilvoll, die Verlassenheit total.

Joe eilte verstohlen die Stufen zur Veranda hinauf und blieb vor der offenen Tür stehen. Nach nur kurzem Zögern betrat er das Haus, dann wartete er einen Moment, bis sich seine Augen an die tiefe Dunkelheit gewöhnt hatten.

Drinnen standen alle Türen offen. Das heißt, alle außer einer. Und das war doch die zu Midges Zimmer, oder? Joe konnte sich an das Zimmer erinnern. Er erinnerte sich an die hellen, grazilen Rattanmöbel und die schönen Wandbehänge, die Prentice angeschafft hatte, um seiner Tochter einen angemessenen Empfang zu bereiten. Joe erinnerte sich sogar an den Grundriss des Zimmers und öffnete entschlossen die Tür.

Unendlich erleichtert entdeckte er auf dem Charpoy-Bett unter dem Moskitonetz die schlafende Midge. Doch ein zweiter Blick verriet ihm, dass etwas nicht stimmte. Midge lag in einer unnatürlichen Pose auf dem Rücken. Ihre Hände waren regungslos über der Brust gefaltet – wie bei einem Ritual. Joe ging einen Schritt, dann einen zweiten. Er rammte einen Stuhl und bückte sich, um ihn zur Seite zu schieben. Als er ihn in die Hand nahm, merkte er, dass er kaputt war. Er zerfiel in mehrere Stücke. Er sah sich im Zimmer um und stellte fest, dass sämtliche Möbelstücke kaputt waren – zerschlagen. Die Wandbehänge waren heruntergerissen, und alles lag rings um Midges Bett verteilt auf dem Boden. Joe tat noch einen Schritt und stieß dabei gegen einen harten Gegenstand. Einen Kerosinkanister.

Aufgeregt riss er das Moskitonetz zur Seite und kniete sich neben die schlafende Midge. Und dann sah er den dunklen Fleck auf ihrer Brust. Er stöhnte auf und streckte die Hand aus, um ihn zu berühren. Entsetzt zog er die Hand wieder zurück. Es war ein Strauß roter Rosen, der unter ihren schlaffen Händen lag. Joe ergriff automatisch eine von Midges Händen und fühlte ihren Puls. Er senkte automatisch sein Gesicht ganz dicht über ihres herab und atmete ein. Was war das für ein Geruch? In seiner Zeit in London war er längst nicht auf alles vorbereitet worden, was ihm in Indien begegnen würde, aber den Geruch von Haschisch konnte er doch identifizieren. Joe berührte Midges Stirn ganz sacht mit den Lippen. Die Stirn war leicht feucht. Midge lebte. Midge stand unter Drogen. Midge sollte, so, wie es aussah, auf die gleiche Art und Weise sterben wie ihre Mutter vor zwölf Jahren. Auf einem Scheiterhaufen. Das war die Todesart, die Midge seit damals am allermeisten gefürchtet hatte.

Mit zitternden Händen wollte Joe Midge aus dem Bett heben, als er ein Geräusch hinter sich hörte, nach dem er sich blitzschnell umdrehte.

In der offenen Tür stand schweigend eine vom Mondlicht beschienene, unwirkliche, große Gestalt und beobachtete ihn.

Jedes einzelne Haar sträubte sich ihm, und jeder einzelne

Muskel im Körper spannte sich vor Entsetzen, als Joe keuchte: »Chedi Khan.«

Nancy war nicht wohl in ihrer Haut. Sie sah noch einmal auf die Uhr. Fünf nach zwölf. Andrew war noch nicht ins Bett gekommen. Nancys Sinne waren alle hellwach und sagten ihr, dass hier etwas ganz und gar nicht stimmte. Sie hatte ohnehin nicht erwartet, durchschlafen zu können, und hatte es sich in einer Hose, einem von Andrews alten Hemden und weichen Reitstiefeln auf einem Sessel bequem gemacht. Jetzt stand sie auf und schlich auf die Veranda.

»Andrew! Irgendetwas stimmt nicht«, flüsterte sie. »Joe ist noch nicht hier, oder? Und wenn er nicht hier ist, dann heißt das, dass hier keine Gefahr herrscht … Sondern woanders. Ich gehe rüber zum Gästehaus.«

»Bleib hier, Nancy, ich werde Dickie bitten …«

Aber Nancy war bereits losgerannt.

Sie legte den knappen Kilometer zu Joes Unterkunft zurück und blieb an der Einfahrt stehen, um nach Luft zu schnappen. Alles still. Die Haustür stand sperrangelweit offen. Sie schlich sich zum Haus, blieb wieder stehen und lauschte. Doch das Einzige, was sie hörte, war ihr schnaufendes Atmen. Sie betrat die Eingangshalle und ging zu Joes Schlafzimmer. In der Tür prallte sie gegen eine Gestalt mit Turban und riss den Mund zu einem unkontrollierten Schrei auf. Eine indische Hand legte sich auf ihre Lippen und erstickte jedes Geräusch. Ihr blieb fast das Herz stehen. Sie erlebte den gleichen Albtraum wie Joan, Sheila, Alicia und Peggy! Sie alle erlebten die letzten Minuten ihres Lebens als den vollkommenen Horror – sie sahen einen Inder mit einer Schlange in der Hand, einen Inder, der sein Opfer packte, um es über die Klippen zu werfen, einen Inder, der einen nach Luft schnappenden Mund mit aller Kraft unter Wasser drückte, einen Inder, der mit einem Rasiermesser Pulsadern aufschlitzte.

Nancy zappelte und wehrte sich, bis sie mit dem Ellbogen an die Gürtelschnalle einer Polizeiuniform stieß und eine Stimme eindringlich auf sie einsprach: »Memsahib! Ich bin es, Naurung! Bitte seien Sie still!«

»Chedi Khan!«

Ungläubig starrte Joe den Pathan-Krieger an, der sich als bewegungslose, vom Mondlicht beschienene Silhouette in der Tür zeigte. Eine lange Weste mit Fransen, eine flatternde weiße Hose und ein ebensolches Hemd, ein zum Turban gebundenes Lungi-Tuch, bestickte Slipper, ein gebogenes Messer am Gürtel. Doch dann erblickte Joe in der rechten Hand der Erscheinung den Glanz eines schlanken Pistolenlaufs und sah sich von einer Luger P'08 bedroht.

Blitzschnell hatte Joe die Hand am eigenen Halfter.

»Machen Sie keine Dummheiten, Sandilands!« Joe erstarrte, als er Prentice' trockene Stimme hörte.

Joe war völlig hilflos, versuchte, etwas zu sagen, und zeigte auf Midge.

»Lassen Sie sie! Lassen Sie sie!«, sagte Prentice. »Sie schläft. Sie können nichts für sie tun. Genau genommen schlafen in unserem kleinen Zirkel alle außer Ihnen und mir. Der alte Andrew schläft den Schlaf der Senilität, Nancy schläft den Schlaf der verlorenen Unschuld, und Templar schläft – wie ich annehme – den Schlaf enormer sexueller Erregung und Vorfreude.« Er schwieg. »Der einzige Unterschied zwischen ihm und Minette ist, dass er morgen Früh aufwachen wird. Aber kommen Sie doch mit.«

Mit der linken Hand machte er eine Geste zur Tür hinaus, während er mit der rechten weiter die Pistole auf Joes Bauch gerichtet hielt. »Kommen Sie, Sandilands«, sagte er. »Und wenn es Ihnen nicht allzu viel ausmacht, nehmen Sie doch bitte die Hände hoch. Obwohl Sie ohnehin längst tot wären, bevor Sie Ihre klobige Schusswaffe gezogen hätten. Kommen Sie, gehen Sie voran. Wir gehen da rein.«

Er zeigte auf die Tür zu seinem Büro. »Auf dem Tisch sehen Sie eine Schachtel Streichhölzer. Sie sind Teil meines Plans für heute Abend, wie Sie sich wohl vorstellen können. Seien Sie doch so freundlich, die Lampe anzuzünden, und nehmen Sie bitte Platz. Wir können es uns ja genau so gut bequem machen. Die Zeit verstreicht in Ihrer Gegenwart auf so viel angenehmere Weise.«

Endlich fand Joe unter Schmerzen die Stimme wieder. »Prentice!«, rief er verzweifelt aus und hasste sich selbst für die Allgemeinplätze, die jetzt aus ihm hervorsprudelten. »Damit kommen Sie doch nie und nimmer durch! Wenn Sie Ihren Plan weiter verfolgen, sind Sie ein toter Mann! George Jardine hat bereits einen ausführlichen Bericht über die Vorgänge hier erhalten. Er ist über alles, was wir aufgedeckt und über alles, was wir kombiniert haben, im Bilde. Das, was Sie heute Abend tun, ist der Schlussstein in unseren Ermittlungen. Es gehört eigentlich nicht zu meinen Aufgaben, Ihnen einen Rat zu geben, aber ich tue es trotzdem – verschwinden Sie! Fliehen Sie. Verstecken Sie sich. Wenn Sie hier bleiben, gibt es keine Rettung für Sie. Ganz gleich, wo Sie sind, ganz gleich, was Sie tun, man wird Sie finden. Andere werden Ihre Spur wieder aufnehmen und verfolgen.«

»Rettung?«, sagte Prentice. »Selbstverständlich gibt es Rettung für mich. Ich wäre ein schlechter Planer, wenn ich nicht entsprechende Vorbereitungen getroffen hätte.«

»Und«, sagte Joe, dem es unmöglich war, das Beben in seiner Stimme zu unterdrücken, »Sie würden Ihre Tochter umbringen, die Tochter Ihrer Frau?«

»Der Kreis muss geschlossen werden.« Auf einmal schien

ihn eine dunkle Leidenschaft zu erfassen, als er sagte: »Zwölf Jahre lang habe ich auf diesen Augenblick hingearbeitet. Seit 1910. Doch das wissen Sie wahrscheinlich, obwohl Sie so ein Stümper sind.«

»Ich weiß nur sehr wenig über Ihre Frau«, sagte Joe. »Obwohl viele mir von ihr erzählt haben. Sie muss eine freie und schöne Seele gewesen sein. Es überrascht mich nicht – es überrascht niemanden –, dass Sie sie so innig geliebt haben. Aber sagen Sie, Prentice, glauben Sie wirklich, dass der Tod der vier Frauen und der bevorstehende Tod Ihrer Tochter jene strahlende Seele trösten wird? Sie haben genug Blutopfer gebracht, um Kalis Durst zu stillen! Dolly hätte niemals eine solche Vergeltung gefordert!«

Prentice sah ihn einen Augenblick lang völlig überrascht an. »Meine Frau? Sie sprechen von meiner toten Frau?« Er lachte bitter. »Meine Frau! Ach, du meine Güte! Sandilands – trotz all Ihrer schönen Kultiviertheit, trotz all der klugen, dogmatischen Auslassungen über die Methoden der Polizei, trotz aller Fragen und Antworten, sind und bleiben Sie doch nur ein einfacher Londoner Bobby, der in dieser Situation in etwa so viel Vorstellungskraft beweist wie ein Cockerspaniel – oder ein Bulstrode! Da frage ich mich wirklich, was Sie eigentlich über das Leben wissen? Ich meine das echte Leben, das Leben jenseits von Wimbledon, Belgravia und den Jagdgründen Englands? Nichts!

Commander, so Leid es mir tut, aber Sie haben auf ganzer Linie versagt! Ich fasse es nicht, dass Sie ernsthaft davon ausgingen, Dickie Templar sei mein Ziel gewesen. Und ich fasse es noch viel weniger, dass Sie ernsthaft davon ausgingen, meine Trauer gelte Dolly!«

Kapitel 24

Wie vom Donner gerührt, ließ Joe sich auf einen Stuhl sinken. Schweigend sahen sich die beiden Männer über den Schreibtisch hinweg an, bis Prentice weitersprach: »Wie oft ich mir diesen Satz anhören musste – ›Jene tragische Nacht‹ … ›Der Tod Ihrer Frau‹. Niemandem, ganz gleich, ob Engländer oder Inder, ist jemals aufgefallen, oder wenn es jemandem aufgefallen ist, so hat niemand je Notiz davon genommen, dass Dolly nicht allein starb.«

»Chedi Khan«, flüsterte Joe.

»Ja«, war Prentice' schroffe Antwort. »Chedi Khan. Fangen Sie jetzt an zu verstehen?«

»Was ist mit ihm?«, fragte Joe. »Soweit ich informiert bin, starb er bei dem Versuch, Ihre Frau zu retten. Gott segne ihn. Was wollen Sie mir gerade sagen?«

»Ich will Ihnen gar nichts sagen«, brauste Prentice plötzlich auf. »Ich sage nur, dass Dolly ein Nichts war, hören Sie? Ein Nichts! Wenn sie überhaupt irgendetwas war, dann höchstens eine promiskuitive kleine Schlampe, die es verdient hatte zu sterben! Und sie starb genau so, wie sie oft gelebt hatte – im Suff! Ich hätte nicht einmal einen Hund geopfert, um sie zu retten, und es würde mich keine Minute Schlaf kosten, ihren Tod zu rächen. Aber …« Er listete die Namen ganz langsam auf, wie eine Litanei: »Carmichael, Forbes, Simms-Warburton, Somersham und Templar – wo waren sie an jenem Abend, an jenem ›tragischen Abend‹, wenn Sie ihn so nennen wollen? Wo waren sie? Sie waren besoffen und gleichgültig! Sie hätten in wenigen Minuten zu Pferd da sein können! Ihr Erscheinen, ja, allein das Getrappel ihrer Hufe hätte die Dacoits sofort, und noch bevor sie größeren Schaden anrichten konnten, in die Flucht geschlagen! Hätten die Herren sich in Bewegung gesetzt, als der Alarm ausgelöst wurde, wären sie Manns genug gewesen, hätten sie das Ehrgefühl besessen – und damit meine ich ein Ehrgefühl, wie wir es im Norden kennen –, dann hätten sie ihr Leben riskiert, um ihn zu retten. Aber sie haben ihn sterben lassen! Ich vermute, dass sie nicht einmal wussten, dass sie ihn sterben ließen. Aber im Laufe der Jahre hat jeder Einzelne von ihnen dafür bezahlt. Jeder Einzelne von ihnen wurde zu lebenslangem schmerzlichem Verlust verurteilt. Und jetzt ist Templar dran! Der Gurkha-Held! Jetzt bezahlt auch Templar seine Rechnung.«

»Sie sind verrückt«, sagte Joe. »Sie sind wirklich verrückt. Das ist doch Wahnsinn! Das ist purer Wahnsinn!«

»Wahnsinn? Nennen Sie es ruhig Wahnsinn. Glauben Sie ruhig an Wahnsinn. Aber ich sage Ihnen – Chedi Khan war die Liebe meines Lebens. Er war lauter und rein. Er war wunderschön. Er hat mich geliebt, und ich habe ihn geliebt. Ich hätte alles für ihn getan. Ich kann mir nichts vorstellen, was meinem Leben einen tieferen Sinn geben würde, als für ihn sterben zu dürfen. Er erfüllte mich mit Freude, er erfüllte mich mit Hoffnung, und er erfüllte mich mit dem Versprechen, dass ein gemeinsames Leben vor uns lag – doch dann starb er durch ihre Nachlässigkeit in den Armen einer betrunkenen Frau, allein und unter Qualen! Wie sollte ich jenen, die dafür verantwortlich sind, jemals verzeihen? Sie haben ihn mir genommen! Er war mein Ein und Alles! Es dauerte Monate, bis ich endlich begriff, dass er nicht mehr da war, und über die Jahre hat der Schmerz nicht nachgelassen.«

Joe hörte entgeistert zu.

»Pathanischer als die Pathanen.« Kittys Worte klangen ihm wieder in den Ohren. Vor ihm stand ein Stammesangehöriger, unbarmherzig und unnachgiebig, überzeugt von der Richtigkeit seines Tuns. Sein Adlerprofil und seine dunklen und unter den schweren Lidern wachsamen Augen führten seinen kultivierten englischen Akzent ad absurdum.

»Und das haben Sie bereits als kleines Kind gelernt?«, fragte Joe. »Wie ein Pathane zu denken? Ganz dem Sprichwort entsprechend: ›Wie man die Rute biegt, so wächst der Stamm.‹ Missgestaltet. Für immer missgestaltet.«

»Immer noch ganz der analytische Polizist! So wenige Minuten vor Ihrem Tod versuchen Sie immer noch, alles restlos zu verstehen, Sandilands.« Er lächelte mitleidig. »Und wieder versagen Sie so jämmerlich!«

Er hielt inne und überlegte, wie Joe fürchtete, ob er ihn aus schierer Langeweile sofort erschießen sollte, um es endlich hinter sich zu haben, oder ob er doch jenem Verlangen nachgeben sollte, das so viele Mörder treibt – nämlich ihre Taten zu erklären. Irgendjemandem, und wenn es nur der Beamte ist, der sie festnimmt, klarzumachen, was sie dazu getrieben hat. Ihre Arbeit ist einsam, sie können niemandem vertrauen, sie können ihr Handeln nicht rechtfertigen – und in dem Moment, in dem sie auffliegen, unterliegen sie dem unkontrollierbaren Bedürfnis, ihre Geschichte zu erzählen. Joe setzte jetzt darauf, dass Prentice das gleiche Bedürfnis verspürte.

»Kein Wunder, dass alle Sie für einen Inder hielten«, sagte er. »Ich kenne Sie ja nun schon ziemlich gut – wir haben uns schon öfter unterhalten – aber selbst mir würde es schwer fallen, Sie von jemandem zu unterscheiden, der wirklich indischer Abstammung ist …«

Prentice schnaubte verächtlich. »Idiot!«, fuhr er Joe an. »Sie sehen es also auch nicht! Sie sind genau so scharfsinnig wie dieser Volltrottel von einem Superintendent, den Andrew weiter beschäftigt. Dieser blinde Hohlkopf hat mich zwei Mal verhört, und beide Male hat er es nicht geschafft, mehr zu sehen als nur die braune Haut, etwas Safran und Asche, ein Kastenzeichen und einen Turban. Ich *bin* Inder! Halbinder, um genau zu sein. Mein Vater war Engländer, und meine Mutter – meine richtige Mutter – war Pathanin. Eine Pahari aus den Bergen.«

Joe starrte ihn perplex an. Was hatte Naurung senior doch gleich über den Fährmann gesagt, den er verhört hatte? »Er war von Kopf bis Fuß Inder, Sahib.«

Als würde er ungeduldig, schob Prentice den einen Ärmel seines weiten Hemdes bis zur Armbeuge hoch und enthüllte einen muskulösen, braunen Arm. »Ich brauche keine künstlichen Farben! Ich kann mich nackt vor einen Engländer stellen, und er würde nichts anderes sehen als einen Inder. Es war kinderleicht, in die Nähe dieser dummen, blinden Engländerinnen zu kommen. Ein dunkelhäutiger Mann ist für sie etwas, von dem sie den Blick abwenden, etwas, das noch unwichtiger ist als ein Möbelstück.«

Prentice klang bitter, und Joe nutzte das aus. »Sie haben für die Memsahibs wohl nicht besonders viel übrig? Sie haben Ihren Opfern gegenüber keine Gnade gezeigt – ich würde sogar behaupten, dass es Ihnen eine Befriedigung war, sie umzubringen.«

»Nicht viel für sie übrig? Ich hasse sie. Sie wissen wahrscheinlich von der entzückenden englischen Tradition, dass ein Mann sich von seiner indischen Geliebten trennt, wenn er endlich heiratet? Als mein Vater eine frisch aus England kommende Frau heiratete, ließ er meine Mutter fallen, besuchte sie aber weiterhin. Die Engländerin, die seine Bedürfnisse sonst in jeglicher Hinsicht erfüllte, schenkte ihm leider nicht die Kinder, die er wollte. Meine pathanische Mutter hatte mich geboren, und mein Vater besaß die Grausamkeit, seine

Frau dazu zu bringen, dieses Kind als ihr eigenes anzuerkennen. Wir waren auf einem sehr entlegenen Posten ganz weit im Nordwesten stationiert, wo nur wenige von diesem Betrug wussten und niemand darüber redete. Meine richtige Mutter wurde als meine Ayah angeheuert, sodass ich sie nicht entbehren musste, und ich liebte sie und die Lebensart der Pathanen über alles. Meine englische Mutter hasste mich natürlich und tat alles, um mir das Leben schwer zu machen. Sie war ziemlich einfallsreich, was das anging, und stand ihrem Mann an Grausamkeit in nichts nach.«

»›Wenn man mir ein Kind in seinen sieben ersten Lebensjahren überlässt, ist es für immer mein.‹«, zitierte Joe. »Wer hat das gesagt? Irgendwelche Jesuiten, oder? Nach dem gleichen Muster würden Hass- und Angstgefühle, die man in jenen zarten Jahren verspürt, auch den Rest des Lebens beeinflussen.«

»Wen zitieren Sie da? Freud? Jung? Sandilands? Verschonen Sie mich mit Ihrer Psychologie! Ich kann Ihnen ganz schlicht sagen, dass Engländerinnen mit ihren weißen Gesichtern, ihren scharfen Zungen und ihrer untätigen Art mir seither ein unerträgliches Gräuel sind.«

»Aber Dolly haben Sie trotzdem geheiratet?«

»Ich habe mich verheiratet, um meine Karriere voranzutreiben, Sandilands.«

»Und Midge?« Joe wagte kaum zu fragen.

»Ach, ich glaube … nein, ich bin mir sogar ziemlich sicher … dass sie meine Tochter ist – falls es das ist, worauf Sie hinauswollen. Aber das Kind, mit dem sie schwanger war, als sie starb … keine Ahnung.«

»Aber – die Frauen, die Sie umgebracht haben«, sagte Joe verzweifelt, »jede auf eine andere Art und Weise und jede genau auf die Art und Weise, die sie am allermeisten fürchtete …?«

»Jetzt vergessen Sie schon wieder Chedi Khan! Wir holten ihn damals aus einem brennenden Dorf, und er ist die Angst vor Feuer sein Lebtag nicht losgeworden ...«

Vor Joes geistigem Auge tauchten die unzähligen Wassereimer im Flur des abgebrannten Bungalows auf. Sie dienten nicht dazu, Dolly zu beruhigen, sondern Chedi Khan!

»... und dann kam er im Feuer um. Es gibt keinen Tag, an dem ich nicht daran denke, wie viel Überwindung es ihn gekostet haben muss, welche entsetzliche Angst er ausgestanden haben muss, als er sich durch die Flammen zurück ins Haus kämpfte, um *was* zu retten? Eine wertlose, betrunkene Engländerin!«

»Aber Midge – Prentice, das müssen Sie doch von jener Nacht vor zwölf Jahren wissen, dass auch Midge schreckliche Angst vor Feuer hat! Wenn Sie solches Mitgefühl mit Chedi Khan und seiner Angst haben, warum können Sie nicht das gleiche Mitgefühl für Midge aufbringen?«

»Ich schließe den Kreis«, wiederholte Prentice. »Das ist gerecht. So muss es sein. Sie wird ja nicht alleine sein. Ich habe meine Arbeit getan und werde sie begleiten.«

Angesichts dieser letzten grauenhaften Enthüllung gab Joe jede Hoffnung auf. Jetzt endlich verstand er. Es war völlig unmöglich, mit einem Fanatiker vernünftig zu argumentieren, zu reden, zu verhandeln, wenn er beschlossen hatte sich umzubringen.

Joe waren schon seit geraumer Zeit Geräusche im Haus aufgefallen, und er hatte immer lauter gesprochen, um sie zu übertönen. Hatte Midge womöglich das Bewusstsein wiedererlangt? Hörte sie zu? Wenn ja, würde sie verstehen, worum es ging und Hilfe holen? Würde sie ins Büro kommen? Allein das konnte als Ablenkung bereits ausreichen, um Joe eine Chance zu geben. Prentice war so mit sich selbst und seiner Geschichte beschäftigt, dass er die Geräusche völlig überhört hatte. Doch jetzt schwieg er auf einmal, und das Schweigen kam der sprichwörtlichen Ruhe vor dem Sturm gleich. Joe war sich sicher, dass Prentice in wenigen Sekunden zuschlagen würde. Um mögliche weitere Geräusche zu übertönen, sprang er auf, als sei er furchtbar aufgeregt, und schrie Prentice an.

»Sie Schwein!«, schrie er. »Sie würden Ihre eigene Tochter umbringen und diesen Fluch auf alle Ewigkeit mit sich herumtragen?«

Der Lauf der Luger folgte Joes Bauch.

»Sie nennen es vielleicht umbringen …«

Da erschien eine Gestalt in der Tür. Eine Gestalt mit einer 22er Smith and Wesson Übungspistole.

Nancy ließ den Lauf auf ihrem linken Unterarm ruhen und schoss.

Die Kugel traf Prentice in der Schulter und wirbelte ihn herum. Seine Waffe fiel ihm aus der Hand, rutschte über den Schreibtisch und landete weit von ihm entfernt auf dem Boden. Nancy schoss noch einmal und verfehlte ihr Ziel. Sie schoss ein drittes Mal und traf Prentice mitten in die Brust. Blut spritzte ihm aus dem Mund und lief auf das weiße Hemd.

Joe versetzte der Luger einen Tritt, mit der sie in eine entfernte Zimmerecke rutschte, richtete seine eigene Pistole auf Prentice und sagte: »Giles Prentice, ich verhafte Sie im Namen …«

Doch die übliche Litanei wurde von einem ungeduldigen Schrei und einem weiteren Schuss aus Nancys Waffe unterbrochen. Prentice wurde ein zweites Mal in die Brust getroffen, und Nancy betrat nun langsam den Raum, ohne auch nur eine Sekunde die Waffe von ihm zu wenden.

Nancy wirkte blass und abgehärmt und sah Prentice ohne zu blinzeln in die Augen. Schroff blaffte sie ihn an: »Sehen Sie mich an, Prentice! Sehen Sie mich an! Was sehen Sie? Sie wissen doch so viel über Angst, oder? Sehen Sie sich jetzt endlich Auge in Auge mit *Ihrer* größten Angst? Einer weißgesichtigen, scharfzüngigen Engländerin? Einer Memsahib, die Sie hasst? Einer Memsahib, die Ihnen soeben drei Kugeln verpasst hat, und die Ihnen jetzt eine vierte in den Hals jagen wird?«

Sie richtete die Pistole auf seinen Hals.

Prentice wiegte sich in der Hocke hin und her und wirkte, als würde er jeden Moment zusammenbrechen. Aus seinen Mundwinkeln rann Blut. Er taumelte nach vorn und klammerte sich am Schreibtisch fest, ließ Nancy dabei keine Sekunde aus den Augen. Aber er fiel nicht hin. Krampfartig erlangte er plötzlich neue Stärke und schwankte auf die offene Tür zu. Halb stolperte, halb rannte er unbeholfen den Flur hinunter auf die Hintertür und die Zimmer der Dienstboten zu und hinterließ Abdrücke seiner blutverschmierten Hände auf den Wänden und eine Blutspur auf dem Boden.

Nancy fluchte, schoss auf seinen Rücken und wollte ihm hinterherrennen.

Joe hielt sie zurück. »Nein! Lass ihn, Nancy. Wir müssen uns um die Lebenden kümmern. Midge! Sie ist in ihrem Zimmer. Bitte sieh nach ihr. Sie steht unter Drogen, ist bewusstlos und in Gefahr!«

»Alles in Ordnung«, sagte Nancy. »Wir haben sie bereits gefunden. Dickie ist bei ihr. Sie ist bewusstlos, aber sie lebt. Als du nicht zu deiner Schicht aufgetaucht bist, war ich in deinem Bungalow. Naurung hatte sich auch schon Sorgen gemacht, und wir nahmen an, dass du hierher gekommen warst.«

»Dickie ist hier? Dann schafft Midge in Gottes Namen hier raus! Sie darf das hier nicht sehen. Wenn sie aufwacht, darf das hier nicht das Erste sein, was sie sieht!«

Joe hörte Stimmengewirr und eilige Schritte im Eingangsbereich. Dickie kam mit Midge auf dem Arm aus ihrem zerstörten Zimmer, während Andrew, von Naurung gestützt, langsam ins Haus gehumpelt kam. Er blieb stehen und betrachtete entsetzt die Blutspuren, roch das Kordit und hatte immer noch die Schüsse im Ohr.

»Nancy!«, sagte er. Sein Ruf klang mehr wie ein Stöhnen. »Nancy! Sag mir, dass mit dir alles in Ordnung ist!«

Etwas unbeholfen nahm er sie in den Arm. Tränen liefen ihm über das Gesicht.

»Ich habe Schüsse gehört. Oh, Gott! Ich dachte schon, du wärst das nächste Opfer! Dieser Teufel! Wo ist Prentice?«

»Kommen Sie mit mir mit«, sagte Joe. »Wir werden ihn suchen. Er ist mit drei von Nancys Kugeln im Körper getürmt. Und Nancy – du bleibst bei Dickie.«

»Ja«, pflichtete Naurung ihm in ungewohnter Formlosigkeit bei, »tun Sie, was der Commander sagt, *bibi-ji*.«

»Und Sie, Naurung – Sie übernehmen jetzt hier die Verantwortung. Lassen Sie niemanden herein. Tun Sie, was zu tun ist.«

»Sahib«, sagte Naurung, »seien Sie vorsichtig. Die Kobra hat sich in ihr Loch zurückgezogen.«

Andrew entgegnete mit kalter Entschlossenheit: »Ich bin bewaffnet.«

Sie machten sich auf den Weg, indem sie den Blutspuren folgten.

»Ich glaube, ich weiß, wo er hinwill«, sagte Andrew. »Am Ende des Gartens ist der Fluss, und normalerweise hat er dort ein Boot. Ein paar Hundert Meter weiter, und schon ist man in der Altstadt. Wenn er so weit kommt, haben wir ihn verloren.«

»Er will nicht in die Eingeborenenstadt«, sagte Joe.

Sie gingen vorsichtig in den mondhellen Garten hinaus und durch die Hecke hinüber in den verwilderten Garten von Prentice' altem Haus. Sie kämpften sich durch hinabhängende Kletterrosenzweige und das dichte Gestrüpp, bis sie schließlich auf einen kleinen Pfad stießen und diesem folgten. In seiner unbeholfenen Eile lief Andrew gegen einen Mohwa-Baum, von dem sich eine ganze Kaskade intensiv duftender, wachsartiger Blüten ergoss.

»Vorsichtig«, sagte Joe. »Er könnte noch bewaffnet sein.«

Sie gingen leise weiter.

Dann tauchte der mogulische Gartenpavillon in seiner vollen Größe vor ihnen auf, und Joe blieb trotz böser Vorahnungen kurz stehen, so beeindruckt war er von seiner Schönheit. Er stand bleich und friedlich im Mondlicht, als wolle er sich bewusst von den blutigen Ereignissen jener Nacht distanzieren. Die islamische Kuppel erhob sich in den sternenklaren Himmel, die Fenster waren mit kunstvoll durchbrochenen Läden geschlossen, und Massen von kleinen duftenden roten Rosen kletterten an den Wänden hoch bis aufs Dach. Joe zeigte schweigend auf die offene Tür.

Andrew zog seine Waffe, dann stellten sie sich auf jeweils eine Seite der Tür und lauschten. Es war nichts zu hören. Joe nickte und ging hinein. Zunächst konnte er gar nichts sehen, doch dann bemerkte er Prentice, der – wie es aussah – am Fußende eines Charpoy-Bettes kniete und den Kopf in seinen Armen auf dem Bett vergraben hatte.

Joe kniete sich neben ihn und schob Prentice' Gewand zur Seite, um seinen Herzschlag zu fühlen. Dann hielt er seine blutverschmierte Hand in die Höhe und sagte: »Tot. Endlich.«

»Was hat er gemacht?«, wunderte Andrew sich. »Warum ist er hierher gekommen?«

Joe holte ein Streichholz aus der Tasche und riss es an. Er entdeckte eine kleine Lampe auf dem Tisch, zündete sie an und hielt sie hoch. Der Raum war gesäumt von gemusterten Schränken, die alle in den leuchtenden Farben und dem Stil des Mogulreichs bemalt waren, mit liebevoll dargestellten und ebenso liebevoll restaurierten Szenen der mogulischen Mythologie. Auf einem Tisch befanden sich Pinsel und Farbtöpfe. Der Raum hatte etwas von einem Schrein an sich.

Andrew streckte überraschend sanft die Hand nach Prentice aus, legte sie ihm auf die Schulter und drehte ihn auf den Rücken. Prentice' tote Hand umklammerte – erstaunlich genug – eine gepresste Blume, die einst rot gewesen sein mochte, und ein mitgenommenes Schulheft, aus dem jetzt, da Andrew Prentice herumgedreht hatte, diverse Papiere und Fotografien zu Boden fielen. Joe nahm eines der Bilder in die Hand und sah einen auffallend schönen jungen Mann. Er stand lächelnd mit nacktem Oberkörper und nur mit einer Unterhose bekleidet neben einem Fluss. Die nächste Fotografie zeigte die gleiche Person einige Jahre jünger auf einem Pony. Das dritte Bild kannte Joe bereits. Er hatte genau das gleiche Foto im Familienalbum der Prentice' bei Kitty gesehen: Ein lachender, attraktiver Mann, in dessen glänzendes schwarzes Haar ein Zweig roter Rosen geflochten war. Diese Fotografien dokumentierten Chedi Khans Jugend und das frühe Erwachsenenalter. Unendlich glücklich. Unendlich schön.

»Wer ist das?«, fragte Andrew. »Wer könnte das bloß sein?«

»Das ist Chedi Khan«, sagte Joe. »Die Liebe seines Lebens.« Dann erklärte er.

Sie legten die Fotos beiseite und wandten sich dem Schulheft zu, auf dessen Titelseite die Worte »ST. LUKE'S MISSION AND SCHOOL. ARMZAN KHEL.«… gedruckt waren. Prentice' Blut hatte die Seiten verschmiert, die Joe und Andrew jetzt langsam aufblätterten.

»Das ist das Schulheft eines Kindes«, sagte Andrew. »Eines Kindes, das lernt, Englisch zu schreiben. Oder?«

»Chedi Khan«, sagte Joe. »Prentice hat ihn zur Schule geschickt. St. Luke's Mission. Anglikanerpater. Aber Chedi Khan ist zwei Mal weggerannt – immer wieder zurück zu Prentice.«

Sie blätterten weiter und weiter, bis sie schließlich eine Seite mit flüssiger Handschrift aufschlugen – ganz offensichtlich eine Schreibübung.

»Wie gut ist Ihr Hindustani?«, fragte Joe. »Können Sie das hier lesen?«

»Ich glaube schon«, sagte Andrew und ließ den Zeigefinger der Schrift folgen. »Mal sehen … Also, da steht ›An G. P. von C. K.‹ Das ist eindeutig. Aber was ist das hier? Äh … ›Verhindere nicht, dass ich dir folge‹ … Ja, ich glaube, das ist richtig … ›denn wo auch immer du bist … ich werde dir folgen …‹ Moment mal!«, sagte Andrew. »Das kenne ich doch! Das ist eine Übersetzung aus der Bibel! Genau das, was anglikanische Geistliche indischen Kindern als Schreib- oder Übersetzungsübung aufgeben würden!«

Er schloss die Augen, um sich an den Text in der Bibel zu erinnern und sagte ihn dann langsam auf:

»›Rede mir nicht ein, dass ich dich verlassen und von dir umkehren sollte. Wo du hingehst, da will ich auch hingehen; wo du bleibst, da bleibe ich auch. Dein Volk ist mein Volk, und dein Gott ist mein Gott.

Wo du stirbst, da sterbe ich auch, da will ich auch begraben werden. Der Herr tue mir dies und das, nur der Tod wird mich und dich scheiden.‹«

Sie sahen einander an.

»Aus dem Buch Rut«, sagte Andrew erstaunt.

»Das ist ein Liebesbrief«, sagte Joe. »Chedi Khans Liebeserklärung an Prentice, als dieser ihn wegschickte, in die Schule. ›… nur der Tod wird mich und dich scheiden …‹ Das ist es. Darum ging es die ganze Zeit. Und für Prentice war es das Schönste, was ihm je in seinem Leben widerfahren war. Das

Einzige, was in seinem Leben etwas zählte. Andrew, wir berühren nur die Spitze eines gewaltigen Eisberges.«

Joe kniete sich hin, und Andrew setzte sich auf den Boden.

»Tja«, sagte Andrew. »Wie Sie bereits erwähnten, damit wäre wohl alles gesagt.«

»Nicht ganz«, widersprach Joe. Er hielt das blutbefleckte Schulheft hoch und schlug es auf der letzten Seite auf. »Aber damit ist alles gesagt.«

Dort stand in Prentice' geneigter, schwungvoller Handschrift:

»Da erbebte der König und ging hinauf in das Obergemach des Tores und weinte, und im Gehen rief er: Mein Sohn Absalom! Mein Sohn, mein Sohn Absalom! Wollte Gott, ich wäre für dich gestorben! G. P. 1910.«

Kapitel 25

Andrew schloss erschöpft und betrübt die Augen. Er lehnte sich gegen das Bett und nahm nach einer Weile Joes Hand. »Gut gemacht!«, sagte er. »Sie haben es geschafft.«

»Geschafft?«, sagte Joe bitter. »Mein Gott! Sehen Sie sich doch mal dieses Chaos an!«

»Niemand hätte mehr tun können. Ich kenne niemanden, der so viel hätte tun können wie Sie.«

»Und Prentice?«, fragte Joe. »Was ist mit Prentice? Wie soll ich über ihn denken?«

»Denken Sie, dass er ein böser Mann war – ein grausamer, tödlicher Mann, der jetzt seinen gerechten Lohn erhält. Und was Nancy angeht – meine Frau! –, so kann ich nur sagen, Joe, dass ich verdammt stolz auf sie bin! Und dann können Sie noch an etwas anderes denken – Midge lebt. Sie hat in diesem blutbesudelten Haus überlebt.«

»Aber ich habe *überhaupt* nichts getan«, sagte Joe. »Absolut gar nichts. Ich habe den Dingen lediglich ihren Lauf gelassen. Und dass Prentice jetzt tot ist – das ist nicht mein Verdienst. Und dass Midge lebt, auch nicht.«

»So ein Quatsch, Mann!«, widersprach Andrew ihm heftig. »Alles, was passiert ist, haben wir Ihnen zu verdanken! Sie haben es geschafft! Sie waren rechtzeitig hier! Sie hatten Prentice' Plan durchschaut. Ich habe Midges Zimmer gesehen – den Scheiterhaufen. Es war nur noch eine Frage von Minuten, dann hätte er das alles angezündet.«

»Aber was zum Teufel machen wir jetzt? Wie sollen wir Midge das alles erklären?«

»Wir können Prentice nicht hier lassen«, sagte Andrew mit plötzlicher Entschlossenheit und versuchte aufzustehen. Joe half ihm auf und stützte ihn. Kaum stand Andrew auf sicheren Füßen, übernahm er auch schon das Kommando. »Holen Sie Naurung. Wir tragen Prentice zurück zum Haus.« Und er fügte hinzu: »Das ist ein Befehl, Joe. Tragen Sie Prentice zurück zum Haus!«

»Aber damit verändern wir die Beweislage«, warf Joe ein. »Er müsste dort liegen bleiben, wo er starb.«

»Und wer wird die Umstände seines Todes untersuchen, Joe? Sie und ich. Sie sind der vom Gouverneur für die Aufklärung dieser Sache eingesetzte Polizeivertreter, und Sie unterstehen meiner direkten Gewalt. Ich bin der oberste Verwaltungsbeamte des Bezirkes Panikhat. Ich bin der Justizbeamte. Soll ich der Welt erzählen, dass der Kommandant eines berühmten und angesehenen Regimentes im Laufe mehrerer Jahre vier Frauen – die Ehefrauen seiner Kollegen! – auf brutalste Art und Weise umgebracht hat, dass er versucht hat, seine eigene Tochter zu töten und dass er von der Ehefrau des Verwaltungsbeamten erschossen wurde? Wie klingt das wohl?«

»Der Welt müssen Sie es vielleicht nicht gerade erzählen«, sagte Joe. »Nein, die ganze Welt muss das sicher nicht wissen. Aber es gibt einen Menschen, der die Wahrheit kennen muss.«

Andrew blieb beim toten Prentice zurück, während Joe sich durch das Gestrüpp zum Bungalow zurückkämpfte und Naurung rief. Gemeinsam gingen sie durch den Garten. Unter einigen Schwierigkeiten trugen sie Prentice zum Haus und legten ihn auf sein Bett. Sie blickten auf ihn hinunter, sahen das bittere, rachsüchtige Gesicht, das im Tod so viel weicher geworden war.

»Ein edles Gesicht«, sagte Joe nachdenklich.

»Ein teuflisches Gesicht!«, hielt Naurung erhitzt dagegen. »Er hat es verdient zu sterben! Zu sterben und zu sterben und zu sterben. Ach, wenn ich ihm doch nur das gleiche Leid zufügen könnte, das er den anderen zugefügt hat! Gott wird ihm nicht verzeihen, und ich, Naurung Singh, werde ihm auch nie verzeihen! Aber jetzt müssen wir tun, was getan werden muss.«

Er holte eine Schachtel Streichhölzer aus der Tasche, zündete eine kleine Lampe an und stellte sie auf den Nachttisch. In dem flackernden Licht sah es einen Moment lang so aus, als würde der tote, gewalttätige Mann lächeln.

Naurung wandte sich erstaunlich resolut an Andrew. »Und jetzt, Sahib, gehen Sie bitte zur Memsahib und zu Missy Sahib – und nehmen Sie den Commander mit. Lassen Sie mich hier allein. Ich trage die Verantwortung für den Tatort. Ich werde mich auf die Veranda setzen, bis der Morgen graut. Vielleicht werde ich mich schlafen legen. Die Menschen vergessen bekannterweise ihre Sorgen, wenn sie schlafen. Insbesondere nach solchen Ereignissen.«

»Andrew!«, schaltete Joe sich noch einmal ein. »Sind Sie sich im Klaren darüber, was Sie da tun? Das nennt sich Unterschlagung von Beweismaterial …«

»Ach, Joe«, sagte Andrew nicht ohne Zuneigung. »Sie sind immer der Hauptmann von Kapernaum, was? Sie wissen, dass ich Recht habe. Naurung – habe ich Recht?«

»Ja, Sahib, allerdings.« Naurung wandte sich an Joe. »Denken Sie an Missy. Wenn sie aufwacht, wird ein tragischer Unfall passiert sein. Sie wird nicht mit einem Scheiterhaufen, Blutflecken und dem Wissen konfrontiert, dass ihr Vater ein mehrfacher Mörder ist. Ich denke an sie – nicht an polizeilich korrekte Vorgehensweisen.«

Joe klangen die nachgerade prophetischen Worte Kittys in den Ohren: »Wir müssen auch an die denken, die noch leben, und die sind mir persönlich wichtiger als die Toten. Und vielleicht sogar wichtiger als die Wahrheit.« Diese Haltung stand in völligem Gegensatz zu seinen eigenen Ansichten, war mit dem, was er in der Ausbildung gelernt hatte, und dem, woran er glaubte, so unvereinbar, dass er sie nicht akzeptieren konnte. Was konnte denn wichtiger sein als die Wahrheit? Aber vielleicht stellte er die falsche Frage. Sollte er nicht lieber fragen, *wer* wichtiger als die Wahrheit sein konnte? Denn die Antwort darauf war klar und eindeutig: Midge. Nancy. Andrew.

Ohne weitere Fragen, bot Joe Andrew seinen Arm an, und die beiden machten sich auf den Weg die dunkle Straße hinauf.

»Ich werde wirklich langsam zu alt für solche Sachen! Ich müsste schon längst im Bett liegen. Ich freue mich, wenn unser Leben endlich wieder in normalen Bahnen verläuft«, brummte Andrew an Joes Seite. »Bulstrode geben wir morgen früh Bescheid. Nicht jetzt. Wir müssen Naurung genug Zeit geben, um aufzuräumen.«

»So, wie die Dinge jetzt liegen, würde vielleicht sogar Bulstrode auffallen, dass etwas Außergewöhnliches passiert ist!«, sagte Joe.

An der Einfahrt zum Bungalow der Drummonds blieben sie stehen, damit Andrew zu Puste kommen konnte, und sahen beide hinauf in den Himmel. Es war jener Moment der absoluten Stille, bevor die Morgendämmerung einsetzt.

»Mein Gott, gleich erklingt das Wecksignal«, sagte Andrew. »Und wir müssen eine Menge organisieren. Die Beerdigung zum Beispiel. Das werde ich mit Neddy besprechen. Die Greys sind ziemlich gut in solchen Sachen. Dann müssen wir wohl George Jardine in Kenntnis setzen … Eine Presseerklärung abgeben … Ich vermute, dass Midge seine nächste Verwandte ist. Ich habe genug zu tun als Midges Vormund und Giles' Nachlassverwalter …«

Er plapperte weiter. Er war jetzt schon wieder viel mehr der offizielle Beamte als die entsetzte, an den blutigen Vorgängen der Nacht beteiligte Zivilperson. Doch Joe war noch nicht so weit. Er drehte sich um und sah hinunter zur Curzon Street. Vom Fluss stieg weißer Nebel auf, der sich durch die Wildnis des Gartens rollte und sich dem Bungalow näherte. »Die *churel*«, dachte Joe. »Sie kommt, ihn zu holen. Sie fordert Rache für die unschuldigen Seelen. Gott, bin ich müde!«

Sie standen noch eine Weile gedankenverloren beieinander. Dann schließlich sagte Andrew: »Kommen Sie, nur noch ein paar Schritte! Gehen wir von der Straße herunter. Wäre doch etwas peinlich, so hier gesehen zu werden, wie wir blutverschmiert den Mond anglotzen.«

Kapitel 26

Der Himmel färbte sich im Osten bereits safrangelb, als Joe die Ställe erreichte. Er strich sich mit der Hand über das Gesicht und bemerkte, dass er nicht nur blutverschmiert, sondern auch unrasiert war, und in den Augen eines jedes Passanten wohl äußerst dubios und verdächtig aussehen würde. Er tat, was er konnte, steckte den Kopf schnell in einen Wassereimer im Stall, nahm ein Handtuch vom Nagel, wusch und erfrischte sich. Er hatte richtig kalkuliert. Pünktlich auf die Minute kam William Somersham schnellen Schrittes hereinspaziert.

Er blieb wie angewurzelt stehen, als er Joe sah.

»Sandilands!«, rief er. »Sie sind ja mit jedem Tag früher auf den Beinen! Was führt Sie hierher? Ich wollte ausreiten. Möchten Sie mich begleiten?« Dann nahm er Joe etwas genauer in Augenschein, und als er die Blutflecken sah, fragte er: »Was ist passiert? Was ist mit Ihnen passiert?«

»Somersham«, sagte Joe und fasste ihn beim Ellbogen, »William, es gibt da etwas, das Sie wissen müssen.«

Die Pferde fingen sogleich an, unruhig zu werden und die Nüstern zu blähen. Kaum mehr als eine Sekunde später roch auch Joe den Rauch, der aus Richtung des Flusses heranwehte. »Kommen Sie mit«, sagte er und führte Somersham zur Tür. Die Sterne verblassten, und der Mond hing vor ihnen über dem Horizont. Joe zeigte in Richtung Curzon Street.

»Sehen Sie.«

Der Flussnebel legte sich nun einem Leichentuch gleich auf den Bungalow. Die Szene war so unheimlich, dass sie beide schwiegen und zusahen, wie aus den offenen Fenstern und Türen ein noch dichteres Weiß quoll.

»Grundgütiger!«, sagte Somersham. »Was ist das? Was zeigen Sie mir da? Das ist Feuer! Ist das Prentice' Haus? Brennt es? Schon wieder? Was zum Teufel geht hier vor sich, Sandilands? Ich glaube das nicht!«

Wie gebannt starrten sie auf das Haus, als Funken vom Dach aufstiegen und gelbe Flammen am Stroh züngelten. Die gelben Flammen färbten sich schnell orange und wurden immer größer und höher, bis schließlich ein blutroter Feuerball aus dem Strohdach hervorbrach und für einen Moment über dem Haus hing.

»Mein Gott! Genau das Gleiche habe ich schon einmal gesehen, vor zwölf Jahren«, sagte Somersham. »Nicht schon wieder!«

Die Stille des Morgens wurde jetzt vom aufgeregten Tuten des Alarmhorns gestört.

»Wir müssen sofort hin!«, drängte Somersham. »Los, schnell!«

»Nein! Nein, William, bitte hören Sie mir zu. Ich weiß, dass in dem Haus kein Leben mehr zu retten ist. Es gibt da etwas, das Sie wissen müssen.«

Sie sahen, wie sich, angetrieben von einem bärtigen Sikh, ein von Pferden gezogener Löschwagen in beträchtlicher Geschwindigkeit von den Infanterielinien näherte, im Eiltempo gefolgt von der Shropshire-Feuerwache.

»Bleiben Sie hier, William«, sagte Joe, »und hören Sie mir zu. Als wir uns das letzte Mal unterhielten, fragten Sie mich, ob ich der Lösung näher gekommen sei.«

»Ja, ich weiß«, sagte Somersham. »Und Sie haben mir Hoffnung gemacht.«

»Jetzt kann ich Ihnen mehr als Hoffnung machen. Ich habe den Mörder.«

»Pegs Mörder?«

»Nicht nur Pegs Mörder – er war auch Joan Carmichaels, Sheila Forbes' und Alicia Simms-Warburtons Mörder und – hätte Gott es nicht verhindert – sogar der Mörder seiner eigenen Tochter. Es war Giles Prentice.«

»Prentice, sagen Sie? Prentice hat diese schrecklichen Dinge getan? Und er lebt noch?«

»Nein«, sagte Joe. »Er ist tot. Er hat seine Verbrechen gestanden. Er wollte gerade seine Tochter umbringen. Aber er wurde in letzter Minute erschossen.«

Wie betäubt drehte Somersham sich um und setzte sich ächzend auf einen Strohballen.

»Prentice!«, sagte er. »Aber wie? Und warum?«

»Ich werde versuchen, es Ihnen zu erklären«, sagte Joe und tastete vergebens seine Taschen ab. Er streckte die Hand aus. »Geben Sie mir eine Zigarette, rutschen Sie ein Stück, und ich erzähle Ihnen alles.« Dann setzte er sich zu ihm auf den Strohballen.

Ausführlich erzählte er ihm die ganze Geschichte von Prentice' niederträchtigen Taten und schloss mit den Worten: »Andrew Drummond sagte mir: ›Finden Sie ihn. Sie finden ihn, und ich erschieße ihn.‹ Ich habe ihn gefunden – obwohl es vielleicht richtiger wäre zu sagen, dass er sich selbst offenbart hat, wie es solche Leute sehr häufig tun, da sie nicht glauben können, dass irgendjemand ihre Pläne durchkreuzt – aber erschossen hat ihn letztendlich Nancy.«

»Nancy! Und was jetzt?«, fragte William. »Nancy – wie – äh – geht es ihr gut? Ist sie in Sicherheit? Wie nennt sich so etwas? Rechtmäßige Tötung? Ich will nicht hoffen, dass sie jetzt mit dem Gesetz in Konflikt gerät …«

»Natürlich müssen jetzt gewisse Formalitäten erledigt werden, aber ich glaube nicht, dass sie in Schwierigkeiten ist. Meine Sorge gilt viel weniger Nancy als Midge.«

»Midge?«

»Prentice' Tochter, Minette.«

»Ach, natürlich, Midge. Das arme Kind. Aber sagen Sie, Sandilands, Prentice' Haus brennt doch. Das heißt, sämtliche Beweise werden vernichtet sein, oder? Muss sie denn wissen, was wirklich passiert ist? Muss sie erfahren, dass ihr Vater mehrfacher Mörder war? Könnte man ihr das alles nicht irgendwie ersparen?«

Joe zögerte lange, bevor er antwortete: »William, Sie sind der einzige Mensch auf der Welt, der das entscheiden kann. Denn ich kann nicht den Mörder Ihrer Frau vor Gericht bringen *und* Midge die Wahrheit ersparen.«

»Vor Gericht!«, explodierte Somersham. »Wenn Prentice noch am Leben wäre, würde ich schon geeignete Mittel finden, um ihn zu richten! Silly Billy Somersham hätte schon dafür gesorgt! Aber so, wie die Dinge jetzt liegen, Joe – mein Gott, verschonen Sie das arme Kind, und überlassen Sie den Rest dem höchsten Richter von allen – Gott.«

Kapitel 27

Das Echo der Salve, welche die Shropshire Light Infantry über Giles Prentice' Grab abgefeuert hatte, verklang, und mit ihm das Rumpeln der Räder der Lafette, die den Toten von seinem Haus zum Friedhof gebracht hatte. Das Hufgeklapper der sechs grauen Truppenpferde des Bateman's Horse war endlich verstummt, und die dicht geschlossenen Reihen der indischen Kavalleristen – die schwarze Trauerbänder um ihre Turbane gebunden hatten – waren mit Tränen in den Augen in ihre Kasernen zurückgekehrt, um jeder für sich um den Mann zu trauern, der sie heil aus Frankreich wieder nach Hause gebracht hatte. Wenigstens gab es doch einige, die um Prentice weinten, dachte Joe. Er sah zu, wie Prentice' Pferd mit umwickelten Hufen und mit seinen kopfüber an beiden Seiten des Sattels festgebundenen Stiefeln zum Stall geführt wurde.

George Jardines Daimler wartete mit livriertem Chauffeur und Lakai vor Nancys Bungalow. »Ich werde wohl mit Onkel George reden müssen,« dachte Joe. »Aber nicht jetzt.«

Doch im gleichen Moment rief George Jardine: »Joe! Da sind Sie ja! Ich muss los, aber würden Sie eben ein paar Schritte mit mir gehen?«

Er hakte sich bei Joe unter, und die beiden entfernten sich am Friedhofstor von den anderen Trauergästen. »Sagen Sie nichts, Joe«, sagte er. »Sie brauchen mir nichts zu erzählen. Es gibt gewisse Dinge, die ich gar nicht wissen möchte. ›Unglücksfall mit tödlichem Ausgang‹ – das ist alles, was ich hören wollte.«

»Ich wollte den Tag damit verbringen, einen Bericht für Sie zu schreiben«, sagte Joe.

»Brauche ich nicht«, sagte George. »Überlassen Sie die Toten den Toten. Ich kann Ihnen sagen, dass Sie die Menschen hier unwahrscheinlich erleichtert haben. Das spüre ich. Alle spüren das. Was soll ich sonst noch sagen? Herzlichen Glückwunsch wahrscheinlich. Also: Herzlichen Glückwunsch!«

»Das war doch ein komplettes Desaster«, brummte Joe mürrisch.

»Kein Vergleich zu dem Desaster, das es gegeben hätte, wenn Sie nicht hier gewesen wären – das dürfen Sie nicht vergessen!«

Er machte sich bereits auf den Weg zu Nancy und seinem Wagen, als er sich noch einmal umdrehte und sagte: »Ach, übrigens, Joe – dieser Handlungsreisende, den Sie und Naurung nicht finden konnten – dieser Zeuge, den Bulstrode im Fall Peggy Somersham laufen ließ – die Polizei in Bombay hat ihn gefunden. Der Telegraf ist doch wirklich eine tolle Erfindung! Sie hatten natürlich Recht – seine Route führte ihn jedes Jahr im März nach Panikhat. Sehr gut erkannt! Anscheinend ein religiöser Fanatiker. Auch das sehr gut erkannt! Ich glaube, nächste Woche sind wir so weit, dass wir publik machen können, ein Geständnis zu haben. Es würde mich nicht wundern, wenn er auch noch für weitere Straftaten im Land verantwortlich ist. Wenn jemand ermitteln würde … Hm? Was? Wir können den Fall abschließen und dem März nächsten Jahres gelassen entgegensehen. Ich schätze, Naurung kann mit einer Beförderung rechnen – was meinen Sie?«

Das Gesicht des Gouverneurs strahlte so viel Fröhlichkeit, Aufrichtigkeit und Entzücken aus, dass Joe ihm einen Augenblick lang glaubte.

»Nun?«, sagte Kitty und nahm den Platz des Gouverneurs an Joes Seite ein.

»›Hauptmänner und Könige reisen ab
Tumult und Geschrei lassen nach …‹,

und ich vermute, auch Sie werden abreisen aus dem Land des Bedauerns. Doch ganz ohne Bedauern? Lassen Sie nicht einen Teil Ihres Herzens zurück?«

»Oh, ja«, sagte Joe. »Auf jeden Fall.«

Kitty sah ihn eisern forschend an. »Lassen Sie sonst noch etwas zurück? Nein, schon gut – Sie brauchen nicht zu antworten. Ich weiß, dass man mich für die fürchterlichste Klatschtante in ganz Bengalen hält – aber das bin ich nicht. Ihr Geheimnis – wenn Sie denn eines haben – ist bei mir gut aufgehoben!«

»Also, Nancy?«, sagte Joe.

»Also, Joe?«, sagte Nancy. »Da wären wir.«

»Ich wollte nicht in Indien bleiben, aber jetzt, wo es so weit ist, will ich nicht abreisen.«

»Du musst, Joe. Das weißt du selbst. Was mich angeht, so habe ich die letzten Tage einen Drahtseilakt vollzogen. Das war manchmal ganz schön schwierig, verdammt schwierig sogar, aber auf lange Sicht wäre es unmöglich. Es würde nur funktionieren, wenn ich dir vollkommen egal wäre, und ich fühle mich wirklich geschmeichelt …«

»Du brauchst dich nicht geschmeichelt zu fühlen«, sagte Joe. »Du bedeutest mir mehr, als ich dir sagen kann.«

»Du wirst Andrew doch nett Auf Wiedersehen sagen, oder? Wirklich nett, denn er hält große Stücke auf dich! Das gefällt mir.«

»Er ist ein feiner Kerl«, sagte Joe. »Er hat uns die ganze Nacht geführt.«

»Du hast Recht. Er ist ein feiner Kerl. Das habe ich gleich von Anfang an gemerkt, damals in St. Omer.«

Und nach einer kleinen Pause: »Habe ich dich getäuscht, Joe? Fühlst du dich von mir getäuscht?«

»Ich glaube, einen Moment lang fühlte ich mich getäuscht, ja.«

»Und bist du mir deswegen böse?«

Joe zögerte und überlegte, ob er die Wahrheit sagen sollte. Schließlich sagte er: »Nein. Ich war gerührt und fühlte mich vielleicht sogar geschmeichelt und jetzt – Himmel, was soll ich sagen? Irgendetwas Albernes wie ›Ich hoffe, es klappt alles.‹«

»Möchtest du erfahren, was passiert?«

»Darüber habe ich auch schon nachgedacht. Und die Antwort lautet nein. Es würde mir sehr für dich Leid tun, wenn ich erführe, dass es nicht geklappt hat, und ich würde mir selbst Leid tun, wenn ich erführe, dass es geklappt hat. Ich habe nämlich kein Herz aus Stein, weißt du.«

Joe stellte sicher, dass ihm niemand folgte, und hoffte, dass ihn niemand sehen möge, dann schlich er sich noch einmal zu Prentice' Grab. Er hatte einen Zweig kleiner roter Rosen in der Hand.

»Die letzte Kaschmir-Rose«, sagte er und legte den Zweig auf den Grabhügel.

»Ich habe Sie gesehen und bin Ihnen nachgegangen«, erklang hinter ihm eine bekannte Stimme, und dann stand Midge auch schon neben ihm. Ihre Blässe und ihre zierliche Figur wurden durch das Trauerkleid, das sie trug, noch betont. Es war eines von Nancys Kleidern, das schnell geändert worden war, damit es ihr passte: schwarze Seide, und dazu eine lange, ebenfalls geliehene Perlenkette. Sie wirkte so schwerelos, dass Joe ihr automatisch seinen sicheren Arm anbot.

»Komisch«, sagte sie. »Wir hatten beide die gleiche Idee. Ich wollte etwas tun und habe ihm auch Blumen gebracht. Er mochte diese kleinen roten Rosen immer so gern. Ich lege meine zu Ihren. Was sagten Sie gerade? ›Die letzte Kaschmirrose‹? Ich wusste gar nicht, dass sie so heißen. Jetzt liegen sie beieinander.«

Joe wurde von Mitleid ergriffen, ihm kamen sogar die Tränen. Er streckte die Arme aus und drückte Midge an sich. Sie legte den Kopf an seine Schulter. »Ich bin traurig«, sagte sie. »Sehr traurig. Aber ich kann nicht weinen. Komisch.«

»Tapferes Mädchen«, sagte Joe. »Die Tochter des Hauptmanns.«

Da endlich fing Midge an zu weinen. »Ich fühle mich aber nicht wie die Tochter eines Hauptmanns«, sagte sie tränenerstickt. »Jetzt sind meine Mutter und mein Vater tot, und ich bin ganz allein.«

»Und was ist mit Dickie?«

»Ach, ja, es gibt Dickie«, sagte sie und trocknete sich die Tränen an Joes Schulter ab. »Natürlich. Dickie. Er ist gerade erst nach Peshawar gereist und jetzt – ich weiß, es ist schrecklich, jetzt davon zu sprechen, aber – sobald Nancy es arrangieren kann, werden wir heiraten.« Nachdenklich blickte sie auf das Grab.

»Ich glaube, er hätte am Ende doch seinen Segen gegeben«, versuchte Joe sie zu trösten.

»Ich wünschte, ich könnte das auch glauben«, war Midges überraschende Antwort. »Joe?« Sie zögerte einen Moment. »Das, was alle jetzt erzählen – dass es ein furchtbarer Unfall war … dass er seine Nachttischlampe umgekippt hat und so weiter … das ist doch nicht wahr. Oder? Sie müssen mir die Wahrheit sagen, Joe.«

Joe sagte ganz ruhig – viel ruhiger, als er sich fühlte: »Was meinen Sie, Midge? Es war ein Unfall.«

Midge schüttelte den Kopf. »So dumm bin ich nicht, Joe, und ich weiß, warum Sie und Nancy und – ja, auch Dickie, der hat auch damit zu tun – warum Sie versucht haben, die Wahrheit von mir fern zu halten. Aber ich bin selbst darauf gekommen. Als ich bei Nancy aufwachte, war mir sehr schlecht, und alle wollten mir erzählen, das läge an etwas, das ich gegessen hatte. Das war es aber nicht. Es lag an etwas, das ich getrunken hatte. Etwas, das Daddy mir zu trinken gab, bevor ich ins Bett ging. Etwas, das mich schlafen ließ. Und warum würde er wohl wollen, dass ich die ganze Nacht durchschlafe und nicht aufwache? Ich sage es Ihnen …«

Joe gefror förmlich das Blut in den Adern, als sie weiterredete.

»Weil er … ach, es ist alles meine Schuld! … Joe, er wollte Selbstmord begehen. Das hatte er geplant. Wir haben uns noch einmal fürchterlich gestritten, und ich sagte ihm, dass ich mit Dickie durchbrennen würde – dass ich mit Dickie mitgehen würde, wenn er abreiste. Ich hatte das nicht so gemeint! Aber er konnte es wohl nicht ertragen. Er hatte meine Mutter verloren, und jetzt sollte er auch noch mich verlieren. Ich glaube, er hatte nichts mehr, wofür es sich zu leben lohnte. Ich habe ihn umgebracht, Joe, stimmt's?«

»Jetzt hören Sie mir mal zu, Midge«, sagte Joe sanft und strich ihr über das Haar. »Hören Sie zu, was ein erfahrener Londoner Bobby zu sagen hat – der beste Mitarbeiter, den Scotland Yard zu bieten hat. Wir wissen von den Drogen und es stimmt, dass Nancy die Sache mit der Lebensmittelvergiftung erfunden hat – inzwischen glaube ich, dass wir Ihnen gleich die Wahrheit hätten sagen sollen. Giles glaubte wirklich, dass Sie weglaufen würden, und um zu verhindern, dass Sie mitten in der Nacht aus dem Fenster in Dickies Arme sprangen, hat er Ihnen ein Schlafmittel gegeben. Kein sehr starkes, wie Nancy sagt. Wir glauben, dass er versuchte, wach zu bleiben und zu lesen. Und das ist ihm wohl auch bis in die frühen Morgenstunden gelungen, aber dann ist er vermutlich eingenickt und hat die Lampe umgestoßen. Nancy meint sogar, dass er einen Herzinfarkt gehabt haben könnte und die Lampe umstieß, als er starb. Denn sonst hätten die Flammen und die Hitze ihn ja geweckt. Ihr Glück, Midge, dass Naurung Singh auf seinem Weg zur Arbeit vorbeikam und Sie da herausholte. Er hat auch noch versucht, Giles zu retten, aber da war es bereits zu spät.«

Midge sah ihn aus großen Augen an. »Joe! Ist das wahr? Ist das wirklich die Wahrheit?«

Joe dachte einen Moment nach. »Es wäre natürlich vorstellbar, dass ich Sie anlüge – obwohl ich nicht wüsste, warum ich das tun sollte. Dickie würde ganz sicher lügen, wenn er Sie dadurch vor irgendetwas beschützen könnte. Aber Naurung Singh? Er wird Ihnen sagen, dass Giles zum Zeitpunkt seines Todes im Bett und die Lampe neben ihm auf dem Boden lag. Wenn Ihr Vater vorgehabt hätte, Selbstmord zu begehen, dann wäre er einfach in den Garten gegangen und hätte sich erschossen. Sie kennen doch Ihren Vater! Ein alter Krieger wie Giles hätte doch nicht seinen Schlafanzug angezogen und sich mit einem guten Buch ins Bett gelegt!«

Midge lächelte und weinte zugleich, stellte sich auf Zehenspitzen und gab Joe einen Kuss.

»Herr, vergib mir!«, dachte Joe, sprach diesen Gedanken aber nicht laut aus.